한국 근대소설과 사회갈등

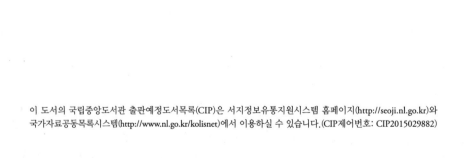
이 도서의 국립중앙도서관 출판예정도서목록(CIP)은 서지정보유통지원시스템 홈페이지(http://seoji.nl.go.kr)와
국가자료공동목록시스템(http://www.nl.go.kr/kolisnet)에서 이용하실 수 있습니다.(CIP제어번호: CIP2015029882)

푸른사상 학술총서 34

한국
근대소설과
사회갈등

Korean Modern Novels and
Social Conflict

서종택

푸른사상
PRUNSASANG

문학 연구의 궁극적인 목표는 작품에 대한 가치 평가로 모아진다. 이는 그러나 다양한 방법과 시각에 의한 이해와 설명과 분석의 과정이 전제되어야 할 것이다. 이 책은 문학을 그것 자체의 독자적인 내적 논리로만 보려는 태도를 지양하고 사회와의 복합적인 얼크러짐의 구조로 보려는 관점에서 쓴 것이지만, 문학을 역사나 사회적 현상의 일부로 종속시켜버리는 사태에 대한 경계가 또한 전제되었다.

소설에서의 최종적인 관심이 인물에의 그것이라 할 때, 작중인물이 상황에 대응하고 있는 사고나 행위에 대한 관심은 중요하다. 지난 한 세기 동안의 한국 사회는 자생적이든 외세의 영향 아래서든 근대화를 변화의 정향으로 삼아왔고 결과는 식민화로 나타난바, 이러한 사회변동의 구체적 내용과 과정에 대한 그들의 이념이나 가치의 대응 양태의 하나로서 이 책에서는 그것을 사회갈등(social conflict)이라 규정해보았다. 사회갈등이 어떻게 작품의 구조에 가담하고 있는가가 이 책에서 주로 다룬 내용이지만, 이 역시 작품의 구조를 밝히는 단서에 불과함은 물론이다. 여기에서 미적 양식과 사회적 양식과의 상호 간섭적인 관계를 확인할 수 있었는바, 중요한 것은 얼마나가 아니라 어떻게 그러하였는가 일 것이다.

이 책은 필자의 「한국 근대소설 작중인물의 사회갈등 연구」를 보완, 개제한 것이다. 기왕의 논의에 이태준, 박태원, 김동리를 추가하였다. 세월이 흘렀지만, 이 책에서 논의한 작중인물의 사회갈등 양상과 소설의 구조와의 상호성에 대한 필자의 인식에는 변함이 없다.

식민화와 분단 상황은 한국 근현대 문학사의 멍에이다. 이 책이 한국 근대소설 일반에 대한 하나의 유의미한 해석적 관점을 제시할 수 있게 되기를 기대한다.

2015년 10월 6일
서 종 택

제1장

소설과 사회

제1장 소설과 사회

　복수로 헤아릴 수 없는 한 사람 한 사람의 인간 ─ 이른바 개인은 그가 속해 있는 사회에 대하여 독립된 존재인가 공존하는 존재인가에 대해서는 그동안 많은 논의가 있어왔다. 개인은 침범할 수 없는 독자적인 권리가 있다는 자각은 근대에 이르러 두드러진 현상이지만, 그러한 자각 또한 개인을 둘러싼 더 큰 테두리인 사회와의 관계 속에서만 가능하였던 것이며, 그러므로 어떤 시대이건 개인은 그가 속해 있는 사회와의 관련을 떠나서는 이러한 독자성에 대한 논의도 공소(空疏)한 것이 되고 있다.

　한 사람의 독자적인 개인은 실제에 있어 자신을 둘러싼 삶의 양식이 역사나 사회 변동과 깊게 관련되어 전개된다는 사실을 의식하지 못하거나 자신의 일상적인 경험의 혼란 속에서의 자신의 위치를 가늠하지 못하기 십상이다. 그러나 결국 한 개인의 위치란 그를 둘러싼 더 큰 테두리인 사회 속에서 찾아질 수밖에 없다. 그렇게 함으로써 그는 자신과 사회, 자신의 삶과 타인의 삶과의 관계, 자아와 세계 사이의 화합이나 대립의 의미를 파악할 수 있게 될 것이다. 어떠한 사회에서든 그 사회의 요소가 되고 있는 것은 개인이며, 이와 같이 사회가 개인들로 구성되어 있다는 사실에 대한 인식이야말로 우리들로 하여금 이 양자의 상보성을 믿게 해주며, 아울러 개인의 삶과 역사를 동시에 바라볼 수 있게 해준다.

또한 개인과 사회가 상호 보족적이며 간섭적인 관계에 있다고 할 때 사회의 구조적 변동이 개인의 생활이나 경험에 영향을 미치는 것으로 이해할 수 있으며, 그러한 상황 속에 감추어진 개인의 행동이나 감정의 근원을 찾아낼 수 있을 것이다. 또한 우리는 개인과 사회 사이에서 발생하고 변화하고 소멸하는 모든 사고나 행위나 가치의 문제들을, 그러한 문제들을 제기케 한 원인이 되었던 사회의 그것으로 확대, 개인적인 문제와 사회적인 문제들과의 의미 있는 관계를 수립하는 현상 인식의 태도를 취해야 할 것이다. 개개의 독자적인 행위나 사고에서 전체와 관련된 의미 있는 상징이나 유추 관계를 세우는 일은 사회가 개인들로 구성되어 있다는 명제에 대한 발전적이고 생산적인 사고 영역의 확대라 할 수 있다.

개인과 사회가 상호 보족적이며 간섭적이라는 관계 속에서 또한 우리는 개개의 문학작품이 지니고 있는 미적 구조와 그것을 산출케 한 사회와의 관계로 확대해볼 수 있을 것이다.

지금까지 문학 연구 태도에서 나타는 두드러진 두 가지 현상은 작품을 다만 작품 자체의 관습이나 법칙 또는 전통만을 옹호하려는 태도와, 개개의 작품을 그 작품을 생산케 한 사회와의 관련하에서만 파악하려는 태도와의 대립이라 할 수 있다.

문학작품은 독자적인 원리나 체제를 가진 것이면서 동시에 그것은 사회적 산물이다. 이 평범한 사실이 극단적인 형식론과 역사주의에 의해 왜곡 과장되어왔는데, 중요한 점은 이들 서로가 자신의 입장을 강조한 데서 그러한 대립의 인상이 노출된 것이지, 근본적으로는 상호 보완의 관계라는 점이다. 문학작품의 독자성과 역사성은 다 같이 그 중요성이 인정되어야 하는데, 이러한 사실에 대한 인식보다 더 중요한 점은 문학 연구에서 이를 실천적으로 이행하는 작업일 것이다.

형식론자들의 주장을 따로 인용하지 않더라도 어차피 문학 연구는 작품 자체의 해석과 분석에서부터 출발하지 않으면 안 된다. 이러한 당연한 주장이 수없이 반복되어온 이유는 물론 작품의 배경이나 환경, 작가의 생애 따위에만 작품 해석의 근거를 두어온 사태에 대한 경계 때문이다. 문학작품을 하나의 총체적 구조로 보고 그 구조를 이루고 있는 요소를 작품 안에서 찾음으로써 작품을 둘러싼 문제들로부터 문학을 독자적인 존재로 놓아두자는 것이다.

한편, 역사주의자들의 주장을 따로 인용하지 않더라도 어차피 문학작품은 역사적 현상의 하나라는 사실에 대한 인식으로부터 출발한다. 이러한 당연한 주장이 수없이 반복되어온 이유는 물론 문학작품의 생산의 원인이 된 사회 역사 심리 사상적 현상과의 관계를 무시하고 작품 자체만의 독립된 형식에 관심의 표적을 집중해온 사태에 대한 경계 때문이다. 문학작품을 하나의 복합적 구조로 보고 작품의 내용과 이를 둘러싼 집단의 의식과의 관계를 수립함으로써 눈에 보이지 않는 현실의 구조를 밝혀내자는 것이다.

미적 양식으로서의 소설과 사회적 표현으로서의 소설은 그러므로 대립 관계가 아니라 보완 관계이다. 형식과 내용, 작품과 시대는 작품을 보는 관점의 한쪽일 뿐, 이 양자의 변증적 통일에 의해서만이 작품의 총체적 의미가 드러날 것이다.

이 책은 한국 근대소설[1] 서사 구조의 시대적 성격을 작중인물의 사회

---

1 근대(modern)는 '현대' 또는 '근대'의 뜻으로 새기는 관례와 당대(contemporary)라

갈등의 양상을 통하여 살펴본 것이다.

이는 개화기-1920년대-1930년대 이후에 걸치는 시기의 사회와 소설을 대상으로 한다. 따라서 앞에서 밝힌 바와 같이 이 연구는 문학은 사회와의 관련을 떠나서는 공소한 이념으로 떨어지고 만다는 문학 연구 태도의 반영이다. 작가는 어떠한 수단을 써서라도 시대에서 도피할 수 없는 이상 그 시대를 의미 있게 포용하고 있어야 하며, 진정한 예술가는 사회의 수동적인 연대기 작성가가 아니라 사회를 옹호하거나 사회에 도전하는 사람[2]이며, 따라서 이 책에서는 한 작가가 상상력을 통하여 드러낸 상황이나 경험을 이것들이 실재로 유래한 역사적 사회적 풍토와 연결 지어 검토해보는 것이 바람직하다는 입장을 취한다.

작가는 그가 몸담고 있는 사회에 투철하게 관계해야 하며, 우리의 관심사가 되는 것은 그가 어떠한 정치적 사회적 특정 견해에 빠져 있는가 하는 것보다도 그러한 정치 · 사회 변동의 사물이나 사건이나 제도, 또는 가치에 대해 반응하는 그의 인물(character)들의 감정이나 태도이다.

지난 한 세기 동안에 한국에서 일어난 사회의 구조적 변동은 한마디로 근대화(modernization)로 집약할 수 있다. 이는 실제에 있어 19세기 말 이후의 한국 사회가 근대화된 사회로부터의 강한 충격으로 시작되었다는 점, 사회변동의 과정에서 서구의 근대적 제도나 가치들이 도입되었다는 점, 그리고 무엇보다도 한국의 주도적 엘리트들이 근대화를 이상으로 하고 이를 적극 추진하여왔다는 점에서 그렇다. 그러나 근대화

는 뜻으로서 '현대'로 옮기는 두 가지 관례가 있다. 여기서는 일반사적으로 전자의 개념으로 사용하였으며, 문학사적으로는 개화기를 포함하는 식민지 시대의 소설 일반을 포함하는 개념으로 사용하였다.

2 A. 하우저, 『문학과 예술의 사회사』(현대편), 백낙청 · 염무웅 역, 창작과비평사, 1974, 28쪽.

가 곧 서구화(westernization)인가 아니면 내재적 발전에 의해서인가 하
는 문제가 제기될 수 있다. 또한 일본에 의해 강요된 개항, 청일전쟁의
와중에서의 신구 사상의 대립, 열강 세력의 시장이 된 조선 사회의 해체
등 격동기의 복잡한 시대적 이념이나 가치를 소설이 어떻게 수용하고
있는가 하는 점에서 신소설은 주목되는 바가 많다. 또한 민족 역량과 반
식민 세력이 집중적 조직적으로 표출된 3·1운동 이후의 1920년대, 식
민지 체제의 완고성이 절정에 다다른 1930년대의 상황을 소설이 어떻
게 수용하고 있는가 하는 점에서 사회변동에 따른 소설의 구조 변화의
양상을 따지는 일은 새로운 사회의 가치나 사조, 또는 외세에 대응하는
당대인의 의식의 변모 과정이나 자기 발견의 모습—이른바 식민 시대의
우리의 정신사적 심층 구조를 모색하는 작업이 될 것이다.

지난 한 세기 동안에 일어난 한국의 사회구조적 변동은 자생적이든
서구의 근대화의 영향 아래서든 간에 정치구조에서는 넓은 뜻으로 민주
화의 방향으로, 경제구조는 산업화의 방향으로, 생태적으로는 도시화,
사회적으로 평등화, 종교적으로는 세속화, 문화 구조는 개체화, 또는
'자아의 확대'를 변화의 정향으로 삼아왔다.[3]

이러한 사회변동의 구체적인 내용과 과정을 소설의 서사 구조에서 일
어난 변화와 관련지어볼 때, 그것은 결국 작중인물들의 사고나 행위가
어떻게 그러한 상황에 대응하고 있는가 하는 의식의 구조를 추적하는
데서 가능할 것이다.

여기서 서사(narration)란 사건을 표현하는 하나의 양식으로서, 어떠
한 사건이 일어났느냐에 대한 대답이다. 따라서 그것은 자연히 '이야기'
의 형태를 띠게 되며, 사건이 '시간(time)·행동(movement)·의미(mean-

---

3 임희섭, 「한국사회의 구조변화」, 『한국사회론』(한국사회과학연구소, 1980) 256쪽.

ing)'의 3요소로 되어 있다면[4] 모든 서사는 '의미 있는 행동의 시간적 과정'이 될 것이다. 그러므로 소설에서의 사건 구조의 유기적 관계에 대한 관심은 결국 그 구조 자체가 가지고 있는 개개의 의미보다는 그것들이 각각 어떻게 하나의 전체에 이바지하고 있는가 하는 문제를 따지는 행위가 전제되지 않으면 안 된다. 하나의 서사 장르 속에는 여러 부분들이 한데 어우러져 있으며, 이 부분들 서로간의 얽히고설키고 끌어내고 밀어내는 모습들은 따라서 작품의 구조에 역동성을 띠게 해준다. 하나의 독립된 덩어리인 작품 속에 들어 있는 여러 부분들은 스스로 독자적인 원리를 가지고 있으면서 이것들이 만들어내는 형식은 그러나 고착적인 것은 아니다. 여기서 형식은 내용의 반대 개념을 상기시킬 우려가 있으므로 이를 '구조'라는 용어로 바꾸어 사용하는 것이 가능하다. 러시아 형식주의 이래 신비평(New Criticism), 기호학(Semiotics), 구조주의(Structualism)에 오면 하나의 문학작품의 내용이 잘 전달되어 있다면 그것은 그 작품이 그렇게 잘 전달될 수 있도록 구성되어 있다는, 형식과 내용의 일원론에 발상을 두고 있으며, 그러므로 이 양자는 어떤 작품의 문학성을 규정하는 데 동일한 기능을 수행한다고 보고 있다.[5] 특히 신비평 쪽에서는 이러한 구조에 참여하고 있는 여러 요소들의 상호 관계가 역동성을 띠고 있다는 점에서 이 구조라는 개념을 '내용과 형식의 양분법을 지양할 수 있는 개념'[6]이라 지적하고 있다.

초상화에서와 마찬가지로 소설에서의 우리의 궁극적인 관심은 인물

---

4   C. Brooks, R. P. Warren, *Modern Rhetoric*, Harcourt, Brace and Company, 1949, p.262.

5   제라르 쥬네트, 『구조주의와 문학비평』, 김치수 역, 홍성사, 1980, 144쪽.

6   R. Welleck, A. Warren, *Theory of Literature*, Penguin Book, 1968, p.140.

(Character)에의 관심에 있다. 인물들은 행위에 의해 소설의 핵심인 '이야기'를 설명해준다. 소설은 구성 면에서 볼 때 이야기가 중심이 되어 있으며(이야기는 그러나 '줄거리'와는 다르다), 그 이야기는 행동에 의해 표상된다. 사건은 어떤 인물의 외부적 행위의 표현이면서 동시에 그것은 사회적 역사적 현실을 반영하거나 분해하거나 간에 어떤 상징적 성격을 간직한다.[7] 사회적 현실의 반영이 아니라면 적어도 그것은 하나의 의미 있는 굴절[8]이 될 것이다.

'의미 있는 행동의 시간적 과정'으로서의 사건은 그러므로 "무(無)에서 일어나는 것이 아니라 상황(situation)에서 일어나는 것이며, 그러나 그 상황은 불안정한 것이어야 하고, 변화로 나아가기 위한 준비여야 하고, 장차 전개될 원인을 포함해야 한다"[9]고 할 수 있다. 이는 사회 현상을 인간 행위의 개념으로 파악하고 인간 행동을 행위와 상황(movement)이라는 개념으로 대체한 사회학에서의 인간 행동의 준거 구조(frame of representation)[10]에 부합된다. 이에 의하면 행위는 의미 있는 의도를 형성하여 그것을 구체적 상황에서, 다소간에 성공적으로 충족하는 구조의 과정으로 되어 있다는 것이다. 따라서 '의미 있는'이라는 표현은 표상(表象, representation)과 준거(準據, reference) 따위의 상징적 또는 문화적 차원을 내포한다고 보는 것이다.

따라서 이 책에서는 다루고자 하는 텍스트와 그것이 산출된 시대적 상황을 고려하여, 작중 상황에 대응하는 인물들의 행위나 사고의 양태

---

7   M. 제라파, 『소설과 사회』, 이동렬 역, 문학과지성사, 1977, 54쪽.

8   H. Levin, *Literature as an Institution*, 이상섭 편, 『Selected Modern Critical Essays』, 영어영문학회, 1969, p.214.

9   C. Brooks, R.P. Warren, op. cit, p.276.

10   T. Parsons, *The Social System*, The Free Press, 1951, pp.19~20.

를 '사회갈등(social conflict)'이라 규정하였다.

갈등이란 "주체와 객체 간의 상호작용에서 일어나는 것이며, 그것은 언제나 어떤 '관계'를 전제로 하고"[11]있다는 점에서, 그것은 사회생활뿐 아니라 생활이 있는 곳에는 언제나 존재하는 현상이 아닐 수 없다. 사회 란 본질적으로 역사에 의해 형성된 것이므로 거기에는 갈등의 원동력이 필요하다. 반대로 사회에는 갈등이 있기 때문에 변동하고 발전한다고 볼 수 있다. 이러한 변증법적 관계 때문에 우리는 갈등 현상에 관심을 갖게 되고, 동시에 우리가 관심을 갖고 있는 사회적 갈등의 분석 결과가 우리들에게 많은 의미를 주게 될 것이다.

'갈등'을 보는 사회학에서의 시각은 그 개념이나 기능에 대한 정의에 다양한 차이를 보이고 있다. 갈등을 "행동을 지각 있게 하고 자의식을 갖 게 하는 것이며, 오직 여기에 합리적 행위의 제조건이 존재한다"[12]는 언 급이나, "사람들이 갈등에 대해 생각하면 할수록 협동과 분리될 수 없는 성질임을 알게 될 것"[13]이라는 언급이나, "갈등은 사회생활에서 없앨 수 없다. …(중략)… 평화는 갈등의 형태상의 변화 또는 갈등의 적대자 및 대상에 있어서의 변화 혹은 마지막으로 선택의 기회에 있어서의 변화이 다"[14], 또는 "갈등은 사회 발전, 특히 자본주의 발전의 필수 요건이다"[15] 등의 진술은 갈등의 긍정적 기능을 지적한 것이다. 한편 사회질서를 유

11 L.A. Coser, *The Functions of social conflict*(The Free Press, 1956) p.22.

12 R.E. Park and E.W. Burgess, *Intruduction to the Science of Society*, Univ. of Chicago Press, 1921, p.578.

13 C.H. Cooly, *Social Process*, Scriberner's Sons, 1918, p.39.

14 M. Weber, *The Methodology of the Social Science*, Trans and ed. E. A. Shils and H. A. Firch, The Free Press, 1640, pp.26~27.

15 R. Dahrendorf, *Class and Class Conflict in a Industrial Society*, p.173.

한국 근대소설과 사회갈등

지하고 보장하는 규범적 구조에 초점을 맞추어 갈등을 사회의 안정을 파괴하는 현상이라 하고 이를 사회질서가 불안정 상태에 있다는 증거로 파악, 이를 분열적이고 분해하는 '질병', '긴장', '풍토병'[16]에 해당하는 하나의 일탈 행동으로 보는, 갈등의 역기능적 측면을 지적한 견해도 있다.

갈등에 대한 이러한 순기능적, 또는 역기능적 측면에 대한 지적에도 불구하고 그것은 "인간의 사회생활에서 나타나는 가장 확실한 형상"[17]의 하나라는 데는 의심할 여지가 없다. 그러므로 "갈등이야말로 사회변동과 진보의 분석을 위한 가장 중요한 해석적 카테고리를 마련해주는 개념"[18]이며, 또한 "갈등 현상에 대한 관심이 내포되지 않은 사회변동관이란 존재할 수 없다"[19]는 논리가 된다.

이 책은 이러한 명제와 구체적 제현상들에 대한 탐색이며, 갈등이란 근본적으로 '사회화의 한 형태'[20]라는 갈등 논의의 고전적 명제나 "그것은 사회를 해체시키려는 것보다 참으로 사회를 하나의 지속적인 관심사로 균형 있게 하고 유지시키는 수단"[21]이라는 갈등 기능에 대한 확인이 될 것이다.

한국 근대사는 이념적으로는 근대화를 지향했지만 실제에 있어 식민화의 결과로 나타났다. 사회적 압력과 변동의 폭이 극심했던 이 시기의 소설의 서사 구조는 그 인물들의 현실 수용의 태도—이른바 갈등의 양상

---

16 T. Parsons, *The Structure of Social Action*, The Free Press, 1949.

17 Dubin, *Approach to the Study of Social Conflict*, A Colloquium, Conflict Resolution Vol.1, No.2, p.183.

18 L. A. Coser, op. cit, p.19.

19 C. H. Cooly, op. cit, p.39.

20 G. Simmel, *Conflict*, Trans. Kurt H. Wolff, The Free Press, 1955, p.35.

21 R. Dahrendorf, op. cit, p.206.

에 의해 그 특성이 규정될 것이며, 이 반대의 논리 또한 마찬가지가 될 것이다.

　　한국 소설의 그동안의 논의는 주로 문예사조나 독자적인 작품론, 작가론에 치우쳐온 편이다. 이로 인해 작품의 내재적 발전이나 변모의 양상에 대한 연구, 특히 여기서 다루고자 하는 서사 구조에서의 사회갈등에 대한 연구는 미흡하였다.

　　초기의 김동인 이래 소설의 기교나 시점의 문제가 제기된[22] 이후 김기진, 박영희 등 이데올로기적 문학관에 대응하여 대두된 양주동의 형식론[23], 백철[24], 김문집[25], 김환태[26] 등에 의해 문학의 형식이나 독자성에 대한 옹호론이 피력되어오다가, 소설의 형식 특히 구조에 대한 관심을 보인 연구들[27]은 한두 경우를 제외하고는 작품 전반에 대한 포괄적이고

22　김동인, 「자긔가 창조한 세계」, 『창조』 7호.
　　―――, 「소설작법」, 『조선문단』, 1922. 7, 8, 9월호.
23　양주동, 「문예비평가의 태도기타」, 『동아일보』, 1927. 2. 28.
24　백　철, 「개성과 보편성」, 『조선일보』 1934. 11. 23~30.
25　김문집, 「전통과 기교문제」, 『조선중앙일보』 1934. 10. 26~31.
26　김환태, 「나의 비평태도」, 『조선일보』 1934. 11. 23~30.
27　김동인, 「춘원연구」, 『김동인전집』, 삼중당, 1976.
　　―――, 「조선근대소설고」, 『김동인전집』, 삼중당, 1976.
　　임　화, 「조선신문학사」, 『인문평론』 1939~1941(연재).
　　전광용, 「신소설연구」, 『사상계』 1955~1956(연재).
　　―――, 「이인직연구」, 『서울대논문집』, 1957.
　　―――, 「한국소설 발달사」, 『민족문화사대계』 Ⅰ, 고려대학교 민족문화연구소, 1967.
　　구인환, 「한국소설의 구조적 고찰」, 『김형규박사기념논총』, 1971.
　　이재선, 『한국개화기소설연구』, 일조각, 1972.
　　―――, 『한국단편소설연구』, 일조각, 1975.
　　조동일, 『신소설의 문학사적 성격』, 서울대학교 한국문화연구소, 1973.

도 전반적인 특성의 일부를 지적하고 있는 데 그치고 있다. 이는 구조 (structure)의 개념에 대한 오해와 혼란에 기인한 것으로 보인다.

구조란 하나의 문학작품(전체)을 이루고 있는 구성요소(부분)의 총합을 말하는 것으로서, 여기서 부분이란 소리 · 낱말 · 문장 · 수사적 문채 (文彩) 등 형식적 부분과 주제 · 소재 · 저자의 태도 등 비형식적인 부문 모두를 포함한다.[28] 구조에 대한 논의는 이와 같이 다양하고 광범위한 갈래에 걸쳐 있으므로, 구조의 개념이 지시하고 있는 어느 한 국면으로 관심의 초점을 국한시키는 데서부터 연구가 시작되어야 할 것이다.

위 연구 논저 가운데 소설의 서술 구조에 한정시켜 소설 구조의 일단을 밝힌 것이 이재선의 「신소설의 구조론시고」(『한국개화기소설연구』)와 「한국단편소설서술유형」(『한국단편소설연구』)과 조동일의 『신소설의 문학사적 성격』과 「영웅소설 작품구조의 시대적 성격」(『한국소설의 이론』)이다. 이재선은 신소설의 구조를 (1) 발단, (2) 분절과 행동 연결, (3) 시점, (4) 시간단축의 방법 등으로 나누어 이조소설과 신소설을 비교하고 있다. 또한 이조 소설 예시 방법을 표제나 인물, 서술자의 개입, 꿈의 방법을 통한 예시 등을 들고 신소설의 그것과 대비하고 있다. 소설의 서술

———, 『한국소설의 이론』, 지식산업사, 1970.

송민호, 『한국개화기소설의 사적 연구』, 일지사, 1979.

김우창, 「한국현대소설의 형성」, 『궁핍한 시대의 시인』, 민음사, 1977.

홍일식, 『한국개화기의 문학사상연구』, 열화당, 1980.

서종택, 「신소설의 사건구조」, 『홍대논총』 11집, 홍익대학교, 1979.

박동규, 『현대한국소설의 구조연구』, 서울대학교 대학원, 1980.

송하춘, 『1920연대 소설에 나타난 작중인물연구』, 고려대학교 대학원, 1980.

성현경, 『한국소설의 구조와 실상』, 영남대학교 출판부, 1981.

28 이상섭, 『문학비평용어사전』, 민음사, 1976, 29~32쪽 및 『언어와 상상』, 문학과지성사, 1980.

구조 해명에 기여한 성과로 보이지만, 한편으로는 광범위한 국면들에 대한 단편적인 지적이 아닌가 하는 점도 없지 않다. 이는 표제로 단 '서술 구조'의 개념상의 포괄성 때문일 것이다. 서술(discourse)이란 우리가 사용하는 모든 문장을 두루 포함하는 개념으로 이를 크게 나누면 설명(exposition), 논증(argument), 묘사(description), 서사(narration)가 된다.[29] 서술이 이와 같이 모든 문장 양식을 두루 포함하는 개념이라고 볼 때, 소설의 서술 구조의 범위는 자못 커진다.

따라서 소설의 '구조'보다는 '서술 구조'가, 그보다는 '서사 구조', '행동 구조' 등 유(類)보다는 종(種)으로 구체화시켜 고찰하는 것이 바람직하다. 그러나 실제에 있어 묘사와 서사, 설명과 논증의 명확한 분리가 가능한가 하는 데 문제가 있으며, 이들에 대한 결과들이 통합된 자리에서 비로소 작품 전체의 구조의 실상이 드러날 것이다.

그러므로 이 논저에서 소설의 구조를 '서사 구조'로, 이를 다시 인물의 의식과 행위를 중심으로 한 '갈등 구조'로 한정한 것은 다루어야 할 국면의 범위를 좁히기 위한 것이며, 여기서의 '서사 구조'란 "의미 있는 행동의 시간적 과정"으로서의 '이야기 짜임'을 뜻하는 개념으로 한정하고자 한다. 여기서 서사란 "행동의 과정을 설명하는 것이 아니라 행동의 과정을 제시하는 것으로서의 사건 구조"[30]이다.

소설 구조에 대한 접근 방법으로서 이재선과 조동일의 그것은 요령과 설득을 얻고 있는 것으로 보인다. 특히 조동일은 신소설의 문학사적

---

29 C. Brooks, R. P. Warren, op. cit, p.32 및 Randall E. Decker, *Patterns of Exposition*, Little Brown & Company, 1966, xi 참조. 이러한 분류는 거의 통설로 되어 있다. Adams S. Hill의 *Principles of Rhetoric*(New York, 1878) 이후 이 방면의 모든 저서에서 이 네 가지의 기본양식으로 분류하고 있다.

30 C. Brooks, R. P. Warren, op. cit, p.262.

22
한국 근대소설과 사회갈등

성격을 밝히는 데서 전대소설(고대소설과 신소설의 연속성에 유의하여 '전대소설'이라는 용어를 쓴 듯)의 구조에서 일어난 변화와 그 연속으로서의 신소설의 구조를 밝혔다. 그것은 주로 '영웅의 일생'을 근간으로 하는 고대소설의 사건 구조를 일곱 개의 단락소로 분류하고 삽화나 유형, 인간형의 일치나 변화의 양상을 밝히고 있다. 여기서 그는 고대소설의 극복으로서의 신소설과 연속으로서의 신소설의 시대적 문학사적 성격을 밝히고 있다. 작중 사건의 삽화나 해결의 국면 또는 인물 유형의 일치에서 '전대소설'과의 전통성을 찾아내고 주체적 문학사관을 확립하고자 하는 의도가 드러나 있다. 또한 그의 이러한 방법은 영웅소설 작품 구조의 시대적 성격을 밝히는 데까지 소급되는데, 작자층이나 발표 연대가 밝혀져 있지 않은 어려움을 철학사와 사회사적 현상에 의해 해명하고 있다. 무엇보다는 G. 루카치나 L. 골드만의 이론을 원용, 소설의 장르적 특성을 '자아와 세계의 대결 구조'로 규정한 데서(여기서의 '대결'이란 이 책에서의 '갈등'의 개념과 유사한 것이다. 대결과 대립이 다르고, 특히 동적인 활동을 지칭한 것이라 하지만 다분히 한정적이다. 동적이며 정적인 상황이나 용납하기 어려운 관계 등을 포괄적으로 지칭하는 것으로 '갈등'이 보다 탐색적인 개념이다) 이 연구의 독자성이 발견되며, 이러한 대결의 양상에서 시대적 성격을 추출해내고 있다.

여기서 다루고자 하는 개화기-1920년대-1930년대식의 시대 구분은 편의상 식민 시대 초기, 중기, 후기 등의 뜻으로 사용한 것이며, 시대 구분의 필연적인 이유나 조건이 유보된 것이다. 그러나 중요한 점은, 이러한 시기에 일어난 사회변동의 여러 가지 양상이 소설 속에 '얼마나' 반영되어 있는가를 측정하는 것이 아니라 '어떻게' 반영되고 있느냐 하는 점이며, 따라서 사회변동과 소설의 구조와의 상보성 속에 감추어진 이 양자의 의미 있는 관계를 추출하는 것이다.

그러나 이러한 작업은 다루어야 할 작품이 너무 많다는 데 문제가 있다. 문학작품을 사회적 현상의 하나로 보는 전제에서 모든 작품이 다루어져야 하겠지만, 각 시대의 문학성과 시대성을 동시에 담고 있다고 판단되는 전형적인 작품을 선정할 수밖에 없다. 이 또한 자의적인 것이라는 한계가 있다. 그러나 자료는 많을수록 설득력 있는 결과를 가져오겠지만, 단 몇 편의 작품이라도 이에 상응하는 비중을 가질 수 있으면, 개별적인 작품에서 추상된 의미나 가치가 일반적인 것을 인식하는 근거가 될 것이다.[31] 이른바 미적인 것과 사회적인 것이 상호 유기적으로 결속된 작품이어야 할 것이다. 작품 선정의 기준은 그러므로 이 시기의 문학을 보는 다음과 같은 한 관점을 원용하는 것도 유용하다.

한국 현대문학의 발생과 전개를 이야기할 때, 삶의 가장 큰 테두리가 되는 것은 식민지 시대라는 상황이다. 우리는 이 테두리를, 일제하에 쓰인 문학을 평가하는 데 있어서 늘 기억해야 한다. 식민지적 상황에 언급하지 않은 평가는 거의 틀림없이 부정확하거나 잘못된 것이 될 것이다. 식민지라는 전체적인 테두리에 미치지 못하는 작품은 식민지의 삶에 대한 진실을 있는 그대로 이야기하지 못한다. 이렇게 말하는 것은 모든 문학이 반드시 정치성을 띠어야 한다는 말이 아니라, 식민지의 문학은 불가피하게 정치적일 수밖에 없다는 말이다. 식민지 지배는 사회생활의 전체를 철저하게 규정하는 체제인 까닭에 식민지에서의 삶의 어느 부분도, 제국주의가 식민지의 현상과 미래에 내리씌우는 철쇄에서 제외되지 않는다고 해야 한다.[32]

---

31 조동일, 『문학연구방법』, 지식산업사, 1980, p.64.

32 김우창, 「일제하의 작가의 상황」, 『궁핍한 시대의 시인』, 민음사, 1977, 13~14쪽.

요컨대 '시대적 상황'에 대한 고려 없이 문학작품을 분석 평가하는 데서 빚어질지도 모르는 오류를 경계한 이 진술은 우리로 하여금 시대적 상황에 대한 '의식'이 미미하거나 드러나 있지 않은 작품을 경계하도록 해주는 것이다.

이 책에서 연구 대상으로 잡은 '개화기'의 소설에 대한 부분은 전광용, 송민호, 이제선, 조동일, 홍일식 등의 연구에서 이미 문학사적 성격·형성 과정·구성·주제 등의 일반적인 정리가 이루어진 셈이다. 여기에서 다시 이 시기의 작품에까지 소급한 것은 작중인물의 사회적 갈등을 중심으로 한 서사 구조를 그 이후의 사회변동에 따른 구조 변화와의 양상을 비교 대조하여 보임으로써 논증의 효과를 꾀하기 위함이다.

결국 이 논저는 식민(화) 시대에 걸쳐 발표된 문학사적인 작품들에 담긴 작중인물들의 행동에 나타난 '역사적 사회적 순간'들을 찾아 이를 서사 구조에 관련지어보았다. 그리고 그것은 언어적 문맥에서 연구의 출발을 삼되, 역사 사회적 사료들은 이를 뒷받침해주는 근거로 사용하고자 하였다.

개화기 소설과 '근대'의 인식

제2장 개화기 소설과 '근대'의 인식

'개화기'로 불리는 19세기 말의 한국 사회는 체제적 위기에 부딪친 때였다. 이러한 위기는 두 곳으로부터 사회적 압력(social pressure)을 받게 되면서부터 시작된 것이었다. 이는 역사적으로 끊임없이 이어져오던 외세의 작용이 가장 강력한 충격으로 등장한 것으로서 (1) 천주교의 포교, (2) 외국 상선의 통상 요구, (3) 중국을 통하여 들어온 서구 제품의 출현, (4) 유럽, 미국, 일본 자본주의의 개항 요구, (5) 선진 자본주의 제국의 식민지화의 위협 등으로 대표되는 체제 외부로부터의 압력과, 홍경래의 난 이후 끊임없이 이어지는 민란과, 진주민란(1892) 이후 체제 개혁을 요구하는 밑으로부터의 폭동으로 이어지는 체제 내부로부터의 압력이 그것이다. 이러한 두 주류의 사회적 압력은 봉건 ↔ 반봉건, 수구 ↔ 개화 등의 대립으로 발전하였으며, 이는 반봉건 반침략 못지않게 근대화(개화)의 중요성을 인식한 데에 이르러서 이 양자의 수행을 동시에 이룩하려는 노력으로 이어진다. 이 두 가지의 책무가 이 시기의 시대적 명제가 된다. 체제 안팎으로부터의 이러한 사회적 압력은 민족사에서의 가장 큰 시련이라고 할 수 있었다.[1]

---

1   신용하, 「한국근대사와 사회발전」, 『한국근대사와 사회변동』(문학과지성사, 1980)

이러한 사태에 대한 위기의식은 자주독립과 근대화 어느 쪽도 포기할 수 없는 시대적 과제라는 인식에서부터 출발한다.

이리하여 새로운 사회사상이 등장하게 되었는데 (1) 동학사상, (2) 개화사상, (3) 위정척사사상 등이 그것이다. 이들의 이념적 목표는 동일한 것이었지만, 방법론적 실천적 면에서 각각 상이한 대립의 양상을 보인다.

동학은 1860년 최제우에 의해 세워진 종파로서 1894년의 이른바 갑오농민전쟁으로 해서 세상에 알려지고, 1919년의 3·1운동에서 세력을 행사할 수 있었다. 서학(西學, 천주교)에 대항하여 서양의 세력에 대해 주체적으로 체제 문제를 해결하려고 한 동학사상은 농민을 사회계층의 주된 세력으로 설정, 보국안민 광제창생(保國安民 廣濟蒼生)을 시대의 이념으로 삼았다. 최제우의 『동경대전』과 『용담유사』는 동양의 유·불·도 사상과 샤머니즘적 민간신앙적 요소를 근본으로 하여 동학사상의 기본을 이루고 있음을 볼 수 있다. 이러한 민간신앙적 요소는 단순히 대중에게 동학을 널리 펼 수 있는 방편으로보다는 오히려 "기성의 종교를 주체적으로 종합하여 토착적 민간신앙으로 발전시킬 활력소"[2]가 된 점에 의의가 있다.

동학사상은 서양 세력이 점진적으로 밀려드는 사태에 대해 응전할 수 있는 새로운 '도'가 필요하다고 느낀 데서 민족적인 종교사상이었으며, 이는 동양의 전통적인 '천인합일(天人合一)' 사상을 발전시켜 '시천주(侍天主)' 사상으로 발전했다. 이는 또한 '사인여천(事人如天)'에 이

12쪽에 의하면, 이전까지의 외세의 도전이 전근대적 체제에 대한 동질적 도전과 응전이었다는 점과 다르게 '근대사회체제 ↔ 전근대사회체제', '근대산업체제 ↔ 농업수공업체제', '과학문화 ↔ 전근대적인문교양 문화', '철제군함 ↔ 구식군대'의 대결이었다는 점을 들고 있다.

2 신일철, 「최수운의 역사의식」, 『한국사상』 12호, 한국사상연구회, 1974, 12쪽.

르러 '만민평등(萬民平等)'의 근대적 인간사상이 되었다. 포교를 시작한 지 4년 만에 1864년 정부에 의해 사교(邪敎)로 지목되어 교주 최제우가 처형된다. 그러나 동학은 이후 광범위한 민중(농민)의 세력을 얻어 팽창했다.

한편 개화사상은 동학사상보다 조금 늦게 1860년대 말부터 1870년대 초에 양반, 중인 출신의 소수 지식인들을 중심으로 시작되었다. 동학사상이 외세에 대한 견제와 응전의 한 양태로 출발하였다면 개화사상은 대내적 사태—이른바 사회 각 부문의 군주제, 착취적 양반제도, 중국 중심의 문화양식과 제도, 구식군제(舊式軍制) 등의 모순과 부패를 개혁하고자 한 데서 출발하였다. 그리하여 그들은 청국의 형식상의 종주권을 부정하고 자주권을 강화할 것을 주장하였으며, 근대 국민국가의 추구, 근대 상공업의 개발, 근대적 병기 무장 등을 강력히 주장하였다.

개화사상의 이러한 내용들은 당시의 한국 사회가 직면하고 있었던 문제들에 대한 합리적이고도 과학적인 도전이었으며, 이는 "한국 근대 시민사회의 초기 사상을 형성한 것"[3]이라 볼 수 있다.

위정척사사상은 당시의 주자학을 배경으로 한 유생들에 의해 주도되었다. 이들은 화이사상(華夷思想)을 고수, 중국(大華)과 우리나라(小華)만이 '화(華)'이며, 일본과 서양은 '이(夷)'로 보아 문명국 ↔ 야만국의 대립 관계를 설정하였다. 따라서 서양 기술은 '기기음교(奇技淫巧)'[4]한 것이며 주자학만이 정도(正道)라 하였다. 또한 이들은 우리나라를 '이(理)'로, 왜양(倭洋)을 '기(氣)'로 보고, 기는 이의 명령에 복종해야 하기 때문에 서양의 도전은 겉으로는 우세한 듯하나 종국에 가서는 본체에 있어 두려

---

3 신용하, 앞의 책, 18쪽.

4 이항로, 병인 10월의 「사동의금소」.

위할 것이 못 된다는 주리론(主理論)을 폈다.[5]

강요된 개항에 의해 외국의 상품과 문물이 도입되면서, 한국 사회는 주로 개화파에 의해 근대화의 이념이 실천적으로 수행되었다.

그러나 임오군란(1882)을 계기로 청국의 간섭과 탄압을 초래하면서 '근대화'와 '자주독립'이 중대한 위기에 봉착한다. 김옥균 일파에 의해 주도된 갑신정변(1884)은 정권을 장악한 다음 이른바 '위로부터의 근대화'를 실시하려는 정변이었다. 시민의식이 성숙되어 나라가 근대화되기를 기다릴 만한 여유가 없다고 판단한 이들의 정변은 일종의 시민사회 건설을 위한 하나의 시도로서 평가할 만한 것이었다.

그러나 갑신정변은 삼일천하의 집권으로 끝나고, 그 원인은 직접적으로는 청군의 개입에 의한 것이었지만, 근본적으로는 당시의 "민중 의식의 성장이나 호응이 미숙하고 취약했던 데"[6] 있었던 것으로 평가된다.

갑신정변이 실패하고, 민비 정권과 청국이 개화파에 대한 탄압과 추적에 몰두하고 있을 때, 기회를 탄 동학이 다시 2세 교주가 된 최시형을 중심으로 은밀히 포교를 시작하고, 주로 농민들에 의해 그 조직과 세력이 확장되었다.

농민들이 동학에 의거하여 조직적인 동요를 보이기 시작한 것이 1892년, 이듬해 다시 '척왜양창의(斥倭洋倡義)'의 기치를 올리고 1894년 전봉준의 지휘하에 농민 혁명운동이 일어났다. 이들은 각 관아를 점령하고 그 세력을 확장하였다. 관군이 곳곳에서 농민군에 패퇴, 수습할 능력이 없음을 알고 청군의 진주를 요청하였고, 이 소식을 들은 일본은 톈진조

한국 근대소설과 사회갈등

---

5   신용하, 앞의 책, 19쪽.

6   위의 책, 같은 쪽.

약을 구실로 불법적으로 군대 파견을 결정, 서울에 입성하였다.

전국적으로 확대된 농민 봉기가 그 방대한 병력에도 불구하고, 근대적 화력으로 무장한 관·일군에 패퇴, 무위로 끝났다. 외세의 개입이 없이 관군과 농민이 대결하였더라면, 농민군의 승리는 자명한 것이었으며, 개혁은 순조로운 것이 되었을 것이다.

동학농민혁명은 그러나 구체제의 근본적인 붕괴를 예고한 점에서 의의가 있으며, 이러한 개혁안은 갑오경장에 대부분 반영이 되었다. 그러나 이 또한 일본군의 간섭으로 실패하였다.

동학농민혁명이 좌절되긴 하였지만 그들의 요구가 갑오경장에 반영이 되었으므로 일단 이러한 정부측의 각성은 실효를 거두는 듯하였다. 그러나 청일전쟁에서 승리한 일본이 동학농민봉기를 진압한 이래 내정 간섭이 노골화되고, 정계는 친일·친러 양파로 갈라졌다.

독립협회 운동은 이 시기에 민중의 힘을 동원하여 사회운동을 전개하려했던 지식인들에 의해 주도된 구국개혁운동이었다. 1896~1898년간의 독립협회와 만민공동회 투쟁은 일시적으로나마 열강 세력의 침투를 저지하는 데 성공하였으며, 이는 1904년 러일전쟁이 일어날 때까지 지속되었다. 이 기간은 한국 민족이 독립을 지킬 자강 체제를 수립하기 위하여 사회 발전을 추진할 또 한 번의 절호의 기회[7]였다. 그들은 자주독립을 유지 강화하기 위하여 국민을 정치에 참여시켜야 한다는 것을 주장하고, 국민자주권·국민평등권·국민주권·국민참정권 등 민권 신장을 내세우고 행정·재정·교육·산업 등 각 분야에 걸친 개혁안을 마련했다. 이들은 서재필, 윤치호, 이상재 등으로 대표되는 급진개화파와 신

---

7   신용하, 앞의 책, 26쪽.

채호, 박은식, 장지연 등으로 대표되는 점진개화파의 두 주류로 나뉜다. 전자는 주로 서구식 교육을 받은 개신교도들이었으며, 후자는 주로 유학 교육을 받고 실학사상에 사상적 기반을 둔 '동도서기론자(東道西器論者)'들이었다. 독립협회 운동에 의해 이 두 유형의 개화파의 이념이 접근되는 계기가 되었으나, 러일전쟁(1904)을 승리로 이끈 일본에 의해 1905년 을사보호조약이 체결되었다.

독립협회와 만민공동회 운동은 실패하였지만, 이 또한 개화독립사상과 민중이 결합하였다는 데서, 이후의 사회 발전에 기여한 것으로 평가할 수 있다.

한편 종교적으로는, 사회적 불안에서 탄생된 동학(천도교)이 민중의 호응을 얻고 대두한 이래 오랜 전통의 불교나 유교는 점차 쇠퇴하는 현상을 드러낸다. 지나친 존화사상(尊華思想)은 민족의식을 격하시키는 한편 실제 생활에서 그 실이 무엇인지 연구 발전시키지 못하였다. 그러나 이러한 가운데서도 위정척사운동가들이 보여준 민족 주체 의식은 높이 평가되었다.

이 시기에 천주교와 기독교가 외래 종교로 등장, 민중의 정신에 새로운 안식을 주었고, 특히 교육의 보급과 의료 사업의 개척에 이바지한다. 신교육기관을 거친 선각자들은 근대화 운동의 기수가 되어 민족 자각의 계몽운동을 폈다.

또한 양반·중인·상민·천민으로 분류되어오던 신분 구조가 무너져, 천민의 양반화 및 상민화 현상이 보편적으로, 그리고 급진적으로 진행되었다. 이러한 신분 해체 현상은 갑오경장 때의 신분 개혁이 실시되기 이전에 봉건사회의 모순에 의하여 스스로 일어나고 있었다.

한말의 신분 해체와 봉건 지주제는 개항 이후 일본자본의 침입으로 강화되었고, 종래의 토지 자본 및 상공업 자본이 외세의 정치적·군사

적 비호 아래 점차 일제의 상업 자본과 고리대 자본에 의해 침식 예속
되었다. 국정이 문란할수록 그리고 봉건적 신분제가 해이될수록 왕실 ·
귀족 · 관료들의 봉건 지배층은 경제적 기반의 확립에 골몰하고, 지방의
수령 · 향리 · 아전들이 조세 징수의 중간 착취자로 등장, 상민과 천민을
수탈하였다.[8] 이와 같이 개화기의 사회변동의 요인은 신구 사조의 대립,
정치적 불안, 신분 계층의 이동, 민중운동, 새로운 문물의 도입 등으로
요약할 수 있다.

개화기의 대표적인 서사 장르는 '신소설'[9]이다. 이는 외세의 작용이
가장 강력한 충격으로 등장한 갑오경장 이후의 신구 사조의 대립을 배
경으로 하여 등장한다. 봉건 질서의 해체와 새로운 식민자본주의의 형
성기를 배경으로 한 이 신소설은 따라서 개화기 시대의 시대적 이념을
형상화하는 데 가장 야심적인 서사 양식[10]이 아닌가 하는 추측이 가능해
진다. 이때 가장 광범위한 독자층을 형성하였던 신소설은 이인직의 「혈
의 누」(1906)를 전후한 동안에서 합방(1910) 이후에까지 왕성하게 창작
되었으며,[11] '문명개화', '풍속 개량' 등 근대화의 이념이 이들의 일반적

---

8   고영복, 「사회변동의 양상」, 『한국현대사』 8, 신구문화사, 1971, 279~282쪽.

9   신소설의 성격 및 명칭 성립 과정은 조연현, 『한국신문학고』, 문화당, 1966, 51~55
    쪽 및 송민호, 『한국개화기소설의 사적 연구』, 일지사, 1980, 194~201쪽, 이재선,
    『한국개화기소설연구』, 일조각, 1972, 24~37쪽 참조.

10 홍일식, 앞의 책, 171~172쪽.

11 개화기의 단행본 자료 중 창작 소설만 하더라도 14종에 이르며, 여기에 신문 연재
    물이나 역사전기류를 포함시키면 이 시기의 창작 번안 등에 보이는 서사 장르에 대
    한 시대적 이념이나 상업성이 어떠했는가를 알 수 있다. 송민호의 조사(앞의 책,
    151쪽)에 의하면 순수 단행본 창작 소설(1906~1910)은 다음과 같다. 이인직의 「혈
    의 누」(1907), 「귀의 성」 상(1907). 안국선의 「금수회의록」(1908), 이해조의 「빈상
    설」(1908), 이인직의 「귀의 성」 하(1908), 「치악산」 상(1908), 육정수의 「송뢰금」

인 주제가 되었다. 단순한 흥미 위주의 남녀간의 애정이나 풍속을 다룬 것도 이를 주제의 일부로서나마 다루고 있고, 작중인물 가운데는 반드시 소위 '개화인'이 등장한다. 봉건 질서에 대한 부정과 비판, 새 문명에 대한 예찬이 대대적으로, 그리고 공공연하게 행해졌던 당시의 사정이 신소설에 그대로 나타나 있다. 따라서 신소설이 담고 있는 갑오경장 이후의 일본에 예속되어가는 약 15년간의 조선 사회의 구조와 이에 따른 당대인의 삶의 양상은 주목되는 바가 많다. 동학 → 갑오 → 을사 → 합방으로 이어지는, 한국 근대사의 사회변동의 가장 격동기를 지나는 동안에 형성 전개되었던 신소설은 그러므로 어떤 시기의 어떤 작품보다도 작중인물의 사회갈등의 성격이 두드러진다 하겠다.

한편 신채호, 박은식, 장지연 등으로 대표되는 민족주의적 역사의식이나 자보(自保), 자강(自强) 항일 구국의 이념을 담은 역사 전기류 등은 여기서는 부차적인 것으로 다루어질 수밖에 없다. 이들 개화기 지식인들의 번안이나 역술에 나타난 당대 현실이나 역사에 대한 관점의 당위성은 값진 것이었지만, 엄밀한 의미에서 그것은 세계에 대한 자아의 일반적 승리나 교술로 일관된 것으로서, 서사 장르인 소설의 영역에 들 수 없는 것들이었으며, 그렇다고 단순한 논설도 역사도 아니었다.

상(1908), 이해조의 「구마검」(1908), 「홍도화」(1909), 최병헌의 「성산명경」(1910), 이해조의 「자유종」(1910), 박영진의 「요지경」(1910) 등이 있다(1973년 현재). 여기에 무서명(無署名)의 「쇼경과 안즘방이 문답」(『대한매일신보』, 1905. 11. 27~12. 23 연재), 「거부오해」(『대한매일신보』, 1906. 2. 20~3. 7 연재) 등의 연재물과, 「천중가절」「금수재판」「만국대회록」 등의 정치류, 「금강문」「화세계」「원앙도」「구의산」「우중행인」「비파성」「도화원」「검중화」「금국화」 등의 오락물, 「추월색」「안의 성」「탄금대」「모란병」「부벽루」 등의 계몽류와 여기에 역사 전기류·몽유록까지 포함하면 이 시기의 서사장르에의 경사가 어느 정도인가를 알 수 있다.

신소설의 구조는 '전대소설(前代小說, 고대소설)'의 일반적 구조 유형의 계승이라는 연구가 이미 이루어졌다.[12] 원래 신화에서 존재하던 '영웅의 일생'을 근간으로 하는「홍길동전」이후의 고대소설은 신소설의 전반적인 구조나 삽화 유형과 일치하고 있음이 드러났다. 이러한 구조 유형은, 특히「유충렬전」「이대봉전」「숙향전」「사씨남정기」「화문록」「정진사전」「정을선전」「창선감의록」「장화홍련전」「숙향낭자전」「서해무릉기」「강릉추월」등의 고대소설과「혈의 누」「은세계」「치악산」「빈상설」「화세계」「봉선화」「추월색」「안의 성」「금강문」등의 신소설이 일치하고 있음을 지적하고 있다. 신소설과 일치를 보이고 있는 고대소설의 구조는 다음과 같은 일곱 개의 단락소로 이루어져 있으며, 각 단락은 행복－고난의 발전적 반복으로 되어 있다.

    (1) 고귀한 혈통의 인물이다.

    (2) 비정상적으로 태어났거나 잉태되었다.

    (3) 보통 사람과는 다른 탁월한 능력을 지녔다.

    (4) 어려서 기아(棄兒)가 되어 죽을 고비에 이르렀다.

    (5) 구출 양육자를 만나 죽을 고비에서 벗어났다.

    (6) 자라서 다시 위기에 봉착했다.

    (7) 위기를 극복하고 승리자가 되었다.[13]

다만 위에 든 단락소가 신소설에 근대적 서사기법에 의해 '서술적 역전'[14]이 이루어지고 있음이 다소 다를 뿐이다.

---

12 조동일,「영웅의 일생 — 그 문학사적 전개」,『동서문화』, 서울대학교, 1971 및『신소설의 문학사적 성격』, 서울대학교 한국문화연구소, 1973 참조.

13 조동일,『신소설의 문학사적 성격』, 서울대학교 한국문화연구소, 1973. 14쪽.

14 이 용어는 전광용, 송민호, 이재선, 조동일의 논저에서 두루 사용되었다. 신소설의

소설에서의 행동 구조의 논리적 3단계를 발단-분규-종결로 나누는 것이 보통이나,[15] 이를 좀 더 세분하면 발단-발전(전개)-위기(분규)-절정(반전)-종결로 전개된다고 할 수 있다(괄호의 반전은 있을 때도 있고 없을 때도 있다). 또한 여기서 위기를 제1, 제2, 제3위기로 여러 번 겹치는 경우가 있다.

고대소설과의 삽화·유형 구조의 전반적인 일치에서 오는 신소설과 고대소설과의 연속성이나 차이점은 그쪽의 성과에 미루고, 여기서는 주로 위의 단락소 가운데 ❹, ❺, ❻, ❼의 내부 갈등 구조를 중심으로 신소설 일반을 지배하고 있는 서사 구조의 특성을 종합적으로 분류하여 고찰하고자 한다.

1. 황폐화한 세계와 무주체적 자아

(가) 일청전장의 총쇼리는 평양일경이 써느 가는듯ᄒ더니 그 총쇼리가 긋치미 사름의 ᄌ취는 ᄯ너지고 샨과들에 비뤈 씌쓸샌이라.

평양성의모란봉에 써러지는 저녁볏은 누엿너머가는 듸 져희빗을

서사 구조에 나타난 '서술적 역전'은 고대소설의 구조와의 차이를 단적으로 드러낸, 근대적 기법으로 향하는 중요한 변화라 하겠다. 자연적 질서로서의 시간과 작품 구조적 질서로서의 시간관의 변화는 서사 패턴의 기초적 기법에 불과하지만, 이러한 시간관과 미의식의 변화는 세계의 질서에 대한 서술의 주체적 개입이라는 점에서 중요한 발전이라 하겠다. 이 축을 도해로 예시하면 다음과 같다.

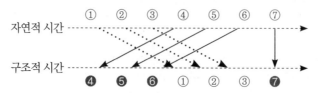

15 C. Brooks, R. P. Warren, *Understanding Fiction*, Appleton-Century Crofts, 1959, p.77.

붓드러믹고 시푼 마음에 붓드러믹지는못ᄒ고 숨이 턱에단드시 갈팡
질팡ᄒ는 ᄒ부인이나히 삼십이되락말락ᄒ고 얼골은분을써고 너드
시힌 얼골이ᄂ 인정업시 쓰겁게ᄂ리쏘히는 가을볏에 얼골이 익어
셔 션잉두빗이 되고 거름거리는 허동지동ᄒ는ᄃᆡ옷은 흘러ᄂ려셔 젓
가슴이 다드러ᄂ고 치마짜락은 싸헤질ᄊ썰려서 거름을 건는ᄃᆡ로 치
마가발피니 그부인은 아무리 급ᄒ 거름거리를 ᄒ더릭도 멀리가지도
못ᄒ고 허둥거리기만ᄒ다.[16]

　　(나) 강원도원쥬경ᄂᆡ에 제일일홈는산은 치악산이라.

　　명낭ᄒ빗도업고 긔이ᄒ봉오리도업고 식거문산이 너무 우즁츙ᄒ게
되얏더라즁ᄊ쳡ᄊ ᄒ고 외ᄊ암ᄊ ᄒ야 웅장ᄒ기는 ᄃᆡ단이웅장ᄒ산이
라 강산쥴기로 ᄂᆡ린산이ᄂ 농두사미라 금강산은 문명ᄒ산이오 치악
산은 야만의산이라고 일홈지흘만ᄒ터이러라.

　　그산깁흔곳에는 빅쥬에 호랑이가 덕시글덕시글ᄒ야 남의고기 먹
으려는 사냥포슈가 제고기로호랑의밥을 삼는일이종종잇더라.[17]

　　(다) 겨울치위 저녁긔운에푸른하늘이 식로히취색ᄒ드시 더욱푸르
럿는ᄃᆡ 히가쑥쎠러지며 북식풍이슬슬부더니 먼ㅡ산뒤에셔 검은구
름 ᄒ쟝이 올러온다.

　　구름뒤에구름이 이러나고 구름엽헤 구름이 이러나고 구름밋헤
서 구름이 치밧쳐올러오더니 삽시근에그구름이 하늘을 뒤덥허서 푸
른 하늘은 볼수업고 식검은구름텬지라 히싯히싯ᄒ 눈발이 공즁으
로 도라ᄂᆡ려오는디 쎠러지는 빅싯갓고 날라오는 버들기지갓치 심업
시쎠러지며 근곳업시 스러진다.[18]

<hr />

16　이인직, 「혈의 누」, 송민호·김윤식·백순재·이선영 편, 『한국개화기문학총서』 I
　　(신소설)-1, 아세아문화사(영인), 1978, 3쪽(이후의 주(註)는 총서 I-1, II-1 등으
　　로만 표시함).

17　「치악산」, 총서 I-2, 3쪽.

18　「은세계」, 총서 I-3, 89쪽.

위의 인용은 「혈의 누」(1906, 『만세보』 연재), 「치악산」(상권은 1908년 이인직의 이름으로 유일서관, 하권은 1911년 김교제의 이름으로 동양 서원에서 간행), 「은세계」(1908, 동문사)의 머리 부분이다. 이는 이인직을 비롯한 신소설 인물들의 사회갈등의 기본 상황을 단적으로 보여준 것이면서 동시에 개화기 시대의 한국인의 삶의 조건의 황폐함이 잘 나타나 있다. 시간과 공간, 역사와 사회적 조건이 구체적 상황으로 제시되어 있다.

청일전쟁(여기서는 '일청'으로 되어 있다)의 총소리에 조선 사회의 정치 문화의 집결지인 평양은 사람의 자취가 끊어지고 산과 들에는 '비린 쓰러쌘'이다. '모란봉'은 어둠에 잠기고, 한 나약한 여인이 길을 잃고 헤매고 있다. 그녀의 걸음걸이는 '허동지동'하며, 옷은 흘러내려 '젓가슴 이다드러ᄂ'고, 치맛자락은 '싸헤질ㅿ썰려셔 거름을 건ᄂᄃᆡ로 치마가발피'고 있다. 외세의 노략질에 만신창이가 된 조선 사회의 모습이 한 조선 여인의 드러난 '젓가슴'과 찢어진 '치마'에 은유되어 있다.

또한 이러한 피폐해진 삶의 공간은 '명낭흔 빗'도 괴이한 봉우리도 없는 시꺼먼 산─이른바 치악산의 깊은 산중, '빅쥬에 호랑이가 덕시글'거리는 곳으로 설정되어 있으며, '남의고기 먹으려ᄂ' 포수가 오히려 호랑이 밥이 되고 마는 호식의 세계이다. 또한 그것은 '먼─산 뒤에셔 검은 구름흔쟝이올러'오는 위기와 불안의 기상학적 징후로 이어져서 '구름뒤에 구름이 이러나고 구름엽헤 구름이 이러나고 구름밋헤셔 구름이 치밧처올러' 마침내 '푸른하늘'을 볼 수 없게 된 세계이다. 그리하여 조선인은 '깜깜'한 세계에 있으며 어디를 가도 '길'이 없다. 위의 인용은 개화기 시대의 조선인의 역사적 사회적 상황이 무엇인가를 상징적으로 보여준 예이다. 행위(사건)가 벌어지는 물리적 정신적 장소로서의 배경 설정이 이 시대의 행위를 통제하는 구실을 하고 있다.

한국 근대소설과 사회갈등

(가)의 '총소리', '써러지는 저녁볏', '치마짜락', '젓가슴'과, (나)의 '치악산중', '호랑의 밥', (다)의 '겨울치위', '북시풍', '구름' 등은 활성화되고 생동되고 상징화된 이미지로서의 명명(名命)[19]이면서 또한 그것은 인물과 사건, 그리고 분위기와 관련된 기호로서의 '징조 단위' 혹은 약호 체계이며 지시 기능이라 하겠다. 롤랑 바르트(R. Barthes)의 「이야기의 구조적 분석 입문」[20]은 '의미 있는 행동의 시간적 과정'이라고 전술한 서

---

19 R. Welleck, A. Warren, *Theory of Literature*, Penguin Book, 1970, p.219.

20 롤랑 바르트(R. Barthes)는 「이야기의 구조적 분석 입문」(Introduction àl' analyse structurale des récits)(『구조주의와 문학비평』, 김치수 역, 홍성사, 1980, 91~137쪽)에서 이야기의 구조적 분석을 언어학을 기본 모델로 삼고 있다. 하나의 문장이 '음소', '형태소'와 같은 수많은 요소들의 집합인 것처럼, 이야기도 수많은 요소들의 집합이라는 점에서 문장과의 구조적 유사관계를 갖게 된다고 하였다. 언어학의 층위(niveau) 이론을 이야기분석에 적용한 그는 기능층위, 행위단위, 서술의 층위로 구분하고 있다. '기능의 층위'란, 하나의 이야기는 여러 단위들이 여러 가지 유형의 상관관계에 의해 이루어진 결합체이므로 모든 단위들이 엄밀한 기능에 의해 배열·통합된 것이며, 이는 배열적 계층(classes distributionnelles)과 통합적 계층으로 나뉜다.
   이야기의 구조분석에서 다음으로 문제가 되는 것은 '행위의 단위'이다. 이는 필연적으로 인물과의 관련 아래서 파악될 수 있는데, 여기서의 작중인물이란 '사람'이 아니라 이야기에 가담하고 있는 자(Participant)이며, 기능단위들의 무리인 '시퀀스'의 행위자 또는 '주체'로서의 인물이다.
   기능의 층위, 행위의 층위에 대립되는 제3의 층위가 바로 '서술의 층위'인데 이는 '발신자'와 '수신자'가 있다는 사실을 전제로 한다. 의사 전달의 구성요소를 로만 야콥슨(R. Jakobson)은 다음과 같은 도식으로 표시하고 있다.

관련상황
Contexte

발신자 ·························· 전언 ·························· 수신자
Destinateur   Message   Destinataire

접촉
Contact

약호 체계
Code

사의 개념 정의와 견주어볼 때 이야기(서사)체 구조 분석에 방법론적 시도의 하나로서 원용이 가능한 것이라 하겠다.

「혈의 누」의 이 부인은 '개화인'인 '김관일'의 아내인데, 남편과 딸 '옥년'과 서로 헤어져서 고난에 직면하게 되는 장면이 도입부로 제시되어 있다. 남편 김관일은 나라의 큰일(문명개화)을 하겠다고 미국 유학길에 올랐고, 옥년은 일본인 정상 군의관의 후의로 그의 양녀가 되어 일본에 건너가 살게 된다. 옥년이 다시 일본 군의의 전사로 갈 곳 없는 신세가 되었다가 구완서라는 청년을 알게 되어 미국으로 건너가 살게 되고 거기서 10년 만에 아버지와 상봉한다. 이후 구완서와 옥년은 일생의 반려가 될 것을 기약하고 약혼하고, 이런 가운데 고국에 어머니가 살아 있음을 확인한 옥년은 뛸 듯이 기뻐하고 구완서와 함께 나라를 문명한 강국으로 만들고 남녀평등과 문명개화를 위해 사회에 이바지하자고 다짐한다. 여기에 등장하는 옥년·구완서·김관일은 모두 당시의 시대적 이념에 잘 부합된 '개화인'이다. 대체로 현실성이 희박한 고대소설의 인물에 비하면 상당한 거리가 있음을 알 수 있다.

위의 서사적 진행 가운데 옥년에게 가해지는 세계의 횡포는 연속적으로 두 번에 걸쳐 일어나며, 이 또한 연속적으로 두 번에 걸쳐 그러한 고난은 극복된다. 위에 인용한 단락소 ❹가 ❺에 의해, ❻이 ❼에 의해 각각 극복된다.

먼저 ❹와 ❻에 처했을 때의 주인공 옥년이 보여준 갈등의 기본 양식을 보면 다음과 같다.

이와 같이 이야기는 다층적인 체계를 가지고 있으므로, 그 체계의 분석을 통해 이야기의 의미를 인식할 수 있다는 것이다.

(가) 남은 제집차저가건마ᄂ 느ᄂ 뉘 집으로 가ᄂ길인고 남들은 일이잇서셔 ᄃ판에 오ᄂ 길이어니와 ᄂ혼즈일업시 타국에 가ᄂ 사람이라 편지흔장을 품에 ᄭ고 가ᄂ집이 뉘집인고 이 편지 볼 사람은 엇더흔 스람이며 이ᄂᆡ몸 위ᄒ여 줄 사람은 엇더흔 사람인가 쌀을 삼 거든 쌀노릇ᄒ고 종을 삼거든 종노릇ᄒ고 고싱을 시케거든 고싱도 참을것이오 공부를 시케거든 일시라도 놀지안코 공부만ᄒ여볼가[21]

내 몸을 나흔사람은 평양어머니오 내 몸을 살여기른 사름은 정상 아버지와 ᄃᆡ판어머니라 내팔자긔박ᄒ여 난리즁에 부모일코 내운수 불길하야 젼징즁에 졍상아버지가 됴라가지 어리고 약흔 이내몸이 만리타국에서 ᄃᆡ판어머니만 밋고 살랏소.
내 몸이 어머니의 그러흔은혜를 엄엇ᄂᆡ되 내 몸을 인연ᄒ야 어머 니 근심 되고 어머니고싱되면 그것은 옥년의 죄올시다 옥년이가 사 라셔ᄂ 은혜를 갑흘슈가업소
하로밧비 흔시밧비 밧비 죽엇스면 어머니에게 걱정되지 아니하고 내 근심도 이져모르깃소
어머니 ᄂ느가오 부디근심말고 지내시오 ᄒ면서 눈물이 비오 듯ᄒ다가 흔참진정하야 이러ᄂ더니 문을열고 ᄂ가니 가려ᄂ길은 황 견이라.[22]

인용 21)은 ❹에 처했을 때, 22)는 다시 ❻에 처했을 때의 옥년의 태 도를 각각 보인 것이다. 일본에 흘러 들어온 '개화인' 옥년은 '뉘집'으로 가는 길인지 모른 채 '남들은 일이 잇서셔' 대판에 오는 길이지만, 자신 은 '일업시' 타국에 가는 지경이라고 말하고 있다. 이 '개화인'에게는 다 만 '편지흔장'이 쥐어졌을 뿐, 자신이 참여해야 할 일이 무엇인가를 스 스로 알지 못하고 있다. 자신의 고난을 스스로 극복하고자 하지 못하고

---

21 「혈의 누」, 5쪽.
22 「혈의 누」, 57~58쪽.

'이닉몸 위ᄒ여 줄' 사람에 대한 궁금증만이 남아 있다. 그리하여 딸을 삼거나 종을 삼거나 공부를 시켜주거나 거기에 따르겠다는 피동적 태도로 현실에 대응하고 있다.

그리하여 주인공은 다시 ❻의 고난에 직면하자 자신을 낳은 사람은 '평양아버지 어머니'요 자신을 기른 사람은 '정상아버지와 딕판어머니' 하는 발상으로 현실에 대처한다. 조선인에 의해 낳아지고 일본인에 의해 길러진 주인공은 그러므로 무국적의 인물일 수밖에 없다. 세계에 대한 자아의 주체적인 개입(여기서 자아란 행동이나 서술의 주체(주인공)를, 세계는 객체 또는 작중 상황, 적대자를 포함하는 개념임)을 포기했거나 파악한 주인공의 태도는 정상의 전사(여기에서 구원자 정상이 청일전쟁에서 청군에 의해 전사하게 되었다는 암시가 주는 의도로 드러난다)로 다시 갈 곳이 없어지자 자살을 기도하는 데서 정점을 이룬다.

'청일전쟁 → 표류 → 고난 → 자살 → 구출'로 이어지는 옥년의 행동구조는 그 속에 단 한 번의 자아의 주체적인 개입이 없이 진행되고 있다.

갈등이 완전한 자아정체감과 자율성의 확립을 위해, 즉 외계로부터 퍼스낼리티의 완전한 분화를 위해 가장 중요한 동인임을 시사해주는 발생심리학적 증거[23]를 원용하지 않더라도, 여기에 보인 '옥년'의 태도와 감정은 자신이 앞으로 참여해야 할 행위를 예고해주고 있는 것이다. 좌절의 원인을 자신의 내부에서보다는 세계의 황폐화에서 찾고 있는 주인공은 적대감이나 적의 표출의 배출구로서 택한 것이 자살이다.

세계는 황폐화되어 있고 위기에 봉착했을 때 주인공이 보인 행동 구조 가운데 '자살' 행위가 신소설 전반을 지배하고 있다는 점은 고난이나

---

23 특히 Jean Piaget의 저술.

위기의 국면이라고 보이지도 않는 사소한 사건의 국면에서 그들이 쉽게 자살을 기도하며 충동적으로 물에 뛰어들거나 철도로 달려나가는 것에서 볼 수 있다. 적어도 그러한 사건 구조의 내면에는 그러한 행위를 다른 대체물로 환치시키려 하는 내적인 과정이나 투쟁 의지도, 납득할 만한 동기도 부여되어 있지 않다.

「은세계」의 '옥남', '옥순' 남매는 '개화인' 최병도의 자녀인데, 최병도는 탐관오리의 수탈에 대항하다가 죽고, 그의 친구인 김정수라는 사람에 의해 보호되어 미국으로 유학 보내지나 학비가 떨어져 '호텔료리값'을 지불할 수 없게 되자 철도에 뛰어들어 자살을 기도한다.

> (나) (옥남) 여보 누님 그말마오 사름이 죽을ㅁ음을 먹을썬에 오
> 죽 답답ㅎ야죽으려ㅎ깃소 김옥균은 동양에영웅이라ㅎㄴ 스람이 우
> 리나라정치를 기혁ㅎ려다가 역젹감틱이만 뒤집어쓰고 죽엇ㄴ듸 나
> 갓흔위인이야 무슨 궁량이 잇셔서 나라를 붓들어볼수잇소 미국와셔
> 먹을것업셔서 고싱되는김에 진작 죽는거시 편ㅎ지
> 　누님이나 고싱을 참고 남의 집에가서 심부름이나 ㅎ고 밥이ㄴ어더
> 먹고 그 말이 맛지 못ㅎ야 긔차ㅎ나히 풍우갓치 몰녀드러오ㄴ듸 옥
> 남이가 언덕우에도소르고셧다가 눈을 싹감고 털도로 써니……[24]

'개화인' 옥남은 ❻의 고난에 처하자 스스로 '무슨 궁량'이 있느냐고 자신을 의심하고, 고생하느니 죽는 것이 편하다고 말하고 있다.

「치악산」의 이씨는 '개화인' 이 판서의 딸인데, 무남독녀인 그녀는 재능과 덕성이 뛰어나 홍 참의의 아들 '홍철식'의 아내가 되었으니 계시모

---

24 「은세계」, 192~193쪽.

인 '김씨'의 모함으로 죄를 뒤집어쓰고 쫓겨났으며, 김씨가 보낸 악당에 의해 욕을 보게 된다. 그러나 악당이 홀연히 나타난 '장포수'에게 죽어 위기를 극복한다. 그러나 장 포수가 다시 악당처럼 그녀를 위협하고 처를 삼으려 하는데, 이 또한 호랑이에게 물려 죽고 도망치던 이씨는 '수월암'이라는 여승에게 구출되어 화를 면한다. 그러나 그 절에서도 견딜 수가 없어 자살을 결행한다.

> (다) 오냐 눈씀적쥭으면 이것저것모르고 늬신세에편할거시라 늬가 죽어도잇지못ㅎ는 거슨한가지쑨이라 친정부모의 은혜를 못잇는 것도 아니오 남편의 정을 못잇는 것도 아니오 …(중략)… ㅎ더니 웅고리고 안진치로 눈을 싹감으면서 우물속으로 쑥써러지는듸 물속에서 물구나무를셧다.[25]

「귀의성」의 '길순'이는 춘천에 사는 '강동지'의 무남독녀인데, 당시 군수로 와 있던 서울 '김승지'의 소실이 되었으며, 아이를 가지게 되고 김승지가 서울 내직으로 전근되어감에 따라 본부인의 시기가 두려워 길순이를 홀로 남겨 두고 떠난다. 그러나 길순이 모자는 본부인의 사주에 따라 살해되고, 이 사실을 알아낸 강동지는 길순이 모녀를 살해하는데 가담한 사람을 차례로 죽이고 보복한다.

이 소설의 사건구조는 주인공의 위기가 극복되기는 하지만 결국 죽게 된다는 점에서 앞에 든 작품과는 다르다. 그러나 처첩의 갈등을 다룬 이 작품은 주인공 길순이 모녀가 마침내 자살을 기도하는데서 사건국면 ❹가 ❺로 발전한다는 점에서는 마찬가지다.

---

25 「치악산」, 227쪽.

한국 근대소설과 사회갈등

(라) 네의 아바지는 ᄂ죽ᄂ거슬모르시고, 본마누라쥬먹안에서 쏨
쌱 못ᄒ고 계신가보다 ᄂ도미들곳업ᄂ 사람이오 너도 미들곳업ᄂ
아ᄒ라 미들곳업ᄂ인싱들이, 무엇ᄒ려고, 사라잇겠ᄂ냐, 가자가자,
우리ᄂ, 우리갈곳으로 어셔 가쟈 …(중략)… 하면서 눈물이 가득한
눈으로, 정신업시, 등잔불을보ᄂ듸, 눈압헤 오쇠무지기가 션다.[26]

길순이 모녀가 자살을 기도하는 단락소 ❹ 또한 세계에 대한 자아 상
실의 패배주의가 강하게 드러난다.

이 밖에 「금강문」의 교원의 딸 '개화인' 김경원은 같은 학교의 이정진
과 혼약을 맺었는데, 경원이 부모를 여의게 되고 후견인으로 나선 외숙
부부가 그의 재산을 뺏기 위해 이정진과 파혼을 시키고 구가에게 시집
을 보내려 하자 경원은 가출한다. 외숙부의 흉계가 탄로나자 정진의 모
친은 이를 알고 파혼을 후회한다. 경원이 부모의 묘소를 찾아갔다가 역
부에게 욕을 보게 되었는데, 역부 감독관에 의해 구출되나 길을 잘못 든
경원은 고생하다가 자살을 기도한다.

위에서 본 사건국면 ❹❻의 갈등이 자살로 이어지는 행위의 동기에
해당하는 화소[27]는 〈도표 1〉과 같다.

〈도표 1〉 위기의 화소

(가) 「혈의 누」 : '고싱', '팔자', '운수'
(나) 「은세계」 : '궁량', '먹을 것'
(다) 「치악산」 : '신세'
(라) 「귀의성」 : '미들곳'

---

26 「귀의성」, 총서 Ⅰ-1, 42쪽.

27 화소는 S. Thompson, *The Folktale*(New York: Holt, Rinehart and Winston, 1946)에
서 말하는 'motif'에 해당하는 용어이다.

(가)의 '옥년'은 자살을 기도하면서 자신의 삶은 '운수'와 '팔자'에 근거를 두고 있음을 말하고 '딕판어머니'의 '고싱'을 시키느니 차라리 죽는 것이 낫다고 독백한다. (나)의 도미 유학생 '옥남'은 다만 나라를 구할 '궁량'이 자신에게 있는지 심히 의심하고, '먹을 것' 없어 고생하는 김에 '진작' 죽는 것이 '편'하다고 말한다. (다)의 주인공은 다만 자신의 '신세' 때문에, (라)의 주인공은 '미들곳'이 없는 인생들이 살아서 무엇을 하겠느냐고 묻고 있다.

이들의 자살에 이르는 행위의 동기는 이와 같이 운명적, 본능적, 감정적 차원에 머물러 있다. 유아적이며 익애주의에 빠져 있는 이들의 '고난 → 위기'의 행동 구조는 그러나 작중인물들로 하여금 '파멸의 계기가 아닌 운명적인 전환의 의미'[28]를 띠게 된다. 이들의 용이한 낙담이나 자살에의 충동은 가족 구성원들의 대립과 반목 또는 적대자의 폭력적 상황에 기인하고 있다. 그러나 이들로 하여금 자살을 하도록 결정하는 힘은 심리적인 것보다는 이들을 둘러싼 더 큰 테두리―이른바 인륜적 도덕적 질서나 정치적 상황의 황폐화에 기인하는 사회적인 것이다.

뒤르켐(Durkeim)은 자살에 대한 심리학적 해설을 물리친다. 개개의 자살은 병적인 상태나 비정상적 상태에서 발생하는 것이지만, 자살을 결정하는 힘은 사회적인 것이라고 보는 것이다. 그는 자살의 유형으로 이기적 자살, 이타적 자살, 아노미(anomie)적 자살의 세 가지를 들고, 이 충동은 사회집단에서 충분히 격리된 사람과 충분히 격리되지 아니한 사람에게 영향을 준다고 하였다. 이기적인 것은 생애의 무관심이나 애착심의 결여를, 이타적인 것은 내면화된 사회적 명령에 스스로를 희생하는 것을, 아노미적인 것은 사회적 불안기에 빈도가 많은 것으로 증오

---

28 이재선, 『한국현대소설사』, 홍성사, 1979, 123쪽.

감에 의한 것을 각각 특성으로 들고 있다.[29]

위의 (가), (나), (다), (라)의 각 작품에 보이는 위기의 화소에서 보듯 그들의 자살에 이르는 사회갈등은 이기적이며 아노미적인 것과 관련지어질 수 있다. 문명개화를 이상으로 했던 주인공들은 내면화된 사회적 명령이었던 그러한 절대적 명제를 실천적 주체적으로 수행하기도 전에, 본능과 충동이라는 이기적 차원에서 쉽게 그들의 무주체 무의지의 자기 투항을 결행하는 것이다.

인륜적 질서가 처음에 가족으로 표상되고, 다음에 시민사회로 현상되며, 최후에 국가로서 현실화한다[30]고 할 때, 신소설에서의 작중인물들의 인륜적 질서는 그 최초의 단위인 '가족'에서 이미 황폐화한 인간관계로 전락되어 있었다는 데서 이와 같은 자아 상실의 현상은 이미 예고되고 있었던 것이다.

가족을 최초의 인륜적 제도라고 할 때, 그것의 본질은 정신의 자기 감각적 통일, 즉 사랑이라 할 수 있다. 가족이라는 통일체에서는 인간은 고립적인 인격으로서가 아니라 하나의 구성원으로서 산다고 할 때, 신소설에서의 작중인물의 자살에 이르는 동기가 근본에 있어 가족으로부터 '고립'된 상황에서 일어나고 있음은 그러므로 우연이 아니다. 부·모·처·자가 각각 상이한 상황에 처해 있지 않으면 상호 반목과 대립(처첩·부부·고부·계시모 따위) 관계에 있거나, 이것이 모함이나 폭력으로 이어지는 극단적인 관계로 발전하고 있다.

'고난─자살(위기)'의 행동 구조야말로 이러한 고립된 상황에서의 '황폐화한 세계 → 자아 투항'의 서사 구조로 이어지게 하는 동기가 되고 있다.

---

29 E. 뒤르켐, 『자살론』, 임희섭 역, 삼성출판사, 1977, 135쪽.
30 최재희, 『사회철학』, 법문사, 1963, 165쪽.

2. 개화의 피동성과 패배주의

작중 인물들의 악인 겁탈자로부터의 위기나 고난 ❹와 ❻이 각각 의외의 타인에 의해 구출된다는 사건 구조에서 우리는 또한 당대 개화기 사회의 삶의 이념을 추출해 볼 수 있을 것이다.

'위기─구출'의 행동 구조가 '운명적인 전환의 의미'를 띠고 서사적 국면이 크게 굴절한다고 하는 것은 단순한 사건 전개를 위한 서사적 장치로만 볼 수 없는 의미를 담고 있다. 「혈의 누」의 옥년은 일본인에 의해 구출·양육되며, 「은세계」의 옥남 옥순 남매는 미국인에 의해, 「추월색」의 '영창'은 영국인에 의해 각각 구출된다. 이러한 연속적인 구출은 「귀의성」 「금강문」 「치악산」 「화세계」 「봉선화」 「안의 성」 등에 나타나고, 구원자는 납득할 만한 동기도 보상도 없이 후원자가 되어 준다. 이들 선의의 구원자가 서양인이나, 서구화가 이미 이루어진 일본인 등으로 나타난다는 데에서 당시의 급진개화파의 이념과의 조응을 가능케 해주지만, 그들에 대한 친화감이나 맹목적인 찬탄의 심리가 획일적으로 과장 미화되어 있는 것으로 나타난다.

> (가) (군의) 이이 너의 아바지와 어머니가어디로근지 모르는냐
> (옥) ……
> (군의) 그러면 네가늬집에가서잇스면 늬가 너를 학교에보늬여공부하도록 하여줄것이니 네가공부를잘하고잇스면 늬가아모조록 너의나라에탐지하야너의부모가 살아거든 너의집으로 보늬쥬마
> (옥) 우리 아버지어머니가 살아잇는줄 알고 날을 도로우리집에 보내 쥴것곳흐면 아무데라도가고아무것을시키더라도 하깃소
> (군의) 그러면 오날이라도 일본으로보늬셔 어용선을 타고 일본으로 가게 홀것이니 내집은 일본되판이라.[31]

(나) 조선학싱결사미수(朝鮮學生決死未遂)제작일 오후칠시에 조선학싱 최옥남년십삼(年十三) 녀학싱최옥순년십구(年十九) 학비가 써러짐을 고민 히녀겨셔텰도에써러져서 …(중략)… 그러흔 신문이 도라당기는듸 그신문잡보를 유심이보고 그정경을 불샹히녀기는사람의 일홈은(씨엑기-아니쓰)인듸 ᄒ나님을 아바지삼고세계인종을 형뎨갓치ᄉ랑ᄒ고야ᄉ교를 실심으로밋는 ᄉ람이라 신문을보다가 옥슌의남ᄆᆡ의게자션심이나셔 그길로 옥순의남ᄆᆡ를 차자다려다가 몃해던지 공부ᄒᆞᆯ동안에 학비를듸여주마ᄒᆞ니…….[32]

(다) 그늘은평양셩에셔 싸흠결말나든늘이오 셩즁에ᄉ람이 진저리닛던 쳥인이그림ᄌᆞ도업시 다쪽겨가던늘이오 …(중략)… 본릭평양셩즁사는 ᄉ람들이 쳥인의작폐에 견디지못ᄒᆞ야 산골로 피란근사람이만터니 산즁에셔는쳥인군사를만ᄂᆞ면 호랑이본것갓고 원슈만는것갓다 엇지ᄒᆞ야 그럿케 감정이사나우냐할지경이면 쳥인의군사가 ᄉᆞ에가셔 졀문부녀를보면 겁탈ᄒᆞ고 돈잇으면 꽃셔가고 제게 쓸ᄯᆡ업는 물건이라도 놀부의 심ᄉᆞ갓치 작난ᄒᆞ니 ᄉᆞ에피란간사ᄅᆞᆷ은 난리를 한층더격는다 그럼으로ᄉᆞ에피란갓던ᄉ람이 평양셩으로 도로피란온ᄉ람도 만히 잇셧더라.[33]

(라) 난듸업는 쳘환흔ᄀᆡ가 너머오더니 옥년의왼편다리에빅혀너머져서 그날밤을그ᄉᆞ에셔 목숨이붓터잇셔써니그잇튼늘 일본젹십자군 호슈가보고 야젼병원으로 시러가보ᄂᆡ니 군의가본즉 즁ᄉᆞᆼ은 아니라 쳘환이다리를쑬코ᄂᆞ갓는듸 군의의말이만일 쳥인의 쳘환을마쳤스면 쳘환에독흔약이셕긴지라 마진후에ᄒᆞ로밤을지내스면 독긔가몸에만히 퍼졋슬터이나 옥년이마진쳘환은 일인의샴환이라 치료하기듸단히 쉽다하더니 과연 쥬일이못되야셔 완연히평일과갓튼지라.[34]

31 「혈의 누」, 33~34쪽.
32 「은세계」, 193~194쪽.
33 「혈의 누」, 11~12쪽.
34 「혈의 누」, 24~25쪽.

(마) 조션습관으로 말ᄒᆞ면 혼인갓ᄒᆞᆫ 신랑신부는 셔로말도 잘 아니ᄒᆞ고 마주안지도 못ᄒᆞ야 …(중략)… 닉외가 흔가지츌립ᄒᆞᄂᆞᆫ일이 어듸잇스리오만은 …….[35]

위의 인용 (가), (나)에 보이는 주인공의 고난(위기), ❹, ❻의 단락소는 각각 다음과 같은 인물들에 의해 구출되는데, 구출자 〈A〉와 구조 〈B〉의 구체적 내용이 되는 화소는 아래의 〈도표 2〉와 같다.

〈도표 2〉

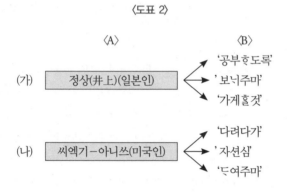

(가), (나)의 서사 구조 속에 보이는 개화인인 주인공들의 고난이나 위기는 이와 같이 피동과 사동의 행동 구조로 일관된다. 이들은 주체가 상실된 채로 어떤 행위자의 동작의 목표물로 전락되어 있으며, 본래의 목적어가 새로운 주어로부터 받은 동작이나 작용을 그대로 나타내는 구조로 역전되어 있다.

위의 (가), (나)에 나타난 서술동사의 작용은 능동태의 동사가 아닌 '이 · 히 · 리 · 기 · 우 · 구 · 추 · 우' 따위의 어간형성접미사에 삽입되어 있으며, 동사에 '지다', '되다'가 접속된 행동구조로 변질되어 있는 것이다.

---

35 「추월색」, 총서 Ⅰ-7, 92쪽.

한국 근대소설과 사회갈등

'개화'를 주창하는 이들의 '능동적'인 행위는, 주체가 어떤 행위를 향하는 관계로서가 아니라 사동—즉 타동으로 전락되어 있다. 언어적 문맥과 사회적 문맥이 상호 의미 있게 연결되어 있는 이들의 행동양식 (가), (나)는 (다), (라)에 이르러 주체와 객체의 뒤바뀜을 스스로 확인하는 비극적 정황으로 발전한다. 접미사가 삽입된 채 피동태로 전락하여버린 이들의 행위단위는 '행위가—행위'의 관계 속으로 쉽게 종속된다.

(다)는 '행위자' 일본에 종속되어 '행위'는 '청인의 작폐', '겁탈', '약탈', '놀부 심사'로 나타났다. 일본이 '주어'가 되었으므로 청국이 '객어'가 되었다.

(라)에 이르면 주어가 객어에 가해지는 종속과 불평등의 관계는 더욱 강화된다. '난되업는 철환흐기'를 다리에 맞은 주인공은 '일본인근호슈'에 의해 병원으로 옮겨지고, 그 탄환의 정체가 '일인의 것'임이 밝혀지는 데서 주객의 불평등의 관계가 잠깐 유보된다. 그러나 '청인'의 철환은 '독약이 석긴' 것이라는 데서 희극적 정황으로 반전한다. '행위자'에게서 청나라 철환과 일본의 철환을 각각 구분짓는 것은 의미가 있지만, 철환 맞는 '행위'에서는 그러한 구분은 무의미하다. 그러므로 (라)의 서술 주체는 자아에게 가해지는 세계의 횡포를 '가해자—피해'의 관계로서가 아니라 다만 '피해자—피해'의 내적 논리에 의해 파악하고 있는 것이다.

(가), (나)에서 행위의 주체자로서의 자아를 상실한 주인공(protagonist)들은 (다), (라)에 이르러 주어에 대한 객어의 맹목적 찬탄과 동경이라는 종속적 인물(minior character)로 전락되고, (마)에서 이러한 전락에 대한 자기비하로 이어진다. 그것은 '이쪽', '동(東)', '조선'에 대한 일방적인 부정과 비판의 서술 층위[36]로 이어진다.

---

36 R. Barthes, 각주 20 참조.

일본인 · 미국인 등에 의해 작중의 서사적 국면이 고난 → 행복의 정황으로 크게 굴절하는 데서 이들의 개화 이념의 피동성이 드러나는 한편, 도사나 승려, 호랑이 따위의 초월적 존재나 예측 불가능한 자연의 신성한 동물에 의해 이러한 전환이 이루어지고 있다는 데서 또한 이들의 중세적 인간관의 일단을 볼 수 있는 것이다.

구조되거나 양육되지 않으면 '개화'는 이루어질 수 없는 것으로 보고 있는 이들의 현실 인식의 태도는 또한 다음과 같은 '서술의 층위'를 이루고 있는 세계에 대한 추상적 도덕적 비판에서, 작중인물들의 현실에의 투항을 드러내주고 있다.

(가) 하나님을 셤기던 텬사도 악흔 힝실을 흐다가 써러져서 마귀가 된일이 잇거든 흐믈며 사름이야 더 말흘것 잇소 태고적 맨 처음에 사름을 내실적에는 영혼과 덕의심을 주셔셔 만물즁에 데일 귀흐다 흐는 특권을 주셧스되 …(중략)… 이 회의에셔 결의흘 안건은 셰가지문데가 잇소

데일 사람된쟈의 칙임을 의론흐야 분명히할일

데이 샤름의 힝위를 들어서 올코 그름을 의론흘일

데삼 지금 세상 사람즁에 인류즈격이 잇는쟈와 업는쟈를 도사할일[37]

(나) 츈향젼은 음탕교과셔오 심청젼은 쳐량교과서오 홍길동젼은 허황교과셔라 흘것이니 국민을 음탕교과셔로 가르치면 엇지 풍속이 아름다오며 쳐량교과서로 가르치면 엇지장진지망이 잇스며 허황교과로 가르치면 엇지졍대흔 긔상이 잇스릿가 우리나라 란봉남즈와 음탕흔녀즈의 제반악징이 다이에셔나니 그영향이엇더흐오.[38]

---

37 「금수회의록」 총서 Ⅰ-2, 454~456쪽.

38 「자유종」 총서 Ⅰ-4, 15쪽.

(다) 소위완고라슈구라허는 분네들은 문명세계의말하게드면언필칭예전의는그런것져런것다업셔도국티민안허엿다하야죠흔말듯지도안코조흔것보려고도아니하니귀와눈이다흔들무어시유조흔가귀먹어리소경이라홀만하고소위학ᄌ니산림이니허는분네들은공ᄌ왈밍자왈허며시문을구지닷고산고곡심유벽쳐에초당을지어노코두무릅을ᄭ우러안져주칭왈도학군ᄌ라ᄒ문데데ᄌ라하야별로ᄌ리밧글나가보지못허고무졍세월을허숑하니가위써근션비라홀만하야안즘방이나다름이무엇인가³⁹

(라) 지금우리나라형편이 엇더ᄒ냐할진디 명혼마디로 그형편을 자셰믈 ᄒ기 어려운지라 가령한사름의 집으로비유홀진디 셰간은 드판이 나고 자식들은다 ᄂ봉이라 누가보던지 그집은 쏙 망ᄒ게만된집이라 비록시규모를명ᄒ고 치산을잘홀도리를ᄒ더래도 어느세월에남의빗을 다 청장(淸帳)ᄒ고 어느세월에 그ᄂ봉된 자식들을 잘가르쳐셔 사람치러당기고 형뎨간에 유익자식이 되주도록ᄒ기가 썩 어려운지라⁴⁰

(마) 닉가 동포를위하야 그 리히를 자서히말ᄒ면 여러분의마음과갓지못흔 일이잇서셔나를 죽이실터이나 그러나닉가 그리히를알면서 믈을아니ᄒ면 여러분동포가 화를면치 못홀뿐아니라 국가에 큰 히를 ᄭ칠터이니 ……(중략)…… 요순갓흔 황뎨폐하 칙령을 거스리고 흉긔(凶噐)를가지고 산야로휼몰ᄒ며인민의직산을 강탈ᄒ드가 슈비딩 일병ᄉ오십명만맛나면 슈십명 의병이 뎌당치못ᄒ고 패하야다라나거나 그럿치아니ᄒ면ᄉ망무슈ᄒ니 동포의ᄒᄂ일은국민의싱명만업시고 국가 힝졍상에 히만씻치ᄂ는일이라 무어슬취ᄒ야 이런일을 ᄒ시오⁴¹

39 「쇼경과안즘방이문답」, 『대한매일신보』, 1905. 11. 17.

40 「자유종」, 15쪽.

41 「자유종」, 15쪽.

(가)는 우화 형식으로 된 '금슈회의'의 개회 취지, (나)는 대화 형식으로 된 개화부인의 대화, (다)는 역시 해학적 대화 형식으로 된 '쇼경과 안즘방이'의 대화의 일부를 각각 뽑은 것이다. (가), (나), (다)에 공통되는 이들의 현실 인식의 태도는 무엇보다도 그 이념의 비현실성, 추상성에 있다. 하나님의 아들로서의 사람이 지켜야 할 도덕과 책임과 윤리 의식을 고취하고 있는 (가)는 당시의 시대적 명제인 '주권회복'을 천부인권, 만민평등 등 추상적 명제로 대체하여 문제의 완급과 그 근본을 회피하고 있다. 이는 반역사주의의 산물이며 "민족의식의 고양이나 주권 회복의 의지보다는 도덕성의 회복이나 풍속 개량만을 외치고 있는 이들의 사상적 배후에는 현실의 핵심 문제와의 정면대결을 회피한 타협주의 내지는 패배주의"[42]가 도사리고 있었다. 「경세종」과 함께 동물들을 등장시켜 우화(allegory)의 형식을 취하고 있다는 데서 그 도덕성 교훈성 강조가 두드러진다. 까마귀·여우·개구리·벌·게·파리·호랑이·원앙 등을 차례로 등장시켜 인간 사회의 타락과 부패상을 성토하고 있는 「금슈회의록」은 (나)의 「자유종」, (다)의 「쇼경과안즘방이문답」 등과 함께 이 시대 신소설 작가들의 타협적 문학관[43]을 자연스럽게 반영하고 있다. 그

---

42 홍일식, 앞의 책, 210쪽.

43 이들의 계몽적, 공리주의적 문학관은 다음의 몇 예에서도 알 수 있다.

① 此小說은 純國文으로 昨年秋에 萬歲報上에 續載ᄒ얏던거시온디 事實은 日淸戰爭時에 平壤以北人民이 오鬪에 鯨背가 折흠과 如히 兵火를 經ᄒ는 中에 平壤城中에 玉蓮이라는 金氏女兒가 無限흔 困難을 經ᄒ고 外國에 流離ᄒ며 留學흔 實事가有ᄒ니 此小說을 讀ᄒ면 國民의 精神을 感發ᄒ야 無論男女ᄒ고 血淚를 可히 灑흘 新思想이 有흘지니 此는 西洋小說套를 模範흔거시오니 購覽君子는 細讀ᄒ심을 望함(「血의淚」 광고, 『만세보』 1907. 4. 4).

② 此小說은 貪虐官吏의 壓制惡風을 可以懲戒하며 愚蠻人民의 自由思想을 可以開進이오 當此維新之際ᄒ야 風俗改良의 壹大奇觀이오니……(「은세계」 광고, 『대한매일신보』 1909. 1. 5).

것은 이념적으로는 현실에의 패배주의의 표현이면서 문학적으로는 상업주의에로의 전락이라 할 수 있다. (나)에서 「춘향전」을 음란 교과서로, 「심청전」을 처량 교과서로, 「홍길동전」을 허황 교과서로 규정하고 있는 데서 (가)에서 보인 경직된 도덕적 이념의 반복이 되고 있다. 이러한 작중인물들의 패배적 투항적 현실 인식의 태도는 (다)에 이르러 당시의 수구파를 비판하고 있으나 이 또한 표면적이며 구체적인 대안이나 방법론의 제시도 없다. 하나님의 아들로서의 사람 된 도리를 내세우고,[44] 경직된 중세적 윤리관을 옹호하고, 개화지상주의로만 현실을 보고 있는 이들 작중인물의 태도는 (라)에 이르러 자신을 둘러싼 세계의 현실을 '쏙 망ᄒᆞ게만' 되어 있는 집으로 비유하고 있다. 그리하여 어느 세월에 '남의빗'을 갚고 '형뎨간'의 우의를 다질 것인가 반문하고 있다.

(가), (나), (다), (라)에 보인 현실 인식의 추상성과 민족 역량에 대한 모멸과 불신은 (마)의 의병과 동학에 대한 비판에서 더욱 현실적으로 나타난다. (마)의 주인공은 자신과 의병들의 마음이 같지 못해 '리ᄒᆡ를' 하지 못할 것이라는 우월감을 전제로 하고, 의병 항쟁의 불가함을 '충고'한다. 의병을 '인민의 지산이나 강탈'하는 폭도로 간주하고, '슈비ᄃᆡ' 사

---

③ 동서양을 물론ᄒᆞ고 풍쇽기량ᄒᆞᄂᆞᆫ 효험이 학교가 제일이라 ᄒᆞ겟스나 그 효험의 속흠으로 말ᄒᆞ면 연셜이 학교보다 앞셔고 소셜이 연셜보다 압셔ᄂᆞᄃᆡ 소셜보다도 압셔ᄂᆞᆫ것은 연희라ᄒᆞ나니 셔양각국에셔ᄂᆞᆫ 연희장을 극히 쟝ᄒᆞ게 건축ᄒᆞ고 화려ᄒᆞ게 셜비ᄒᆞ얏스며……(「셜즁매」 총서 Ⅰ-3, 51쪽).

④ 긔쟈왈 쇼셜이라 ᄒᆞᄂᆞᆫ것은 미양 빙공착영(憑公捉影)으로 인정에 맞도록 편즙ᄒᆞ야 풍쇽을 교정ᄒᆞ고 샤회를 경셩ᄒᆞ는 것이 뎨일 목뎍인즁……(「화의혈」 총서 Ⅰ-8, 102쪽).

44 1890년대 한글 번역의 성서가 기독교사상의 전래에 영향을 주었고 문화적 기틀을 마련하였다는 지적이 있다(백철, 「한국현대소설에 미친 기독교의 영향」, 『동서문화』 1호, 계명대학교, 1967, 5쪽).

오십 명만 만나면 패주하거나 '샤망무슈'하고 국가 행정에 '히만 씻치는' 의병 항쟁을 포기할 것을 종용한다. '민요(民擾)', '민란(民亂)', '화적(火賊)떼', '무뢰(無賴)' 등으로 불리는 당시의 의병 항쟁은 「은세계」 「화의혈」 「우중행인」 「금강문」 「추월색」 「춘몽」 「명월정」 「검중화」 「공진회」 「우중기연」 등의 작품에 나타난다.

의병들에 대한 부정과 비판에도 불구하고 이는 당시의 현실적 문제들에 대한 자연스러운 반영이라 하겠다. 이 시기의 의병 항쟁은 합방(1910)을 정점으로 하여 그 빈도가 높아지고 있었다. 5명 이상 집단으로 이루어진 의병 항전의 횟수와 참가자 수를 보면 1907년 323회에 걸쳐 44,116명, 1908년에는 1,451회 69,832명이 일어나 민족 역량과 민족의식 형성의 기틀이 되었다.[45] 또한 이들 중 유생, 양반 의병장은 전체의 25~28%, 나머지는 평민 출신이었으며, 일반 의병의 직업은 농민이 75%로 제일 많고, 신분별로는 평민 97%, 양반 3%로 의병의 주력이 평민 농민이었다.[46]

의병 항쟁의 당위성과 이러한 저항에서 나타난 민족 역량에 대한 인식은 소중한 것이지만, 신소설의 인물들의 현실관은 이들을 부정했다. 그러나 이러한 '현실'은 현실인 채로 소설에 반영이 되었다. 민족 역량에 대한 작중인물들의 불신과 부정은 그러므로 소설의 이념적 실패이지 현실적 실패는 아니다. 지금까지의 신소설에 대한 연구의 거의가 신소설의 주제적 파탄을 예외 없이 지적하고 있지만, 그리고 그것은 비판되지 않으면 안 될 중대한 오류가 되었지만, 그러나 그것은 당위와 존재의 차이이다.

45 한국사편찬위원회, 『한국사』 19, 탐구당, 1977, 423~448쪽.
46 박성수, 「1907~1910년간의 의병투쟁에 대하여」, 『한국사연구』, 1968.

소설은 이상적인 이념이나 가치를 제시할 수도 있지만 '있었던 일'(현실)의 반영이나 굴절이 선행된다고 할 때, 신소설 인물들의 현실 인식의 오류는 현실적 차원에서 논의되어야 할 것이다. 민족 역량의 표출인 동학과 의병 항쟁은 현실적으로 실패했으며, 을사조약과 한일합방은 현실적으로 이루어졌다. 동학군과 의병들은 현실적으로 무시되고 격하되었으며, 신소설을 이를 현실적으로 반영했다.

그러므로 현실의 반영이나 굴절로서의 신소설은 이미 이루어지고 있는 사회를 비추고, 이상으로서의 신소설은 사회의 감추어진 모습(민족 역량)을 그려 보이지 못했다. 따라서 신소설은 이 드러난 현상과 감추어진 현실의 관계를 종합적으로 분석하거나 비판하지 못한 데서 오류를 범한 것으로 이해해야 할 것이다. 이러한 사실은 신소설이 실제의 한국 근대사—있었던 현실에 대한 반영이었다는 데서 그것이 입증된다. 개항 이전부터 근대화의 이상은 싹텄지만 실학·독립협회·동학·의병 운동으로 이어지는 이념들이 소설에서 그것들을 긍정적으로 수용하지 못했던 점은 이들의 이념이나 운동이 체계적 지속적 조직적으로 전개되지 못했던 역사적 현실 때문이었다. 이러한 이념이나 운동이 내건 강령이나 구호가 지나치게 추상화, 구호화, 개별화되어 있었다는 사실[47]이야말로 그것을 받아들인 소설에서의 언어의 추상성을 인정하지 않을 수 없게 한다. 추상화된 관념이나 이상은 그것을 주창하고 내세우는 일보다는 당대인의 개개인의 일상적인 삶 속에 깊숙이 배어든 다음에야 비로소 설득력을 행사할 수 있을 것이기 때문이다. 또한 그것은 짧지 않은 기간이나 지속적인 운동에서만이 가능한 것이다. 서구화만이, 전통성의 부정만이 개화라는 단순 논리에 대응하는 노력의 산발성, 추상성, 왜소성은 그 당위성 못지

---

47 김우창, 앞의 책, 78쪽.

않게 '현실'의 두꺼운 벽을 감당해낼 수 있었어야 할 것이다.

개화의 모델로 삼았던 '서구' 사회와 개화가 이미 이루어진 서구인(혹은 일본인)에 의해 '개화인'들의 고난이 극복되는 서사 구조는 그러므로 환상의 반영이지 현실의 반영은 아니었다 할 수 있다. 개화기의 역사·전기류가 개화 이념의 두 가지 흐름 중의 한 가닥인 자주·독립의 이상을 강하게 반영하였던 것과 대조가 된다. 그러나 이것들은 개화기 지식인의 현실 인식의 당위성을, 민족 주체 세력의 나아갈 길을 제시한 '교술'의 차원을 넘지 못한 것이었고, 당대 사회의 삶의 구석구석을 의미 있게 얽어 제시한 서사의 유형은 아니었으며, 따라서 그 문학성은 의심되는 바가 많다. 특히 역사상의 영웅의 일대기를 담아 현실을 보는 시각을 바로 하겠다는 의도는 값진 것이었지만, 이 또한 소극적인 수사적 장치(이를테면 알레고리)에 의존하고 있다는 점과 그 이념의 논설적 전개에서 그 한계가 드러난다.[48]

한국 근대소설과 사회갈등

---

48 대표적인 전기류는 신채호의 「을지문덕전」 「이순신전」 「최도통전」(『단재 신채호 전집』 중, 형설출판사, 1977), 박은식의 「淵蓋蘇文傳」(『박은식전집』 중, 단국대학교 동양학연구소, 1975), 우기선의 「姜邯贊傳」(송민호·김윤식·백순재·이선영 편, 『한국개화기문학총서』 Ⅱ(역사전기소설)-8, 아세아문화사(영인), 1978. 이후 총서 Ⅱ-1, Ⅱ-2 등으로만 표기함), 몽유록으로는 신채호의 「꿈하늘」(『단재전집』 하), 유원표의 「夢見諸葛亮」(총서 Ⅱ-8), 박은식의 「夢拜金太祖」(『박은식전집』 중) 등을 들 수 있다. 이들에 보이는 비허구적, 역사적, 논설적, 교술적 성격은 다음의 몇 예에서 잘 드러난다.

(가) …… 嗚呼라, 海天을 遙倚하여 三百年前을 回想컨대 一身으로 滄茫濤上에 立하여 干戈를 仗하고 諸將을 指揮할 際에, 敵船이 蟻集하여 砲丸이 雨下하여도 尙且 屹立不動하며 上天에 祈禱하여 曰, "此讐를 若滅인댄 雖死나 無憾이라" 하고 其 身을 犧牲하여 全國을 拯濟하던 者 今日 三尺童子까지 傳誦하는 我 水軍三道統制使 李舜臣이 아닌가.

豊臣悍兒 卒伍間에 奮起하여 三島를 統合하고 關伯位에 奄據한 후 東韓을 脾睨한 지 久矣라. 東來釜山에 殺氣가 日逼하매 檀祖神靈이 靑丘에 無人을 悲歎하

사, 大敵 對抗할 干城良材를 下送하시니, 實로 宣祖朝 乙巳四月 初八日 子時에 漢城 乾川洞에서 呱呱聲을 報하니라(「이순신전」, 358~359쪽).

(나) 唐帝가奇策을從ᄒ야七月에李也責力과牛進達等으로ᄒ야곰水軍數萬을卒하고戰艦數百艘로海를蔽ᄒ야來하니其勢가甚盛ᄒ더라 …(중략)… 於時에麗人이海岸의要害를據ᄒ야唐兵이到着흠을待ᄒ다가果然數百艘의軍艦이海岸에到泊ᄒ야一齊히陸에下코져ᄒ거늘麗人이出兵突擊ᄒ야大小百如戰에唐兵이又敗ᄒ니……(「淵蓋蘇文傳」, 351쪽)

(다) …… 今日의現狀으로觀ᄒ면彼精利흔器額를抵當치못ᄒ눈天下에聰明흔人種이我國에過흔者無ᄒ거늘엇지一時의挫氣흠을因ᄒ야全國人民으로彼無言無義흔凶賊의奴隷犧牲을作ᄒ리오ᄒ고辭氣가慷慨ᄒ며言語가激切ᄒ거늘世上이배贊의言을嘉納ᄒ야作南으로福州에播遷ᄒ신後에使臣을遺ᄒ야大義로曉喻ᄒ고知親을請ᄒ니明年에契丹圭 兵을鮮ᄒ야退去ᄒ거늘……(「姜邯贊傳」, 총서 Ⅱ-8, 403쪽).

(라) 이 꽃이 무슨 꽃이냐
　　희어름한 머리(白頭山)의 얼이요
　　불그스름한 고운 아침(朝鮮)의 빛이로다
　　이 꽃을 북돋우려면
　　비도 맞고 바람도 맞고 피 물만 뿌려주면
　　그 꽃이 잘 자라리……(「꿈하늘」, 178~179쪽).

(마) 萬一日本이一端野心만有ᄒ고無此仁性義魄이런들當此虛狼時代ᄒ야何不欲一呑上一리오公法所在와衆目所睹에未必容易눈ᄒ려니와任地存者눈乃是日本之厚義로다 ― 雖然이나近日에其 行動이殊常ᄒ고擧描가乖當ᄒ야韓國上下社會에疑訝가不無케ᄒ고全國民族의게人心을大失ᄒ얏스니人其多年修好흔들誠心으로何不始終一ᄒ고中途改轍ᄒ야前功이烏有를作ᄒ니豈何慨惜哉아朝鮮이雖日本來也나 ― 四千年禮義舊邦인則國怒民庫에金錢雖無ᄒ나忠君愛國의本性은自在인즉昆季갓튼日本과無端히不共載天之讎를作흘지나此눈卽非朝鮮之心이不仁而至此者也 ― 오(「夢見諸葛亮」, 총서 Ⅱ-9, 119~120쪽).

(바) 萬一朝鮮民族이均히此等教育을被ᄒ야個個히發達ᄒ고 飛騰ᄒ눈境遇이면其強壯活發흔氣象과恢弘闊達흔器量이被三島中種族의跋及흘바아닐지라(「夢拜金太祖」, 295쪽).

(가), (나), (다)는 전기, (라), (마), (바)는 몽유록에서 각각 뽑은 것이다. (가)에서는 이순신의 출생 자체를 일본에 대항하기 위한 영웅의 탄생으로 보고 있고, (나)는 당과의 전승을, (다)는 강감찬의 일생을 외세와의 투쟁 정신으로 보는 정도이다. '입몽 → 각몽'의 공식적 구성으로 된 몽유록 역시 환상과 비현실의 구조로 되어 있으며, 그것이 (라)에서는 추상화된 구호로, (마)에서는 일본에 대한 막연한 경계심으

그러나 역사·전기류 작품의 자주, 자강, 민족주의적 현실 인식의 태도와 신소설 작품들의 무주체 외화주의적 현실 인식의 태도의 차이가 보여준 의미는 단순한 것은 아니라 할 수 있다. 그것은 이인직[49]을 대표로 하는 신소설 작가들의 친일이나 급진개화론과 역사 전기류 지식인들의 점진개화파와의 표면적인 대립의 양상으로만 볼 수 없는 점이 있다고 보는 것이다. 그것은 한마디로 교술과 서사의 근본 속성에서 야기된 서술의 장르(genre)의 차이라 할 수 있다. 문학의 장르가 작품 외적 세계의 개입이 없는 세계의 자아화인 서정, 작품 외적 세계의 개입으로 이루어지는 자아의 세계화인 교술, 작품 외적 자아의 개입으로 이루어지는 자아와 세계의 대결인 서사, 작품 외적 세계의 개입이 없는 자아와 세계의 대결인 희곡으로 나뉜다고 할 때,[50] 이 양자의 차이는 현실 인식의 태

한국 근대소설과 사회갈등

로, (바)에서는 신교육사상의 논설적 서술로 그치고 있다. 이들은 모두 사건(action)이 배제되어 있는 데서 비허구적(non-fiction) 논설적 성격이 두드러졌다.

49 1862~1919. 호는 국초, 경기도 이천 출생. 1900년 구한국 정부 유학생으로 일본 동경정치학교 수학. 러일전쟁 때 일본 육군성 한국어 통역관으로 종군, 1906년 『만세보』 주필. 이때 「혈의 누」 등 발표. 1907년 『만세보』가 운영난에 빠지자 이완용의 도움으로 이를 인수, 『대한신문』 창간. 한때 원각사를 중심으로 신극 운동 전개. 1910년 합방시 이완용을 도왔고, 다이쇼 일황 대정의 즉위식에 헌송문을 바치고 경학원사성을 지내는 등 친일적 과오를 범했다.

50 조동일, 「자아와 세계의 소설적 대결에 관한 시론」, 『한국소설의 이론』, 지식산업사, 1979, 67~136쪽. 조동일은 여기에서 Hegel의 장르이론(서사·서정·희곡의 3분법)과 H. Seidler의 장르이론(서정·교술·서사·희곡의 4분법) 등을 종합하여 이와 같은 독자적인 장르론을 전개했다. 문학을 자아와 세계의 관계로 보고, 일상생활에서 겪는 자아와 세계의 대립을 작품적 질서로 창조할 수 있는 가능성으로 이 4가지 장르를 규정하고 있다. 세계의 자아화나 자아의 세계화는 자아-세계의 대결과 함께 세계의 대립을 작품화하는 방식이며, 작품 외적 세계 또는 자아는 장르에 따라서 작품의 구조를 다르게 만드는 구실을 한다고 하고, 이러한 자아와 세계의 대결 양상을 다음과 같이 정리하고 있다.

도에서보다는 그들이 택한 서술 장르에서 이미 그 차이를 내포하고 있었다 할 수 있다.

역사 전기류가 작품 외적 자아의 개입으로 인한 세계에로의 귀착으로 이루어지고, 신소설이 작품 외적 세계가 개입하여 일방적으로나마 세계와 자아가 갈등(대결)하는 구조로 이루어져 있다는 데서 이들의 장르적 차이가 드러나며, 그러므로 전자가 이상, 후자가 현실에의 반영이었다는 것이 입증되는 것이다.

앞에서와 같은 신소설에서의 '위기 – 구출'의 구조에 나타난 화소는 결국 자아의 일시적인 패배(구출)이긴 하지만 예정된 승리에 이르기 위한 '기능 단위(촉매 단위)'[51]의 층위가 된다. 그러나 이 또한 세계에의 자아의 주체적인 개입과 갈등에 의해 이루어진 것이 아니므로, 이들의 승리는 '주어지거나', '되는' 피동형의 동사로 나타났다. 개화의 피동성과 세계에의 패배주의의 반어적 결과이다.

3. 운명론적 세계관과 순응주의

그러나 무엇보다도 위에서 밝힌 모든 갈등이 한결같이 '우연'에 의해 해소되었다는 점에서 신소설 전반을 지배하는 사건 구조의 특성을 추출

구분	서정	교술	서사	희곡
작품내적 자아 및 세계만으로 이루어진다.	+	–	–	+
작품외적 자아 또는 세계가 개입한다.	–	+	+	–
자아 또는 세계 중 어느 한 쪽으로 귀착한다.	+	+	–	–
자아와 세계가 대결한다.	–	–	+	+

51 각주 20 참조.

해낼 수 있다.

소설에서의 '우연성의 남용'은 많은 논의가 있어왔지만,[52] 특히 신소설에서의 우연적 사건의 연속은 이 시기의 작가들의 구성적 기법의 미숙성을 말해주는 이상의 의미가 있다.

우연한 계기에 의해 주인공의 갈등(고난) ❹나 ❻이 ❺와 ❼로 이어지는 예는 신소설 서사 구조의 기본 패턴이 되고 있다. 특히 이는 '자살' 따위의 위기적 국면에서 예외 없이 등장하고 있는데, 더구나 그것이 주인공의 운명을 크게 굴절시키는 계기가 되고 있다는 점이 특이하다. 아래의 〈A〉는 ❹, ❻, 〈B〉는 ❺, ❼의 국면이다.

한국 근대소설과 사회갈등

〈A〉
(가) ……누님이나 고싱을 참고 남의 집에가서 심부름이나 ᄒ고 밥이ᄂ 어더먹고 그 말이 맛지 못ᄒ야 긔차ᄒ나히 풍우갓치 몰녀드러오ᄂ듸 옥남이가 언덕우에도소르고셧다가 눈을 싹감고 텰도로 쒸니/

(나) 오냐 눈쑴젹쥭으면 이것져것모르고 뇌신세에편할거시라 뇌가 죽어도잇지못ᄒᄂ거슨 한가지ᄲᆞᆫ이라 친졍부모의 은혜를 못잇ᄂ것도 아니오 남편의 졍을 못잇ᄂ 것도 아니오 …(중략)… ᄒ더니 웅고리고 안진치로 눈을 싹감으면서 우물속으로 쑥쩌러지는듸 물속에서 물구나무를셧다/

(다) 자-이샨에셔 이럿케 긴-이야기만ᄒ고 잇슬거시아니라 우리가 아름다운 연분을 맷고 뇌 고향으로 가셔삽시다 져산못동이만

소설에서의 '우연성'을 문제 삼은 것은 조연현의 「소설에서의 우연성의 문제」(『동국대논문집』 1집, 1964)가 있을 뿐이며, 특히 신소설에서 우연성을 다룬 것으로는 홍일식의 「한국개화기의 문학사상연구」(열화당, 1980)와 서종택의 「신소설의 사건구조」(『홍대논총』 11집, 1979) 등이 있다.

가면 교군쓴이 기다리고잇소 ᄒᆞ며 당쟝 그 자리에서 겁칙을ᄒᆞ러드니 부인이 피ᄒᆞ려도 피할슈업고 죽으려도 죽을슈도 업슬지경이라 부인이 하나님을 부르며 운다 하나님 맙시사 ᄂᆡ가 이산즁에와셔 이 몹쓸 놈의게이욕을 보고 쥭게된단말이오 …(중략)… 최치운이가 와락달려드러셔 부인을으르싸안으러ᄂᆞᆫ디/

(라) 네의 아바지는 ᄂᆞ죽ᄂᆞᆫ 거슬 모르시고, 본마누라쥬먹안에셔 쏨작못ᄒᆞ고 계신가보다 ᄂᆞ도미들곳업ᄂᆞᆫ 사름이오 너도 미들곳업ᄂᆞᆫ ᄋᆞ히라 미들곳업ᄂᆞᆫ인싱들이, 무엇ᄒᆞ려고 사라앗겠ᄂᆞ냐, 가쟈가쟈, 우리ᄂᆞᆫ, 우리갈곳으로 어셔 가쟈……하면서 눈물이 가득한 눈으로, 정신업시, 등잔불을 보ᄂᆞᆫ디 눈압헤 오싴무지기가 션다 …(중략)… 치마를 거드처쥐고우물돌우으로 올라가ᄂᆞᆫ디 돌우에서 밋그러저 가루쎠러 에그머니 소리지르고 쏨작못한다 아홉둘 된틔즁이라, 동틔가 되얏ᄂᆞᆫ지, 빗속에는 홍두씨를, 벗티어, 노흔듯하고, 사지를 쏨젹거릴슈업ᄂᆞᆫ디/

(마) 어ᄂᆞ쎡는 동경으로 구경갓다가 지리ᄒᆞᆫ 가을 쟝마에 구경도 못ᄒᆞ고 젹젹한 여관에서 쎠러지는 비소릭를 드르며 「아마 정님이ᄂᆞᆫ 그 ᄉᆞ이 시집을 갓슬걸」ᄒᆞ고 생각하며 ᄒᆞᄂᆞᆯ가에 도라가ᄂᆞᆫ 구름을 유연히 바라보더니 헤어져가ᄂᆞᆫ 구름너머로 쑥소사오르ᄂᆞᆫ 흔조각달이 수졍갓흔 광휘를두루 늘늬ᄂᆞᆫ지라 곳 상야공원에가셔 산보ᄒᆞ다가 불인지 연못가에셔 맛침 엇던ᄉᆞ름이 칼로 너학생찌르ᄂᆞᆫ 것을 보고/

⟨B⟩

(가′) /원 사람이 언덕아릭셔 소리를 지르고 쏘차오나 그 사람이 언덕에 올올동안에 실가치쌔른긔차는 발셔언덕을지나간다 …(중략)… 언덕밋션로(線路)ᄂᆞᆫ북힝(北行)차의션로오 그다음션로ᄂᆞᆫ 남힝(南行)차의션로인디 그 학싱이 남힝차지나가ᄂᆞᆫ거슬보고 그차가언밋션로로가ᄂᆞᆫ쥴로만올고 쎠러졌다가 순ᄉᆞ의게 구ᄒᆞ바되얏다더라

(나′) /허어알슈업고 암만보고 쏘보아도 사람은 정령사람인디 사

람갓흐면 무릅에도 못차는 우물에 물구나무를셧나 오올치 이제야알
겟구 필경 슐취흔 사람이 우물에 걸쳐업드려 물을 먹다가 곤두박이
를친게지 그런싱각이 들더니 그리 진중하고 졈잔튼거름은 엇으로가
고 나는제비가 합흠을흐게 활반바탕이나게되는데를 흔거름에 쒸어
가셔 물하고 볼식도업시 어름구녕에서 리어나구어채듯 우물에 것구
로박힌 사람의 두발목을 두손으로 우물박그로 쓰집어 닌니……

(다′) /별안간에 고목나무뒤에서 총소리가 탕나며 원포슈흐나히
튀여나오니리씨부인이 사람살려주오 소리를 지르거늘 최치운이가
겹이나셔 다라나니 소리를 포슈가 버럭지르는듸 산골이울린다 이놈
게잇거라 네가가면 어디로가깃느냐 이 총이 쳔보총이다 흐면서 약한
방을 어는틈에 지엇는지 총을 번쩍 들고 이놈철환바다라 소리가나더
니 그말끗헤 총소리가 탕 나면서 압헤다라나던 최치운이가 폭걱구
러진다.

(라′) /큰길에셔, 신소리가 져벅져벅느더니, 식거문옷입은사름이, 압
헤 와셔, 웃둑셔면서, 흔두마디흐다가, 듸답이업거늘, 거문옷입은사름
이, 호각을 부니, 그사름은 지골네거리, 슌포막의 슌검이라

(마′) /잔인한 싱각이 왈칵느셔 소리를지르고 급히조차가니 녀학
싱의 목에 칼이빅엿는지라 그 칼을 얼는쎼여들고……[53]

　위의 〈A〉의 (가), (나), (다), (라), (마)는 〈B〉의 (가′), (나′), (다′), (라′),
(마′)에 삽입구나 삽입 어절이 없이 각각 순조롭게 그대로 이어지는 행위

53　(가), (가′):「은세계」, 192~193쪽.
　　(나), (나′):「치악산」, 227쪽.
　　(다), (다′):「치악산」, 194쪽.
　　(라), (라′):「귀의성」, 42~43쪽.
　　(마), (마′):「추월색」, 66쪽.

단위를 갈라본 것이다. 〈A〉와 〈B〉는 떨어져 있지 않은 한 단위의 서사로 이루어진 것이지만, 그러나 이 짧은 사건의 진행 속에서는 〈A〉, 〈B〉가 각각 두 개의 극적인 장면의 연속으로 구성되어 있다. 한 개의 행위 단위 속에 〈A〉의 위기나 고난이 급전직하하여 〈B〉의 구조 속으로 전환되고 있다.

〈A〉가 〈B〉로 이어지는 우연적 화소는 〈도표 3〉과 같다.

〈도표 3〉 우연의 화소

〈A〉		〈B〉
(가) '쮜니'	→	(가′) '왼'
(나) '셧다'	→	(나′) '흔거름에'
(다) '안으려드는듸'	→	(다′) '별안간애'
(라) '꼼젹거릴슈업는듸'	→	(라′) '식거문', '웃둑'
(마) '찌르는것을'	→	(마′) '급히'

(가)의 동사 '쮜니'는 (가′)의 '왼사람'으로, (나)의 동작 '물구나무를션'은 (나′)의 '흔거름에' 뛰어간 사람으로, (다)의 동작 '안아려드는듸'는 (다′)의 '별안간애' 나타난 포수로, (라)의 동작 '꼼젹거릴슈업는'은 (라′)의 '웃둑션식거문웃입은' 사람으로, (마)의 동작 '찌르는'은 (마′)의 '급히' 달려온 사람으로 각각 극적으로 이어진다.

'이 · 히 · 기 · 리 · 구 · 추 · 우' 따위의 어간형성접미사의 삽입에 의해 피동태로 전락한(〈도표 2〉 참조) 주인공들의 행동 구조는 또한 '별안간애', '웃둑', '급히', '흔거름', '왼사람' 등 우연적 상태부사(절)에 의해 행동 단위나 진로가 전환되고 있다.

'고난 → 위기 → 구출'로 이어지는 무주체적 · 피동적 · 우연적 행동 단위는 따라서 시간의 질서 개념과 인과율의 통제를 받지 않은 채 전개되고 있으므로 객관적 의미를 상실하고 있다고 하겠다. 인과율이 전제됨으로써만 세계의 시간적 계기의 객관적 배열과 주관적 배열을 구별할 수 있다[54]는 데서 여기에서의 '우연성'의 한계가 드러난다.

소설이 이야기로 되어 있고 그것이 필연적으로 우연적인 것에 의한 사건들로 집약된다면 소설에서의 우연성은 사건의 중요한 계기가 아닐 수 없다. 그러므로 우연을 필연과 상관개념으로 보지 않을 수 없는데서, 소설에서의 우연성은 피할 수 없는 것이 된다. 이 양자의 관계는 〈도표 3〉과 같다.

> 偶然性과 必然性은 서로 대립하는 한 쌍의 상관개념으로 여겨지는 경우가 있다. 이때 동일한 의미로 가능성과 불가능성도 서로 대립하는 상관개념으로 볼 수 있다. 그러나 우연성의 문제를 어떠한 관점에서 보느냐에 따라 다음과 같은 여러 상관적 관계를 생각할 수 있다. 우연성이 그 문제의 성격상 가능성과 유사한 관계에 있다는 이유에서 우연성과 가능성을 상관적인 것으로 하고, 필연성과 불가능성은 다 같이 필증적인 성격을 가졌다는 점에서 또한 상관적 관계에 놓인 개념으로 보는 경우다. 또한 가능성의 극(Pole)이 우연성 강조의 극한에 가서 일치하고, 불가능성 증대의 극이 필연성 감소의 극에 일치한다. 다시 말하면 극한에 가서는 우연성의 불가능성에, 필연성은 가능성에 각각 접근해 간다는 사실에서 각각 이들을 상관적 개념으로 보는 경우도 있다.[55]

이 밖에 '우연'에 대한 철학상의 논의는 많다. 여기에서는 다만 '필연성'의 상대개념으로서 또는 '결정되지 않은 것의 속성'이나 '확률 법칙

---

54 H. Meyerhoff, *Time in Literature*, Univ. of California Press, 1974, pp.18~19.

55 『철학대사전』, 학원사, 1970, 811쪽.

에 따라 예측할 수 없는 것의 속성'의 뜻으로 의미가 한정된다. 따라서 세계의 생성이나 발생은 결국 우연에 의해 귀착하지 않을 수 없다는 우연론의 의미와는 다른 것이다. 우리들의 삶의 양상이 어떤 예측 불가능한 사태에 의해서 방향이 바뀌고 혹은 끝이 나거나 하는 것이지만, 그러나 그러한 삶의 여러 가지 양상들을 의도적으로, 체계적으로, 용의주도하게 형태를 띤 모습으로 얽어 보여줌으로써 삶의 복합적 의미를 제공하는 미적 양식으로서의 '소설'에서의 우연성의 의미와는 다르다.

그것은 개연성(probability)의 원리에 의한 허구(fiction)이면서 동시에 삶의 보편적 질서와 시간에 의해 이루어져야 할 것이기 때문이다. 조연현은 우연의 '자연적', '특례적' 성격을 들고, 감정적으로는 그것이 경이와 충격을 주는 효과를 지적하고, 개인과 집단, 인간과 자연과의 관계 등에서 빚어지는 비단독적 상대적 관련성을 지적했다. 그리고 우연의 가능적, 역사적 성격을 지적하면서 소설과 우연과의 관계를 다음과 같이 말하고 있다.

> 소설이 그 사건 조직에 있어 우연에 의존하는 것은 소설의 숙명이며 방법이다. 그렇다면 어떤 소설이 우연의 남발 또는 지나친 우연성이 지적되어 그것이 도리어 창작력의 빈곤이나 소설의 효과를 약화시키는 것으로 비난받는 이유는 무슨 까닭에서인가. 이것은 어쩌면 우연 그 자체가 소설에서 거부되는 것처럼 인상될 줄 모르나 사실은 그와 반대인 것을 알 수 있다. 그것은 우연이 지나쳤다든지 너무 남발되었다든지 하는 것은 벌써 우연의 성격 그 자체를 약화시킨 것이 되기 때문이다. 우연의 성격이란 무엇보다도 스스로 이루어진 것이기 때문에 자연스러워야 한다. 자연스럽지 않은 것은 우연적이기보다는 인위적인 것에 가깝다. 우연이 지나쳤다든지 하는 것은 자연스럽지 못하다는 별도의 표현이다. 그러므로 지나친 우연이 소설에서 비난받는 경우는 우연성 그 자체가 아니라 오히려 우연적이 아닌 것

을 거부하는 의미가 됨은 물론이다.[56]

신소설의 행동 구조에서의 '우연'의 남용은 그러므로 우연성 자체에 문제가 있는 것이 아니라 우연성의 약화나 파괴에 있다. 작중인물들은 그들의 갈등 해소를 역사적, 운명적, 특례적, 예외적 사건에 의존하고 있음이 드러났다. 세계는 황폐화되어 있고 자아는 세계에 대하여 주체적 개입이 불능한 것으로 본 이들의 삶은 결국 환상과 비현실의 운명적 세계에 삶의 근거를 두고 있었다는 근거가 된다. 흔히 "과도기의 교량적 구실을 담당한 근대화 과정의 문학"[57]으로 규정된 신소설은 그러나 기법으로서의 '우연성'을 문제 삼을 때, 전대소설보다 더욱 빈번하게 특례적으로 '우연'이 남용됐음은 한마디로 그러한 미적 구조를 산출케 한 사회의 심리적 이데올로기적 현상을 복합적으로 드러낸 구조라 하지 않을 수 없다. 그것은 의병운동—갑오경장—을사조약—한일합방 등으로 이어지는 개화기 시대의 사회변동의 속도나 양상을 당대인이 충격과 경이라는 본능적 차원을 넘어 의식의 차원으로 수용 내지는 소화할 만한 시간적 여유도, 세계관의 확립도, 그러한 여건도 허락해주지 않았던 세계에서 기인한 결과라 할 수 있다. 그들은 일상적이며 보편적인 삶의 이념이나 가치 또는 인륜적 질서에 의해 생존이 가능하지 않은 세계에 있었으므로 "황폐한 세계에서의 환상은 현실이며 우연은 필연이고 사람은 잠재적으로 정체불명의 괴한"[58]이라는 진술이 가능한 것이다.

---

56 조연현, 「소설에서의 우연성의 문제」, 『동국대논문집』 1집, 동국대학교, 1964, 168쪽.

57 송민호, 「이인직의 신소설연구」, 『문리논집』, 고려대학교, 1962, 2쪽.

58 김우창, 앞의 책, 91쪽.

4. 개화기 소설의 상승 구조와 사회갈등

이상, 신소설의 서사 구조의 특성을 몇 가지로 나누고, 작중인물의 작중 상황에 대처하는 사회적 갈등의 양상을 살펴보았다. 신소설은 개화기의 시대적 명제인 '근대화'의 이념을 포괄적으로 수용하려 하였으며 이러한 현실적 문제들에 대한 작중인물의 행위 속에 긍정적으로 혹은 부정적으로 그러한 이념을 드러냈다.

그러나 문제가 되는 것은 이와 같은 신소설에 나타난 서사구조의 특성이다. '고난 → 위기 → 구출 → 고난 → 위기 → 구출 → 승리'로 이어지는 사건의 반복적 진행 과정에 내재한 극적, 우연적, 운명적, 예외적 성격은 일차적으로 소설의 미적 구조를 크게 해치는 결과로 나타났다.

신소설의 부부, 처첩, 고부, 계시모 간의 반목과 살인, 유기, 납치, 폭력, 모해 등의 극적인 상황의 제시는 이른바 극적소설(행동소설) 혹은 범죄소설[59]의 어떤 특성을 띠고 있다.

> 행동소설은 이야기가 전개되어 가는 도중에 보조인물들 몇 명을 죽게 하는 것이 보통인데, 악한 사람이 살해되고 주인공이 파란곡절을 겪고 난 뒤에 평화롭고 여유 있는 생활로 돌아오는 한 선한 사람도 몇 희생되어도 무방하다. 요컨대 행동소설의 플롯이란 우리들의 욕망에 일치하는 것이지 지식에 일치하는 것은 아니다. 행동소설은 우리들이 모험적인 생활을 하고자 하면서 안전하기를 바라는 인간 본래의 욕망, 예를 들면 많은 일을 혼란시키고 될 수 있는 한 범법(犯法)을 많이 하고서도 그 결과를 회피하려는 욕망을 우리가 가지고 있는데, 현실에서 실현할 수 없는 그 욕망을 행동소설에서 실현하는 것이다. 행동소설은 우리들의 욕망의 환상도이지 인생도는 아니다.[60]

59 이재선, 『한국현대소설사』(홍성사, 1979), 135쪽.

60 E. Muir, *The Structure of the Novel*(Harcout, Brace and World, Inc.) p.23. 그는 이 책

극적소설 구조의 특질은 이와 같이 지적한 뮤어는 그것은 또한 등장인물의 성격의 일관성 때문에 사건의 발전은 긴밀한 인간관계에서만 이루어진다고 하고 스토리 내부의 사건의 힘의 균형이 플롯 자체를 구성하고 윤곽을 결정한다고 했다.

그렇다면, 신소설의 서사 구조가 표면적으로는 '극적'인 구조로 되어 있으면서 그것을 '극적'인 것으로 형상화할 수 있는 내면적 인과관계에 의해 짜여 있지 않음은 무엇인가. 이야말로 사회의 구조와 소설의 구조와의 상동성(homologie)의 깊이[61]를 말해주는 것이며, 사회적 어투와 소설적 어투의 접합점이며, 소설은 생산하는 양식이 아니라 '생산된' 양식이며, 작품 생산의 원인인 사회의 역사적, 심리적, 사상적 현상의 복합적인 얼크러짐의 표현[62]이라는 진술의 좋은 예증이 된다.

'고난 → 위기 → 구출'의 극적 상황이 아무런 납득할 만한 동기나 필연성, 인과율이 없이 '→ 승리'의 과정으로 이어지는 신소설의 상승적 구조야말로 작중인물의 사회적 갈등의 비현실성을 잘 드러내고 있다.

갈등에 대한 짐멜(G. Simmel)의 고전적 논의를 명제화하여 재정립한 코저(L. A. Coser)는 수단으로서의 갈등과 그 자체가 목적인 갈등 간의 구분을 '현실적' 갈등과 '비현실적' 갈등이라는 개념으로 구분하고 있다.

> 어떤 관계 안에서 특정한 요구가 좌절됨으로써, 그리고 관여자들의 수익에 대한 평가로부터 발생하며, 좌절의 원인이라고 상정되는

에서 소설을 성격소설, 극적소설(행동소설), 연대기소설의 셋으로 분류하여 그 구조의 특질을 밝혔다.

61 I. Goldmann, *Towards a Sociology of the Novel*, Tavistock Publications Ltd., 1975, p.14.

62 M. 제라파, 『소설과 사회』, 이동렬 역, 문학과지성사, 1977, 54쪽.

대상에 직접적으로 향하는 갈등은, 그것이 특정한 결과를 겨냥한 수단인 이상 '현실적 갈등'이라 부를 수 있다. 반면에, '비현실적 갈등'은 두 사람 이상 사이에 여전히 상호작용을 가지면서 적대자들의 대립적인 목적 때문에서가 아니라, 그들 중 적어도 일방의 긴장 해소의 필요 때문에 야기된다. 이 경우, 적대자들의 선택의 쟁점은 직접적으로 관계가 없는 요소들에 의해 결정되며, 특정한 결과 달성에 대한 지향도 없다.[63]

작중인물이 고난(위기)에 처했을 때 보인 좌절이나 가족이나 개인들 간의 반목·대립은 다만 자신의 현실에 대한 공격성 해소를 위한 역반응에 불과한 것이었다. 일방 또는 쌍방의 공격적 긴장 해소를 위한 필요에서 발생한 이러한 비현실적 갈등은 현실적 갈등보다 덜 안정된 것이다. 기저에 흐르는 공격성은 그것이 그 대상과 직접적으로 묶여 있지 않기 때문에 보다 쉽게 다른 통로로 유도될 수 있는 것이다.

'고난 → 위기'의 사건구조에 나타난 위기(고난)의 화소(〈표 1〉 참조) '고싱', '팔자', '운수', '궁량', '먹을 것', '신세', '미들곳' 등에 나타난 그들의 현실에의 자기 투항은 그들의 '문명개화'의 이상주의가 한낱 '상황적인 우연'에 의하여 하나의 표적이 되었다는 증거가 된다. 현실적 갈등이 '수단에 관한 기능적 선택성'이 존재하고 비현실적 갈등이 '대상에 대한 기능적 선택성'이 존재한다[64]고 할 때, 그들은 '수단'보다는 '대상'에 의한 것이었으므로 비현실적이다.

신소설 인물들에 보인 갈등의 근원은 그러므로 사회의 본질에서보다는 차라리 그 관계를 찌그러뜨리는 '감정' 속에서 찾고자 한 것이며(부

63　L. A. Coser, *The Functions of Social Conflict*, The Free Press, 1956, p.62.

64　L. A. Coser, op. cit, p.64.

부 · 처첩 · 고부 · 기타 가족 성원이나 개인들 간의 반목 · 테러 · 폭력성
이 그 예이다), 좌절의 근원이나 문제가 되고 있는 사회적 쟁점이 아니
라 좌절이 개인에게 주는 그 영향에 의해 행동한 것이다.

구출의 화소(〈도표 2〉 참조) '보닉주마', '공부호도록', '다려다가', '자션
심', '딕여주마' 등은 이러한 인물들의 대상에 대한 무주체적 대응의 우
연적 결과이며, 주체와 객체의 뒤바뀜을 보여준 그들의 이상주의(개화)
의 피동성은 패배주의를 말해주는 것이다.

르네 지라르의 이른바 '삼각형의 욕망(désir triangulaire)'[65]에서 말하는
'중개자(médiateur)'가 바로 이들로 하여금 고난으로부터 구출케 해준
정상(井上), 씨엑기—아니쓰, 스미트 등 일본인이나 미국인, 영국인 등
이라 할 수 있다.

이를 「혈의누」와 「은세계」의 경우를 들어 지라르의 도표에 의거해 보
면 뒤의 〈도표 4〉와 같이 될 것이다.

---

65 르네 지라르, 『소설의 이론』, 김윤식 역, 삼영사, 1980. 그는 인간의 욕망 체계를 소
   설 주인공의 욕망체계에서 발견, 세르반테스의 「돈키호테」를 분석했다. 그가 이 소
   설의 분석에서 얻어낸 결론은 주인공들의 욕망은 간접화된 욕망(désir médiatisé)으
   로 자신이 욕망하게 되는 대상을 모방함으로써 가능하다는 것이다. 따라서 이상적
   인 기사도에 도달하고자 하는 돈키호테의 욕망은 아마디스라는 중개자에 의해 간
   접화되고 주체와 대상 사이에는 간접화 현상이 일어난다는 것이다.
     그는 하나의 작품이 여러 개의 삼각형으로 구성되어 있음을 주목하고, 여기서
   주체와 중개자와의 경쟁 관계가 있는 것을(예를 들면, 「적과 흑」) 내면적 간접화
   (médiation interne)라 하고, 그러한 관계가 없는 것을(예를 들면 「돈키호테」 「보바
   리 부인」) 외면적 간접화(médiation externe)라고 하여 우리 자신이 살고 있는 사회
   에서의 욕망의 성질과 그 구조를 드러내고자 하였다.

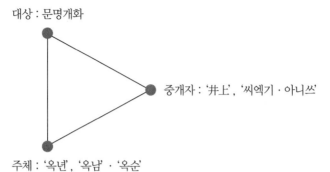

〈도표 4〉

대상 : 문명개화

중개자 : '井上', '씨엑기 · 아니쓰'

주체 : '옥년', '옥남' · '옥순'

문명개화의 이상을 꿈꾸는 주체는 이미 그것이 이루어졌다고 생각되는 모델 '井上', '씨엑기—아니쓰'를 중개로 하여 그러한 이상에 도달하고자 했다. 지라르의 이론에 의하면 이들은 '외면적 간접화'의 주인공이다. 대상을 향한 돌진은 근본을 따져보면 중개자를 향한 돌진이다. 그런데 내면적 간접화에서는 이 돌진이 중개자 자신에 의해 제지된다. 왜냐하면 이 중개자가 그 대상을 욕망의 대상으로 삼고 소유할 수 있기 때문이다. 이렇게 되면 주체는 그가 세운 모델인 중개자에 대해 갈등의 감정을 느끼게 되는데, 이때의 갈등의 감정이란 가장 심한 존경심과 가장 강렬한 원한이라는 두 개의 상반된 감정의 결합으로 형성된 것이다.

그러나 여기서의 주체인 '옥년', '옥남' · '옥순'은 자신의 욕망의 성격을 큰 소리로 선언하고 스스로 그 제자임을 다짐했다. 내면적 간접화의 주인공이 가지는, 자신의 모방 계획을 조심스럽게 감추고, 또한 중개자를 자신이 '대상'으로 이르게 하는 것을 방해하는 장해물로 바라다볼 내면화된 합리성도 경쟁의 관계도 스스로 포기한 것이다.

그리하여 이들은 자신이 모델로 한 문명개화의 중개자 일본이 설정한 또 하나의 욕망의 삼각도의 꼭지점(식민화)을 향한 중간에 자신들이 중개자로 설정되어 있음을 바로 보지 못했다. 이들은 "사용가치에 의해 어떤 욕망을 갖는 것이 아니라 교환가치에 의해 어떤 욕망을 가질 수밖에 없는 사회구조[66]를 바로 보지 못한 것이다. 중개자는 대상에게 환상적 가치를 부여했고 주체는 대상과 중개자의 현실적 차이를 또한 바로 보지 못했다.

또한 신소설 인물들의 시대적 명제와 사회변동의 이념을 '근대화'로 요약할 수 있다면, 이들에 나타난 사회갈등의 가치 변수를 다음과 같이 나누어 고찰해볼 수 있다.

현대 사회학에서는 이러한 가치 체계를 조작적으로 규정지어 이의 비교를 위한 가치 변수를 설정하려는 움직임을 보이고 있는데, T. 파슨스의 유형변수론[67]과 파슨스와 루미스, 비이글의 견해를 종합한 고영복의

한국 근대소설과 사회갈등

---

66 R. 지라르, 앞의 책 p.185.

67 T. Parsons, *The Social System*, The Free Press, 1951, p.67. 여기서는 근대와 전근대의 가치 변수를 다음의 다섯 가지로 분류하고 있다.

전근대적 변수	근대적 변수
(가) 감정성(affectivity)	(가') 감정중립성(affective neutrality)
(나) 광범성(diffuseness)	(나') 한정성(specitity)
(다) 귀속성(ascription)	(다') 업적성(achievement)
(라) 집합지향성(collectivity orientation)	(라') 개인지향성(self-orientation)
(마) 특수성(idiosyncrasy)	(마') 보편성(generality)

여기서 (가)(가')는 충족과 규율의 차이를 말한다. (가)는 대상으로부터 직접적인 만족을 얻고자 한 것이고, (가')는 규율을 위해 만족을 연장하도록 규정하는 규범형이다. (가)는 정서적 만족 자체가 목적인 경우이고, (가')는 목적을 위한 수단의 유용성을 인지하는 경우이다. (나)와 (나')는 대상에 대한 관심의 범위이며, (다)와 (다')는 대상자의 양태(morality)의 선택에 관련된다. (다)는 대상의 특질(quality)을 복합체로 보는 것이고, (다')는 성취(performance)의 복합체로 보도록 규정하는 규범형이다. (다)는 그 사람이 누구며 무엇이냐를 따지며, (다')는 무엇을 했으며 할 수 있느냐를 따진다. (라)와 (라')는 내재와 초월에 관계된 가치지향형이다. (마)는 대상

가치 변수[68] 및 김규환의 가치 변수[69]를 신소설 인물들의 그것에 적용,
다음의 열두 가지 변수를 만들 수 있다.

을 특정집단에 있어서의 특정관계에 있는 위치에 따라 보는 것이고 (마′)는 그 대
상을 포함하는 일반적 기준에서 취급하도록 규정하는 규범형이다. 족벌주의(nepo-
tism)나 연고주의(favoritism)는 (마′)보다는 (마)가 우세하다.

68 고영복, 「한국사회의 구조와 분석」, 『신동아』 2월호, 동아일보사, 1965.

전근대성	근대성
(가) 전통성	합리성
(나) 정의성	공식성
(다) 권위성	민주성
(라) 귀속성	업적성
(마) 파벌성	보편성

69 김규환, 「농촌의 mass communication」, 『서울대신문연구소학보』, 서울대학교 신
문연구소, 1966.

전근대성	근대성
(가) 전통성	합리성
(나) 감정성	이지성
(다) 비진취	진취성
(라) 고수성	적응성
(마) 덕행 위주	실리 위주
(바) 분파성	보편성
(사) 보수성	급진성
(아) 소극성	적극성
(자) 귀속성	업적성
(차) 권위성	평등성
(카) 권위주의적 방식	민주주의적 방식
(타) 농촌적	도시적
(파) 비과학적	과학적

전근대성	근대성
(1) 전통성	합리성
(2) 감정성	이지성
(3) 비진취성	진취성
(4) 고수성	적응성
(5) 특수성	보편성
(6) 소극성	적극성
(7) 권위성	민주성
(8) 귀속성	업적성
(9) 덕행 위주	실리 위주
(10) 농촌적	도시적
(11) 광범성	한정성
(12) 개인지향성	집단지향성

* 여기서 '과학적', '비과학적'은 (1)과 중복, '보수성', '급진성'은
(3)과 중복, '분파성', '보편성'은 내용상 (4)와 중복되므로 삭제

이상의 가치 변수에 대한 신소설 인물들(여기서는 주로 「혈의 누」「은
세계」등 개화 의식을 중점으로 다룬 작품들)의 개화 의식을 검토하면
다음과 같이 판단될 수 있다.

(1)의 문제 : 그들은 맹목적으로 전통성에서 벗어났으나 합리적
면도 또한 찾아볼 수 없다. 특히 그들의 국가관은 진정한 의미의 민
족주의에 크게 배치된다.

(2)의 문제 : 고난의 화소 참조. 특히 철도·우물 자살극, 운명론
적 세계관 등 감정성의 도출이 강하다.

(3)의 문제 : 결과야 어쨌든 그들의 문명개화를 위한 유학 등은 일
단 진취적이다.

(4)의 문제 : 그들의 친일적 개화관은 적응성의 발로이다.

(5)의 문제 : 시대적 요구인 의병, 농민들의 항일 투쟁을 부정, 실

속 없는 유학생의 엘리트 의식만을 과시, 민중들에 대해 교화적 태도를 취한다. 이는 귀족적 개화인의 특수성의 노출이다.

(6)의 문제 : 문명개화를 위한 유학이었으나 그들은 진정한 개화인도 아니었으며, 다만 감동만 하는 것으로 그쳤을 뿐 그들의 의지를 행동으로 보인 예는 단 한 번도 없다.

(7)의 문제 : 그들은 자주 평등을 내세우면서 더욱 권위에 맹종한다. 민중에 대한 교화적 태도, 구미 · 일본 문명에 대한 절대적 추종 등.

(8)의 문제 : 귀속성은 그 사람이 누구며 무엇이냐를 따지는데 업적성은 무엇을 했으며 할 수 있느냐를 따진다. 그들은 의병 · 농민들의 역량을 무시했으며 일본의 강세에만 편승했다.

(9)의 문제 : 미국 등의 유학도 실리를 위한 것이었고 친일적 개화관도 동기로서는 우선 실리라 믿는 데서 출발했다.

(10)의 문제 : 그들은 도시적 사고방식과 의식 내용을 따랐다.

(11)의 문제 : 그들의 관심은 오직 문명개화에 몰두해 있었다. 방법은 취할 만한 것이었으나 관심의 한정성은 근대적이다.

(12)의 문제 : 개인 지향적이다. (5), (7)의 판단 내용 참조.

이상의 가치 변수에 나타난 전근대성은 소위 '개화기'로 불리던 시대로서 개항 이전의 개화 의식을 바로 계승하지 못한 현상을 보여준다.[70] 특정 시기의 특정 인물들에 대한 근대성에 대한 검토가 수반하게 되는 논리의 특이성을 감안하더라도 근대인의 출현이 가장 강력히 요구되었던 이 시기의 인물들이 보인 상황에 대한 사회적 갈등의 비현실성을 드러내 준다. '→ 승리'에 이르는 신소설의 상승적 구조 또한 이러한 중세적, 운명적, 극적인 세계관에 입각한 당대 사회의 가치와 의식의 자연스러운 발현이 아닐 수 없다.

---

70 서종택, 「「허생전」 · 「은세계」의 개화의식에 관한 검토」, 『새국어교육』 21호, 한국국어교육학회, 1975, 122~151쪽. 여기에서 같은 가치 변수를 두 작품에 적용하여 「허생전」의 작중 인물의 근대성과 「은세계」의 그것을 비교해 보았다.

1920년대 소설과 자아의 발견

제3장 1920년대 소설과 자아의 발견

1920년대는 한국 근대소설의 형성기라 할 수 있다. 특히 단편소설에서의 근대적 면모가 두드러지는 이 시기는 개화기의 신소설과 이광수를 거치면서 드러난 개화 일변도의 이념이나 공리주의적 이상주의 추상성을 극복하고자 하는 데서 이전의 소설과는 크게 다른 양상을 보인다.

『창조』(1919)는 이러한 개화·계몽주의에 대한 직접적인 반동으로서 구체적인 문학적 이념을 들고 나온 최초의 문예지가 된다. 『창조』의 등장은 단순한 최초의 문예 동인지라는 의미로서보다는 그것이 3·1만세 사건과 때를 같이하여 등장하였다는 점에서 중요한 뜻이 있다. 일제의 소위 문화 정책의 속뜻이야 식민지 정책의 또 다른 억압 형태로의 변형에 불과한 것이었지만, 이 시기의 많은 문예지의 등장은 표면적으로나마 문예 활동이 활발해진 동기가 되었다. 일본을 중개자로 한 서구적 근대 문학사조나 기법이 다양하게 소개, 구사, 실험되었으며, 이러한 광범위한 외국 사조에 대한 경도는 문예사조의 혼류 내지는 전통적인 가치와 이질적인 이념의 대립과 수용의 현상을 초래했다.

그러나 이러한 번잡성 속에서도 이 시대의 문학이 지향해야 할 거점은 다양하게 모색되고 있었으며, 그것은 문학사적 문맥에서 한국 소설의 근대성을 확립한 시기가 된다. 3 · 1운동과 거기에 따른 사회변동 · 문화운동과 밀접한 동기적 관련을 맺는다. 독립운동의 현실적인 실패에 따른 좌절과 절망 또한 이 시기의 정신사적 배경을 이루지만, 한편으로 민족 역량이 조직적으로 집중적으로 표출된 반식민 만세사건은 민족 역량에 대한 신뢰와 긍지를 확인케 해주었으며, 식민지 현실에 대한 인식의 차원을 높여준 커다란 정치적 체험이 되었다. 3 · 1운동을 실패로만 보는 고정관념은 사태의 결과만을 본 피상적인 견해라 하고 민족사적 의의를 다음과 같이 지적한 것이 있다.

한국 근대소설과 사회갈등

(1) 3 · 1운동에 의해 1910년 이후 10년간 닦아놓은 식민지 무단통치와 한국 민족 말살 정책이 근본적으로 파산되었다.

(2) 3 · 1운동에 의하여 민족 독립 역량이 강화되고 그 후의 민족 독립운동의 확고한 원동력이 되었다.

(3) 3 · 1운동에 의하여 상해에 대한민국 임시정부가 수립됨으로써 공화정체의 새로운 민족 정부가 수립되어 10년간 단절되었던 민족 정권을 잇게 했다.

(4) 3 · 1운동에 의하여 만주에서의 독립군의 무장투쟁이 강화되고 국경 지방에서의 국내 진공까지 가능하게 되었다.

(5) 국내에서 언론 · 집회 · 결사의 부분적 자유를 획득함으로써 국내에서 민족문화운동, 실력양성운동, 농민운동 등을 전개할 여건이 어느 정도 확보되었다.

(6) 3 · 1운동은 한국 민족 스스로의 실력에 의하여 국제적으로 한국민족의 독립을 보장받아냈다.[1]

1919년을 신문학운동의 제2의 출발로 보는 견해에 대해서는 이러한

---

1   신용하, 『한국근대사와 사회변동』, 문학과지성사, 1980, 235~239쪽.

사회변동에 따른 다음의 몇 가지 소설사적 변화의 모습에서도 그 이유를 찾을 수 있다. 즉, (1) 계몽주의의 거부, (2) 사실·자연·낭만주의의 대두, (3) 구어체 문장의 확립, (4) 형식 치중의 경향 등이 그것이다.[2] 또한 문예사조상으로는 자연주의나 『백조』파의 낭만주의가 성숙한 시기를 분수령으로 하여 이를 전기와 후기로 나누기도 한다.[3] 이른바 1924, 1925년경의 경향파와 이후의 프롤레타리아 문학의 등장을 그 기점으로 보는 견해다.[4]

1920년대 전기의 신문예운동과 후기의 사회주의적 문학에 대해 절충주의 내지는 민족주의 이념이 등장하기도 하지만, 이 시기의 문예사조의 특성은 1924, 1925년경을 기점으로 보는 것이 가능하다. 이는 당시의 소설적 공간을 이루고 있었던 다음과 같은 몇 가지 식민화 현실에서 그것이 입증된다.

(1) 식민지 체제의 강화로 인한 토지조사결과 한국농민의 빈궁화가 1920년대 이후 급격히 증가했으며, (2) 문화정치를 표방한 사이또오 총독시대의 도시생활의 궁핍화는 빈번한 노동쟁의를 발생케 했으며, (3) 민족자본은 이미 붕괴되었고, (4) 어업령을 제정, 한국수산업에 대한 식민지적 재편성을 단행했으며, (5) 안민(安民) 신민(新民), 3·1운동 이후, 여성운동, 학생운동, 노동운동 등의 항일운동이 계속되었다.[5]

또한 동양척식회사의 조직적 농민 수탈은 절정에 달했으며,[6] 산야나 노

2   조연현, 『한국현대문학사』, 인간사, 1968, 312~319쪽.
3   백 철, 『조선신문학사조사』, 신구문화사, 1968, 280쪽.
4   프로문학의 형성과 이론, 공과에 대해서는 김시태, 『한국 프로문학비평연구』, 아세아문화사, 1978 참조.
5   홍이섭, 『한국현대사』 4, 신구문화사, 1969, 86~221쪽.
6   위의 책, 42쪽.

85

제3장   1920년대 소설과 자아의 발견

변에 쓰러진 굶주린 농민의 실태[7] 또한 이 시기의 궁핍화 현실을 잘 보여준다. 이러한 상황 속에서도 신인간주의의 이념의 대두는 괄목할 만한 것이었다.

이 시기는 동경 유학생을 중심으로 한 새로운 문예사조나 기법이 도입, 소개되는 한편으로 특히 춘원이 제기한 이래의 인도주의적 인간관에 입각한 반봉건 반유교적 윤리 의식이 실천적으로 대두된 때였다. 이른바 자유연애론으로 대표되는 풍속의 변화가 그것이다. 특히 여성해방을 부르짖는 신여성들에게서 성윤리와 사회적 지위가 다양하게 모색, 주창되었다.

이 시기의 소설은 이러한 시대적 현실을 다양한 양상으로 반영하고 있다. 따라서 식민지 사회의 암울한 현실은 당시의 민중과 지식인, 작가들에 있어서는 삶의 어려움과 그러한 현실에 대응하는 자기 갈등의 문제로 이중의 어려움을 겪게 된다. 그리하여 그들이 직면하고 있는 개인과 사회와의 대치점에서의 사회적 갈등의 모습은 여러 가지 양상으로 나타난다. 그들은 자신이 몸담고 있는 세계에 대하여 도전하거나 절망하거나 혹은 숨어버렸다.

1920년대의 김동인, 염상섭, 현진건, 나도향, 최서해 등은 일본의 식민지 수탈이 극대화해가는 시기의 작가로서, 그들의 삶은 개인적으로, 특히 사회적으로 다 같이 불행하였으며, 그들의 작가적 책임은 모두 식민지적 현실인 가난, 죽음, 계급 의식, 풍속, 윤리의 변화 등과 깊게 관련되며, 그들이 성취한 당대 현실에 대한 갈등의 태도에는 많은 공통점이 있으면서, 한편 그 미적 효과에 있어 많은 상이점이 발견된다. 그것

7 조동걸, 『일제하한국농민운동사』, 한길사, 1976, 80쪽 및 『동아일보』, 1926. 7. 18, 사설과 『조선일보』, 1926. 12. 22 기사.

은 개화기 소설에 나타난 서사 구조 유형의 획일성이나 상투성에 비해 현실 수용의 태도는 미의식에 있어 훨씬 성숙되고 다양한 양상으로 나타나는데, 이는 전술한 3·1운동을 치르고 난 당대의 성숙한 사회의식이나 근대 의식과 관련지을 수 있을 것이다. 1920년대 소설의 서사 구조에 나타난 작중인물의 사회적 갈등을 몇 가지로 유형분류하고, 사회 변동에 따른 소설의 구조 변화의 시대적 성격을 추출하면 다음과 같다.

1. 식민화 현실과 자기 발견
— 「만세전」·「고향」 계열의 구조

염상섭[8]의 「만세전」[9]과 현진건[10]의 「고향」[11]은 작중 화자가 1920년대의

---

8 1897~1963. 호는 횡보, 서울출생. 1911년 보성중학 중퇴. 일본 유학. 1917년 경도 부립 제2중학을 끝내고 경응대 영문과 입학. 1919년 독립운동에 나섰다가 투옥. 1920년 『폐허』 동인으로 문단 활동 시작. 1921년 「표본실의 청개고리」 발표. 「암야」, 「제야」, 「만세전」에 이어 1931년 「삼대(三代)」 발표. 『동아일보』 기자(1920), 『시대일보』 사회부장(1925), 『조선일보』 학예부장(1929), 『만선일보』 주필(1936) 등을 거쳐 『경향신문』 편집국장(1946) 역임. 1950년 이후 「임종」, 「일대의 유업」, 「두 파산」, 「취우」 발표. 그에 관한 전기는 김종균, 『염상섭연구』, 고려대학교 출판부, 1974 참조.

9 중편, 『신생활』(1922. 7~9)에 3회 연재하다가 잡지 폐간으로(3회 부분 삭제) 『시대일보』(1924. 4. 6)에 옮겨 완결. 원제목 「묘지」. 1924년 8월 고려공사에서 「만세전」으로 개제, 단행본 발간. 여기서의 대본은 『한국문학전집』 3(민중서관, 1966)을 사용함. 이하 쪽수만 밝힘.

10 1900~1943. 호는 빙허, 대구 출생. 『백조』 동인으로 문단 활동 시작. 『시대일보』 『매일신문』 기자. 『동아일보』 사회부장. 「빈처」(1922), 「술 권하는 사회」(1921), 「고향」(1922), 「운수조흔 날」(1924), 「불」(1925), 「B사감과 러브레터」(1925), 「사립정신병원장」(1926)와 장편 『적도』(1933), 『무영탑』(1939), 『흑치상지』(1941).

11 단편. 단편집 『조선의 얼골』(글벗집, 1926) 수록.

조선사회의 현실을 확인하는 과정의 서사 구조로 되어 있다. 작중인물 '나'가 바라보는 식민적 현실이 파노라마적으로 전개되고 있는 점이나 그것이 주인공이 국외에서 귀국하는 노정에서의 기차나 선박 안에서 이루어지고 있는 점이나, 식민 현실을 보는 그들의 인식의 과정에서 동일한 구조로 되어 있다.

(1) 「만세전」의 세계 인식

「만세전」은 9장으로 나누어져 있으며, 각 단락에 나타난 행동은 다음과 같다.

> (1) 동경 유학생인 '나'는 기말시험 도중 아내의 위독 전보를 받고 귀국을 서두른다. 자주 다니던 술집에 들러 일녀 정자를 만난다.
> (2) 동경에서 기차를 타고 신호(新戶)에 들러 음악학교에 유학중인 동포 을라를 만나본다.
> (3) 기차로 하관(下關)까지 와서 연락선을 탄다.
> (4) 연락선에서 내려 부산에 도착한다.
> (5) 부산에서 술집에 들러 시간을 보낸다.
> (6) 기차를 타고 김천에 도착, 형의 마중을 받는다.
> (7) 서울에 도착, 죽어가는 아내를 만난다.
> (8) 서울에 묵으면서 집 안의 분위기를 살피고, 을라와 사촌형과의 관계를 알아본다.
> (9) 아내가 죽고, 정자에게 편지를 쓰고, 서울을 떠나 동경으로 향한다.

이상을 요약하면 작중 서술자이자 관찰자인 '나'는 동경 → 신호 → 배 안 → 부산 → 김천 → 서울 → (다시 동경)으로 이어지는 여로의 기본 구조 안에 있다.

그러나 '나'의 동경 → 서울로 이어지는 여로의 과정은 단순한 기행의 순차적 진행에 있거나 식민지 지식인인 '나'의 눈에 비친 당대 현실의 파노라마적 진열이나 관찰의 기록에 머물지 않는다. 작중 화자인 '나'는 관찰자나 서술자의 입장에서가 아니라 관찰되고 서술된 사건의 뒤엉킴과 얼크러짐 속에서 자신의 삶의 이념이나 가치 또한 그러한 양태에 대한 자신의 행동양식을 전체적인 상황 속에서 파악하고 있다는 점에서 작중 현실에 깊게 '개입'하고 있다. 아내가 위독하다는 전보를 받고 귀국하였다가 아내의 장례를 치르고 다시 동경으로 돌아간다는 것이 이 소설 서사 구조의 골격이지만, 문제는 개인적인 사건과 사회가 어떻게 이어지는가이다. 「만세전」의 서사 단락은 표면적으로는 동경 → 서울 사이의 거리의 단락으로 끊어져 있지만, 이를 이어주는 것은 작중 화자 '나'가 보고 겪게 되는 사실들과 그 사실들에서 '나'와 팽팽히 이어지고 결속되는 상황들과의 내적 긴장 관계에 있다.

(1)에서 '나'는 아내의 '위독' 전보를 받는데, 이에 대한 '나'의 반응은 "(아직 죽지는 않은 게로군!)" 하고 안심이 되면서도 "도리어 좀 의아한 생각도 떠올랐다"[12]는 정도이다. '나'가 열세 살, 아내가 열다섯 살이었을 때 결혼한 관계이다. 죽어가는 아내에 대한 연민과 동정의 마음은 있지만 사랑의 감정은 없다. 전보를 받고 귀국을 서두르지만, 주인공이 '그리 급하지도 않건마는' 이발소에 가서 머리 치장을 하고 자주 드나들던 술집의 정자를 만나는 데서 주인공의 결혼이 인습적인 조혼의 폐습에 의한 것이었음이 드러난다.

"싫든 좋든 하여간 근 육칠년간이나, 소위 부부란 이름을 띠우고

---

12 396쪽.

지내왔는데 …… 당장 숨을 몬다는 지급전보를 받고나서도, 아무 생
각도 머리에 떠오르지 않고 무사태평인 것은 마음이 악독해 그러하
단 말인가. 속담의 상말로 기가 하두 막혀서 막힌둥 만둥해서 그런
다할까 …… 아니, 그러면 누구에게 반해서나 그런다 할까? 그럼 누
구에게?……"

　그러나 (그러면 누구에게?)냐고 물을 제, 나는 감히 대답할 수가
없었다. 그럴 용기가 나지 않았다. 다만 뱃속 저 뒤에서는 정자! 정
자! 하는 것 같았으나 죽을 힘을 다 들여서 '정자'라고 대답하여 본
뒤에는, 또다시 질색을 하며 머리를 내둘렀다.[13]

　주인공의 일녀 정자에 대한 태도는 감정적으로 치우쳐 있으며 이성적
으로는 그녀의 선택을 거부하고 있다. 동경 유학생으로 대표되는 식민
지 지식인인 조선 청년의 이러한 심리적 독백은 조선의 전통 사회의 억
압된 관심의 지배를 받고 있다는 증좌이며, 한편으로는 그러한 사회적
통제가 파괴되고 있거나 그것을 강하게 희구하고 있다는 증거가 된다.
(2)는 이러한 (1)에서의 아내에 대한 주인공의 냉담성이나 자유로운 세
계에 대한 희구의 반복이다. 뚜렷한 예정도 목적도 없이 신호에 내려서
'일 년간이나 소식이 끊어졌던' 을라를 찾아가 병화와의 관계, 그동안의
소식 등을 묻고 헤어진다.

　　장난이 아니라 을라를 이성으로 생각한다느니보다도 보통 친구나
　　동생같은 뜻으로 악수를 청해 본 것이나, 그래도 컴컴한 거리로 나오
　　도록 내 손바닥에는 여자의 따뜻한 살 김이 남아 있는 것을 깨달았다.[14]

　을라와의 작별에 보인 주인공의 감정은 (1)에서의 정자에 대한 그것

한국 근대소설과 사회갈등

13　398~399쪽.

14　418쪽.

과 유사한 정서적 반응이다. 주인공 '나'는 아내를 사랑하지도 않지만 미워하지도 않듯이, 여급 정자는 사랑하는 것도 아니고 사랑하지 않는 것도 아니며, 을라에 대한 감정 역시 막연한 것이다. 여기서 주인공의 '자아와 세계의 구성적 대립성의 중립적 상태의 한 원형'[15]을 볼 수 있다. (1), (2)에서의 주인공의 감상적 유탕적 행적은 그러므로 "이런 자유의 세계에서만도 얼마쯤 무차별이요 노골적인 멸시를 안 받는 데에 감정이 눅어지고 마음이 솔깃하여"[16]졌던 세계에서 가능한 행위와 사고의 중립성이나 자유스러움이었다. 그러다 (3)에 오면 이러한 중립성이나 누그러짐이 크게 굴절, 긴장과 갈등의 관계로 반전한다. 하관에서 배를 탄 후 목욕탕에 들어갔다가 세 사람의 일인 욕객의 대화를 엿듣게 되는 데서 그것이 고조된다. 그것은 조선 노동자들을 농촌에서 빼내 일본 각지의 공장과 광산으로 싸구려로 팔아넘기는 이야기였다.

> "왜 남선지방에 응모자가 많고 북으로 갈수록 적은고 하니 이 남쪽은 내지인이 제일 많이 들어가서 모든 세력을 잡았기 때문에 북으로 쫓겨서 만주로 기어 들어가거나 남으로 현해탄(玄海灘)을 건너서거나 두 가지 중에 한 가지 길밖에 없는데, 누구나 그늘보다는 양지가 좋으니까 요보들 생각에도 일년 열두달 죽두룩 농사를 지어야 주린배를 채우기는 고사하고 보릿고개에는 시래기죽으로 부증이 나서 뒈질지 경인 바에야 번화한 동경 대판에 가서 흥청망청 살아보겠다는 요량이거던. 그러니 촌은 젊은 애들은 말할 것도 없고 계집애들까지 나두 나두 하고 나서거던. 뭐 모집이야 쉽지!"
> "흥…… 그럴 꺼야!"
> "아직 북선지방은 우리 내지인이 덜 들어갔기 때문에 비교적 편

---

15 김윤식, 「염상섭의 소설구조」, 김윤식 편, 『염상섭』, 문학과지성사, 1977, 47쪽.
16 423쪽.

안히 사니까 응모자가 적지만 미구불원에 쪽박을 차고 나설거라. 허허……." [17]

'소위 우국지사(憂國之士)는 아니나' 스스로 '망국의 백성이라는 것' 정도를 잊지 않고 있던 주인공이 목욕탕에서 엿듣게 된 이 대화는 마침 내 자신으로 하여금 '시니 소설이니 한대야 결국은 배가 불러서 투정질 하는 수작이요, 실인생, 실사회의 이면의 이면, 진상의 진상과는 얼만 한 관련이 있다는 것인가?'[18] 하는 깊은 회의에 빠진다. 스물 두 살의 '책상 도련님'의 구체적 모습이다. (3), (4)에 이르러서 주인공은 비로소 '현실에 대한 자각적 비판적 안목으로 바뀌며, 자아중심적인 안목은 사회 속의 나를 자각하고 그것이 사회에 의해서 규제되어 있음을 의식'[19]하는 안목으로 바뀌는 것이다. 또한 주인공의 이러한 사회화의 순간에 조선 인 형사보의 부름을 받아 선실 밖으로 끌려가 심한 조사를 받는 데서 수색과 검거와 투옥으로 이어지는 억압 정치의 실상이 드러난다.

부산에 도착한 주인공이 바라본 현실은 (3), (4)에서 듣고 겪은 사건에 대한 구체적인 예가 되며, 따라서 (5)의 서사 구조는 (3), (4)의 발전적 반복이다. '나'는 부산 시가지의 모습에서 '조선을 축사(縮寫)한 것'[20] 임을 확인한다. 특히 다음의 인용은 잠식적이고 용의주도하게 진행되고 있는 식민화 과정에 대한 상징이 된다.

"아무개 집이 이번에 도로로 들어간다네." 하며 곰방 담뱃대를 엽

한국 근대소설과 사회갈등

---

17 424쪽.
18 424쪽.
19 유종호, 「염상섭론」, 『한국현대작가연구』, 민음사, 1976, 101쪽.
20 346쪽.

초에 다져넣고 **빡빡** 빨아가며 소견삼아 숙덕거리다가 자고나면, 벌써 곡괭이질 부삽질에 며칠동안 어수선하다가 전차가 놓이고, 자동차가 진흙 덩이를 튀기며 뿡뿡거리고 달아나고, 딸꾹 나막신 소리가 날마다 늘어가고, 우편국들이 들어와 앉고, 군아가 헐리고 헌병 주재소가 들어와 앉는다. 주막이니 술집이니 하는 것이 파리채를 날리는 동안에 어느덧 한구석에 유곽이 생기어 사미센(三味線) 소리가 찌렁찌렁 난다. 매독이니 임질이니 하는 새손님을 맞아들인 촌 서방님네들이, 병원이 없어 불편하다고 짜증을 내면 너무 늦어미안하얏읍니다는 듯이 체면 차릴 줄 아는 사기사가 대령을 한다. 세상이 편하게 되었다.

"우리 고을엔 전등도 달게 되고 전차도 개통되었네. 구경 오게. 얌전한 요릿집도 두서넛 생겼네……. 자네 왜갈보 구경했나? 한번 보여줌세."

…(중략)… 양복장이가 문전 야로를 하고, 요리장사가 고소를 한다고 위협을 하고, 전등값에 졸리고 신문대급이 두달 석달 밀리고, 담배가 있어야 친구방문을 하지, 원 찻삯이 있어야 출입을 하지 하며 눈살을 찌푸리는 동안에 집문서는 식산은행의 금고로 돌아 들어가서 새 임자를 만난다.[21]

위의 인용은 두 개의 대화와 두 개의 지문으로 되어 있는 짧은 분량에 불과한 것이지만, 「만세전」을 지배하고 있는 식민화 과정의 집약적 표현이 된다. 여기에서 언어적 문맥과 역사 사회적 맥락이 깊게 결속되어 있으며, 희극적인 요소와 비극적인 요소가 교묘하게 혼합되어 있음을 볼 수 있다.

'곰방 담뱃대'와 '엽초'가 '딸꾹 나막신 소리'로 바뀌면서 '전차'와 '자동차'로 대체되고, '군아'가 '헌병 주재소'로 뒤바뀐다. 이것이 단 한 개의 서사문 속에 압축되어 있으며 염상섭의 지리한 만연체 서술체에서

---

21 438쪽.

찾아보기 힘든 속도감을 보이고 있다. 네 개의 나열형의 어절이 순식간에 '……헌병 주재소가 들어와 앉는다'로 급전직하한다. '파리채 날리는' 소리가 '사미센(三味線)'으로, '매독', '임질'이 '사기사'로 이어지고 "우리 고을엔 전등도 …… 자네, 왜갈보 구경했나?"에 이르러 희극적 상황이 정점을 이룬다. 그러나 '전등값'과 '신문대금'과 '양복'과 '찻삯'으로 대표되는 문명의 이기나 근대화의 전형물이 일상생활의 안락함이나 편리함을 건너뛰어 '식산은행의 금고'로 이어지는 것이다. 전통적인 것과 근대적인 것, 조선적인 것과 일본적인 것, 밀려나는 것과 밀려드는 것이 대칭 구조를 이루면서 희극적인 정황이 비극적인 정황으로 바뀐다. 일상생활의 영역이 마침내 진지하고 비극적인 정황으로 확산되는 것이다. 또한 '조선 어머니에게 길리워 자라면서도 조선말보다는 일본말을 하고 조선옷보다는 일본옷을 입고, 딸자식으로 태어났으면서도 조선 어머니보다는 일본사람 아버지를 찾아가야겠다'[22]는 작부의 넋두리에서 '조선인 형사보'에게 맛보았던 참담한 식민지 백성의 패배주의와 현실 타협의 굴욕을 보게 된다.

김천에 도착하여 '나'가 '형님'과의 만남에서 목격하게 되는 (6)의 현실도 (5)에서의 작부의 태도의 반복이다. '나'는 형님의 마중을 받아 집에 들어서면서 다음과 같은 대화를 주고받는다.

"거진 쓰러지게 되었는데 문간이나 고치시지?" 하며 혼잣말처럼 한마디 하였다.
"얼마나 살라구! 여기두 좀 있으면 일본사람 거리가 될테니까 이대로 붙들고 있다가, 내년쯤 상당한 값에 팔어버릴란다. 이래뵈두

22 442쪽.

지금 시세루 여기가 제일 비싼단다."[23]

짧은 이 대화 속에 '형'의 현실 인식의 태도가 그대로 반영되어 있다. "얼마나 살라구!"의 종지부는 어법상 ' ? '이 되어야 하지만 형은 단정적으로 ' ! '로 말한다. 식민화 현실에 대한 체념과 긍정이 단정적이며 자조적으로 배어 있으며, 이러한 절망적인 상황의 인식은 "이대로 붙들고 있다가"에서 충격적인 사태로 발전한다. 형은 일본 사람 거리가 될 때를 '기다리고'있는 것이다. '형'의 이러한 현실 수용의 태도는 자신이 살고 있는 집이 일본인 거리가 될 그중 '비싼' 곳이라 자위하고 있는 데서 그 비극성이 두드러진다. 비극적인 모든 것이 개인적이고 지상적인 삶이라는 본능의 차원으로 묻혀버리고 자신을 둘러싼 삶의 테두리가 더 큰 테두리 안에 속해 있음을 의식하지 못하고 있는 것이다.

이러한 '형'의 태도는 그의 유처작첩(有妻作妾)에서도 잘 드러난다. '형'은 그사이 실패한 최 참봉의 딸을 첩으로 삼았는데, '자식을 얻기 위해서'와 '사람 하나 구하는 셈치고'[24]가 그의 변명이었다. 인습적 전통과 개인의 이기적 충동 속에 안주해버린 '형'은 자신의 행위를 유교적 이념과 위선적인 도덕률로 감싸버림으로써 인간다운 삶의 이념이나 가치를 스스로 엄폐하고 있는 것이다. 이러한 속물적인 '형'의 태도에 이어서 작중 화자 '나'는 종손이라는 이유로 무위도식하며 겉치레에만 신경을 쓰는 '종형', 친일의 앞잡이로 기생충적인 구차한 삶을 꾸려나가는 '김의관'. 일인 관리 앞에서는 아예 바보 노릇을 하는 것이 더 살기에 편리하다는 '갓장수' 등, 식민화 과정에서 드러나는 여러 전형적인 속물 유

---

23 446쪽.

24 450쪽.

형과 만난다. (6)에서의 가장 극적인 사건은 환도를 찬 조선 헌병을 앞
세운 순사의 검문이 행해지는 기찻간에서 벌어진다. 갓 장사를 한다는
청년이 도중에 연행되고, 조선인 역부가 조선말을 모른 체 "나니(무엇이
야) 나니?" 하며 일본말로 대꾸를 하고 머리를 '파발을 하고 땟덩이가 된
치마저고리의 매무시까지 흘러 가리운' 여자가 포승에 묶여 있고, '우동
을 파는 구루마가 쩔렁쩔렁 흔드는 요령소리만이 괴괴한' 시가를 보았
을 때, '나'는 속으로 외치는 것이다.

> "공동묘지다! 공동묘지 속에서 살면서 죽어서 공동묘지에 갈까봐
> 애가 말라하는 갸륵한 백성들이다!"[25]

　　(7)에서 주인공은 그를 귀국하게 한 원인이 되었던 '죽어가는 아내'와
상봉한다. 아내에 대한 동정과 연민의 감정이 그녀를 직접 만나봄으로
해서 남편으로서의 후회와 자책으로 변한다. 조혼의 폐습이 가져다 준
인습적인 관계였지만 죽어가는 아내가 '가엾고', '마음이 아파'오는 것이
다. 주인공의 아내에 대한 감정은 그러나 이 이상의 것은 아니며, 병인
(病人)에 대한 가족들의 인습적이며 형식적이며 의례적인 관습만이 가
정의 구석구석에 도사리고 있음을 발견한다. '일선인의 동화(同化)를 표
방하고 귀족 떨거지들을 중심으로 하여 바둑 장기로 세월을 보내고 회
의 유일한 사업은 기생 연주회의 후원이나 소위 지명인사(知名人士)가
죽으면 호상(護喪)이나 차지하고'[26] 다니는 아버지, 정조를 팔아 일본 유
학을 간 을라와, 이러한 관계를 애써 엄폐하려는 병화, 부패한 사회에서

25　467쪽.

26　474쪽.

의 부패한 인물들과의 서먹서먹한 해후가 이루어지는 것이 (8)이고, (9)
에서 주인공의 아내가 죽는다.

아내의 장례를 치르고, 다시 동경으로 향하기 전에 주인공은 정자에
게 편지를 쓴다.

> …… 소학교 선생님이 쎄이버(환도)를 차고 교단에 오르는 나라가
> 있는 것을 보셨읍니까? 나는 그런 나라의 백성이외다. 고민하고 고
> 뇌하는 사람을 존경하시고 편을 들어 주신다는 그 말씀은 반갑고 고
> 맙기 짝이 없습니다. …(중략)… 이제 구주의 천지는 그 참혹한 살육
> 의 피비린내를 걷히고, 휴전 조약이 성립되었다 하지 않습니까. 부
> 질없는 총칼을 거두고 제법 인류의 신생을 생각하려는 것 같습니
> 다. 그러나 이 땅의 소학교 교원의 허리에서 그 장난감 칼을 떼어놓
> 을 날은 언제일지 숨이 막힙니다. 우리 문학의 도(徒)는 자유롭고 진
> 실된 생활을 찾아가고 이것을 세우는 것이 그 본령인가 합니다. 우
> 리의 교유, 우리의 우정이 이것으로 맺어지지 않는다면 거짓말입니
> 다. 이 나라 백성의, 그리고 당신의 동포의 진실된 생활을 찾아나가
> 는 자각과 발분을 위하여 싸우는 신념없이 우리의 우정도 헛소리입
> 니다…….[27]

이 편지는 술집 여급을 그만두고 다시 학구에 전념하겠다는 정자의
새 생활의 결의를 담은 편지에 대한 회신의 일부이다. 아내의 위독 전보
를 받고, 반사적으로 정자를 떠올리고, 그녀가 있는 술집에 가 다소 유
탕하고 감상적인 관계를 보였던 (1)과, 아내의 장례를 치르고 난 다음
주인공이 마지막에서 다시 정자를 떠올리고 편지를 쓰는 행위를 보인
(9)는 서사적 대칭 구조를 이루고 있다. 주인공은 이 편지와 함께 '정자

---

27 490쪽.

의 새 출발을 축하하는 의미'로 다소의 부조금을 보낸다. 이는 그가 '동
경 가는 길에 (정자에게) 들르지 않겠다는' 관계 결산의 표시이다. 그리
고 주인공은 다시 서울을 떠날 때, "내년 봄에 나오면, 어떻게 속현(續
絃)할 도리를 차려야 하지 않겠나?" 하는 형님에게 "겨우 무덤 속에서
빠져나가는데요? 따뜻한 봄이나 만나서 별장이나 하나 장만하고 거무
럭거릴 때가 되거든요!"[28] 하고 웃어버린다.

「만세전」의 서사 구조는 무엇보다도 (1)~(9)로 이어지는 여정이 단순
한 기행이나 관찰자로서의 그것이 아니라 식민화 현실의 '발견'과 자아
의 '각성'의 도정이라는 점에 그 두드러진 특성이 있다. 주인공 이인화
의 갈등은 자아의 세계화, 즉 사회화의 과정이었다.

그러므로 주인공 이인화가 동경을 떠나 부산, 김천, 서울을 거쳐 다시
동경으로 향하게 되는 서사 구조는 '원점회귀'[29]가 아니라 지배국과 피
지배국, 문화 전달자와 수용자 사이의 새로운 관계 정립을 위한 '출발'
의 의미가 있다고 보는 것이다. 일녀 정자에 대한 '나'의 태도 변화는 다
소 지적이며 이지적인 그녀에 대한 친애감의 한계를 스스로 확인하게
된 데 의미가 있다. 다소 '유탕하고 감상적이었던' 그의 감정이 정리되
고, 정자도 을라도 아닌 더욱 현실적이고 본질적인 것에 대한 열망과 희
구로 변한 것이다. 그는 결국 '조선'을 택한 것이다.

또한 아내의 죽음이나 묘지로 파악된 식민지 조선의 현실을 보는 주
인공의 시선이 단순한 지배자─피지배자의 흑백논리로만 보고 있지 않
다는 점에서 신소설과 이광수에 보인, 현실 인식 태도를 극복하고 있다.
일본에 대한 막연한 동경이나 증오, 조선의 현실에 대한 막연한 애정이

---

28 490쪽.

29 김윤식, 앞의 책, 45쪽.

나 혐오—주인공은 이 어느 쪽에도 가담하지 않은 채 자아와 세계 사이에 감추어진 현실을 들추어내고, 드러난 현실을 자신의 삶의 이념이나 가치에 깊게 배어 있는 것으로 파악하고 있다.

「만세전」의 서사 구조는 그러므로 '신소설 이후의 주요한 주제를 하나로 다져 복잡하면서도 통일된 예술적 구조'[30]로 만들어냈다고 할 수 있으며, '삶이 우연이 아니라 필연적인 연관 속에 있음'을 보여준 것이라 하겠다. 3·1운동을 중심으로 한 역사, 사회의식의 성숙이라는 큰 테두리(구조) 안에서 이러한 미적 구조의 성숙이 가능할 수 있었던 것이라 하겠다.

(2) 「고향」의 자아 의식

한편 현진건의 「고향」은 여정이라는 기본 구조로 되어 있다는 점에서 「만세전」과 비슷하다. 「만세전」이 동경—서울의 구도로 되어 있는데 여기서는 대구—서울로 이어지는 '차중'에서 생긴 일이다. 매우 짧은 분량의 이 단편의 작중 화자 '나'와 동승한 '그'라는 부랑 노동자와의 대화를 통해 식민지 현실의 시대상을 압축하여 제시하고 있다. 분량이나 등장인물이 제한되어 있으므로 「만세전」에 보인 식민화 현실의 구석구석이나 당대의 문제들에 대한 광범위한 접근을 기대할 수 없다 하더라도, 짧은 형식 속에 시대 상황이 '그'라는 인물을 통해 집약적으로 제시되어 있다. 작중 화자 '나'는 「만세전」의 '나'와는 약간 다르다. 「만세전」에서는 어느 정도 신변적 자전적인 색채를 띠면서도 작중 현실에 깊게 개입하지만, 여기서는 일단 관찰자적 성격을 띤다. 현진건의 신변 체험적

---

30 김우창, 「한국현대소설의 형성」, 『궁핍한 시대의 시인』, 민음사, 1977, 123쪽.

인 소설, 이를테면 「빈처」 「타락자」 「술 권하는 사회」 등에 보이던 역사적(경험적) 자아와 서사적(체험적) 자아의 미분화 상태를 지나 여기서는 액자적 구조[31]를 이루고 있다.

(1) 이야기의 발단은 우연히 차중에서 만난 '그'라는 사나이의 이면 묘사에 의해 시작된다.

> 나는 나와마조안진 그를 매우 흥미잇게 바라보고 쪼바라보앗다. 두루막으로 '기모노'를 둘럿고 그안에선 옥양목 저고리가 내어 보이며 알에돌이엔 중국식 바지를 입엇다. 그것은 그네들이 흔히 입는 유지모양으로 번질번질한암갈색필육으로 지은 것이엇다. 그리고 발은 감발을하얏는데 집신을 신엇고 '고부가리'로 싹근머리엔 모자도 쓰지 안핫다. 우연히 잇다금 긔묘한 모임을 쑤미는 것이다. 우리가 자리를 잡은 차ㅅ간에서 공교스럽게 세나라 사람이 다모이엇스니 내엽해는 중국사람이 기대엇다. 그의 엽헤는 일본사람이 안저잇섯다. 그는 동양삼국옷을 한몸에감은 보람이잇서일본말로 곳잘철철대이거니와 중국말에도 그리서툴지 안흔 모양이엇다.[32]

'나'가 바라보고 있는 '그'의 모습은 '기모노'와 '옥양목 저고리'와 '중국식 바지'를 입고 있으며, '고부가리' 머리에 '집신'을 신었다. 짧은 행간에 희극적 정황을 도입부로 제시하고 있는 데서 앞으로 전개될 비극적 정황에의 반전의 예비적 장치로 사용되고 있다.

'그'는 '동양삼국옷을 한몸에감은 보람이잇서' 일본말도 곧잘 철철대

한국 근대소설과 사회갈등

---

31 '액자소설(frame story)'은 이야기 속에 또 하나의, 혹은 여러 개의 이야기가 포함되는 형식이다. 이에 대한 집중적인 논의는 이재선의 『한국단편소설연구』(일조각, 1975)를 참조할 것.

32 『조선의 얼골』, 글벗집, 1926 수록. 여기서는 『현진건의 소설과 그 시대인식』, 새문사, 1981 자료편에서 인용, Ⅲ-34쪽.

고 중국말도 서툴지 않게 구사한다. '그'는 옆에 앉아 있는 일본인에게 횡설수설 말을 붙여보나 겨우 '소데수가'란 한마디의 코대답만 얻어낼 뿐이요 다시 중국인에게 실랑이를 붙여 보았으나 중국인 또한 '기름기 인 쭈우한 얼굴에 수수격기가튼 우슴을 씌울쑨' 대꾸가 없다. 다시 '나'에게 수작을 붙여오나 '나'는 쌀쌀하게 그의 시선을 피해버렸다. '그 주적대는 쏠이 엇줍지 안코 밉살스러웠슴'[33]이다.

이상이 「고향」의 서사적 도입부의 내용이다.

(2) 그러나 '그'는 '손톱을니로물어쓴기도하고 멀거니창밧글 내다보기도 하다가 암만해도 지적대지 않고는 못참겠든지'[34] 문득 '나'에게 어디까지 가느냐고 말을 붙인다. 여기서 중요한 점은 '그'가 나를 다시 택하여 말을 붙였으며 그것이 '경상도 사투리'를 사용하였다는 점이다. '그'에게 냉담하기로는 일본인이나 중국인이나 마찬가지였으며, '나'는 오히려 '시선을 피해'버릴 만큼 냉담했었다. 그리고 냉담과 조소가 '그'에게 퍼부어졌지만, 그는 '나'에게 접근해 온 것이다. '지절대지 않고는 못참겠든지'라는 서술에서 어느 사이 서술자(관찰자)인 '나'가 '그'의 의식에 개입되어 있음을 보게 된다.

> "서울까지가오."
> "그런기요 참반갑구마 나도 서울쩌정가는데 우리동행이 되겠구마"[35]

'나'는 지나치게 반가워하는 '그'에게 무슨 대답을 하지 못하고 입을 닫쳐버린다. 그러나 무심히 지나쳐버리고자 했던 한 조선인 부랑 노동

---

33 Ⅲ-34쪽.
34 위의 책, 같은 쪽.
35 위의 책, 같은 쪽.

자의 이 한마디 대화에서 '나'는 '그'와 '우리'로 묶여지면서 '동행'이라는 상징적 상황으로 바뀌게 된다. 여기에서 일본인과 중국인은 이들이 처한 아이러니적 시대적 상황의 배경으로 물러나고 마침내 '나'는 '그'에게 동참하게 된다.

> 나는 그의얼굴이 웃기보다 찡그리기에 가장적당한얼굴임을 발견하얏다 군데군데 찌겨진경성 드뭇한눈섭이 알알이 일어서며 알로 축처지는 서슬에 량미간에는 여러가닭 줄음이 잡히고 광대쎄우흐로 쌤ㅅ 살이 실룩실룩 보이자 두볼은 쪽빨아든다 입은소태나 먹은 것처럼 왼편으로 쎄쓸어지게 찌저 올라가고 조이든 눈엔눈물이괴인듯 삼십세밧게 안되여보이는 그얼골이 십년가량은 늙어진듯하얏다 나는그신샨스러운 표정이얼마쯤 감동이되여서 그에게대한 반감이풀려지는듯 하엿다.[36]

작중 화자 '나'가 냉담에서 관심으로 전환되면서 비로소 자세히 들여다 본 '그'의 얼굴이다. '웃기보다는 찡그리기에 가장 적당한' 그의 얼굴에 대한 디테일한 묘사는 이 작품이 실려 있는 단편집의 표제인 『조선의 얼골』을 그대로 상징하고 있다. 서울에 가면 무슨 일자리를 구할 수 있는가에 대해 '미주알고주알' 물어오지만, 시원한 대답을 해줄 수 없는 '나'는 '죄송스러워'지는 것이다. '조흔 대답'을 해주지 못해 미안하여 어디에서 오느냐고 은근하게 묻자 '그'는 자신의 '고향'에 대해 얘기를 시작한다.

서사 구조의 도입부에서 일본인과 중국인이 뒤로 물러나고, 여기에 이르러 작중 설자인 '나'가 다시 뒤로 물러나고 '그'의 얘기가 시작되는 액자 구조가 시작된다. 이상이 액자 구조의 외화에 속한다.

---

36 Ⅲ-35쪽.

(3) 내화의 '그'는 대구 근방의 시골에서 역둔토를 파먹고 살았는데 '세상이 바꿔자' 그 땅이 동양척식회사에 들어가고 소위 중간 소작인이라는 것이 생겨나서 '저는손에흙한번 만저보지도안코 동텍엔 소작인노릇을 하며 실작인에게는 디주형세를' 하는 이중의 착취에 시달려, 열일곱 살 때 서간도로 이사를 가 황무지를 개간하며 살았다. 남의 밑천을 얻어서 농사를 짓고 보니 가을이 되면 빈주먹뿐이고, 아버지가 병들어 죽은 지 4년이 못 되어 그의 어머니 또한 죽었다. 다시 안동현으로 품을 팔다가 일본으로 가 구주 탄광, 대판 철공장 등지를 전전하다 '화도나고 고국산천이 그립기도해서' 고향에 왔다가, 다시 서울로 올라가는 꼴이라는 것이다.

> "고향에 가시니 반가워하는 사람이잇습듸까" 나는 탄식하얏다
> "반가워하는 사람이 다무원기요 고향이통업서젓드마"
> "그러켓지요 구년동안이면 퍽변햇겟지요"
> "변하고 무어고간에 아모것도업드마 집도업고 사람도업고 개 한 마리도 얼신을 안트마"
> "그러면 아주폐동이 되엇단말슴이오"
> "흥 그러쿠마 문허지다가 담만즐비하게 남앗드마 우리살든집도 터야 안남앗겠는기요암만차저도 못찻겟드마 사람살든동리가 그러케된것을 혹구경햇는기요" 하고 그의짜는 듯한목은 놉하젓다 "썩어넘어진 새갈애 쑬쑬구르는 주추는! 쏙무덤을파서 해골을 허러저처 노흔것갓드마 세상에 이런일도 잇는기요 후!" 하고 그는 한숨을 쉬며 그쌔의 광경을 눈압헤그리는듯이 멀건이 먼산을보다가 내가 싸라준술을 쑬걱들이켜고 "참! 가슴이터지드마 가슴이 터저"하자말자 굴직한 눈물두어방울이 쑥쑥떨어진다
> 나는 그눈물가운대 음산하고 비참한 조선의 얼골을 쪽쪽이본듯십헛다.[37]

---

37 Ⅲ-36쪽.

(1)의 도입부 '그'의 얼굴에 대한 디테일한 묘사는 여기에 이르러 그러한 '조선의 얼굴'의 실상이 구체적으로 제시되는 것으로 발전된다.

'꼭무덤을파서 해골을 허러저쳐노흔 것' 같은 것이 그의 고향의 실상이다. 식민지 지식인인 동경 유학생의 눈에 비친「만세전」의 조국의 현실과 한 부랑 노동자의 눈에 비친「고향」의 현실이 다 같이 '무덤'으로 형상화되어 있다. 다소 극적인 정황이 제시된 뒤에 '그'와 한마을에 살았던 여인의 얘기가 삽화로 등장한다. 그 여자는 '그'와 혼인 말이 있다던 사람으로 열일곱 살 때 '이십원을밧고' 대구 유곽에 팔려갔다가 늙고 병든 몸이 되어서야 풀려나온 사람이다.

(4) 그리하여 '그'는 술을 마시고 다음과 같은 노래를 읊조리는 것이다.

> "자우리술이나 마저먹읍시다" 하고 우리는 서로주거니밧거니 한
> 되병을 다말리고말앗다 그는 취흥에 겨워서 우리가어릴째 멋모르고
> 부르든 놀애를 읍조리었다
> 　벼섬이나나는 전토는
> 　신작로가 되고요 ─
> 　말마듸나하는 친구는
> 　감옥소로 가고요 ─
> 　담배쩌나 쩌는 로인은
> 　공동묘지 가고요 ─
> 　인물이나조흔 계집은
> 　유곽으로 가고요 ─ [38]

'벼섬' → '신작로', '말마듸' → '감옥소', '담배' → '공동묘지', '인물' → '유곽'으로 대체되는 이 노래야말로 수탈·탄압·부정·빈궁으로 이어지는 식민지적 상황의 상징적 제시가 아닐 수 없다.

─────────
38　Ⅲ─37쪽.

여기에서도 희극적인 요소와 비극적인 요소가 극적 상황을 고조시키면서 교묘히 결합되어 있음을 본다.

또한 '나'와 '그'는 이미 '우리' 속으로 용해되어 이 노래를 부른다. '나'는 그 노래가 '우리가 어릴째 멋모르고 부르든' 것이라고 말하고 있음은 주목된다. '멋모르고'에 대한 확인은 이 노래에 대한 비극성을 확인하는 하나의 발견이다.

(3) 사회화로서의 순기능적 갈등

「만세전」과 「고향」의 구조는 여정의 과정에 있으면서 직선적이고 단조로운 장면의 변화 속에서 전개되고 있다. 그러나 작중 화자인 「만세전」의 '나'와 「고향」의 '나'는 자신의 삶과 타인의 삶이 같은 테두리 안에서 서로 얽어져서 이루어지고 있다는 소중한 인식의 과정 속에 있음을 보여주었다.

이 두 작품 속의 '나'는 단순한 작중 서술자가 아니라 작중 현실에 깊게 관여하고 있다는 데서 이들의 서사구조는 특이한 액자적 구조를 띠고 있다. 이러한 견해는 작중 화자 '나'를 주인공으로 볼 수 있는가에 따라 달라질 수 있다. 동경–서울로 이어지는 여정 속에서 드러나고 감추어진 식민지적 현실의 파노라마적 전개는 '나'에 의해 관찰되고 비판되지만, 그러나 이 소설이 제기하고 있는 구조는 작중 화자 '나'보다는 '나'가 바라보는 사회의 여러 가지 양상이었다. 그러므로 「만세전」의 '나'는 표면적으로는 작중 화자이면서 동시에 주인공인 듯하지만 사실에 있어 이 소설의 주인공은 '나'가 바라다본 '사회'[39]라는 논리가 된다.

---

39 김 현, 「염상섭과 발자크」, 『염상섭』, 문학과지성사, 1977, 108쪽.

이 두 소설의 작중 설자 '나'는 '액자소설의 내용을 증명 또는 확인시
키려는 이른바 서술의 근원 상황을 고양시키기 위한'[40] 뜻이 있다. 이 두
소설이 액자적 구조를 택하고 있는 것은 그러므로 우연이 아니다. 그러
나 더욱 중요한 사실은 이 두 소설의 액자적 구조는 서로 대체될 수 없
는 구조로 되어 있다는 점이다. 액자의 틀을 벗어버릴 때 고백이나 경험
담이나 관찰된 상황만이 남아 단일소설이 된다.

〈도표 1〉

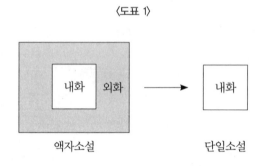

위와 같이 대개의 경우[41] 액자소설은 내화 자체만으로도 이야기의 독
자적 의미나 가치는 상실하지 않는다. 외화는 다만 서술의 신빙성이나
객관성에 이바지하는 효과에 기여하는 정도이다.

그러나 이 두 작품은 외화 → 내화의 점진적인 강화와 접근의 구조로
되어 있으며 상호 유기적으로 결속되어 있다.

「만세전」의 외화 → 내화에의 접근의 과정은 다음의 몇 가지로 나누
어볼 수 있다.

---

40 Gero Von Wilpert, *Sachöterbuch der Literature*, Kröner, S.615f. 이재선, 앞의 책, 96
쪽 재인용.

41 예를 들면 김동인의 「배따라기」「광염 소나타」, 전영택의 「화수분」, 주요섭의 「사
랑손님과 어머니」 등 액자소설의 대부분.

한국 근대소설과 사회갈등

(1) 작중 화자 '나'의 동경 → 신호 → 배 안 → 부산 → 서울 → 동경
으로 이어지는 여정에서 일어난 변화

(2) 이러한 복합적 세팅의 시간적 배경인 겨울 → 밤(무덤) → 봄
(3·1운동)의 과정에서 일어난 변화

(3) 작중 화자 '나'가 만난 다양한 인물들, 정자 → 을라 → 일인 노동
자 → 거간꾼 → 형사 → 작부 → 형님 → 아내 → 가족·친지 → 정자
(편지)와의 관계에서 일어난 변화

(1)의 서사 구조는 공간적, (2)의 서사 구조는 시간적, (3)의 서사 구조
는 (1), (2)의 얼크러짐을 복합적 구체적으로 제시하는 대립과 갈등의 구
조라 할 수 있다.

먼저 (1)의 동경-서울-(동경)으로 이어지는 여정에서 일어난 '나'의
외화(관찰자) → 내화(참여자) 접근의 화소를 보면 다음과 같다.

(가) 무차별이요 노골적인 멸시를 안 받는 데서 일본은 '자유의 세
계' 쯤으로 생각한다.

(나) 따라서 신호 역두의 풍경은 '은빛같은 저녁해가 비치는' 곳으
로 인식된다.

(다) 하관에서부터 '수색'을 당한다.

(라) 연속되는 수색과 미행에 진저리를 친다.

(마) '조선을 축사한 것' 같은 부산을 목격한다.

(바) 일본사람 거리가 될 때를 기다렸다가 비싼 값에 땅을 팔겠다
는 형님을 김천에서 만난다.

(사) '공동묘지'가 된 조선을 본다.

'자유', '은빛 저녁해'로 표상된 공간(일본)에서의 (가), (나)는 (다), (라)
의 '수색', '검열'의 현실적 공간으로 상승되면서, (마), (바)에 이르러 식
민지로 전락한 현실을 확인, (사)에서 '공동묘지'로 상징된 절망적 상황

에 도달한다.

다음은 (2)의 겨울 → 밤 → 죽음 → 장례 → 봄-(3 · 1운동)으로 이어지는 시간의 과정이다.

> (가) '겨울'(12월)이다.
> (나) 아내의 '위독' 전보를 받는다.
> (다) '밤'에 신호와 하관에 이른다.
> (라) 구더기가 끓는 '무덤'을 본다.
> (마) 아내가 죽는다.
> (바) 봄(1월)이다.
> (사) 다시 동경으로 '출발'한다.

(2)의 시간 구조는 (가), (나), (다)의 '겨울', '밤', '위독'으로 표상되는 시대의 불안과 공포 의식이 (라), (마)에 이르러 '무덤', '죽음'의 정황에서 정점을 이루고, (바), (사)의 '봄', '떠남'에 이르러 이러한 비극적 정황은 새로운 인간관계, 가치관, 세계관이 지배하는 세계에로의 희구와 출발의 의미로 이루어져 있다.

한편 서사 구조 (3)의 다양한 인물들과의 관계에서 일어난 갈등의 과정은 다음과 같다.

> (가) 아내의 위독 전보를 받고 별다른 감정의 동요나 충격도 없이, 문득 일녀 정자를 떠올려본다.
> (나) 다소 유탕한 기분으로 을라를 이성으로 생각해본다.
> (다) 일인 거간꾼들의 대화를 듣고 '책상 도련님'으로 살아온 자신의 인생에 대해 회의한다.
> (라) 유처작첩의 형님을 만나 자기기만적 윤리로 감추어진 형의 이기적 충동과 비인간적 인간관계의 모순을 본다.
> (마) 술추렴이나 기생 연주회, 지명인사의 호상 차지나 하고 다니

는 아버지의 타락상을 본다.

　(바) 아내가 죽고, 자신의 과거를 뉘우친다. 을라를 머리에 떠올리
나 이내 부정한다.

　(사) 일녀 정자에게 편지를 써, 서로의 진실된 생활을 찾는 발분과
자각을 말한다. 정자를 부정한다.

　(3)은 (가), (나)에서 아내에의 무관심, 정자 · 을라에 대한 다소 유탕
한 갈등을 보이다가, (다)에 이르러 자신이 식민지인이라는 사실을 확인
하고, (라), (마)에서 이미 식민화된 가족 친지의 타락과 부패상을 목격,
(바)를 정점으로 (가), (나)에서의 자신의 인간관계를 부정하고, (사)에서
자아를 둘러싼 세계로부터 자아를 발견, 확인하는 구조이다.

　(1)의 공간적, (2)의 시간적, (3)의 (1), (2)의 얼크러짐의 과정은 이 작
품의 구조가 대칭 구조로 이루어져 있음을 보여주며, 그것은 아내의 죽
음을 정점으로 한 귀국–출국의 두 점을 바탕으로 하고 있다.

　이를 도해하면 〈도표 2〉와 같다.

〈도표 2〉

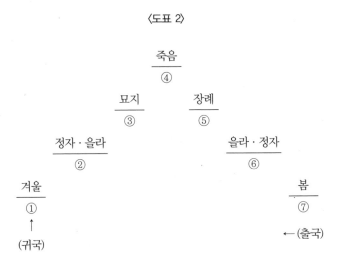

①~⑦에 이르는 과정에서 ①, ②, ③은 정점에 이르기까지의 비극적

정황으로서의 상승의 축을 이루고, ④를 정점으로 하강, ⑦에 이르러 새로운 출발의 축이 된다. ①, ⑦은 징조 단위[42]의 변화를, ②와 ⑥은 행위 단위로서의 '나'와 관계된 인물들의 '갈등'과 '부정'을, ③과 ⑤는 상황의 '위기'와 '해결'을 각각 대칭으로 하고 있다. '나'는 ①∼⑦에 이르면서 결국 정자도 을라도 부패한 친지도 아닌, 이들로 하여금 그러한 삶을 영위하도록 강요하는 더 큰 테두리−더욱 현실적이고 본질적인 문제들에 대한 인식의 지점에 섰다.

이와 같은 작중 화자 '나'가 외화의 틀에서 내화의 틀로 점진적으로 가담하는 식민지적 현실에의 확인과 절망, 새로운 모색에로의 출발로 접근하는 과정은 「고향」의 액자적 구조에서도 마찬가지이다. 「고향」의 외화의 '나'는 다음과 같은 화소의 변화에서 내화의 '그'와 결속(identify)되어가는 과정을 보여준다.

> (가) "나는 쌀쌀하게 그의 시선을 피해버렷다"(Ⅲ−34쪽)
> (나) "나는 이 지내치게 반가워하는 말씨에 대하야 무에라고 대답할 말도 없고 또 구지말하기도 실키에 덤덤이입을 닥처버렷다"(Ⅲ−34쪽)
> (다) "조금 성가시다 십헛스되 대꾸안흘수도 업섯다"(Ⅲ−35쪽)
> (라) "그에게 대한 반감이 풀려지는 듯 하엿다"(Ⅲ−35쪽)
> (마) "나는 은근하게 물엇다"(Ⅲ−35쪽)
> 　　(내화)
> 　① 나는 농사를 지으며 남부럽지 않게 살았다.
> 　② 세상이 바뀌어 농토가 동척에 넘어갔다.
> 　③ 중간 소작인의 착취에 살 수가 없게 되었다.
> 　④ 가족이 살 길을 찾아 서간도로 이사했다.
> 　⑤ 기아와 질병으로 부모가 죽었다.
> 　⑥ 신의주−안동−구주−대판 등지로 부랑 노동을 다녔다.

---

42 R. Barthes, 제2장 각주 20 참조.

⑦ 고향에 들렀다가, 벌이를 구하려고 다시 상경하는 중이다.

(바) "나는 무엇이라고 위로할 말을 몰랏다"(Ⅲ－36쪽)

(사) "자우리술이나 마저먹읍시다" 하고 주거니밧거니 한되병을 다 말리고 말앗다(Ⅲ－37쪽)

(아) "우리가 어릴때멋모르고부르든 놀애를읍조리엇다"(Ⅲ－37쪽)

〈도표 3〉

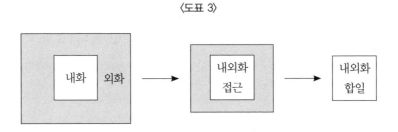

위의 (가)~(아)의 '나'의 '그'에 대한 태도의 변화는 '조소 → 냉담 → 무관심 → 관심 → 이해 → 동정 → '나', '그'의 합일'로 이어진다. 「고향」의 '나'는 이와 같은 단순한 관찰자로서가 아니라 작중 현실에 점진적으로 가담하고 있음이 드러났다.

「만세전」과 「고향」은 내·외화 접근, 합일의 〈도표 3〉과 같은 특이한 액자적 구조를 이루고 있는 것이다.

「만세전」과 「고향」의 서사 구조는 그러므로 진행되면서 강화되고 강화되면서 '나'가 점진적으로 가담하게 되고, 가담하면서 '나'의 자아와 세계와의 관계가 결속되고, 비로소 식민화 현실에의 인식과 발견[43]에 이르는 구조로 되어 있는 것이다. 이는 자신의 삶과 타인의 삶이 유기적 필연적인 연관 속에 전개되고 있음을 확인하는 과정이며, '갈등은 사회화의 한 형식이다'[44]는 명제에의 확인이 된다.

───────

43 아리스토텔레스의 용어. 행운 혹은 불행에의 숙명을 가진 인물들이 무지에서 지(知)의 상태로 이행함을 의미한다. 아리스토텔레스, 『시학』, 손명현 역, 박영사, 1975, 82쪽.

44 G. Simmel, 앞의 책 p.36.

2. 궁핍화 현실과 계급 갈등

이미 지적한 바와 같이 1920년대의 한국 사회는 일제의 식민 체제의
강화에 따라 궁핍화 현상이 그 절정에 이른다. 이 시기의 궁핍화 현상은
특히 토지 수용－동양척식회사－식량 수탈－고리채의 과정으로 이어
지는 농민 수탈에서 그 실상이 잘 드러나 있다.[45] 동척의 농민 수탈은 절
정에 달했으며, 산야나 노변에 쓰러진 굶주린 농민의 실태[46] 또한 이 시
기의 궁핍화 현실을 잘 보여준다. 자작농이 소작농이 되고 소작마저 중

---

[45] 홍이섭, 「조선총독부」, 『한국현대사』 4, 신구문화사, 1969, 48쪽. 농민 수탈은 다음
과 같은 자작농 감소, 소작의 증가, 이농자의 실태에 잘 드러나 있다.

(1) 자작농 감소화 소작농 증가 현상

연도	자작농		자작 겸 소작		소작농	
	호수(천 호)	%	호수	%	호당	%
1923~27	529	20.2	920	35.1	1,172	44.7
1928~32	497	18.4	853	31.4	1,360	50.2
1933~37	547	19.2	732	25.6	1,577	55.2
1937~42	539	19.0	719	25.3	1,583	55.7

(2) 1925년도의 이농 이민자

구분	이민자	%
가) 산업으로의 분산	23,728	15.82
나) 공장 잡업으로의 분산	6,879	11.24
다) 노동자·고용인	69,644	46.39
라) 일본 이주	25,308	16.85
마) 만주, 시베리아 이주	4,224	2.8
바) 가족 분산	6,835	4.55
사) 기타 전업	3,497	2.27
총합	150,112	100.00

[46] 조동걸, 『일제하한국농민운동사』(한길사, 1976) 80쪽 및 『동아일보』 1922. 7. 18
사설 『조선일보』 1926. 12. 24 기사 등 참조.

간 착취에 의해 불가능하게 되자, 농민들은 공장 노동자화하거나 도시의 유랑민으로 흘러들어 가거나 만주, 서간도 등지로의 이주가 불가피해졌다. 1910년에 시작된 일본의 토지 조사가 8년간에 걸쳐 본격화되었다. 합방 전에 동척에 투자된 2,430정보가 1914년에는 653,956정보로, 1918에는 다시 4,500정보가 늘 정도로 토지 수탈이 가속화되었다.[47]

또한 1929년의 통계에 의하면 도시 생활자의 32.11%가 면세자로서 무직, 극빈의 상태에 있었고, 1927~1931년 사이에 일어난 소작쟁의는 3,681건이나 되며, 그중 1,853건이 소작지 박탈에 기인한 것이어서, 이 시기의 궁핍상과 농민 수탈의 양상이 어떠했는가를 잘 보여준다. 노동쟁의가 급증하여 1912년의 4건이, 1924년에는 45건, 1931년에는 205건이나 발생했다.[48]

따라서 일제하의 한국 사회의 계층 구조는 전형적인 식민지형 계층 구조 그것이었다. 한국에 이주한 일인들은 그 대부분이 각종의 계층 자원에서 최소한 중간 이상의 지위를 점유하였고, 이에 따라 대부분의 한국인들의 계층적 지위는 상대적으로 하락될 수밖에 없었으며, 이러한 현상은 '정상적 사회에서의 외래 민족의 집단적 이입에 따른 계층구조의 변이상과는 정반대의 것'[49]이었다.

---

47 홍이섭, 앞의 책, 48쪽.

48 위의 책, 같은 쪽.

49 김채윤, 「한국사회계층의 구조와 변동」, 『한국사회론』, 한국사회과학연구소, 1980, 101~102쪽 참조. 여기에 의하면, 당시의 계층 구조를 다음과 같이 도시하고 있다.

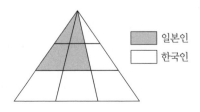

일본인
한국인

1920년대의 한국 소설은 이러한 식민지적 현실—즉 궁핍화 현실에 대한 문제로 집약된다. 소설에서의 '가난'의 문제가 다루어지지 않았던 시대는 없었지만, '빈자의 생활양식과 사회적인 형태가 특별한 의미를 갖고 소설 속에 구체적으로 착생된 것은 1920년대와 그 이후'[50]라 할 수 있다. 이 때문에 이 시기를 특징짓는 '빈궁문학'[51]이라는 술어까지 등장했다.

농촌에서의 삶이 불가능해지자 도시나 간도를 흘러들어간 절망적 상황은 1920년대 소설의 주조를 이루고 있는데, 작중 인물의 대부분이 하층민·소작인·노동자·유랑민으로 나타난다. 정치·사회적인 억압된 상황과 굶주림 속에서의 당대인의 삶의 양상이 촘촘히 배어 있는, 소설에서의 탁월한 사실성이 이 시기에 획득되고 있다. 물론 이 시기의 문학적 성과를 프랑스나 러시아의 근대적 리얼리즘 및 프롤레타리아 문학의 영향이나 이입과 관련지어 볼 수도 있지만,[52] 그것은 표면상의 문제이지 근본적으로는 당대 현실과 불가피한 동기적 관련을 맺고 등장한 것이라 하겠다.

이러한 식민지적 현실—최소한의 생존의 여건과 인간다운 삶의 가치나 윤리마저 허용되지 않았던 극도의 궁핍화 현실에서의 작중인물들의 행동 구조는 따라서 많은 공통점이 있으면서, 한편 그러한 서사 구조가

여기서 상층을 차지한 한국인은 사회적 지위의 차원에서 본 계층 구조에 한한 것인데, 이는 가문, 혈통, 생활양식, 교양과 같은 전통적 가치를 기준으로 한 것이다. 그래서 이들은 다만 전통을 고수하고 그 권위에만 의존하는 맹목적 상류계층이라 하고 그들이 대부분은 정치 경제적 기반을 상실한, 의식이나 귀속감에서의 상류층이라 하고, 따라서 그들은 심한 지위 불일치의 상태에 있었음을 지적하고 있다.

50 이재선, 『한국현대소설사』, 홍성사, 1979, 223쪽.

51 백 철, 『신문학사조사』, 신구문화사, 1968, 290쪽.

52 김학동, 『한국문학의 비교문학적 연구』, 일조각, 1972, 136~143쪽.

환기해주는 미적 효과에서는 많은 상이점이 발견된다. 이는 단순한 개인의 차이가 아니라 사회변동에 따른 서사 양식의 변화와 관련지어 볼 수 있다.

일반적으로 1920년대 사회의 궁핍화 현실을 보는 관점은 경험적인 것과 이념적인 것으로 나누어볼 수 있다. 경험적이란 당대 사회의 참상에서 자연발생적으로 형성된 반응이라 할 수 있고, 이념적인 것이란 신경향파의 등장이나 1925년의 카프(KAPF)의 결성에 의한 사회주의적 또는 계급적 이데올로기에 의해 생성된 반응이라 하겠다.

전자의 경우 김동인의 「감자」(『조선문단』, 1925. 3), 나도향의 「물레방아」(『조선문단』, 1925. 9), 「뽕」(『개벽』, 1925. 12), 「지형근」(『조선문단』, 1926. 3. 3~5), 현진건의 「빈처」(『개벽』, 1921. 1), 「술 권하는 사회」(『개벽』, 1921. 11), 「운수 조흔 날」(『개벽』, 1924. 6), 「사립정신병원장」(『개벽』, 1926. 1), 「고향」(『조선의 얼굴』, 1926), 최서해의 「고국」(『조선문단』, 1924. 10), 「탈출기」(『조선문단』, 1925. 3), 「박돌의 죽엄」(『조선문단』, 1925. 5), 「기아와 살육」(『조선문단』, 1925. 6), 「큰 물 진 뒤」(『개벽』, 1925. 2), 「그믐밤」(『신민』, 1926. 5), 「홍염」(『조선문단』, 1927. 1), 「가난한 아내」(『조선지광』, 1927. 2), 「누이동생을 따라」(『신민』, 1930. 2) 등의 모든 단편들을 들 수 있고, 후자의 경우 조명희의 「땅속으로」(『개벽』, 1925. 2), 「낙동강」(『조선지광』, 1927. 7), 김기진의 「붉은 쥐」(『개벽』, 1924. 1), 이기영의 「가난한 사람들」(『개벽』, 1925. 5), 「쥐이야기」(『문예운동』, 1926. 1), 박영희의 「전투」(『개벽』, 1925. 2), 「산양개」(『개벽』, 1925. 4), 이익상의 「광란」(『개벽』, 1925. 3), 「쫓기어가는 사람들」(『개벽』, 1926. 1) 등의 경향파 및 프롤레타리아 작품들이 그에 해당한다.

그러나 중요한 점은 이들 작가들이 어떠한 이념이나 가치에 빠져 있었는가보다는 이들의 작품들에 드러난 인물들이 현실에 대응하는 행동

양식이다. 살인이나 방화 등의 범죄적인 폭력이 빈번히 등장하는 현상을 '계급투쟁'[53]의 한 모습으로만 한정지어, 특정 사조의 예외적인 행동 양식으로 치부해서는 안 될 것이다. 후설하겠지만, 흔히 신경향파나 카프의 일원으로만 잘못 다루어 온 최서해의 경우가 좋은 예가 된다. 경향이건 카프이건, 이들과 이념적인 관련의 유무를 떠나서, 궁핍화 현실을 드러낸 이 시기의 소설의 구조는 당대의 사회적 갈등 현상과 깊게 관계된, 이른바 생산하는 형식이 아니라 '생산된 형식'[54]의 일부로 간주되지 않을 수 없다. 이런 의미에서 빈궁 현실의 경험적인 것과 이념적인 것을 동시에 수용한 최서해의 소설이야말로 좋은 고찰의 대상이 된다(여기서 KAPF 맹원의 작품을 다루지 않는 것은 이미 최서해에 의해 그들의 서사구조의 특성이 드러난다는 이유에서보다도, 특정의 이데올로기적 집단의 작품을 배제함으로써 논증의 보편성을 꾀하기 위한 것이다).

(1) 계급 갈등의 공격성과 폭력성

최서해[55]는 1920년대의, 김유정은 1930년대의 궁핍상을 다룬 각 시기의 대표적 인물이다. 최서해는 특히 무산자 계층의 비극적 삶을 민족적

---

53 박영희, 「신경향파문학과 그 문단적 지위」, 『개벽』, 1925. 12.

54 미셸 제라파, 『소설과 사회』, 이동열 역, 문학과지성사, 1977, 80쪽.

55 1901~1932. 본명 최학송, 함북 성진 출생. 성진 보통학교를 중퇴하고 한의사였던 아버지를 찾아 만주로 건너가 나무바리장수, 두부장수, 노름판 십장, 국수집 머슴으로 전전하며 유랑. 1924년 「고국」이 『조선문단』에 추천. 이후 1925년에 「탈출기」, 「그믐밤」(『신민』), 「아내의 자는 얼굴」(『조선지광』), 「큰물 진 뒤」(『개벽』), 「박돌의 죽엄」, 「기아와 살육」(『조선문단』), 1927년 「홍염」(『조선문단』), 「가난한 사람들」(『조선지광』), 「누이를 따라」(『신민』) 등 발표. 1931년 단편집 『홍염』 간행. 1932년 지병인 위문협착증으로 타계.

곤궁으로 확대하여 제시하려 하였다. 그의 소설은 빈자와 부자의 갈등과 학대받은 빈민의 복수로 끝나는 특이한 행동 구조로 짜여 있다.

이 때문에 그의 살인, 방화 소설은 프로 작가들에게 깊은 영향을 주었으며, 한편으로는 팔봉(김기진)이나 회월(박영희)을 중심으로 한 신경향파의 관념문학과는 또 다른 형태의 서사 구조를 산출했다. 그는 1920년대의 식민지적 조건에서 궁핍과 기아와 대결하고 식민지 현실로서 민족적 궁핍화 및 기아와 싸웠던 경험을 그의 문학적 세계의 의식으로 살린 박진력 있는 사실의 세계를 다른 작가였다.[56]

다음의 진술은 최서해의 인물들의 현실 수용의 태도를 단적으로 보여준 것이다.

> 아니다. 남을 안 죽이면 내가 죽는다. 아내는 죽는다. 응 소용없다. 선한 일! 죽어서 천당보다 악한 짓이라도 해야 살아서 잘 먹지![57]

극도의 빈궁으로 1919년 간도로 떠나 상투잡이·나무바리장수·두부장수·노동판 십장·××단 단원 등의 역경을 지낸[58] 그의 인물들은 애초부터 '농민 속으로 가자. 돈이 없으면 없는 대로 가자. 가서 가장 가난한 농민이 먹는 것을 먹고 가장 가난한 농민이 입는 것을 입고……'(이광수의 「흙」) 할 수 있는 상황이 아니었으며, 아내를 삼킨 바다나 오해로 인하여 헤어진 동생을 찾기 위해 뱃사람이(김동인, 「배따라기」) 될 수도 없는 상황이었고, 그는 다만 '최면술에 걸린 송장'으로 남지 않고

56 홍이섭, 「1920년대의 식민지적 현실」, 문학과지성사, 1972.

57 최서해, 「큰 물 진 뒤」, 『개벽』, 1925. 12, 12쪽.

58 박상엽, 「서해의 극적 생애」, 『조선문단』, 1935. 8, 155쪽.

'남을 죽여서라도 목숨을 부지해야 하는 상황으로 '탈출'을 기도하지 않을 수 없었다.

그의 짧고도 비극적인 생애[59]는 그대로 작중의 인물로 투영되는데, 이 때문에 그의 문학을 '체험문학', 그를 '체험작가'라 하기도 한다. 그러나 중요한 점은 그의 이야기가 자신의 체험한 바의 그것이라는 데 있는 것보다도 그의 개인적 체험이 얼마나 동시대인 전체의 아픔으로 환치되는 가이다. 서해와 같이 당시의 빈궁화하는 한국의 노동자·농민의 생활을 다룬 것들을 총칭 '경향파'[60] 문학이라 불렀고, 그것이 얼마 안 가서 '프롤레타리아' 혹은 '무산계급'으로 바뀌어갔다. 이는 곧 노동자·농민의 해방을 주제로 한 것뿐 아니라, 한국적 현실에서 민족 해방을 위한 투쟁 의식이 표현된 작품의 총칭이 된다. 그러나 서해는 이와 같은 당시의 문단적인 어떤 파·류의 형성에 별로 관계하지 않았다. 그의 소설의 출발은 원래 체험의 소산이지 이념의 소산은 아니었던 것이다.[61]

한국 근대소설과 사회갈등

---

59 김용성, 「한국문학사탐방」, 국민서관, 1973, 178~185쪽.

60 이에 관한 논의는 김시태, 『한국 프로문학비평연구』, 아세아문화사, 1978 참조.

61 박영희, 「신경향파문학과 그 문단적 지위」, 『개벽』 1925. 12 및 「현대한국문학사 7」, 『사상계』 1959. 1 참조. 그는 「현대한국문학사」에서 당시의 문단적 사정을 "이 신경향파 문학에는 그 출발에 근본이 한국 민족의 비참한 현실을 드러내어 해방을 위한 투쟁의식이 잠재하여 있는 까닭에 아무리 자연발생적이라고 하더라도 자연주의 문학에서와 같이 순객관적일 수는 없다. 여기에는 새로운 주관강조가 필요하였던 것이다. 여기에 대하여 팔봉은 말하기를 물론 그 주관이라는 것은 자연주의 이전의 낭만주의의 주관과 동일한 것이 아닌 것은 말할 것도 없다. 객관화하여 가지고 다시 돌아오는 주관인 것이다"(주 : 1924년 2월호 『개벽』에 실린 김팔봉의 논문 「금일의 文學, 明日의 文學」에서)라고 설명하였다. …(중략)… "말하자면 향락과 자위의 문학에서 生活과 투쟁의 문학으로 방향을 바꾼 것이다" 라고 말하고 있는데, 위와 같은 당시 사정에 대한 박영희의 진술은 결국 그가 프로문학을 우위에 놓게 되는 것과 관계되지만(그는 계급투쟁이라는 명백한 목적의식을 주제로 한 것이 프로문학의 정통이라 하였다), 서해의 이러한 경향성은 문단적 사정에 개의치 않은 것

「큰물 진 뒤」의 윤호는 최서해의 인물들의 반항성의 본질을 잘 드러내준다.

> "목숨을 악기거든 꼼짝마라!"
> 명령을 내렷다. 그 소리는 그리놉지안으나 쎄멘트판에 쇠덩어리를 굴리듯 하엿다. 벍어벗은 남녀는 거들거리는 초불속에 수굿이 안젓다. 두사람의 낫은 새파라케 질렷으나 아름다운 살빗! 입분 곡선은 여윈 사람에게서는 도저히 볼 수 업는 것이었다.
> "이춘근이 네들어라. 얼마든지 있는대로 내놔야하지 그리찬으면 네혼백은 이칼긋테 달아날것이다."
> 장정(주 : 윤호)은 칼긋트로 이주사를 견주면서 노려보앗다.[62]

병들어 누운 아내를 구완하고 '내가 살기' 위해 윤호는 '눈에 독기를 띠'고 서슴없이 돈 많은 이 주사의 자는 방에 칼을 들고 침입한다. 이러한 작중인물의 태도는 곧 '가을이 가고 겨울이 왔으니 추워질 것이다. 추워지니 그것을 대항하려면 불이 필요하다'[63]는 직정적이고도 반발적인 현실 수용의 태도와 직결한다. 이러한 그의 사상이 또한 '나로 하여

이었으며, 그의 작품에 빈번히 등장하는 반항적 태도 역시 자연발생적인 것이었다. 그는 경향, 프로문학에 대하여 자신의 문학적 입장을 피력한 적이 없으며, 한편 스스로 민족주의자를 자처하지도 않았다. "나에게 사회주의 사상이 만일 있다고 하면 이것은 벌써 그때부터 희미하게 움이 돋혔던 것입니다. 그러나 그때에는 그것이 사회주의 사상인지 무언지 모르고 다만 내 환경이 내게 가르친 생각이었습니다"라고 그의 작중인물은 술회하고 있으며, 그는 한국 사회와 민족을 위하여 일한다는 점에서 카프를 지원했을 뿐 카프의 여러 가지 정책에 대하여 그다지 찬의를 표하지 않았다는 박영희의 진술이 이를 뒷받침해준다. 따라서 최서해의 소설은 체험의 소산이지 이념의 소산은 아니었던 것이다.

62 「큰물 진 뒤」, 『개벽』, 1925. 12, 31~32쪽.
63 「가난한 아내」, 『조선지광』, 1927. 2.

금 집을 탈출케 하엿스며, ××단에 가입케 하엿스며, 비바람 밤낮을 헤아지리 안코 베랑긋보담 더한 ×선에 서게 한 것'[64]이며, 따라서 그의 투쟁의 대상은 출발에 있어 계급에 대한 것이기보다는 우선 삶의 현장 자체에 있었다. 그의 인물들의 대립과 갈등은 표면적으로는 계급적이지만 본질에 있어 그것은 계급 '의식'에 의한 것은 아니었다. 신경향파·프로·카프의 이론에 의한 이른바 무산계급과 유산계급의 모순된 사회제도를 빈궁의 원인으로 파악하고 있었던 발상과는 다른 것이며, 여기에서 그의 인물들의 행동 구조에 나타난 '반항성'의 본질이 드러난다.

최서해의 인물들의 반항적·테러적인 행동 구조는 따라서 본능적인 것과 매우 가깝다 할 수 있다. '본능'이란 선천적인 것이며, 이념이나 학습에 의하지 않고 주위의 변화에 대하여 일으키는 심리적인 반응의 일종이지만, 그의 인물들의 경우 '빈궁'은 거의 숙명적이며 원초적 상황의 일부를 이루고 있다. 본능이 선천적이라는 점에서 지능과는 크게 다르다. 지능이란 학습 능력, 추상적 사고 능력, 환경 적응 능력을 말하며, 이는 곧 사고가 일정한 방향을 위하여 그것을 보유할 수 있는 능력 및 자가비판의 능력을 말한다. 따라서 작중인물들이 현실에 대응하여 거기에서 유발되는 행위의 양태는 원시적 본능적 자기 보호적 상황에 그 동기를 두고 있다.

그의 인물들은 공격의 대상이 있기 때문에 공격하는 것이 아니라 공격이 보다 효과적이게 하기 위해서 대상을 세우고 있다고 할 만큼 극한적인 상태 속에 있다.

그 대상은 '상황적인 우연'[65]에 의하여 하나의 표적이 된 것이다. 이들의 공격성은 만약 특정한 대상을 더 이상 이용할 수 없으면 다른 방법으

---

64 「탈출기」, 『개벽』, 1925. 3, 32쪽.

65 L. A. Coser, op. cit, p.63.

로 스스로를 나타내지 않으면 안 될 만큼 고조된 상황 속에 있다. 위의 인용에 보이는 작중인물 '윤호'가 '칼싯트로 이주사를 견주면서 노려보'게 되기까지의 우리에게 보여준 의식 상태는 아무런 외면적 타당성을 갖지 못하고 있으며, 이는 흔히 말하는 '극적' 상황에 이를 수 있는 미적 효과와도 연결되지 못하고 있다. 이는 한마디로 '윤호'의 행동이 '지성의 통제'하에 이루어지지 않은 데 기인한다. 부정(반항)에 수반되는 행위와 사고와의 관계[66]에서 볼 때 그의 행동은 크게 이완되어 있다.

이처럼 반항의 대상에 대한 부적당성은 「기아와 살육」 「박돌의 죽엄」 「홍염」 등에 그대로 나타난다.

(가) "아아 부서라. 모다부서라!"
소리를 지르면서 그는 벌썩 일어섯다. 그의 손에는 식칼이 쥐엿다. 그는 으악—소리를 치면서 칼을 들어서 내리찍엇다. 안해, 학실이, 어머니할것업시 내리찍엇다. 칼에 찍긴 세생령은 부르르 떨며, 방안에는 피비린내가 탁터젓다.
"모두 죽여라! 이놈의 세상을 부시자! 복마전(伏魔殿)가튼 이놈의 세상을 부시자! 모다죽여라!"[67]

66 H. 마르쿠제, 『이성과 혁명』, 김종호 역, 청구출판사, 1975, 서론. 부정에 대한 행위와 사고의 관계를 다음과 같이 말하고 있다.
"부정적 사고 능력은 변증법적 사고의 원동력으로서 사실(facts)의 세계를 그 세계 자체의 내면적 부적당성을 분석하는 도구로 사용한다. 이 부적당성(inadequacy)은 가치판단을 암시하는 것으로서, 어떠한 사고방식이건 근본적 모순을 그 논리에서 제외하는 한 그릇된 논리가 되며, 현실의 모순된 구조를 파악하여 그 현실을 변화시키는 가운데에서만 사유와 실제의 '일치'가 이루어진다. 현실을 파악한다는 것은 사물들이 정말 무엇인가를 파악하는 것이며, 이는 또한 그 사물들의 표면적 사실성을 배격함을 뜻하며, 배격한다는 것은 행동과정인 동시에 사유과정이다."
67 「기아와 살육」, 『조선문단』, 1925. 6, 39쪽.

(나) "웅 이놈아!"

박돌어미는 김초시의 상투를 휘여잡으며 그의 낫체 입을 때엿다.

"에구! 이놈아!"

방바닥에 털걱 잡바지면서 부르짓는 김초시의 소리는 처량이 울렷다. 사내 몃사람은 방으로 쮜여들어간다.

"이놈아 내박돌이를 불에 넛으니 네고기를 내가 씹겟다"

박돌어미는 김초시의 가삼을 타고 안저서 그의 낫츨 물어쯧는다 —코, 입, 귀……검붉은 피는 두 사람의 온몸에 발늬엇다.[68]

(다) "훠쓰(불이야)!"

하는 고함과가티 사람의 소리는 요란하엿다. 모진 바람에 하늘하늘 이러서는 불ㅅ 길은 어느새 보리ㅅ집ㅅ뎀이를 살라버리고 울타리를 살라버리고 울타리안에 잇는 집에 옮앗다.

"푸우 우루루루루 쏴아……"

동풍이 몹시 이는째면 불쯰둥은 서편으로, 서풍이 몹시 부는째면 불쯰둥은 동으로 쓸려서 모진 소리를 치고 검은 연기를 쏨짜가도 동서풍이 어울치면 축늉(火神)의 붉은 햇볕은 하늘하늘 염염이타올라서 차듸찬 별—억만년 변함이 업슬듯하든 별까지 녹아내릴것가티 검은 연기는 하늘을 덥고 붉은 비츤 깜깜하든 골작이에 차흘러서 어둠을 기회로 모아드럿든 온갖 요귀(天鬼)를 모라내는 것갓다. 불을 질러놋코 뒤ㅅ숩속에 안저서 내려다보든 그 그림자—짤과 안해를 일은 문서방은

"하하하"

시연스럽게 웃고 가슴을 만치면서 한손으로 쏭문이에 찬ㅅ 독기를 만처보앗다.[69]

(라) "으윽쓱"

---

68 「박돌의 죽엄」, 『조선문단』, 1925. 5, 30쪽.

69 「홍염」, 『조선문단』, 1927. 1, 91쪽.

문서방이 여러사람을 헤치고 두그림자 아페가 섯을째, 아페섯든
장정의 그림자는 쌍에 걱구러젓다. 그째는 벌서 문서방의 손에 쥐엿
든 독기가 장정 '인가'의 머리에 박혓다.[70]

(가)의 주인공 '경수'는 산후풍을 앓고 있는 아내를 위해 의원에게 간
청해보지만 빚만 지게 되고, 어머니가 중국인 개에게 물려 업혀오면서도
며느리에게 줄 쌀을 품에 안고 있는 참상을 보다 못해 흥분한 나머지 불
을 지르고, 가족을 살해하고, 중국 경찰서에 뛰어가 순사를 찔러 죽인다.

(나)의 '박돌어미'는 아들이 병들어 죽게 되자 의원에게 간청해보나
돈이 없다는 이유로 거절을 당한 뒤 실성, 아들을 죽였으니 '네고기를
내가 씹겟다'고 의원에게 달려들어 그를 물어뜯는다.

(다)의 '문서방'은 중국인 지주에게 진 빚 때문에 무남독녀를 빼앗기
고, 아내는 병이 들고 딸을 한 번만이라도 보고 싶어하는 소원도 풀지
못한 채 죽어가자 마침내 중국인 집에 불을 지르고 도끼질을 한다.

(라)에 이르러 그는 불탄 집을 빠져나오는 중국인 지주 '인(殷)가'를
도끼로 찍어 죽인다.

(가), (나), (다), (라)에 보이는 종결부의 이러한 극적이고 테러적 사건
처리는 후에 경향파 작가들이 도식적인 계층 파벌을 과장하여 혁명적
인 선전문학을 자극하는 데 한 유형으로 제시되었지만,[71] 공격의 동기가
'선택'되지 않았다는 점에서 미적 구조를 해치고 있다. 최서해 소설의 사
건 구조가 근본에 있어 자본주의 체제에 대한 혁명적 투쟁이나 프로문학
에서 보인 조직적 대립을 목적으로 출발한 것이 아니었다고 하지만, 이는

---

70 「홍염」, 92쪽.

71 윤홍로, 『한국근대소설연구』, 일조각, 1980, 228쪽.

결과적으로 그러한 이데올로기적 태도나 방법의 한 모형이 되고 있다.

그것은 이른바 계급투쟁에 이르는 과정으로서의 계급 갈등과 유사하다. 위에 보인 '경수'나 '박돌어미', '문서방'의 행위에 드러난 폭력은 주관적 타당성이 객관적 타당성으로 확대되지 않은, 공격의 동기가 '선택'된 것이 아니라는 점에서 이들의 반항성의 본질이 드러난다. 이들은 개인(자신)의 불행이란 결국 자신을 둘러싼 사회구조의 모순과 관련되어 있다는 현실 인식의 차원에서보다는, 단순히 '부자'라는 이유로 '이주사'를 칼끝으로 노리고, 약값이 없어 죽게 된 상황에서 '의사'에게 그 원인을 돌리고 있는 것이다.

위의 (가), (나), (다), (라)에 보이는 테러의 동기가 선택되지 않았다는 점에서 비현실적이지만, 그 대상이 모두 상위 계층(급)[72]의 인물이었다는 점에서 계급 갈등의 어떤 특성이 드러나는 것이다. 계급이 반대되는 계급과 무관하게 고립적으로 존재하는 것이 아니고 '여러 개인들이 다른 계급과 공통의 투쟁에 참여할 때 형성'되고, 그것은 '계급 간의 이해관계(class interests)에 의해서 가능'[73]하기 때문이다.

어떤 관계 내에서 특정한 요구가 좌절됨으로써, 그리고 좌절의 원인이라고 상정되는 대상에 직접적으로 향하는 갈등은, 그것이 특정한 결

한국 근대소설과 사회갈등

---

72 여기서는 계층과 계급 개념의 엄밀한 차이를 무시하여 썼다. '계층'이란 수입, 위세, 생활 유형과 같은 어떤 상황적 특성의 위계적 질서에서 유사한 지위를 점유하고 있는 사람들의 범주이다. 계층이란 그러므로 하나의 서술적 범주(descriptive category)이다. '계급'은 오직 계급 이론의 맥락 속에서만 의미를 가지고 있는 하나의 분석적 범주(analytical category)이다. 따라서 계급이란 구조 변동에 영향을 미치고, 그와 같은 작용을 하는 어떤 구조적 상황에서 형성되는 이익집단을 뜻한다. 계급(class)에 대한 개념은 19세기에 와서 점차 명확히 다양화되기 시작했다. 이른바 노동자 계급-자본가 계급, 빈민 계급-부유 계급, 프롤레타리아 계급-부르주아 계급 등의 계급 개념이 그때그때의 사회적 특성을 설명해왔다(R. Dahrendorf, p.277).

73 R. Dahrendorf, op. cit, p.38.

과를 겨냥한 수단인 한 그것을 '현실적 갈등'이라 한다. 그러나 서해의 인물들의 사회갈등은 특정한 '요구'의 좌절에서 출발하였지만, 그가 선택한 갈등의 대상은 '좌절의 원인'이 될 수 없었으며, 특정한 '결과'를 겨냥한 것도 아니었다. 그의 반항은, 즉 '자신이 완전히 그 상황의 희생자가 아니라는 걸 느끼게 해주는 내적 만족'[74]의 현상에 불과한 것이었다. '표적이 있기 때문에 사람들이 총을 쏘는 것이 아니라 사격을 보다 효과적이고 의미 있게 하기 위해서 표적을 세운다'[75]는 존 듀이의 언명이 이러한 유형의 비현실적 갈등에 적용된다.

따라서 그의 인물들의 '이주사'나 '의원', '인가', '중국 경찰서' 등에 대한 폭력의 강렬성과 적의는 그 대상이 공격성 해소를 위해 적합하게 보이는 좌절에 대한 반응이라는 점에서 비현실적이라 할 수 있다. 대상은 '닥치는 대로' 선택되었으므로 그것은 '상황적인 우연'[76]에 의해 하나의 표적이 된 것이다.

그러나 강하게 노출되는 그의 공식적 혹은 상투적인 '반항성'에도 불구하고 그가 제시된 현실의 모습들은 상당한 설득력을 행사한다. 이는 그의 작품에 두드러지게 나타나는 서한체와 정경에 대한 사실적 묘사에 기인한다.

> 김군―세월은 우리를 위하야 여름을 항상 주진안엇다.
> 서풍이 불고 서리가 내리기 시작하엿다. 찬 긔운은 헐벗은 우리를 위협하엿다.

---

74 G. Simmel, op. cit, p.19.

75 J. Dewey, *Human Nature and Conduct*, Modern Library, p.226.

76 L. A. Coser, op. cit, p.63.

가을부터 나는 대구에(大口魚)장사를 하엿다. 삼원을 주고 대구
열 마리를 사서 등에지고 산스 골노 단니면서 콩(大豆)와 박구엇다.
그러나 대구 열마리는 등에 질수잇섯스나, 대구 열마리를 주고 밧은
콩 열말은 질수업섯다. 나는 하는수업시 三四十리나 되는 곳에서 두
말식 사흘동안이나 지어(負)왓다. 우리는 열말되는 콩을 자본(資本)
삼아 두부(豆腐)장사를 시작하엿다.

안해와 나는 진종일 맷돌질을 하엿다. 무서운 맷돌을 돌리고나면
팔이 쑥써러지는듯하엿다. 내가 이러케 괴로울적에 해산(解産)한지
며칠 안되는 안해의 괴롬이야 엇더하엿스랴? 그는 늘 낫치 부석부석
하엿섯다. 그래도 나는 무슨 불평이 잇는째면 안해를 욕하엿다. 그러
나 욕한뒤에는 곳 후회하엿다.

코스 구멍만한 부억방에 가마를 걸고 맷돌을 노코 나무를 드리고
의복 가지를 걸고하면 사람은 겨오비집고 들안게 된다. 쓴김에 문
창은 써러지고 벽은 눅눅하다. 모든 것이 후질근하야 의복을 입은
채 미지근한 물속에 들어안즌듯하엿다. 엇던째는 애써 갈아노흔 비
지가 이 쓴김 속에서 쉬어버린다. 두부스 물이 가마에서 몹시끌어
질째에 우유(牛乳) 빗가튼 두부스 물우에 쌔다빗가튼 노란기름이 엉
기면(그것은 두부가 잘될증조다)우리는 안심한다. 그러니 두붓물이
히멀슴해지고 기름스긔가 돌지안으면 거긔만 시선(視線)을 쏘고잇
는 안해의 낫빗부텀 글너가기 시작한다. 초를 처보아서 두부스 발이
서지안코 메케지근하게 풀려질 째에는 우리의 가삼은 덜컥한다.

"쏘 쉬ㅡㄴ 게로구나? 저를 엇지누?" 젓을 달나고 쌕쌕우는 어린
아해를 안고서 두붓물만 드려다 보시든 어머니는 목메인 말삼을하
시면서 우신다. 이러케 되면은 집안은 신산하야 말할수업는 음울,
비통, 처참, 소조한 분위긔에쌔인다.[77]

크고 작은 풀이 우거진 새에 흉악한 짐승같이 쓰러진 것인지 껍질
은 썩어밧어지고 살빛이 꺼뭇하게 되었다. 군데군데 쪽쪽 트기도 하

고 담탕물 속에 거머리 지나간 자취 모양으로 아롱아롱 좀먹은 자리
도 있다. 그리고 어떤때는 뜨거운 볕에 송진이 끓어서 번지르하고
찐득찐득하게 뵈었다. 퍼런 등골은 햇볕에 윤기가 번쩍거리고 희슥
한 뱃살에 누른 점이 얼룩얼룩하였다. 그리고 둥그스름하고 넓죽한
머리에 불끈 빼진 눈은 때룩때룩하였다. 그 생김생김이 자기를 물
던 놈 같기도 하였다. 그놈에게 물려서 이틀 밤이나 신고를 하고 아
직도 낫지 않는 것을 생각하면 그놈을 깨물어 잘근잘근 씹어 삼키고
싶으나 때룩때룩한 눈깔이나 얼룩얼룩 징그럽게 늘어진 꼴은 금방
몸에 와서 말리고 서리는 듯해서 점점 뒷걸음만 났다. 그러다가도
주인 영감에게 서리같은 호령을 들을 것을 생각하니 그저 뒤로 물러
날 수도 없었다.[78]

편지란 직접화법의 문서를 통한 상대방과의 대화이다. 이것이 갖는
장점이란 내용의 성실함과 형식의 간소함을 보증한다.

최서해의 서한체 소설은 그의 문학적 표현의 여기저기서 발견되는 1
인칭적 요소가 가장 집중적으로 반영된 것이다. 그리고 그것은 최서해
에게 있어 가장 접근하기가 용이한, 그리고 한편으로는 그의 가장 친근
한 소설 양식이었음에 틀림없다.

최서해의 문학적 동기란 애초부터 이야기를 꾸며낸다든가 다듬어내거
나 또는 그것들을 조작하는 일이 오히려 구차한 작업일 수 있을 만큼 그
의 이야기는 원초적이었고 절박한 호소가 전제된 생체험의 소산이었다.

최서해가 선택한 서한체적 구문은 따라서 주어진 현실(또는 상황)에
대한 그의 수용 태도의 일단을 암시해준다.

앞의 인용 각주 77과 78은 서간체와 묘사체를 보인 예인데, 두부장수

---

78 「그믐밤」(『신민』, 1925), 『현대한국단편소설전집』, 문원각, 1974, 78쪽. 이후 '전
   집'이라고 표기한다.

의 궁핍한 생활의 단면을 '김군'에게 알리는 편지이면서 거기에 담긴 사실적 서사는 "쏘 쉬−ㄴ게로구나? 저를 엇지누?"라는 대화에 이르러 압축된 긴장으로 발전, 서한체가 가지는 서술의 단순성을 극복한다.

대화와 지문으로 이루어진 그의 편지는 따라서 나열형의 구조가 아닌 복합적인 것으로서 인용 78)의 상황 묘사의 효과에 접근한다. 인용 78)은 서해의 상황 묘사 가운데 가장 뛰어난 대목으로서 그의 인물들이 맞이하고 있는 현실과의 대결을 상징적으로 보여준 것이라 할 수 있다. 삼돌이는 주인 영감의 아들 약에 쓸 구렁이를 잡아가지 않으면 안 되는데, 그 구렁이는 지금 '퍼런등골', '햇볕에 윤기가 번득거리고', '때룩때룩한 눈깔이나 얼룩얼룩 징그럽게 늘어진 꼴'로 '금방 몸에 와서 말리고 서리는 듯'하여 뒷걸음만 나는데, 그러다가도 '주인 영감에게 서리같은 호령을 들을 것을 생각하니 그저 뒤로 물러날 수도' 없는 것이다.

최서해에게 있어서 서한체의 집착은 서한체의 문장 양식이 가지는 자유로운 형식과 시제의 현재성 및 직접화법적 특성을 살리기 위한 것으로 이해된다. 그의 정신적 유배지 간도에서 띄우는 이러한 메시지는 그의 생생한 생체험의 르포르타주로서 현실 수용의 태도에 있어서 직정성 혹은 평면성이 두드러지는데도, 그의 「탈출기」는 이 서한체가 이룬 성과에 속한다.

작중인물들의 현실의 비극적 상황에 대한 반응 속에 가장 강하게 표출되는 것은 또한 '눈물'과 '센티멘털리즘'이다.

> 아! 나의 식구도 그럴 것을 생각할 째면 자연히 흐르는 눈물과 쑥직쑥직 썻기는 가슴을 덥처잡는다.[79]

---

[79] 「탈출기」, 32쪽.

"이놈아 너가튼놈은 일업다. 가거라"

하드니 주먹으로 윤호의 미간을 막으면서 발을들어 배를 찻다.

"아이구! 으응응응흙흙."

윤호는 울면서 지게진채 쌍에 걱구러젓다.[80]

좀 있다가 별이 총총한 푸른 하늘 아래 어둠 속에 고래등같이 뜬 감좌수 집으로 여자의 처량한 곡소리가 흘러 나왔다. 초가을 깊은 밤 고요하고 행한 집으로 울려나오는 곡소리는 어둠속에 높이떠서 온동리에 흘러 퍼졌다.[81]

기선의 두 눈에서 흘러 내리는 뜨거운 눈물은 방울방울 아내의 낯에 떨어졌다. 바람에 잠을 깬 아내도 기선의 목을 꼭 껴안았다.[82]

"박돌아! 어서 가거라 내달이면 내가 온다."

"나는 아버지가 내말만 들었으면 선생님과 가겠는대……."

하면서 또 운다. 운삼이도 또 울었다.[83]

형님.

나는 울었읍니다.

"구두 곤칩시오."

"구두 약칠하시오."

하고 이 골목 저 골목으로 온 종일 돌아 다니다가 들어온 나는 형님의 우환 이십원을 받고 울었읍니다.[84]

"어엉어엉……죽여주더라도……에구……학범어미를……흔번 만

---

80 「큰 물 진 뒤」, 26쪽.

81 「그믐밤」, 81쪽.

82 「아내의 자는 얼굴」, 『조선지광』, 1926. 12.

83 「고국」, 전집, 16쪽.

84 「전아사」, 전집, 116쪽.

보……보……" 그는 꺽꺽 목메어 운다.[85]

달빛이 이상히 빛나는 그의 왼쪽 눈에는 눈물에 스르르 젖었다.[86]

이와 같이 그의 소설에는 눈물과 울음이 등장하지 않는 것이 없다. 그것도 한 편의 소설 가운데서 이야기가 바뀌거나 새로운 국면에 접어들 때 그것은 예외 없이 등장한다. 이에 대하여 다음과 같이 지적한 것이 있다.

> 서해의 눈물과 울음은 이상하게도 끈적끈적하거나 질퍽한 감정을 수반하지 않고, 작가 스스로 그렇듯 빈번히 '서러움'을 강조하고 있음에도 불구하고 묘한 단절감과 세련됨을 유발하고 있다. 물론 그렇다고 해서 눈물과 울음이 현실감을 얻지 못하고 소설의 기본진행과 동떨어져 있다는 것이 아니다. 오히려 그 반대다. 반대로 소설의 진행과 긴밀히 맺어져 있으면서 감상적(感傷的)인 처리를 서둘지 않는다는 것이다. 그렇게 볼 때 넓은 의미의 눈물과 울음은 작가의 배려된 문제적 시도라 하지 않을 수 없다. 왜냐하면 서해는 근본적으로 비관주의를 배격하고 있는 작가이기 때문이다.[87]

서해가 비관주의를 배격하고 있는 것은 사실이지만, 그러나 그의 인물들의 잦은 눈물과 울음은 '묘한 단절'과 '세련됨'을 유발하고 있다고 보기 어렵다.

배고픈 사람들을 보고 고향의 식구 생각을 하고 울고(「탈출기」), 죽어가는 아들에게 약 한 첩 못 써보고 울고(「박돌의 죽엄」), 술꾼이 아내를

---

85 「폭군」, 전집, 72쪽.
86 「누이동생을 따라」, 전집, 179쪽.
87 김주연, 「울음의 문체와 직접화법」, 『문학사상』 26권, 문학사상사, 1974.

학대하여 때려 죽이고 나서는 후회하여 울고(「폭군」), 사촌형님이 자기를 생각하여 보내준 돈을 받고 감사하여 울고(「전아사」), 돈 좀 꾸어 보내라는 어머니의 편지를 받고 그것을 변통하고 난 다음에 서러워 울고(「십삼원」), 갈보가 된 누이동생이 투신 자살하자 단소를 불며 해변을 거닐면서 울고(「누이동생을 따라」), 며칠 글공부를 시켜주던 선생이 고국으로 돌아가게 되어 울고(「고국」), 얼굴도 모르는 사람의 죽음에서 술집 여자는 오라비를 연상하며 통곡한다(「같은 길을 밟는 사람들」). 서해의 인물들이 당하고 있는 상황들은 이와 같이 '울 수 있는' 상황이기는 하지만, 그러나 어떤 인물들은 안 그럴 수도 있는 것이다. 울음이 터지고야 말 상황일 수도 있다고 생각되는 때에 이르면 빼놓지 않고 울고 마는 것이며, 때로는 그 울음이 지나치게 무절제하게 노출되어 그 울음에 저항을 느끼게 하고 있다. 따라서 작중인물의 눈물과 울음은 '작가의 배려된 문체적 시도'가 아니다. 빈궁을 소재로 다룬 1930년대의 김유정의 소설이 유머로 충만되어 있으면서도 소설의 미적 효과를 획득한 것과 좋은 대조가 된다.

또한 최서해의 현실 대응의 태도가 센티멘털리즘에 의존하고야 만 것이 그의 인물들로 하여금 눈물 속에 빠지게 한 단서가 된다. 다음의 예가 그것을 반증한다.

제3장 1920년대 소설과 자아의 발견

> 아아, 인생이란 과연 이러케도 괴로운 것인가. (「탈출기」)
> 아니다. 남을 안 죽이면 내가 죽는다. (「큰 물 진 뒤」)
> 나는 사람이 아니다. 청춘이다. (「아내의 자는 얼굴」)
> 뜨거운 두 청춘의 가슴에 끓어 넘치는 순진성이…… (「아내의 자는 얼굴」)
> 창백한 아내의 얼굴……자기와 처음 만났을 땐 포동포동한 두뺨이 발그레하고 빨간 입술에 윤기가 흐르더니 불과 일 년이 못 되어

뺨이 드러나고 입술이 검푸렀다. 아 주림의 상징이여! 굶은 귀신이여! (「아내의 자는 얼굴」)

아 나는 패자다. 나날이 진보하는 도회에서 활동하는 모든 사람들은 그새에 훌륭한 인물이 되었을 것이다. 나는 확실히 패자구나. (「고국」)

그는 신세를 생각하고 울었다. 공연히 소리를 지르면서 뛰어도 다녔다. (「고국」)

어머니, 어머니, 이 불효자식을 죽여 주십시오. (「전아사」)

산천은 고등동이요 인심은 조석변이라는 말과 같이 아니 못할 것은 사람의 마음인 줄…… (「누이동생을 따라」)

현실 수용의 태도에 있어 그의 인물들의 감정적 바탕은 이렇듯 강한 센티멘털리즘이 지배하고 있다. 따라서 현실의 모순된 구조가 무엇인가 하는 당대 사회의 핵에 접근하기에는 현실의 표면적 사실에만 집착하고 있었던 그들에게 지나친 감정성의 누출만이 두드러지지만, 이는 곧 지성의 통제하에 이루어진 현실 수용의 태도라 할 수 없으며, 그것은 서해의 인물들의 현실 인식의 단순성을 말해준다.

또한 그의 소설의 간과하지 못할 요소로서 '여성 편향'을 들 수 있는데, 이에 대하여는 다음의 견해가 인정될 수 있다.

그의 소설에는 아버지가 등장하지 않는다. 문제가 제기되는 것은 항상 어머니와 처자 때문이다. 그녀들에 대한 연민은 …(중략)… 그것은 그가 한국인의 정한을 이해하고 있다는 증거가 된다. 그러나 그의 여성 편향은 그의 소설의 주인공들을 지나치게 인정 일변도로 몰고 가서 주인공들의 인간적 대립을 불가능하게 만드는 약점을 지닌다.[88]

---

88 김윤식 · 김 현, 『한국문학사』, 민음사, 1973, 161쪽.

다음으로 그의 인물들의 사회적 현실에 대한 갈등의 한 형태로서 강한 절규를 들 수 있는데, 그것은 자극적이고도 원색적인 '피 빛'으로 상징되며 영탄조의 외침과 반복되는 부호로 나타난다. 이는 작가가 그의 「혈흔」에서 스스로 '나는 이 세상 사람들처럼 그렇게 미적지근한 삶을 살고 싶지는 않다. 쓰라리면 오장이 찢기도록, 기쁘면 364절골이 막 녹듯이 강렬한 자극 속에서 살고 싶다. 내 앞에는 두 길밖에 없다 혁명이냐? 연애냐? 이것 뿐이다. 극도의 반역이 아니면 극도의 연애 속에 묻히고 싶다'[89]고 말하고 있듯, 그의 대사회관에 대한 직접적이고 원시적인 표현이다.

> 불길은……그 붉은 불길은 의연히 모든 것을 태워 버릴 것처럼 하늘하늘 타올랏다. (「홍염」)
> 벌언 불속으로 싯퍼런 칼든 악마들이 붉읜 나타나서 온식구를 쿡쿡, 찔은다. 피를 흘리면서…… (「기아와 살육」)
> 코, 입, 귀……검붉은 피는 두 사람의 온 몸에 발늬엇다. (「박돌의 죽엄」)
> 흐르는 피는 온바닥에 흠씬 적셨다. 흐릿한 방안에는 비릿내가 흘럿다. (「그믐밤」)

이 붉은색의 이미지는

> 에구! 으음……어마! 싫소! 에엑! 김군! 아아! 이고고! 내 엄마! 힘을 써라! 힘을 써라! 우리는 못산다! 터지는구나! 이키 여기는 벌써 터졌네! 누구를 부르는 소리! 울음소리! 악한 짓이라도 해야! 살아서 잘먹자! 끽끽! 오오 주린 귀신이여! 아! 나는 패자다! 뛰어가? 엑 서울 뛰어가서 고학이라도 하지? 나는 아마 죽나보다!……

등의 자극적인 부호에 의해 더욱 강해진다.

이와 같은 서해의 인물들의 상황에 대한 태도의 강렬성과 폭력성은 실제에 있어 문단적 관습으로[90] 볼 수도 있지만, 그의 갈등이 하나의 이념으로 정립되어가는 과정을 예고해준 것이라 할 수 있는 것이다. 다음과 같은

"룡네야! 놀라지마라! 나다! 아버지다! 룡네야!"

문서방은 쌀을 품에 안으니 이쨰까지 악만찻든 가슴이 스르르 풀리면서 독살이 돌랏든 눈에서 쓰거운 눈물이 써려졌다. 이러케 슬푼 중에도 그의 마음은 깃브고 시언하엿다. 하늘과 쌍을 주어도 그 깃븜을 밧쑬것갓지 안었다

그깃븜! 그깃븜은 쌀을 안은 깃븜만이 아니엇다. 적다고 미덧든 자기의 힘이 철통가튼 성벽을 문허트리고 자기의 요구를 채울쌔 사람은 무한한 깃븜과 충동을 밧는다.

불ㅅ길은-그 붉은 불ㅅ길은 의연히 모든 것을 태여릴 것처럼 하늘하늘 올럿다.[91]

---

90 김기진의 「문단최근의 일경향」, 『개벽』 61호, 124~125쪽을 보면, "근래의 창작계에는, 이야기의 주인공이 죽든지 그러치 아니하면 사람을 죽이든지하는 소설이 만히 발표되얏다 유월에 발표된 창작품중에서도 주요섭씨의 『살인』과 최학송씨의 「기아와 살육」 이편은, 기약하엿든거나가티 주인공이 살인을 하는 것으로 그 종국을 닷첫다. 이와 같은 것은 비단 육월에 발표된 것 쑨만이 아니라 그 전에 발표된 것 중에서도 이와 쪽가튼 종류의 것을 열거할 수 잇다. 그리하야 이 모양으로 주인공이 살인을 하든지 그러치 아니하면 자살하든지 맨드는 것이 한 개의문단적류행이라고 할만큼, 그것은여러사람의손으로시험되고잇다. 그리고 이것은 내가보는한에 잇서서, 한 개의색달은경향을이루어노앗다. …(중략)… 이경향은, 사회가엇던 고민 시기에드럿슬쌔에 필연적으로어러나는경향이며, 동시에 그것은한개의과도기적현상이나 그러나, 다만 기교나유희의세계에안주한다든가, 혹은쓸데업시 관능적퇴발한기분속에 방황, 침익하는 경향보다백배나더유의미하고, 사람다웁고, 진실한경향이라는 것이다." 라고 평하고 있다.

91 「홍염」, 92쪽.

로 끝맺는 「홍염」의 결말은 계급 간의 이데올로기적 갈등의 양상을 많이 드러내고 있다.

> 그들은 전적으로 초개인적인 요구들의 대표자들이며 그들 자신
> 을 위해서가 아니라 오직 대의를 위해서 싸운다는 당사자들의 의식
> 은 급진주의와 냉혹함을 그 갈등에 부여한다……승리는 오직 그 대
> 의에 득이 되는 데 반하여 전인적 힘으로 싸우는 그러한 갈등은 고
> 상한 특성을 지닌다—그 갈등은 그 자체의 내적 논리에 따라, 그리
> 고 주관적 요인에 의해 강화되지도 조절되지도 않으면서 누그러지
> 지 않은 매서움을 가지고 싸우게 된다.[92]

서로에 대한 근원적인 적의 그 자체로서는 사회적 갈등을 설명할 수 없다는 점이나 사회현상을 설명하기 위해 본능이나 충동 또는 유전적 성향에 의존하는 대신에 행동이 언제나 사회의 장에서 일어난다는 것을 주장하는 짐멜의 논의는, 서해의 인물들의 갈등이 다분히 위와 같은 이데올로기적 성격을 띠고 있음을 보여주는 것이다.

뒤르켐은 범죄가 사회생활의 기본적 조건들과 밀접하게 연결되어 있어서 특정 사회 형태와 부합된다고 하였다. 따라서 그것은 하나의 '정상적' 현상일 뿐 아니라 또한 모든 사회의 통합에 기능하는 것이다. 그러므로 간혹 '범죄'를 '갈등'의 한 형태로 보는 것이다.

이상과 같은 서해 인물의 1920년대 사회의 하층민의 공격적 직정적 반항적 현실 수용의 양상은 결과적으로 계급 갈등으로 발전되는 양상을 보여주고 있는 것이다.

---

92 G. Simmel, op. cit, p.39.

3. 성(性) 윤리의 파멸적 전개

앞에서 우리는 식민화 현실에의 확인과 자아 발견에 이르는 서사 구조와 궁핍화 현실에 대응하는 양태로서의 작중인물들의 사회갈등의 양상을 검토하였다.

이러한 억압적 식민 현실의 심화와 극한적인 궁핍화 속에서도 신구 윤리 의식은 대립과 갈등 속에서 1920년대의 사회상을 그대로 반영하고 있다. 전근대적 윤리 질서의 완고성과 근대적 인간관의 대두로 인해 나타난 자유연애론의 충돌은, 특히 성적인 것과 밀접한 동기적 관련을 맺고 등장한다. 유교적 이념과 자유로운 성은 대립과 충돌을 피할 수 없는 것이지만, 이 시기의 소설에 나타난 작중인물의 갈등은 전락과 파멸의 구조로 나타나고 있다는 점에서 공통된다.

이 시기는 특히 이광수가 제기한 이래의 인도주의적 신인간주의의 이념이 반봉건, 반유교적 양상을 띠고 실천적으로 대두된 때였다. 이른바 자유연애론으로 대표되는 풍속의 변화가 그것이다. 특히 여성해방을 부르짖는 소위 신여성들의 성 윤리와 여성의 사회적 지위는 다양하게 모색되고 주창되었다.[93]

---

93 이러한 당시의 사정은 '新女性煩憫號'라 제한 당시의 『신녀성』지(1925년 12월호)의 목차에서도 잘 드러나 있다.

• 감정을 살리라	편집인
• 미래의 여성이 되라	S K Y
• 여성의 번민을 논하야	허정숙
• 신녀성평론	
미혼녀성의남모를고민	영　자
여교졸업한처녀의고민	정순덕
여자고학생의 남모를고민	임숙자
월급쟁이처된신여성의고민	정　화

또한 전근대적 봉건적 여성들에게도 성적인 문제가 대두되었는데, 이는 폐쇄된 생활 풍습과 교육 부재에서 기인하는 것이었고, 이 시기의 여성 범죄[94]는 특이한 양상을 보이고 있는데, 이 또한 경제적 원인과도 밀접하게 관련되어 있다.

염상섭의 「제야」와 김동인의 「김연실전」 등에는 이른바 신여성으로 대표되는 인물이, 김동인의 「감자」, 현진건의 「불」, 나도향의 「물레방아」 「뽕」 등은 구시대적 여성이 등장한다. 각각 상이한 상황과 상이한 인물 설정이지만, 여기에 나타난 서사 구조는 모두 전락적 구조로 되어 있다는 점이나, 구시대 여성의 경우 그것이 경제적인 것과 밀접히 관련되어 있다는 점에서 일치하고 있다. 여기서는 신여성의 신구 윤리 사이에서의 심한 내적 갈등을 겪고 있는 성 문제를 가장 적극적으로 다룬 염상섭의 「제야」와 구여성이 등장하는 「물레방아」 「불」 「감자」 등을 중심으로 작중인물의 행동 구조를 보기로 한다.

자유결혼한신여성의고민	정 애
직업을못구해서우는신여성	김영희
젊은여교원의속타는생활	이정옥
사회에나선신여성의 고민	S 생
구가정으로드러간신여성의고민	황봉화

이 밖에 『개벽』 『조선문단』 등에서는 성 문제를 중점적으로 다루고 있다.

94 전통적 전근대적 여성들의 범죄 중 특히 본부(本夫) 살해의 범죄가 급증했다. 1930년 서대문 형무소에 수감 중이던 살인범 가운데 여자가 47명, 남자가 53명으로 여자가 남자의 88%였다. 그리고 이 비율에 대한 세계 각국의 그것은 한국 88%, 독일 13.5%, 일본 11%, 대만 3%, 세계 평균 4%였다. 세계 평균 남자살인범 100명에 대한 여자살인범 4명의 비율도 경제적 또는 원한 관계로 하여 남편 아닌 제3자를 살해한 경우였다. 애정 관계를 동기로 해서 남편을 죽인 사례는 오직 한국뿐인데, 그것이 여자살인범 100명 중 66%의 고율을 점하고 있었다(임종국, 『한국문학의 사회사』, 1979, 17~18쪽).

(1) 성과 자유

「제야」(『개벽』, 1922. 2~6 연재)는 모티프가 성이었다는 점을 먼저 들수 있다. 사건의 발단이나 발전, 굴절이나 해결은 모두 성에 의해 이루어지고 있다. 작가가 '자살에 의하여 자기의 정화와 순일한 소생을 얻으려는 해방적인 젊은 여성의 심적 경로를 고백한'[95] 작품이라고 밝히고 있듯이, 이 작품은 성적으로 지극히 '해방적'이었던 한 인텔리 여성이 자살에 이르게 되기까지의 행적을 고백하고, 자신이 처한 현실의 봉건성을 고발 부정함과 동시에, 신구 사회의 틈바구니에서 희생된 자신의 처지를 비통해하고 있다. 물론 그것은 유서에서 말하고 있는 것이며, 장황하고 난삽한 진술에도 불구하고 어느 정도의 긴장을 얻고 있다. 그것은 "허리에 매인 한줄기 치마끈이 나에게 영원한 生을 주겠지요"라고 절규하는 결구의 극적 상황도 그렇지만, 무엇보다도 작중 화자인 정인이 '고백'하고 있는 내용의 심각성 때문이라 할 수 있다. 이 유서의 발신자인 정인은 '여자 21세는 회갑이라는 속담도 잇는데, 벌서 25세나 된', '유학생계에서나 경성사회의 外聞이 조치안은', '첩의 자식'이다. 수신자인 貴君은 첫 결혼에 실패한 남자로 '이론상으로는 자유 결혼에 동의하면서도', '도저히 적극적 태도를 취할만큼 기력이 업섯스리라고 추측되'는 '보통조선청년'이다.

정인은 P라는 남자와 E라는 남자와 자유롭게 관계를 맺고 중매에 의해 수신자인 '貴君'에게 시집을 왔으나 그녀는 이미 'E의 피인지 P의 혼인지도 알수업는' 아이를 배고 난 후였다. 불안과 고민으로 4개월을 지내다가 신랑의 요구에 의해 친정으로 쫓겨온 정인은 크리스마스이브 날

---

95 단편집 『견우화』(박문서관, 1923) 서문.

다음과 같은 내용의 편지를 신랑으로부터 받는다.

> ……나에게對한 貞仁氏는 金이요. 愛냐 名譽냐의 問題가 아니라, 愛냐 死냐의 問題요. 信仰에 徹底하면, 愛냐死냐가 問題가 될理가 업다고 할지모르나, 나에게 對하야는 愛업고는 信仰도업고, 信仰업고는 愛도업소. ……世上은, 不倫한 妻를 爲하야 名譽까지 팔아버린 개도야지만도못한놈이라고, 웃으랴거던웃으라고하지요. 罵倒하는 者는 할대로 내버려 두지요. 나의 面上에 睡棄하겠다면, 나는 깃버쒸며 얼굴을 내밀지요. 그러나 나는 살아야하겠소. 굿세게살아야하겠소. 正말 生에부드처보라하오. ─貞仁氏를 엇는 것! 그것이 나에게는 굿세게, 그리고 貞正하게 生에부드처보랴는 最初의 努力이오.
> 나는 弱하오. 그러나 弱하기쌔문에, 强者가되랴하고, 또 될수잇소. 弱한나는 名譽를 버리고 强한나는 愛와 信仰을 어드랴고, 숲을 바쳐서 苦鬪하오.……두生命이救하야집니다……[96]

여기까지 읽은 정인은 울면서, 이 긴 회신 겸 유서를 쓰는 것이다. E라는 남자와 P라는 남자와의 관계, 그리고 자신의 지금까지의 생활을 술회하는 것으로 채워진 이 '참회록'의 중간중간에 수신자인 '貴君'의 결혼관을 비판한다. 자신의 현재의 상황을 비통해하는 중간중간에 그녀는 다음과 같은 항변을 함으로써 자신의 애정관이나 현실 이해의 태도가 어떠한 것인가를 드러내고 있다.

그녀는 무엇보다도 그들의 결합이 '피차의 사진과 지배인이라는 X씨의 조언 이외에는 아무동기도 수단도 조건도 업는 인습적 결혼이라는 철저한 죄악이, 선조의 유물로서, 쏘한번반복치안으면안되엇든것'[97]에

---

96 「제야」, 『개벽』 24호, 46~47쪽.

97 「제야」, 『개벽』 20호, 41쪽.

파탄의 원인이 있다고 말하고 있다. 이 때문에 수신자는 과거에도 전처를 잃었던 것(수신자의 전처는 정조를 깨뜨리고 情夫를 따라갔다)이라고 지적하고 그것은 '정신적 내면적으로 하등의 이해가 업섯다는 것이, 개성의 共鳴協致點과 영혼이 결합선을엇지못하게하고 쌀아서 진정한 愛가, 존재치못할결과'[98]였다고 말한다. 그리고 그녀는 자신의 첩의 자식이라는 약점, 유학생계에서 소문이 썩 좋은 편은 아닌 25세의 노처녀라는 약점을 적당히 이용하여 자신의 재취의 약점을 덮으려 한 데서 제2의 파탄은 불가피한 것이었다고 말하고 있는 것이다. 자신의 미모와 유학생으로서의 명성과 지식에 빠져 청혼을 한 남자를 비판하고, 그러나 자신은 결국 '금시도 내다버리지안흐면안될구덱이실은 고기덩어리'[99]에 불과하다고 자학에 빠지기도 한다.

여기서 화자인 '貞仁'이 자신의 부정의 근원을 다음과 같이 변명하고 있다는 점이 주목된다.

> 그러나 여긔에는 理論으로마는, 어썰수업는事情이잇섯습니다. 그보다도 그根源을 패여볼지경이면 아모리굿센良心의 힘으로도 左右할수업는 異常한 힘이, 間斷업시 움즉이고잇섯든 것을 看過할수업습니다.
>
> 「카라마소프兄弟」속에 있는, 所謂 '카라마소프家의魂'이라는 것과 가튼 魂이 우리崔氏집에도 代代로 遺傳하야 나려온다는 것이 이것입니다.
>
> 오늘날와서도 大膽하고 無禮히 父母의 缺點을綻露하야 不肖의 罪를 거듭하랴는 것은 아니지만, 나의 生命이, 그 發芽의 初一步를 不倫의 結合에서 出發하얏고, 그 生命의 幼芽를 發育하야줄營養素가,

98 「제야」, 『개벽』 20호, 42쪽.

99 위의 책, 43~44쪽.

肉의 香과 歡樂의綠酒이엇다는 것이 疑心할餘地업는事實이엇습니다.

입에담기는 부끄러운일이지만, 저의祖父님은 말슴할것도업고, 家親의絶倫한精力은 祖父의親子임을 가장正確히證明합니다. 六十이가 까와오시는只금도 少室이 둘이나됩니다. 그中에는 自己의孫女라 하야도 망발이안될어린女學生 退物까지잇다합니다. 그러나 우리어머님이란이도 決코貞淑한 婦人은 아니엇습니다.[100]

그리하여 자신은 '性的密行에 대하야괴이한흥미와습성을 가진모친 사이에서 비저만든 불의의상징'이며 '肉의 저주바든困果의子'[101]였다는 것이었다. 이러한 환경 속에서 그녀는 완전한 '자유'를 가지게 되었고, 동경 유학생에서 '여왕이 된 자기'를 발견하기에 이른 것이다. '성적인 감로에 한번 입을 대인' 그녀는 절제의 의지를 잃고 자신도 놀랄 만큼 대담한 지경에 이르게 되고 주위에는 문인, 예술가, 학자, 독립운동가 등의 인사들이 모여든다. 그녀는 사랑이 없는 결혼의 질곡에서 물러나 다음과 같이 항변해보기도 한다.

대체 돌을 던질자가누구냐? 무엇이죄냐. 타락? 그것은 자유연애를 갈망하는 어린 처녀에게만씨우는 絞首臺上사형수의 覆面巾을 이름이냐.[102]

이상의 예문에서 작중 화자 '貞仁'의 성관을 알 수 있다. 성이란 사랑의 표징이라는 것, 그리고 그것은 자유로운 상태에서 행해져야 한다는 것, 그리고 자신의 분방한 성적 방황은 '유전'과 '환경'에 의한 것이었다

---

100 「제야」, 『개벽』 20호, 45~46쪽.

101 위의 책, 46쪽.

102 위의 책, 32쪽.

는 점이다. 염상섭을 졸라와 관련지어 말할 수 있는 대목이다. 사실로 위의 인용은 그의 환경론에 대한 좋은 사례가 될 수 있다. 졸라의『실험소설론』[103]은 자신의 '루공 마카르 전서'를 쓰는 도중의 자신의 작품에 대한 이론서로서, 종래의 사실주의에서 다만 관찰하고 경험한 것을 기록한다는 차원을 넘어 인과관계에 의한 인간적, 사회적 현실의 해명을 위해 환경론, 생리학, 유전학, 의학적 방법론 등이 동원되었음은 주지의 사실이다. 도스토예프스키[104]나 졸라와의 영향 관계를 고려해 볼 때, 그의「개성과 예술」은『실험소설론』을, 「제야」는『나나』의 어떤 점을 상기하게 해준다. 그러나 실제에 있어 둘 사이에는 많은 유사점에도 불구하고 적지 않은 거리가 있음을 볼 수 있다.[105]

103 E. 졸라, 『나나/실험소설론』, 송면 역, 삼성출판사, 1975.
104 「허수상에서」(『허허』 2호, 1921)에서 처음 도스토예프스키에 대해 언급하고 있다.
105 다음 (가)는 「개성과 예술」 1장, (나)는 2장 (다)는 3장에서 각각 뽑은 것이다.(일부 한자는 한글표기)

　　(가) 자연주의 사상은, 결국 자아각성에 의한 권위의 부정, 우상의 타파로 인하야 유기된 환멸의 비애를 수소함에, 그 대부분의 의의가 잇다함으로 세인이 이 주의 작품에 대하야 비난공격의 목표로삼는, 성욕 묘사를 특히 제재로 택함은, 정욕적 관능을 일층 과장하여, 독자로 하야금 열정을 유발케하고 저급의 쾌감을 만족시키라는 것이 목적이 아니라, 현실폭로의 비애, 환멸의 비애, 또는 인생의 암흑추악한 일반면으로 여실히 묘사함으로써 인생의 진상은 이러하다는 것을 표현하기 위하야, 이상주의 혹은 낭만파문학에 대한 반동적으로 일어난 수단에 불과하다.

　　(나) ……함으로 근대인이 자아를 각성함으로써, 각 개의 개성을 발견확립하고, 그 위대와 존엄을 자각하며, 주장함도 또한생명적 용약이 아니면 아닐 것이다. 그러하면, 소위 개성이라는 것은 무엇인가. 즉 개개인의 풍부한 독이적 생명이 곳 그 각자의 개성이다. 함으로 그 거룩한 독이적 생명의 유로가 곳 개성의 표현이다. …(중략)… 그러면 개성의 표현을 의미하는 바 생명이란 무엇을 의미함인가. 나는 이 것을, 무한히 발전할 수 있는 정신생활이라하랴 한다. …(중략)… 위대한 개성의 소유자는 위대한 생명이 부절히 연소하는 자이며, 그 생명이 연소하는 초점에서만, 위대한 영혼이 불똥가티 번쩍이며 반발약동하는 것이다.

「개성과 예술」은 '개성'에 대한 자각을 적극적으로 제시한 점에서 가치 있는 의견의 개진이라 볼 수 있으나, 자연주의 선언으로서는 지나치게 추상화의 단계로 치달은 오류를 범하고 있다.

「개성과 예술」에 나타난 상섭의 자연주의에 대한 이념의 추상성은 「제야」에 그대로 반영되고 있다. 다음의 인용들은 위의 인용(주 105의 인용(가))의 이념에 대한 예가 될 수 있다.

　　(가) 모든 것이 어린兒孩가, 만들어노흔 玩具에不過하다. 거긔에 무슨 權威가 잇고, 意味가잇느냐.[106]

　　(나) 나의 奔放한 情熱은 沮止할줄을올랏습니다. 그러나 한戀愛만을 固守하고 持續할수는업섯습니다. 紅脣으로부터 紅脣에! 차라리

　　(다) 4천여년의 역사적 배경, 풍토, 경우로부터 전통하야오며 발전하야나가는 조선민족에게 특유한 민족성이, 우리의 피에 사모처 무궁히 흐르는 거긔에, 우리의 조선혼이 있고, 민족적 생명의 리슴이 잇는 것이다. 다시 말하면, 여긔에 민족적 개성이 형성 되는 것이다.

이는 '자연주의' 선언으로서의 논리적 파탄을 지적하고 있듯이(김윤식, 「염상섭의 소설 구조」, 김윤식 편, 『염상섭』, 문학과지성사, 1977; 정명환, 「염상섭과 졸라」, 위의 책, 82쪽; 김치수, 「자연주의재고」, 김용직 · 김치수 · 김종철 편, 『문예사조』, 문학과지성사, 1977), 1장, 2장, 3장 각각 독립된 단편적인 글로서 상호 연결이 닿지 않는 혐의가 있다. 1장은 우상 타파, 관찰, 해부에 의한 인간 현실의 암흑면 제시, 현실 폭로 등 자연주의에 대한 보편적 의미가 제시되었으나, 2장에 이르러 1장에서 말하고 있는 '개성'이 분석되고 비판되고 폭로되어야 할 것으로서의 의미를 떠나 '무한이 발전할 수 있는 정신생활', '위대한 생명', '독이적 생명' 등으로 발전하고 만다. 이와 같은 '개성'의 의미가 확대 비약한 점을 들어 2장은 차라리 "낭만주의의 표현이라고 규정하는 견해가 맞설 수 있다"(정명환)는 주장이 나올 수 있는 것이다. 3장에서 그는 '개성'을 '민족적 생명'의 리듬으로 비약하고 있으나 이 역시 1장과는 관련이 희박하다.

106 「제야」, 『개벽』 20호, 37쪽.

143

제3장 1920년대 소설과 자아의 발견

나는 그것을願하얏습니다.[107]

　(다) ……愛가 消滅되어서는아니된다. 厭症이나서는아니된다는
것은, 道德이라는理智의法令이요, 決코 中心生命의全我의慾求는아
니다. 한戀愛에對하야飽滿의悲哀를感할째 다른戀愛에 옴겨간다하
기로, 거긔에 무슨不道德的缺陷이 잇고, 人類共同生活에 무슨破裂이
생기겠느냐. 모든 것을이저버리고오즉 生을사랑할뿐이다.[108]

　(라) 더구나 누가 貞操를 지키지안는다하는가. A와의情交가 繼續
할 째에는, A에게對하야 貞操잇는情婦가될것이요, B와夫婦關係가 持
續할동안은, 쏘한 B에게對하야 貞淑한妻만되면 고만이 아니냐. A에게
對하야 벌서 可等의愛着을感치안흐면서, A와 夫婦關係를 持續하는
것이야말로, 돌이어 姦淫이다. …(중략)… 何如間 貞燥는 商品은아
니다. 趣味도아니다. 自由意思에一任할 個性의發露인美德이다.[109]

　그러나 위의 예들은 작중 화자 '貞仁'의 성과 현실관을 단적으로 드
러낸 대목이지만, 이러한 생각들은 모두 그녀의 진술 속에서 따옴표
(' ') 속에 묶어진 채로 나타난 것들이다. 이 유서를 작성하고 있는 지금
(1921년의 제야)은 위에 보인 '한때'의 생각들에 대해 갈등과 후회의 태
도로 반전되고 있는 것이다. 인용 (가)의 다음에서 화자는 '……(라고) 종
로바닥에 가서 대연설이라도' 하고 싶었다고 말하고 있으며, 인용 (나)
의 바로 다음에 '……그러나 작년부터는, 그것도 염증이나기시작하얏습
니다'라고 이어지고 있으며, 인용 (다)는 '무섭은 독단적편견이올시다'
라는 스스로 수정 비판하는 언사로 이어지며, 인용 (라)는 '……이가티

---

107 「제야」, 『개벽』 20호, 48쪽.
108 「제야」, 『개벽』 21호, 50쪽.
109 위의 책, 51쪽.

아모리 巧言美句를 늘어노흘지라도 변명은 결국 변명이요, 남은 것은 엄연한사실뿐이외다'라는 진술로 이어지는 것이다. 결국 작중 화자 '貞仁'은 자신의 성적 방종에 대한 '엄연한 사실'을 인정하고 스스로를 매도하는 쪽으로 회귀하고 있다.

「제야」에서의 작중 화자 정인의 이념이나 「개성과 예술」에서의 작자의 이념은 변질되었거나 파탄되었다. 폐쇄된 사회 속에서의 경직된 관습으로부터, 특히 억압된 성으로부터 '해방'은 다만 '방종'의 결과에 이르고 말았으며, 이 원인은 무엇보다도 작중 화자 정인 자신을 둘러싸고 있는 세계에 대한 주체적이고 적극적인, 그리고 논리적인 자기주장이 없었다는 데 기인하는 것이다. 그녀에게서의 성적인 자유란 다만 선택에서의 문제였지 해결의 과정에서는 주체적 개입이 전혀 없다.

제3장 | 1920년대 소설과 자아의 발견

> 何如間 氏를 한번보고. 나는벌서마음에 들엇습니다. 네가 아모리 女子界에名聲이잇다고 뭇雜輩의 憧憬을 一身에밧드라도, 나는 世俗의靑年들과는 類가다르다는 듯이, 無關心의態度로 對하는것을보면 到底히 手中에들어올 것 갓지도안하보이나, 容易하지안타고 생각할스록, 空然히 미운症도나고 侮辱이나當한 듯이 憤氣가서, 어써케하야서던지, 手中에 슬어들이고말겟다는생각이, 그後며칠동안은머리에서 써날째가업섯습니다. 그러나 한便으로는, "E氏가 度外로 冷淡한態度를뵈이는것을보면, 意外에 容易할지도 모르겟다. 하고 보면, E도 亦是 P밧게못되는 歇한男子다." 라고도 생각하얏습니다.……나는 이러한 異常한女子이엇나이다. 戀愛를하는것이아니라, 競爭을합니다. 다시 말하면 性僻을戀愛하고, 戀愛를戀愛합니다. 아모리 보잘 것업는男子에게라도 競爭者만잇스면, 期於코 싸와봅니다. 그러나 E氏와가튼境遇에는 E의 慢心과싸웁니다.[110]

---

110 「제야」, 『개벽』 21호, 55~56쪽.

이와 같이 '貞仁'의 남성관은 즉흥적인 감정과 치기와 충동적인 열정 속에 감싸여져 있다. 그녀의 대외적 정서는 지성의 통제를 전혀 받고 있지 않으며, 추상화된 관념만 드러나 있다. 다만 '현실 폭로의 비애'만이 불가피한 상황으로 제기되어 있는 것이다.

따라서 작중 화자 정인의 '자유연애'론은 표면적 가치로 주창되었을 뿐 내면적 합리성의 결여라는 오류를 범하고 있다. 상섭은 '성적 방종이 갖는 새로운 의미를 끝끝내 추구하지도 못했'으며, '이른바 환경의 도입에도 불구하고 성적 양상에 대한 과학적 객관적 설명에 충실했던 것도 아니다'[111]라는 논리가 성립한다. 다만 작중 화자 정인이 자신의 과거를 돌아보며 비탄과 후회에 빠지는 것을 결국 '전통적 여성상의 복권'[112]이라 진단하는 데는 의견을 달리할 수 있다. 정인은 '보수적 윤리관'을 선택하고 '전통적 여성'으로 복귀한 것이 아니라, 그러한 선택과 복귀가 이미 불가능해져버린 세계에서의 자기발견의 모습만 남아 있을 뿐이다. 성적 방종에 대한 뉘우침이 전통적 여성상에의 복권이 아닌 것은 성적 방종이 신여성의 특질도 전유물도 아닌 것과 마찬가지다.

「제야」가 서간체 소설이라는 데서 이 소설이 지니고 있는 한두 가지의 서사구조의 의미를 추출해볼 수 있을 것이다. 「제야」가 유서를 내용으로 한 1인칭 소설이라는 점은 1920년대의 한국 소설의 어떤 특징을 그대로 드러내고 있다. 1인칭 서술 유형 소설의 두드러진 등장에서 연구자들은 (1) 서사적 자아로서의 자기 말소적 요소가 아직도 빈약한 점, (2) 1인칭 소설 기법의 미숙성, (3) 자아 강조성으로 인한 객관적 중립적 비감동적 태도의 결핍, (4) 서사적 자아의 현저한 출현 등의 사실을 들

111 정명환, 앞의 글, 93쪽.
112 위의 글, 같은 쪽.

고 있다.[113]

이러한 사실에서 우리는 신변적이면서 자기적인 제재에 친화감을 느끼게 되는 일반적 사실을 떠올릴 수 있지만, 이것은 그 당시의 '서구의 리얼리즘에서 차용한 것'[114]이라는 당시의 문단 사정과도 연결지어 생각할 수 있을 것이다. 그러나 실제에 있어 이러한 사실의 여부는 중요한 것이 아니며, 우리의 서사문학에 일기나 서간 기행 기담 등에 전통적으로 1인칭 서술자가 등장한 데서 그 원인을 찾는 것도 이 작품 자체에 대한 해명에 크게 도움이 되지 않는다. 이에 대해 다음과 같이 말한 것이 있다.

> 유서의 형식으로 씌어진 「제야」에서의 문제점은 「제야」에서 주인공이 '예술'이라는 추상개념으로 주인공의 현실로서의 우울증을 넘어서려 한 것이 자유연애라는 또다른 추상개념으로 대치한 곳에 놓여있다. 그리고 이번에도 그 추상성에 의해 실패한다. 신여성의 탈출구인 구도덕에의 저항으로서의 '분방한 정열'은 주인공의 죽음을 가져오고 만다. 이 경우에도 그것은 형성화의 공간을 획득하지 못하고 만다. 자아의 형성 이전인 사회에서는 자아의식은 한갓 관념일 뿐 구체성을 띠지 못한다.[115]

위의 진술을 서술 유형에 관련지어볼 때 역사적(또는 경험적) 자아와 서사적(또는 허구적) 자아의 '연결점 부족'이나 '미숙성'의 지적은 그러므로 타당한 것이라 할 수 있으며, 이 사실을 작품 전체의 미적 구조로서의 서사 구조와 관련지을 때 이념적 파탄 = 구조적 파탄이라는 등식

---

113 이재선, 『한국단편소설연구』, 일조각, 1975, 84~87쪽.

114 김학동, 『한국문학의 비교문학적 연구』, 일조각, 1972, 124쪽.

115 김윤식, 앞의 글, 27쪽.

관계를 유추해볼 수 있는 것이다. 실제로 이 작품에서의 1인칭 화자 '정인'의 행동이나 생각들은 유기적으로 얽어져 있지 못하다. 서간체의 강점이 자유로운 자기 진술에 있다고 하지만, 그것은 물론 나열보다는 짜임새에서 미적 효과가 드러날 것이기 때문이다. 이야기된 내용이 그럴싸한 짜임새를 유지하지 못하고 있다는 진술은 일차적으로 작가적 기량의 미성숙에 돌릴 수도 있는 것이지만, 소설적 질서가 사회 현실의 상징이 될 수 있다는 관점[116]에서 볼 때 미적 구조로서의 서사 구조의 파탄은 의미 깊은 것이다. 일상적이며 개인적인 상황은 그것을 형성시키는 역사적 구조와의 관련이 없이는 인간의 생활사나 그 구조가 형성시키는 인간 유형을 알 수 없다. '역사적 변화는 개인적인 생활 방식에서뿐만 아니라 인간의 성격 그 자체(그 한계와 가능성)에 대해서도 유의미한 것'[117]이기 때문이다.

1920년대 소설에서의 역사적 자아와 서사적 자아의 미분화 상태는 그러므로 자아와 세계, 주관과 객관, 서술자와 서술대상 사이의 미분화에 원인을 들 수 있다고 보는 것이다. 이것을 논자들은 이념의 '추상성'이라고 말하고 있는데, 실제에 있어 당시의 신여성들의 성과 윤리를 예로 들 수 있는 것이다.[118] 그러므로 「제야」에서의 이념과 구조의 파탄은

---

116 M. 제라파, 『소설과 사회』, 이동렬 역, 문학과지성사, 1977, 76쪽. 여기에 "소설의 미학적인 모습에서도 소설 구조의 최초의 저자는 작가가 증인이 되고 있는 시대의 역사적 사회적 심리적 이데올로기적 현상의 복합체이다. 작가는 형식을 드러내 보인다"고 말하고 있다.

117 C. W. Mills, *The Sociological Imagenation*, Oxford Univ. Press, 1959, p.187.

118 당시의 잡지나 임종국의 『한국문학의 사회사』(정음사, 1979), 김종균의 『염상섭연구』(고려대학교 출판부, 1974) 등을 보면 이러한 신여성의 행각이 잘 나타나 있으며, 유학생 출신의 신여성에 대해서는 염상섭이 특히 아는 바 많았으며, 『폐허』 시대에 김명순, 나혜석, 김일엽 등 여류의 포섭 문제가 있었고, 나혜석과는 가까운 사

사회학적인 것과 미학적인 것이 얼마나 상호 간섭적인가를 잘 드러내준 본보기가 되는 것이다.

「제야」에서의 작중 화자 '정인'의 심리는 심한 갈등에 의해 현재의 상황에 이르게 되었다. 갈등은 자신의 성적 방종의 동기에서가 아니라 결과에서 심하게 나타났다. 정인에게는 한편으로 자기의 자유연애에 대한 충동적인 요구가 있었고, 다른 한쪽에서는 그러한 요구의 실현을 어렵게 하는 사회적 관습과 도덕이 도사리고 있었다. 흔들이처럼 그녀는 이쪽과 저쪽을 왔다 갔다 하지만 그 진폭이 커질수록, 횟수가 많을수록 극도의 고뇌와 피로와 좌절이 따르게 되었다. 작중 화자 '정인'의 갈등은 다분히 초월적인 데 연유하고 있는 것 같다. 그녀는 동경 유학생으로서의 엘리트 의식에 빠져 있었고 '성의 쟁투'라는 연제로 뭇 남성들 앞에서 강연을 한 바 있는 이상주의적 자유연애론자였다. 따라서 그녀는 그러한 요구들의 대표자였다고 볼 수 있으며 그것은 자신을 위해서가 아니라 당시의 시대적 이념의 대변자로 자처하게 한 것이다. 개인적으로 이기적인 목적에 의한 것이 아니라고 믿었기 때문에 명분과 긍지에 차 있는 것이다. 따라서 그녀가 만나게 되는 갈등은 그 자체의 내적 논리에서가 아닌 주관적 논리에 의해 투쟁성과 급진주의적 성향을 띠게 된 것이라 할 수 있다. 정인은 자신의 갈등의 원인을 잘못 찾았다. 그녀는 자신과 사회와의 관계를 그 본질에서보다는 차라리 그 관계를 찌그러뜨리는 감정 속에서 찾으려 한 것이다. 그녀의 이상주의적 도전은 실패하고 스스로 그 실패를 자인하고 있지만, 그러나 중요한 것은 그러한 좌절이 개인에게 주는 영향보다는 좌절의 근원이나 문제가 되는 쟁점이다.

이인 데다 그녀를 모델로 한 소설 「해바라기」도 썼다.

또한 '정인'의 갈등은 다분히 폭력적이라 할 수 있다. 작중 화자는 지금 유서를 쓰고 있는 중이지만, 그녀의 죽음은 그러한 결과에 이르게 된 원인보다는 이해관계에 연유하고 있다. 죽음에 이르게 된 그녀의 갈등의 폭력성은 그녀로 대표되는 신여성들의 적대 감정을 표현하기 위한 수단의 문제와 관련되어 있다는 혐의가 있다.

그럼에도 불구하고 우리는 작중 화자 정인의 죽음을 단순한 성적 방종에 대한 대가로 치부해버릴 수만은 없는 것이다. 그녀의 죽음은 유교적 이념의 지배하에 있는 전근대적 통제가 파괴되고 있다는 하나의 명백한 증거로 받아들여야 한다. 그녀의 자살은, 모든 범죄는 도덕 관념을 고양시킨다는 반어적 잠언 이상으로 의미 있는 것으로 보아야 하는 이유가 여기에 있다. 정인의 죽음은 제목으로 단 「제야」와 의미 있게 연결되어 있다.

> "우리는 祈禱하오. — 우리가 우리에게 罪지은 者를 赦하야준것가티, 우리의 罪를 赦하야줍시사, — 고. 그러나 사람은 누구를 赦하여주엇소? 무엇을 赦하여주엇소? 貞仁氏여! 사람은 사람을 赦하야줄 義務가잇는것을아십니까 나로하야곰 그義務를 履行케하소서. 나에게 貞仁氏를 容赦할權利를 許諾하소서……"
>
> 아 — 이것이 偉大한靈魂이出生하랴든 前날밤에, 베프신救主의奇蹟이엇습니다. '베들레헴'의 星光이엇습니다.[119]

남자는 정인을 '容赦'하겠다고 하였고, 정인은 이것을 '기독의 星光'이라 감복해하는 태도를 보였다. 그러나 유서의 말미에서 '나의 二十五年의 쌀븐 生涯에, 무엇을하얏느냐고뭇거던, 울엇다고對答하야주십시요.

---

119 「제야」, 『개벽』 24호, 46쪽.

最後의 日에 울엇다고, 對答하야주십시요'[120]라고 적고 있다. 남자는 용
서하였지만 그녀는 '容赦할 권리'를 주는 것을 포기하였고, 자신의 눈물
은 자신을 '浮케하얏'으며 죽어서 '영원히 살고자' 하는 것이다.

해는 썰어젓습니다. 달은쓰기 아즉멀고, 뭇별은 아름다우나, 넘
우도멀고, 넘우도작습니다. 들(野)에 내노핫던 비둘기는, 찬서리에
썰음니다. 그리고 목을매어노흔孔雀은, 발을굴으며 痛哭합니다.[121]

'해'와 '달'과 '별'로 표상되는 그녀의 이상주의적 자유연애는 환상에
불과했으며 결국 찬 서리에 떠는 나약한 '비둘기'와 목 매인 '공작'으로
현실화되어 있음을 본다. 유서의 말미 부분에서는 과다한 감상성이나
멜로적 분위기가 사태의 심각성을 감소시키고 있지만, '제야'에 결행되
고 있는 그녀의 자살의 시간에는 해방적 여성의 한 시기를 보내고 더욱
성숙된, 새로운 윤리적 가치가 지배하는 세계를 맞고자 한 의도가 드러
나 있다.

「제야」의 서사 구조는 염상섭의 초기작들에 보이는 일반적 특성을 대
체적으로 반영하면서 1920년대 사회의 윤리의 문제를 잘 드러내준 뜻
이 있었다. 특히 그가 표방한 자연주의 이념은 자유연애, 특히 성과 관
련하여 여기 와서 집중적으로 다루려 하였으나 그 결과는 부정적인 것
으로 나타났다. 이는 그의 「표본실의 청개고리」 「암야」 등의 초기작에
공통적으로 드러난 현상의 반복이며, 이는 작중인물의 이념이나 현실
이해의 태도가 추상적 관념적이었던 데 원인이 있었다 하겠다.

또한 자유연애라는 사회적 어투가 미적 구조로서의 소설적 어투로

---

120 「제야」, 『개벽』 24호, 47쪽.

121 「제야」, 『개벽』 21호, 39쪽.

형상화되지 못했다는 데서 이념적 파탄 → 미적 구조의 파탄으로 연결됨을 볼 수 있다. 그러나 난삽하고 장황한 진술에도 불구하고 어느 정도의 긴장을 유지하고 있는 점에서 작중인물의 '갈등'을 의미 있는 것으로 볼 수 있다. 갈등이 하나의 '질병'[122]이면서 동시에 '사회화의 한 형태'[123]이며 그것은 '모든 건강한 사회들의 빠뜨릴 수 없는 요소'[124]라 할 수 있다는 점에서 그렇다.

(2) 강압된 성

한편 현진건의 구시대 여성을 다룬 「불」[125]은 이러한 세계에 대한 적극적인 반항의 형태를 띤다. 주인공 '순이'는 열다섯 살에 민며느리로 들어가 남편에게는 강요된 성행위로, 시어머니에게는 학대로, 낮에는 온갖 힘겨운 노동으로 시달림을 받는다.

> 련해 입을 싹싹벌이며 몸을 치스루다가, 나종에는 지긋지긋한 고통을 억지로 참는 사람모양으로, 이까지 쌔드득 쌔드득 갈아부티엇다…… 얼마만에야 무서운쑴에 가위눌린듯한 눈을 어렴푸시뜰수잇섯다. 제얼굴을 솟쑤껑모양으로 덥흔 남편의얼굴을 보앗다. 함지박만한 큰 상판의 검은 부분은 어둔밤빗만 어울어젓는데, 번쩍이는 눈갈의 힌자위, 침이 쎄흐르는입술, 그것이 쎄뚤어지게 열리며 들어난 이쌀만 무쓱무쓱하도록 쑤렷이 알아볼수가잇섯다. 그러자 갓득이나 큰얼굴이 자쑤자쑤부어오르더니 쏘악볏으로 찌저노흔 암갈색의 엇

---

122 T. Parsons, op. cit, p.25.

123 G. Simmel, op. cit, p.24.

124 E. Durkeim, *The Rules of Sociological Method*, The Univ. of Chicago Press, 1938, p.67.

125 단편. 『개벽』 1925년 1월호에 발표됨.

개판도 딸려서 확대되어서, 싹지둥 만하게되고 집채만하게된다. 순이는 배곱에서 쏫아오르는 공포와 창자를 듸트는 고통에, 몸을 썰엇다가 벌으적거렷다가 하면서 렴치업는 잠에 뒤덜미를 잡히기도하고 무서운 현실에 눈을 쓰기도하얏다.[126]

위의 인용은 '순이'를 억누르고 있는 강요된 성적 분위기 묘사다. 고통에 눈을 뜨자 '솟쑤껑모양으로 덥흔' 남편의 모습을 발견한다. 그러나 이러한 상황은 단순한 짓밟히는 성과 강요하는 성 이상의 뜻이 있다. '함지박만한 큰 상판', '번쩍이는 눈갈', '침이 쎄흐르는입술', '암갈색의 엇개판' 등으로 묘사된 남편의 모습은 시대적 상황의 폭력성이나 광포함의 상징적 표현이 된다. 순이는 이곳을 '원수읫 방'[127]이라고 말한다. 이는 '순이'의 개인적 내적 독백이 아니라 '사회적 약호'[128]로 환치된 은유적 독백이다.

성적 폭력과 과도한 노동, 그리고 (싀어미로부터의) 가혹한 학대가 고조되면서 순이는 피할 수 없는 그 '원수읫 방'을 없애버릴 궁리에 빠진다.

저녁에 안치노흔 쇠죽솟에 가자 불을 살우엇다. 비록 너름일망정 새벽공긔는 찻다. 더욱이 으스러 한긔를 늬기든 순이는 번쩍하고 불 붓는 모양이 매우 조핫다. 싀밝안 입술이 날름날름 집어주는 솔가비를 삼키는 꼴을 그는 흥미잇게 구경하고잇섯다.[129]

순이는 본능적으로 불에 대한 막연한 흥미에 빠져든다. '싀밝안 입술

126 「불」, 『개벽』 1925. 1, 55~56쪽.
127 위의 책, 56쪽.
128 M. 제라파, 『소설과 사회』, 이동렬 역, 문학과지성사, 1977, 96쪽.
129 「불」, 앞의 책, 56~57쪽.

이 날름날름 집어주는 솔가비를 삼키는' 모습에서 '악마 요괴와 같은 인격적인 것이건, 공중에 가득 차 있는 오염·악의 비인격적인 것이건 간에 일체의 해로운 힘을 태워서 파괴하기 위한'[130] 정화에 대한 원시적 충동을 자극받은 것이다.

> 밤이 보고를 하고 넘엇다. 순이는 솟쑥겅을 열랴고 넘어섯슬제 부쑤막에 언치인 석냥이 그의 눈에 쯰이엇다. 이상한 생각이 번개가 티 그의 머리를 스처지나간다. 그는 석냥을 쥐엇다. 석냥 쥔 그의 손은 가늘게 쩔리엇다. 그러자 사면을 한번 돌아볼 결을도업시 그 석냥을 품속에 감추엇다. 이만하면 될일을 웨 여태것 몰랏든가, 하면서 그는 생글에우섯다.

> 그날밤에 그집에는 난대업는 불이 건너방뒤겻춘혀로부터 닐어낫다. 풍세를 어든 불길이 삽시간에 왼 집웅에 번지며 훨훨 타오를제, 그 뒤 집담모서리에서 순이는 근래에업시 환한 얼굴로 깃버못견듸겟다는듯이 가슴을 두근거리며 모로쮜고 세로쮜엇다.[131]

순이의 방화는 '흥미'와 '이상한 생각'의 차원에 그 동기가 있었지만, 불에 대한 이러한 본능적 충동은 '금기 파괴의 기쁨' 또는 '새로운 질서의 탄생'[132]에 대한 강한 희구의 표현이라 할 수 있다. 강요된 성과 노동만이 재배하는 세계에 대한 적극적 반항이 방화의 형태로 나타났다. 이는 '원수의 방'으로 상징된 1920년대 사회의 성의 폭력성에 기인하는 것이다.

그러므로 「제야」에 제시된 1920년대 초기의 성 윤리, 어둠 의식, 사회

130 J. 프레이저, 『황금가지』, 장병길 역, 삼성출판사, 1977, 337쪽.
131 「불」, 앞의 책, 61쪽.
132 윤홍로, 「불의 상징적 의미」, 『현진건의 소설과 시대인식』, 새문사, 1981, 1~40쪽.

의식들은 이후의 「김연실전」 「불」 등 신구 풍속과 윤리에 깊게 연결되어 있음을 볼 수 있다. 「제야」의 '정인'으로 대표되는 신여성의 자유연애론의 이념적 허구성이 자아의 파멸화의 하강적 전락적 구조로 전개되고 있음은 그러므로 우연이 아니다.

이러한 신여성 정인의 갈등이 야기한 전락적 구조는 자신의 이념의 허구성이 당대 사회의 이념적 허구성에 의해 규정되어 있음을 보여준 것이라 하겠다. 이는 당대 사회의 두 가지 문제의 갈등─기존의 사회조직이나 질서를 유지시키려는 연합 세력과 기존의 사회조직이나 질서를 변동시키려는 세력 사이의 사회적 갈등─의 내면적 기록인 것이다.

구여성 '순이'는 '강요되고 억압된' 성이었다는 점에서 「제야」의 '정인'과는 다른 상황이었지만, 이 역시 1920년대 사회의 성 윤리의 추상성과 사회구조의 모순에 그 파멸적 전개의 원인이 있는 것이라 보는 것이다.

(3) 성과 노동의 이원적 대립

한편 나도향[133]의 「물레방아」 「뽕」이나 현진건의 「불」, 김동인의 「감자」도 이와 같은 하강적, 전락적 구조로 되어 있다. 신여성의 성 윤리가 이념적 추상성에 그 원인이 있었다면 구시대적 여성의 성 윤리는 윤리 의식의 변화보다는 본능적 자기 생존의 차원에 그 원인이 있음을 볼 수 있다. 전자는 자유로운 성의 교섭에서, 후자는 생존을 위한 매춘에서 전통적인 성 윤리에 각각 반역하고 있다.

---

133 1902~1927. 본명 경손, 호 도향. 서울 출생. 배재고보 졸, 경성의전 중퇴. 1922년 홍사용, 현진건 등과 『백조』 동인 참가. 「젊은이의 시절」 「옛날의 꿈은 창백하더이다」 「환희」 등의 감상적 경향을 지나 1923년 「십칠원 오십전」 「행랑자식」 「전차장」 「물레방아」 「뽕」 「벙어리 삼룡」 「지형근」의 사실적 작품을 발표. 결핵으로 요절.

「물레방아」는 아내를 주인에게 빼앗긴 종이 살인극을 벌이게 되기까지의 이야기를 다루고 있다. 서사 구조의 기본적 패턴에 잘 부합되는 발단－위기－절정－대단원의 행동 연계 과정으로 이루어져 있다. 이야기는 4장으로 나누어져 있으며, 각 단락의 사건은 다음과 같은 내용으로 되어 있다.

(1) 주인 신치규가 머슴 이방원의 아내를 유혹, 정사를 벌인다.
(2) 사흘 후 신치규는 방원을 불러 집을 나가라고 명령한다.
(3) 이날 저녁 방원은 신치규와 아내와의 정사 장면을 목격하고 신치규를 폭행, 주재소에 끌려간다.
(4) 상해죄로 석 달을 감옥에서 지낸 방원이 출옥하여 신치규 집에 잠입, 아내를 설득하나 실패, 아내를 살해하고 자신도 자살한다.

사건 전개는 지극히 단순하고 도식성을 띠고 있지만 인물·사건 ·배경이 상호 유기적으로 짜여 있다.
(1)의 도입부에 제시된 물레방앗간의 묘사는 이 소설의 상황(징조 단위)과 배경을 암시적으로 보여준다.

덜컹 덜컹 홈통에 들엇다가 다시 쏘다저흐르는물이 륙중한물레방아를 번쩍쳐들엇다가 쿵 하고 쾩속으로 내던질제 머슴들의콧소리는 허연계가루가케케안즌 방아간속에서청승스러웁게들려나온다.
쌀쌀쌀 구슬이 되였다가 은가루가 되고 대줄기가치 쌔치엇다가 다시 쾅쾅 쏘다저 청룡이되고 백룡이 되어 용소슴처흐르는물이 저쪽 산 모퉁이를 십리나 두고 들고 다시 이쪽들복판을 오리쯤쐬쭈른뒤에 이방원이가 사는 동리압기슬글 시처지내가는데 그우에 물래방아하나가 노여잇다.[134]

한국 근대소설과 사회갈등

134 「물레방아」, 『조선문단』, 1925. 9, 2쪽.

이 묘사에 보이는 '물레방아'의 상징성은 자주 지적된 바와 같이 목가적인 정서로서가 아니라 삶의 운명성 혹은 숙명성의 반복[135]을 뜻하며, 아울러 성적인 분위기를 자아낸다. 덜컹덜컹 쏟아지는 '물'은 '파괴, 혼돈, 전율적 힘'[136]으로 이방원이 사는 동네 앞기슭을 스쳐 지나며, 운명적 전환, 또는 죽음과 재생의 끊임없는 반복의 '수레바퀴'(물레방아) 밑을 흐르고 있다.

사건의 발단은 이러한 '징조 단위'에 의해 전개된다.

> 엇더한가을밤 유난히밝은달이 고요한 이촌을 한적하게 비초일째
> 그물래방아깐엽헤 엇더한녀자하나와 엇던남자하나가 서서 이야기
> 를 하는 소리가 들리었다.[137]

전락, 혹은 격렬한 죽음과 희생의 '가을'[138] 밤 두 남녀의 대화는 정사와 음모로 한정지어진다. 이들의 관계가 주인과 머슴의 아내라는 데서 극적 상황이 고조된다. '리지적인 동시에 쏘는 창부형'[139]인 이방원의 아내는 남편을 '내쫏고' 자기를 '불러드릴' 것을 약속받는다.

> "오늘부터는 우리집에 사정이잇서 그러니 내집에잇지말고 다른
> 곳에 조흔곳을 차저가보아라."
> 아모 조건도 업다 쏘는 이곳에서 한말이업다. 죽으라고하면죽는

135　윤홍로, 앞의 책, 188쪽.

136　P. Wheelwright, "The Archetypal Symbol", *Metaphor and Reality*, Indiana Univ. Press, 1963.

137　「물레방아」, 앞의 책, 2쪽.

138　N. Frye, "Archetypal Phase", *Anatomy of Criticism*, Princeton, 1973.

139　「물레방아」, 앞의 책, 3쪽.

신용이라도해야하는 것이다. 주인은 돈가지고 사람을 사고 팔수도
잇는 것이다.[140]

(2)에 이르러 상전과 막실살이의 부당한 관계가 현실적인 힘으로 그
폭력성이 표면화된다.

'사랑하는 안해를 구해갈길이 막연'해진 방원은 주인에게 사정해보나
실패하고, 아내에게서는 자신의 경제적 무능에 대한 질타만 듣게 된다.
아내를 때리지만 '계집의살이압흔것보다 더찌르르하게 가슴복판을 찌
르는압흠을 방원은 쌔닷'는 것이다.

> "돈이 사람죽이는구나! 돈! 돈! 흥 사람나고 돈낫지 돈나고 사람낫
> 니?"[141]

방원은 자신과 아내와의 삶의 조건을 깨뜨리는 것은 '돈'이라고 말한
다. 억압된 상황에서 자신에게 가해지는 현실의 폭력성은 '돈'으로 상징
되는 물리적인 어떤 힘에 의한 것이라고 그는 믿고 있다. 그러나 (3)에
이르러 아내와 신치규와의 정사 장면을 목격했을 때 그는 아내로부터도
이미 내팽개쳐진 자신을 '발견'[142]하는 것이다. 이방원은 자신을 지배하
고 있는 세계의 광포함이나 불합리를 아내의 '배신'에서 구체적으로 확
인하게 된다.

> "나는 네가 이럴줄은 몰랐다."

---

140 「물레방아」, 앞의 책, 5쪽.

141 위의 책, 8쪽.

142 아리스토텔레스의 용어. 주인공이 자신의 운명의 전환을 인식하는 과정. 아리스토
    텔레스, 『시학』, 손명현 역, 박영사, 1975, 82쪽.

계집은

"무얼이럴줄을몰라?"

하며 파란눈을 흘겨보더니

"나중에는 별꼴을 다보겟네 의례히 그럴줄을 인제알엇냐?……" [143]

'이럴줄은몰랏다'는 깨달음과 '인제알엇냐?'로 이어지는 대화의 반전
에서 생존에 대한 욕망과 성적인 욕망이 일시에 거세되어버린 방원의
상황이 제시된다. 부부로서의 '계집'과의 관계가 끊어지자 그것을 지탱
하게 해주었던 신치규와의 주종 관계 또한 무너진다.

오늘날까지 남을 섬겨보기만한그의마음은 상전이라면모두 두려
워하는성질이 깁히쑤리를 박어노앗다 그러나 오늘부터는 신치규가
자기의 상전도안이오 자긔가 신치규의종도안이다 다만 쪽가튼 사람
으로서 마주 섯슬뿐이다. 안이다. 지금부터는 신치규는 방원의원수
엇다. [144]

주종 → 대등 → 원수 관계로 이어지면서 방원은 세계에 대해 주체적
인 자아를 회복하지만 부부 → 배신 → 타인으로 이어지는 아내와의 관
계에서 그의 자아는 고립된다.

이러한 방원의 고립된 자아는 (4)의 '감옥'에 갇힘으로써 그 폐쇄성이
고조된다. 그리고 그곳은 '속물적인 인간관계의 부당함을 명징하게 반
성하는 곳' [145]으로써의 확대된 공간이 된다.

143 「물레방아」, 앞의 책, 9쪽.

144 위의 책, 10쪽.

145 윤홍로, 앞의 책, 192쪽.

159

제3장 1920년대 소설과 자아의 발견

날이 몹시 치워지고 눈이 싸엿다. 옷은 입은것이 가을에업고 감옥
에 드러갓든 그것임으로 살을 어이는듯할 것이로되 그는 분한 생각
과 흥분된마음에 그것도몰낫다.
"년놈을 모두처치를 해버려!?"
혼자 속으로 궁리를 하다가
"그러치 그까짓것들을 살려두어쓸째업는인생들야"
하면서 역구리에 질른 길흠한단도를 다시 만저보앗다.[146]

가을(물레방앗간) → 겨울(감옥)로 배경이 옮겨지면서, 이방원의 고립
된 자아가 세계의 광포함과 부당성에 대해 대응하는 태도 또한 폭력적
성격을 띤다. 모든 개인적인 이해와 욕구들이 제거된 상황에서의 이방
원의 태도는 따라서 비타협적이며 원한의 형태를 취하게 된다. 그러나
방원은 '안이다 다시 한번 무러보자?' 하면서 '들엇든칼을 다시집고' 생
각한다.

> "……님자의말을 드르랼것가트면 발서드럿지요 여태까지잇겟소?
> 님자도 남의마음을 알지오 님자와 나와 이년전에이곳으로 도망해올
> 적에도 전남편이 나를 죽이겟다고 칼로 허리를 질르그 험이잇는것
> 을 날마다 밤에 당신이 어루만지엇지오? 내가 그까짓 칼쯤을 무서
> 워서 나하고십흔짓을 못한단말이오 힝 이게 무슨 비겁한짓이오 사
> 내자식이 자! 질르랴거든질러보아요 자자"[147]

그러나 '계집'의 배신은 그녀가 '이년전에이곳으로 도망해올적'과 마
찬가지로 이제 다시 돌이킬 수 없게 된다. 계집의 방원에 대한 태도의
냉담과 완고성은 자연스럽게 방원으로 하여금 적대감 표출의 극한 상황

---

146 「물레방아」, 앞의 책, 13쪽.
147 위의 책, 15쪽.

으로 몰고 간다. 계집은 방원의 칼에 찔려 죽고, 방원 또한 '그칼을 쎄여 들더니 계집우에 걷구러저서 가슴을 질으고 절명하야버리엇다.'[148]

「물레방아」의 갈등 구조는 극적 구조로는 복수극 형태를, 계층 구조로 보아 상하 대립 관계를, 인간관계로 보아 삼각관계를 기본 구조로 하고 있다. 이들의 관계를 도표로 보이면 다음과 같다.

〈도표 4〉

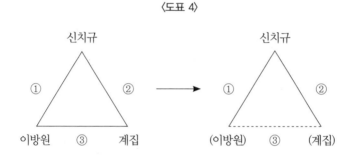

	관계	갈등 요인	관계 변동		갈등 결과
①	주종	노동	대립	→	대립 관계의 소멸(주종 관계의 부활)
②	주종	성(性)	부부	→	부부 관계의 소멸(주종 관계의 부활)
③	부부	궁핍	배신	→	배신 관계의 소멸(부부 관계의 파멸)

처음에 ①, ②, ③은 삼각형의 세 짝을 이루는 안정된 구조였다. 그러나 ①, ②의 사회구조적 압력은 ③의 관계를 훼손시켰으며, 그것은 고용 기회의 탈취와 성적 유혹으로 나타났다. 이리하여 ①의 주종은 대립 관계로, ②의 주종은 부부 관계로, ③의 부부는 배신 관계로 변하면서 삼각형의 구조가 무너지고, ③의 관계를 무너뜨리게 된 원인이 되었던 ①, ②의 억압에 대한 도전이 아닌 ③ 자체에서 파탄이 일게 됨으로써 파멸했다. ①, ②의 완고성이 두드러지고 ③의 관계만 소멸되었다.

---

148 「물레방아」, 앞의 책, 16쪽.

「물레방아」의 서사 구조에 나타난 시대적 성격은, 첫째 1920년대 사회의 신분 관계의 완고성을 들 수 있다. 이방원이 신치규에게 아내를 빼앗기고 지배—복종의 관계를 벗어나 대립 관계로 일시적으로 발전하지만, 결국 그가 살해한 것은 신치규가 아닌 아내였다. 이러한 지적은 이 소설을 '경향소설과 같은 범주에 두거나 일치시키려는 그릇됨에서 연유되는 것'[149]이고 '인간 본성의 현실성에 초점을 맞추고 상호적인 인간관계의 균열'[150]을 그렸다는 견해가 있으나, 이방원의 적대자는 신치규 쪽이 더 적절하다. 아내의 배신은 이방원으로 하여금 살의를 품게 할 정도로 충격적이었지만, 이방원 자신마저 스스로 목숨을 끊는 데서 지배 계층에 대한 하층민의 절망적 패배주의가 드러난다.

또한 아내의 배신은 그녀의 '창부적 기질'에도 원인이 있었지만, 무엇보다도 '가난'이 동기가 되어 있다. 아내의 성 의식은 윤리의 차원이 아니라 생존을 위한 도구, 곧 본능의 차원에 있었으므로 '가난'을 극복하기 위한 수단으로서 쉽게 방매된다. 이 점은 김동인의 「감자」에서의 '복녀'의 그것과 동일한 것으로 나타난다. 그러므로 성이 노동과 직결되어 있다는 사실이야말로 성 윤리의 부재를 말하기 이전에 1920년대 사회의 궁핍화의 현실과 직결되는 것이다. 신여성의 성 윤리의 파탄이 자유연애론의 이념적 추상성에 원인이 있었다면, 구시대적 여성의 성 윤리의 파탄은 '가난'에 원인이 있었다고 할 수 있다.

그러나 이들의 윤리 의식의 부재나 성적 방종은 식민 시대의 궁핍한 현실에 연유하는 이상으로 구시대의 조혼의 폐단에 그 원인이 있음을 볼 수 있다. 「감자」의 '복녀', 「불」의 '순이', 「뽕」의 '안협집' 등 계열의 대

한국 근대소설과 사회갈등

149 이재선, 『한국현대소설사』, 홍성사, 1979, 259쪽.
150 위의 책, 같은 쪽.

다수의 작중 인물들은 15세 전후에 돈에 팔려오거나 강요된 인습에 의해 성적인 경험이 시작되었다. 강요된 성행위와 궁핍한 현실은 결국 성적으로 성숙한 여인의 생존을 위한 매춘이나 방종으로 전락하게 되며, 이들의 성 윤리의 파멸적 전개는 1920년대 사회의 구조적 모순과 불가피한 동기적 관련을 맺고 있는 것이다.

위에 보인 대로, 「물레방아」의 주종(지배―복종) 관계 ①, ②는 일시적으로 대립과 부부 관계로 발전했지만, 배신 관계로 전락한 ③은 자체 내의 분열에 의해 파멸되고, 다시 ①, ②의 주종 관계가 부활, ③의 부부 관계는 소멸한다. 이는 신치규로 상징되는 봉건 질서와 불합리한 세계의 억압적 세력의 완고성을 뜻하는 것이며, 당시의 계층 갈등의 한 전형이라 할 수 있다.

4. 1920년대 소설의 하강 구조와 사회갈등

이상, 1920년대 소설의 서사구조에 나타난 작중인물의 사회갈등의 양상을 몇 갈래로 나누어 살펴보았다. 1920년대 소설은 개화기의 격동하는 사회변동의 폭이 점차 좁아지면서, 그러나 식민화의 과정이 점증적으로 고조되어가는 시기의 사회상을 담고 있었다.

먼저 「만세전」「고향」의 서사 구조를 통해서 본 작중인물의 사회갈등의 모습은 식민지적 현실에의 확인과 좌절이라는 비극적 정황에 이르는 구조로 되어 있음이 확인되었다. 이 두 작품의 작중 화자 '나'는 액자소설의 외화의 틀에 관찰자적 시점의 자리에서 식민화 현실을 파노라마적으로 제시하다가, 사건이 진행되면서 강화되고, 강화되면서 작중 화자 '나'가 점진적으로 내화의 틀에 가담, 마침내 외화와 내화의 틀이 해체될 수 없는 내·외화 합일의 과정으로 이어졌다. 이는 단순한 식민지인의 식민화 과정에의 확인의 과정이라기보다는 자신을 둘러싼 식민지적 삶의 테두리가 그보다 더 큰 테두리인 '감싸는 구조'[151] 속에 있음을 확인하는 자아 발견의 과정이었고, '사회화'에 이르는 순기능적 갈등의 한 양상이었다.

특히 「만세전」의 서사 구조에 촘촘히 배인 사회의식이나 작중인물의 상황에 대한 냉정성과 중립성에서 개화기 소설 인물이 보인 비현실적 · 외집단 갈등의 양상을 초극하고 있음을 보았다. 이는 무엇보다도 1919년의 3·1운동이라는 정치적 경험에 따른 세계 인식의 성숙도에 기인하는 것이라 할 수 있으며, 개인과 사회란 분리될 수 없는 역동적인 유기체적 존재라는 인식에 도달함을 보여준 것이라 하겠다.

「만세전」에서 확인된 식민화 현실과 그러한 세계 속에서의 자아 발견에 이른 작중인물들이 대결하지 않으면 안 될 상황이 바로 궁핍화 현상이었다. 궁핍화 현실에 대응하는 양태를 최서해의 소설을 통해 분석하였다. 갈등의 강렬성은 최서해의 인물들로 하여금 '방화', '살인', '테러' 등의 행동 양식을 낳게 하였고 이는 '계급투쟁'을 이념으로 내세운 프롤레타리아 문학에 어떤 모형을 제시하기까지 이르렀다. 따라서 그의 인물들은 다분히 계급 갈등의 양상을 띠고 있는데, 이 또한 1920년대의 궁핍화 현실에 대처하는 당대인의 삶의 한 양식을 제시한 것이라 보는 것이다. 같은 제재를 다룬 1930년대의 김유정의 인물들에서 최서해가 보여준 갈등의 강렬성이 해학과 반어의 모습으로 변모하고 있다는 데서 대조가 된다.

염상섭의 「제야」와 현진건의 「불」에서는 신구 여성의 성 윤리를 분석하였다. 그러나 이들의 성 윤리는, 신여성의 경우 자유연애론의 추상성

---

151 L. Goldmann, op. cit, p.19.

에 의해, 구여성의 경우 봉건 질서의 완고성에 의해 각각 파탄했다.

본 장에서 다룬 소설은 1920년대의 역사와 사회와 풍속의 한 전형들을 드러낸 구조로 되어 있었다. 제재와 갈등 요인의 다양함에도 불구하고 이 시기의 서사 구조는 모두 하강적 전락적 구조로 되어 있다는 데서 일치하고 있다. 1920년대 소설의 대다수의 서사 구조가 '겨울'을 배경으로 하고 있으며, 특히 '죽음(자살, 피살, 살인)'으로 결구를 이루고 있다는 사실이야말로 1920년대 사회의 갈등의 치열성과 비극적 세계관의 일단을 보여주고 있는 것이다.

1920년대의 주요 작품 중 '겨울'[152]이 배경이 된 작품은 한두 가지가 아니다. 가령 본고에서 다룬 염상섭의 「만세전」(1924), 「제야」(1922) 외에도 「표본실의 청개고리」(1921), 「암야」(1922)가 그렇고, 현진건의 「운수 조흔 날」(1924), 「고향」(1926), 주요섭의 「추운 밤」(1921), 전영택의 「화수분」(1925), 나도향의 「물레방아」(1925), 「행랑자식」(1923), 「지형근」(1926), 최서해의 「고국」(1924), 「탈출기」(1925), 「박돌의 죽엄」(1925), 「기아와 살육」(1925), 「폭군」(1926) 등이 그렇다.

또한 '죽음'의 결말로 처리된 작품은 1920년대 소설 서사 구조에 나타난 가장 뚜렷한 현상 중의 하나이다. 대표적인 몇 예만 들더라도 전영택의 「혜선의사」(1919), 「천치? 천재?」(1919), 「생명의 봄」(1920), 「독약 마시는 여인」(1921), 「흰닭」(1924), 「K와 그 어머니의 죽음」(1921), 「독약을 마시고」(1921), 김동인의 「마음이 옅은 자여」(1920), 「딸의 업을 이으려」(1921), 「눈을 겨우 뜰 때」(1923), 「전제자」(1921), 「감자」(1925), 염상섭의 「제야」, 「조그만 일」(1926), 「밤」(1927), 「두 출발」(1927), 「사랑과 罪」(1927), 현진건의 「희생화」(1920), 「할머니의 죽음」(1923), 「운수 조

---

152 '겨울', '밤'의 원형적 심상은 Frye와 Wheelwright 등에 의해 적절히 규정되어 있다.

흰 날」(1926), 「사립정신병원장」(1926), 나도향의 「물레방아」(1925), 「벙어리 삼룡이」(1926), 그리고 최서해의 모든 작품에는 살인 발생의 상황 속에 있는데, 특히 「기아와 살육」(1925), 「박돌의 죽엄」(1925), 「큰 물 진 뒤」(1925), 「폭군」(1926), 「그믐밤」(1926), 「전아사」(1927), 「홍염」(1927) 등의 작품, 주요섭의 「살인」(1925), 「인력거군」(1925) 등 무수하다.

이와 같이 1920년대 소설의 서사구조가 '죽음', '어둠', '밤', '겨울', '살인', '방화', '광기'로서의 징조 단위와 행위 단위로 짜여 있음은 우연한 것이 아닌 것이다. 이들의 죽음은 궁핍화 현실에 연유한 것이기도 하고, 여성의 성적 갈등에 기인되기도 하고, 삶의 허무에 의한 것이기도 하고, 계급이나 계층 간의 갈등이 동기가 된 것 등 다양하다.

이는 신소설의 상승적 구조와 좋은 대조가 되고 있는데, 무엇보다도 이 시기의 인물들의 사회갈등의 요인이 드러난 현상과 감추어진 현상 사이의 관계에 접근해 있음을 뜻하는 것이다. 이것은 그들이 이상과 구체적인 삶 사이에 존재하는 두 세력들 간의 대립과 긴장 관계를 '인식'한 데서 비롯되었다. 이러한 갈등은 사회화의 소중한 과정이며 개인의 문제(personal troubles)를 사회구조상의 공적인 쟁점으로 확대[153]한 세계 인식의 소산이다. 이는 개인의 삶이란 그가 몸담아 사는 세계 속에서 찾음으로써 자신의 경험을 이해할 수 있고 타인의 삶을 이해함으로써 자신의 그것을 알 수 있다는 사회 의식의 반영이다. 따라서 식민지 지식인의 비극적 정황에의 인식이나 궁핍화 현실에의 계급·계층 갈등의 양식이나 윤리 의식의 파탄은 '사회는 그 내부의 갈등들에 의해 상처가 꿰매진다'[154]는 명제에의 충직한 반영이 된다.

---

153 C. W. Mills, op. cit, Ch. I. "The Promise"

154 E. A. Ross, *The Principles of Sociology*, The Century Co., 1920, pp.164~165.

그러므로 신소설에 보인 상승적 구조(↗)와 이 시기의 하강적 구조(↘)는 삶의 이상과 구체적 삶의 현실과의 관계를 전자는 환상적으로, 후자는 현실적으로 파악한 차이이다. 비극적 세계관에의 인식이야말로 자아와 세계의 대립과 연대성의 인식에서 연유되는 것이다.

신소설의 작중인물이 사회적 갈등의 요인을 추상적, 관념적, 구호적, 역사적인 것에서 찾았다면, 1920년대 소설의 인물들은 그것이 구체적, 현실적, 행동적, 사회적인 것으로 이행하는 양상을 보이고 있다.

신소설의 행동 구조가 극적, 운명적, 중세적, 환상적인 것에 근거를 두었다면 1920년대 소설의 행동 구조는 사실적, 유기적, 현세적, 일상적인 것에서 찾고 있다.

또한 이러한 1920년대 인물의 사회갈등의 양상에서 드러난 가치관의 변모는 신소설 인물의 전근대적 성격에서 크게 이탈, 근대적인 것으로 이행하고 있음을 보여준다. 그것은 근대성의 가치 변수인 합리성, 이지성, 진취성, 적응성, 실리 추구, 국가관, 한정성 등에서 그것이 입증된다.[155]

---

155 전근대와 근대성의 가치 변수 및 판단 내용은 제2장 각주 67 참조.

1930년대 소설과 왜곡된 자아

제4장 1930년대 소설과 왜곡된 자아

1930년대의 한국 사회는 합방 이후의 제반 식민지적 상황의 연장선 상에 있으면서 점증적으로 심화·확장되고 있던 식민 상황의 경직성에 의해 그 문화적 현상이 규정된 시기라고 할 수 있다. 이 시기는 일본이 중국 대륙으로 진출을 노린 만주사변(1931)이라는 이상기류 속에서 출발한다. 만주사변에 이은 세계대전을 준비하면서 식민 수탈이 극대화되고 창씨개명, 사상범 구속, 신간회 결성, 조선어학회 발족, 브나로드 운동의 확대 등 민족사의 온갖 부정적인 요소와 긍정적인 요소가 혼류하던 시기였다.

특히 일본이 침략 전쟁에 무력을 침투시키는 동안 항일 민족 주체 세력은 그 맥이 끊이지 않은 채 계속되고 있었는데, 이에 대한 일제의 탄압 또한 이를 방관하지 않았다. 3·1운동 이후 일시적 잠정적으로나마 출판과 결사의 자유의 일부를 획득, 표면적으로 어느 정도 문화 활동은 이루어온 셈이었다. 그러나 1930년대는 일제가 표방해온 소위 문화 정책마저 가일층의 탄압 정책으로 전환된다. 집회, 출판, 언론 등 일체의 문화 운동과 민족정신 집결의 동기가 될 만한 상황을 그들은 허락하지 않았으며, 이 시기의 작가들에 대한 탄압과 검열은 절정에

달했다.[1]

일본은 한편으로 식민주의를 논리적으로 조작, 이를 정당화하기 위해 소위 대동아공영을 부르짖기에 이르렀고, 이러한 상황 속에서의 민족주의나 자유주의의 이념은 위기에 당했다. 3·1운동 → 광주학생사건에 이르기까지 비조직적, 산발적으로 항일 구국 투쟁은 계속되었지만, 한편으로는 이러한 저항과 투쟁에서 오는 좌절과 절망은 '브나로드'나 '사회 개조' 등의 소극적이며 우회적인 민족운동으로 전환되기도 하였다.

네 차례의 조선공산당의 검거 선풍에도 불구하고 지식인들에게는 사회주의의 물결이 일기 시작했고, 일부 친일적 특권층은 식민지적 상황을 자신의 개인적 안락과 이익을 추구하는 동기로 이용, 안일한 현실타협주의가 미만해가고 있었다. 사상적으로는 일본을 통해 들어오는 서양의 사조인 마르크시즘이 기독교와 이질적 대립을 보이고, 사회적으로는 봉건 질서의 완고성과 신사조 간의 충돌을 피할 수 없었다.

만주사변이 일어나던 해 카프의 회원들이 검거되고, 1934년 두 번째의 검거가 시작됨으로써 해산되었고, 이때 민족주의 계열의 문인회인 신간회가 해산한다.

이 시기의 문단 상황을 전기와 후기로 구분하여 전기를 '격동하는 역사와 문학사조의 분화', 후기를 '위기의 세계정세'로 본 백철은, 문학사 조면에서 3기로 나누고 있다. 1기를 '프롤레타리아 문학의 퇴조기', 2기를 '파시즘의 대두, 세계의 위기와 현대 문학사조의 분화기', 3기를 '위기! 1936년 이후 주조 상실과 문학지상주의'로 적고 있다.[2] 여기서 1

---

1 한 예로 채만식은 "……소위 초판적의 것을 보면, 교정을 하였는가 의심이 날만큼 오식 투성이요 복자가 많아 불쾌하기 짝이 없더니……"(『한국문학전집』 9, 민중서관, 389쪽)라 회고하고 있다.

2 백 철, 『신문학사조사』, 신구문화사, 1968, 417쪽.

기란 불안의식에 의한 시대고의 문학, 2기란 예술지상, 주지주의 등의 대두기, 3기란 풍자문학, 신변, 세태소설, 심리소설, 반도시적 귀향문학 등이 대두한 시기라 할 수 있다.

또한 조연현은 이 시기를 말하여 '동인지 문단에서 사회적 문단으로, 습작기 문단에서 작가 문단으로, 순수문학과 대중문학의 분리, 근대문학적 성격에서 현대문학적 성격으로'[3] 이행해간 시기라 보고 있다.

또한 일제의 탄압과 억압 정책에도 불구하고 서양 문예사조나 가치, 이념의 유입은 불가피하여 기형적 상황에서나마 다양한 문학적 모색과 출판의 확대가 이루어졌다. 1929년에 창간된 『삼천리』 『문예공론』 『조선문예』에 이어, 1930년대에는 『신민』 『신인간』 『신동아』 『동광』 『조광』 등의 잡지들이 발간되기 시작했고, 1939년에는 『문장』과 『인문평론』의 창간을 보게 된다.

1930년대의 식민지적 상황의 완고성과 시대적 불안은 이 시기의 소설에 다양한 형태로 굴절, 반영되고 있는데, 이러한 형상은 특히 염상섭, 채만식, 김유정, 이상 등의 작품에 집중적으로 드러나 있다.

이들의 서사 구조에 나타난 작중인물의 사회갈등의 양상은 다음의 몇 가지 유형으로 나누어볼 수 있다.

1. 식민지적 갈등의 총체적 구조 ─ 「삼대」

염상섭의 「삼대」[4]는 식민지 시대 사회의 인간 현실의 가장 광범위하고

---

3 조연현, 『한국현대문학사』, 인간사, 1964.
4 장편. 1931년 『조선일보』 연재. 같은 해 11월 『매일신보』에 장편 「무화과」를 「삼대」의 속편으로 집필(329회). 여기서의 대본은 민중서관판 『한국문학전집』 3권

또한 '개인적인 문제가 사회구조상의 공적인 문제로 발전하는'[5] 한 부르주아 가정의 '쟁점'들을 집중적으로 보여주고 있다고 하겠다.

앞장에서 다룬 두 시기의 인물들과는 달리 그들의 사회적 입장이나 가치관, 계급과 풍속의 갈등이 한 가정 안에서 이루어지고 있으며, 그것은 1930년대 사회의 여러 가지 조건과 깊게 관련되면서 변모하고 몰락해가는 과정을 보여주고 있다. 여기서 우리는 봉건적인 한 가계를 통하여 제시된 근대적인 자아 각성과, 신구 시대로 대표되는 인물들의 대립과 인간성의 파멸 등으로 인해 야기되는 한 집안의 몰락상을 통하여 식민지 시대 한국인의 삶의 양상을 조감해볼 수 있다.

구한말−개화기−식민지 시대에 이르는 동안의 모든 한국인의 가치의 문제들이 「삼대」[6] 속에 용해되어 있으며, 그것은 또한 이러한 양상들의 총체적인 집합인 것처럼 보인다. 이 작품은 멀게는 개화기 신소설의 인물들의 세계 인식이나 사회갈등의 연속이나 변용이면서, 가깝게는 1920년대의 「만세전」에서 제시한 문제들의 연장선상에 놓이게 된다.

「삼대」는 식민 시대 최고의 수확으로 평가되는 작품으로 이를 가족사

(1966)에 의거함. 이후 쪽수만 밝힘.

5 C. W. Mills, Ch. I. "The Promise", *The Sociological Imagenation*, Oxford Univ. Press, 1959.

6 대표적인 작품론으로는 신동욱의 「삼대론」(『한국현대문학론』, 박영사, 1972), 홍이변의 「염상섭의 〈삼대〉에 대하여」(『한국문학』, 1969), 김현의 「염상섭과 발자크」(『염상섭』, 문학과지성사, 1971), 김병익의 「갈등의 사회학」(『한국문학의 이론』, 민음사, 1972), 김종균의 『염상섭연구』(고려대학교 출판부), 염무웅의 「식민지적 변모와 그 한계」(『한국문학』, 1966), 정한숙의 『한국현대작가론』(고려대학교 출판부, 1967), 유종호의 「염상섭의 〈삼대〉」(『한국현대소설작품론』, 문장사, 1981) 등이 있다. 다소간의 견해차는 있으나 이들은 모두 「삼대」를 신문학 1970년의 문제작으로 보는 데 이의가 없다.

소설이라[7] 일컫기도 하는데, 특히 「만세전」에서 '직감적으로 평가한 한국 현실을 논리적으로 재구성'[8]한 작품으로 보고 있다.

먼저 주요 작중인물들을 도해해보면 〈도표 1〉과 같이 된다.

〈도표 1〉

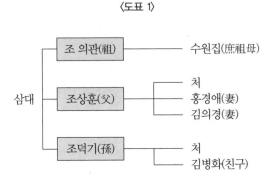

조(祖)·부(父)·손(孫)으로 내려오는 조씨 일가의 3대를 중심으로 전개되는 인물들의 대립과 갈등은 가계, 재산, 조상, 윤리, 돈, 상속 등 인간 현실의 가장 광범위하고 포괄적인 문제들과 깊게 관련되어 있다.

전 42장으로 되어 있는 이 작품은 '두 친구', '너만 괴로우냐?', '제일충돌', '제이충돌', '제삼충돌', '세 여성', '금고' 등의 장명(章名)에서 보

7 '가족사소설'이란 용어는 최재서의 「가족사소설의 이념」, 『인문평론』 2권 2호, 이후 이재선의 『한국현대소설사』 등에 보인다. 이는 Familien Roman(독일어), Roman Familàl(프랑스어), Family Ramance(영어)의 역어로 도스토예프스키의 『카라마조프가의 형제들』, 졸라의 '루공 마가르 전서', 토마스 만의 「부덴부르크 일가」 등을 들 수 있다. 혹은 이를 '사가(Saga)소설(계도소설)'(토도로프, 『구조시학』, 곽광수 역, 문학과지성사, 1981, 86쪽)이라 하기도 한다. 그러나 유종호는 「삼대」는 표제에서 받는 인상 때문이라 하고, 조의관의 죽음을 전후한 약 1년 미만의 짧막한 시간을 다루고 있다는 점에서 가족사소설과는 거리가 멀다고 지적하고 있다(앞의 책, 144쪽). 채만식의 『태평천하』(1938)나 김남천의 『대하』 등도 이런 관점에서 논의의 여지가 있다.

8 김윤식·김현, 『한국문학사』, 민음사, 1973, 159쪽.

듯 이미 이들 인물들 간의 갈등이 예고되고 있으며, 갈등이야말로 이 소설의 서사 구조의 주조를 이루고 있다.

> 덕기는 안 마루에서 내일 가지고 갈 새 금침을 아범을 시켜서 꾸리게 하고 축대 위에 섰으려니까 사랑에서 조부가 뒷짐을 지고 돌아오며 덕기를 보고,
> "얘, 누가 찾아왔나보다 그 누구냐? 대가리 꼴하고……친구들을 잘 사괴야 하는거야. 친구라고 찾아오는 것이 왜 모두 그따위뿐이냐?"
> 하고 눈쌀을 찌푸리는 못마땅하다는 잔소리를 하다가, 아범이 꾸리는 이불로 시선을 돌리며 놀란 듯이,
> "얘, 얘, 그게 뭐냐? 그게 무슨 이불이냐?"
> 하며 가서 마저 보다가,
> "당치 않은! 삼동주 이불이 다 뭐냐? 주속이란 내 낫세나 되어야 몸에 걸치는 게야. 가외 저런 것을 공부하는 애가 외국으로 갈고 나가서 더럽혀질 테란 말이냐? 사람이 지각머리가……."
> 하며 부엌 속에 쪽지고 섰는 손주며느리를 쏘아본다.[9]

위의 인용은 '두 친구'라는 장명을 단, 이 소설의 첫머리 부분이다. 이른바 세대간의 대립과 갈증이라는 모티프가 소설의 벽두에서부터 등장하고 있다. 덕기의 집에 찾아온 친구(김병화)를 보는 조 의관은 이미 그의 외모에서부터 심한 거부반응을 보이고 있으며, 이러한 감정은 짐을 꾸리고 있는 손주와 며느리에게로 화살이 돌려진다. '대가리꼴', '그따위', '지각머리' 따위의 모멸에 찬 언사로 손자인 덕기 세대를 힐난하고 있다. 조 의관의 이러한 힐난은 단 한 개의 문장에서 대문 쪽과 안쪽, 부엌 쪽으로 고루고루 퍼부어지고 있다. 구한말 세대인 봉건적 지주 조 의

9 7쪽.

관의 이러한 사소한 것들에 대한 예민한 경멸감의 표출이나 힐난은 이미 자신이 속해 있는 세대의 이념이나 가치가 붕괴되고 있다는 사태에 대한 경계심의 표현이 되고 있다. 봉건적이고 숭고한 것이 일상적이고 현실적인 세력에 의해 도전받고 있는 당시의 상황이 소설의 벽두부터 한 '거무테테하고 유들유들한' 이단자의 방문에 의해 잘 제시되어 있다. 이어서

> 이지적(理知的)이요 이론적(理論的)이기는 둘이 더하고 덜할 것이 없지마는, 다만 덕기는 있는 집 자식이요, 해사하게 생긴 그 얼굴 모습과 같이 명쾌한 가운데도 안존하고 순편한 편이요, 병화는 거무테테하고 유들유들한 맛이 있으니만큼 남에게 좀처럼 머리를 숙이지 않는 고집이 있어 보인다.[10]

라고 덕기와 병화의 인물을 묘사하고 있는데, 이러한 출생과 외모의 디테일한 묘사에서부터 갈등의 요소를 제시하고 있다.

이러한 인물 상호간의 대립과 갈등은 조 의관–조상훈–조덕기의 3대 외에도 조상훈–홍경애–조덕기, 홍경애–김의경, 조상훈–홍경애–김병화, 조덕기–처–필순, 조의관–처–며느리, 김병화–부친, 조덕기–수원댁–조상훈, 김병화–장호 등 얽히고설키는 인간관계의 마디마디에 촘촘히 배어 있다.

서술의 편의를 위해 주요 인물들의 행적과 그들의 갈등 요인을 든다.

① 조 의관–구한말 봉건 세대
주인공 덕기의 조부인 그는 대지주이며 재산가로서 봉건적 지주 계층

---

10 9쪽.

을 대표하는 인물이다. 돈에 의해 계층의 상승화를 꾀하는 구세대의 대표적 인간형이다.

> 수하동 조의관 댁 문지방 없는 솟을대문에는 언제부터인가 ××조씨 대동보소라는 넓고 기다란 나무패가 붙기 시작하였다. 근 이태동안 무릇 ××조씨라고 하는 '종씨' 쳐놓고 안드나드는 사람이 없게 되었다. 종씨 종씨―보도 듣도 못한 종씨의 사태가 났던 것이다. 그 종씨가 상훈에게는 구살머리적고 못 마땅하였다. 그러나 조의관은 그 무서운 규모로도 이 종씨를 할아버지 아저씨 하고 덤벼드는 시골 꼬락서니 젊은 애들을 며칠씩 묵혀서는 노잣냥 주어 내려보내는 것이었다.
> 조의관에게는 평생의 오입이 몇가지 있다. 하나는 을사조약 한참 통에 그때 돈 이만냥 지금 돈으로 사백원을 내놓고 사십여세에 옥관자를 붙인 것이다. 차함은 차함이로되 오늘날의 조의관이란 택호(宅號)가 아주 터무니없는 것이 아니요 또 하나는 육년 전에 상배하고 수원집을 들여앉힌 것이니 돈은 이만냥으로 언론이 아니나 그 대신 정순이는 낳고 또 여든 다섯에 죽을 때는 열다섯 먹은 아들을 두게 될지 모르는 터인즉 그다지 비싼 오입은 아니나 맨 나중으로 하는 오입이 이번 대동보소를 맡은 것인데 이번에는 좀 단단 걸려서 이만냥의 열곱 이십만냥이나 쓴 것이다.[11]

위의 인용에 나타난 조 의관의 재력은 그가 얼마나 집요하게 자신의 재산을 늘리는 데 전 생애를 바쳤는가를 짐작케 해준다. 더욱 중요한 점은 그가 이러한 정도의 부를 축적하는 것이 가능한 상황이란 노동력 착취와 영세 자작농 토지의 매수, 정치권력과의 결탁 등이 아니고서는 불가능하다는 점이다. 이러한 추측은 당시의 농민층의 현실[12]과의 대조에

---

11 9쪽.

12 토지조사 사업의 강행으로 농민의 소작농화 경향(1913~1917년 평균 39.4%에서

서 분명히 드러난다.

조 의관의 이러한 부의 축적에 대한 투쟁적인 노력에도 불구하고, 그가 서슴없이 막대한 돈을 풀어 옥관자를 사고 대동보소 문패를 달고 족보를 만드는 행위는 그동안의 상민으로서의 계급 갈등이 얼마나 심했는가 하는 점을 보여준다. 신분 계급의 붕괴 현상을 틈타 상위 계급으로의 진출을 꾀하려는 그의 노력은 그러므로 그동안의 그의 재산 확보의 노력에 못지않은 상민 출신 봉건지주의 욕망의 자연스런 발현이다. 그리하여 그는 며느리보다 젊은 수원집을 후처로 들이고 돈 많은 지주의 한가로운 환상에 빠지는 것이다. 그는 아들 조상훈과 손자 조덕기로부터의 도전을 철저하게 봉쇄, 당시의 새로운 풍조나 가치관을 외면한다.

(가) "너희들은 예수교인지 난장인지 한다고 조상 봉제사가 무언지도 모르나 보더라마는 내가 살아있는 동안에는 막무가내다."[13]

(나) "예수교 아니라 예수교보다 더한 것을 믿기로 그래 조상 정사 —부모 제사 지내는게 무에 틀린단 말이냐? 예수는 아버지를 모른다더라마는 어쨌든 예수도 부모가 있었기에 태어나지 않았겠니?"[14]

(다) 일할 사람이 없어서 그러는 것이 아니라 어동육서(魚東肉西)니 조율이시(棗栗梨柿)니 하는 절차부터 가르치기 위하여 꼭 손자를 시키는 것이다. 영감으로 생각하면 죽은 뒤에 아들의 손으로 제사 받

1923~1927년에는 44.7%)은 해마다 증가하고, 농민의 이촌 현상은 1924~1925년 1년간 15만 명에 달하였고, 영농 규모에 있어서는 1945년 말 통계에 의하면 총 농가 호수 약 200만여 호 중 134만여 호가 1정보 미만의 영세농이었으며, 1930년에는 춘궁 농가가 48.3%를 차지하고 있었다. 『한국현대사』, 신구문화사, 1969, 29~46쪽.

13 22쪽.

14 22쪽.

기는 틀렸으니까 장손에게도 외손자인 덕기 하나를 믿는 것이었다.

내가 죽은 뒤에 기도를 어떤 놈이 하면 내가 황천으로 가다 말고 돌아와서 그 놈의 혓바닥을 빼놓겠다고 노영감은 미리미리 유언을 해 둔 터이다. 아들이 예수교식으로 장사를 지내줄까보아 그것이 큰 걱정인 것이다.[15]

개인의 안락과 직함을 돈으로 매수함으로써 신분적 열등감을 해소한 그는 이와 같은 문벌주의나 형식주의에 깊이 빠지는 것이다. 그리하여 그는 이러한 자신의 행위를 다음과 같이 자기합리화하고 있다.

(라) 그러나 조의관으로서 생각하면 이제껏 자기가 쓴 돈은 자기 부친이 물려준 천냥에서 범용한 것이 아니라 자수로 더 늘린 속에서 쓴 것이니까 그리 아깝지도 않고 선고(先考)의 혼령에 대하여도 떳떳하다고 자긍하는 것이다. 저 잘나면 부조(父祖)의 추중도 하게 되는 것인데 있는 돈 좀 들여서 양반되기로 남이 웃기는새로에 그야말로 이현 부모가 아닌가 하는 용량이다. 어쨌든 사천원 돈을 바치고 조상 신주 모신 듯이 ××조씨 대동보소의 문패를 모셔다가 크나큰 문전에 달고 ××조씨 문중 장손파가 자기라는 듯이 버티고 족보까지 박게 되고 나니 ××조씨 중시조인 ○○당(堂)할아버지의 산소가 수백년래에 말이 아니되었으니 다시 치산(治山)을 하고 그 옆에 묘막보다는 큼직한 옛날로 말하면 서원(書院)같은 것을 짓자는 의논이 일어났다.[16]

위의 (가), (나), (다), (라)에 보이는 조 의관의 이와 같은 태도는 마침내 자신을 둘러싼 세계의 새로운 가치나 이념과 담을 쌓음으로써 봉건적 지주 계급의 보수적 세계로 스스로를 몰입시킨다. 그의 이러한 자기

---

15 71쪽.
16 73쪽.

만족과 자기 합리화는 자신을 둘러싼 사회의 변화를 전혀 고려하지 않은 특이성의 발로이다. 그는 자신이 앞으로 참여할지도 모르는 역사의 흐름이 어떻게 될 것인가에 대해 전혀 고려하지도 않을뿐더러, 그렇게 할 능력도 없었던 것이다. 그는 오직 과거 속에 깊이 빠져 있을 뿐, 그 자신과 사회, 그의 일생과 역사, 그리고 자아와 세계 사이의 상호작용을 파악하는 데서 오는 자질을 소유하지 못하고 있다. 조 의관은 어느 면에서는 사고하는 인간 본연의 부정적 지성이 전무한 상태에 있는 것이다.

이러한 조 의관의 고민 중의 하나가 상속의 문제인데, 그가 아들 상훈이 아닌 덕기에게 상속할 것을 꾀하고 있음이 주목된다. 다음의 인용은 아들 상훈과의 극렬한 대립의 한 장면이다.

"……가거라! 썩 나가거라! 조상을 꾸워 왔겠구나! 꾸어온 아비면야 조금도 네게는 도울게 없을게다!"

"……그런 돈은 좀 유리하게 쓰셨으면 좋겠다는 말씀입니다."

…(중략)…

"어떻게 유리하게 쓰란 말이냐? 너같이 오륙천원씩 디밀고 제손으로 가르친 남의 딸자식 유인하는 것이 유리하게 쓰는 방법이냐?"

…(중략)…

"하여간, 지금 이 판에 치산(治山)이란 당한 일입니까? 치산만 한대도 모르겠습니다만 서원을 짓고 유생들을 몰아다 놓으시렵니까? 돈도 돈이지만 지금 시대에 당한 일입니까?"

"잔소리 말아!……내가 무얼 하든 네가 무슨 총찰이란 말이냐. 내가 죽으면 동전 한 잎이라도 너를 남겨 줄테니 걱정이란 말이냐. 너는 이후로는 아무리 굶어 죽는다 하여도 한 푼 막무가내다. 너는 없는 셈만 칠테니까."

…(중략)…

"내 재산이야 얼마 있는게 아니다마다 반은 덕기에게 물려 줄 것이요 그 나머지로는 내가 쓰고 싶은데 쓰다 남으면 공평히 나누어

줄테다. 공증인을 세우든 변호사를 불러대든 하여 뒤를 깡그려뜨려
놓것이니까 너는 인제는 남된 셈만 쳐라.⋯⋯어서 나가거라. 이 자
식 조상을 꾸워왔다는 자식은 조가가 아니다."[17]

그리하여 조 의관은 덕기에게 다음과 같은 말을 남기고 죽는다.

　　"이 열쇠를 네게 맡기려고 그렇게 급히 부른 것이다.⋯⋯그 열쇠
　하나에 네 평생의 운명이 달렸고 이 집안 가운이 달렸다. 너는 그 열
　쇠를 붙들고 사당을 지켜야 한다. 네게 맡기고 가는 것은 사당과 열
　쇠 두가지 뿐이다 ⋯⋯."[18]

② 조상훈 – 개화기 세대

아들 조상훈은 덕기의 표현대로 '봉건 시대에서 지금 세대로 건너오
는 외나무다리의 중턱에 선 것 같은'[19] 인물이다.

조상훈은 당시의 인텔리 계층의 한 전형적 인간이라 할 수 있다. 그는
원래 '이태동안 미국에 다녀왔고' 교회에 나가 '도도한 웅변으로 설교하
는 깨끗한 신사'였다. 2장에서 다룬 신소설의 인물들, 이를테면 「혈의
누」의 구완서나 「은세계」의 옥남 등의 2, 30년 후의 인물 유형이 이에 해
당한다고 할 수 있다.

서양의 문명한 사회를 경험한 그의 눈에는 따라서 옥남 · 구완서 등
의 유학의 경험만큼이나 유의미한 것이고, 그의 개화주의자로서의 사명
감이나 엘리트 의식 또한 당시의 어떤 개량주의자의 그것에 못지않았을
것이다.

———————

17　76~78쪽.

18　236쪽.

19　30쪽.

조상훈의 이러한 사명감은 그러나 자연스럽게 시대의 한계성에 의해 구속받게 되는데, 그에게 정치나 관계로의 진출을 허락하지 않은 상황이 그것이다. 앞장에서 밝힌 바와 같이, 일제 중기의 한국인의 계층구조는 '전형적인 식민지형 계층 구조'로서 일본인은 피라미드의 상층과 꼭 짓점을 점유, 한국인은 여기에서 완전히 소외되고 있음을 보여주고 있다. 1926년의 고급 관료의 한일 민족별 구성[20]의 한 예가 그것을 단적으로 보여준다.

따라서 전형적인 개화기 세대의 지식인 조상훈의 대(對) 사회적 활동의 표출구는 사회단체나 종교단체의 그것으로 압축될 수밖에 없는 상황이었으며, 그가 택한 것이 바로 교회였다. 일제의 탄압과 감시를 피하면서, 민중들에게 민족의식이나 시대적 이상을 심어줄 곳이란 이 정도의 한정된 범위에 불과한 것이었으며, 그가 교회를 택한 것은 따라서 자연스러운 통로가 될 수 있었을 것이다.

그는 따라서 아버지 세대와 날카로운 대립적 위치에 서게 된다. 대동보소, 족보, 봉제사 등 봉건적인 일체의 가치나 제도에 대해 정면으로 대립하고 있는 그는 자신을 건너뛰어 아들인 덕기에게 상속을 꾀하는

---

20 고급관료의 한 · 일 민족별 구성표

직급	총독부		지방관서		합계	
	일본인	한국인	일본인	한국인	일본인	한국인
국장	5	–	–	–	5	–
비서관	3	–	–	–	3	–
이사관	–	–	30	9	30	9
서기관	–	–	–	–	–	–
사무관	34	6	27	3	61	9

[자료] 조선총독부, 「직원록」, 1926(김채간, 「한국사회계층의 구조와 변동」, 『한국사회론』, 한국사회과학연구소, 1980, 101쪽).

사태로 발전할 만큼 조 의관으로부터 냉대와 소외의 인물로 밀려난 정도이다. 그는 이러한 자신의 입장을 감수하면서도 사회 명사 혹은 지사의 한 사람으로 출발, 학교에 돈을 내놓고 설립자의 명의를 가지는 한편 '도도한 웅변'으로 교인들 앞에 선다.

그러나 그의 이러한 문화·사회적 활동은 곧 시련을 맞게 되는데, 그것은 불합리한 정치적 상황이나 사회적 압력에서보다는 다분히 자신의 개인적 감정의 충동성에 의한 것이었다. 사회 계몽과 교육 사업에 투신한 그의 시대적 사명감은 나약한 한 여성에 대한 동정과 연민이 싹트면서 그러한 이념의 붕괴가 예고되었다. 가난한 독립운동가의 딸 홍경애와의 정사는 그가 정의적 인간이라기보다는 무주체의 인간임을 보여준다. 이는 서구 문물이나 개화된 사회에 대한 열망과 이념은 결국 추상화된 것이었으며, 이러한 관념은 당시 사회의 현실과 민중의 요구와 동떨어진 것이었음을 예증해주는 것이라 하겠다. 그는 자신이 지향해야 할 길을 스스로 그르치고 말았으며, 이는 그가 '목표지향적이기보다는 지위지향적인 퍼스낼리티의 소유자'[21]였음을 보여준 것이다.

동정이나 연민에 의해 출발한 그의 홍경애와의 관계는 마침내 그를 파탄의 길로 들어서게 하는데, 신앙과 사회적 신뢰를 모두 상실, 자기 파멸의 내적 분열로 발전한다.

③ 조덕기 · 김병화 – 식민지 세대

조덕기는 조부 조 의관의 인습적 전통과 부친 조상훈의 이상주의적 개화 의식, 그리고 이 양자의 극렬한 대립을 적절히 조화하면서 민족의식이나 사회의식의 조응을 받으면서 양심이나 이성에 의해 대처하고자

---

21 염무웅, 「식민지적 변모와 그 한계」, 『한국문학』 3호, 1966, 46쪽.

하는 인물이다.

그는 부르주아 가정의 양심적인 당대 지식인의 전형이다. 그는 따라서 당대 사회의 여러 가지 문제나 쟁점들이 독단이나 열정에 의해 해결될 수 없다는 이성적 사고의 소유자이며, 그의 이러한 태도는 조 의관 세대나 조상훈 세대, 혹은 같은 세대(이를테면 김병화), 나아가서는 사회의 여러 문제들에 대해 약간 소심하며 세심하며 때로는 자기보호적 태도로 임하고 있다.

그는 조부나 부친의 경직된 사회관이나 진보적 이상주의에 대해 날카로운 비판 의식을 가지고는 있으나, 그것들에 대해 정면으로 대결하는 것보다는 자신의 길을 스스로 모색함으로써 해결의 실마리를 찾으려는 노력을 보이고 있다. 그는 극단적 보수주의나 진보주의, 이상과 현실, 개인과 사회, 이 양자들의 어느 한쪽에 가담하기보다는 변증적 통일을 위한 이성적 노력에서 앞 세대의 극단론을 극복 가능한 것으로 이해하게 되는 것이다.

> 어쨌든 덕기는 무산운동에 대하여 무관심으로 냉담히 방관만 할 수 없고 그렇다고 제일산에 나서서 싸울 성격도 아니요 처지도 아니니까 차라리 일 간호졸 격으로 변호사나 되어서 뒷일이나 보면 좋겠다는 생각이었다. 덮어놓고 크게 되겠다는 공상도 가지고 있지 않으나 책상물림의 뒷방 서방님으로 일생을 마치기도 싫었다.[22]

위와 같이 덕기의 대사회적 태도에서 보이는 온건·타협·현실주의적 태도는 아버지 조상훈의 전락된 애정 행각을 바라보는 관점에서도 같은 양상으로 드러나고 있다.

---

22 89~90쪽.

자기 부친에게 잘못이 없다는 것은 아니다. 그렇다고 남에 없는 위선자(僞善者)라거나 악인은 아니다. 이 세상 사람을 저울에 달아 본다면 한돈(一錢)도 못되는 한푼 내외(一分內外)의 차이밖에 없건 만 부친이 어떤 동기로던지—어떤 동기라느니보다도 이삼십년전 시대의 신 청년이 봉건사회를 뒷발길로 차버리고 나서려고 허비적거 릴 때에 누구나 그리하였던 것과 같이 그도 젊은 지사(志士)로 나섰 던 것이요······.[23]

그래서 '요샛말로 자기청산을 하고 어떤 시기에 거기에서 발을 빼 냈 더라면' 그러한 위선적 이중생활 속을 헤매지는 않았을 것이라고 보는 것이다.

덕기의 이러한 태도에 비해 김병화의 그것은 대조적이다. 「삼대」에 보이는 주된 골격이 '조덕기와 김병화의 자유주의 대 사회주의'[24]라 할 만큼 식민지 세대를 대표하는 이 두 인물의 쟁점은 중요한 몫을 차지하 고 있다. 김병화는 넉넉지 못한 목사의 아들로서 당시의 경직된 교회나 사회의 엄격성에 반발, 사회주의적 이데올로기와 결합함으로써 자신의 사회적 입장을 고수하려 한다. 그는 가난하기 때문이라기보다는 이념적 이유로도 자신이 속해 있는 사회의 궁핍한 현실과 불합리를 꿰뚫어 보 고 그것을 자신의 아픔으로 환치시키려 하는 것이다. 그는 굳어버린 봉 건적 질서도 안일한 부르주아적 이상주의나 타협주의도 수락할 수 없는 철저한 사회주의자로 변신한다.

그러나 주지하다시피 '마르크스·보이'니 '××주의자'니 '프롤레타리 아'니 하는 용어가 유행처럼 난무하던 당시의 젊은 인텔리 계층의 한 전

23 30쪽.
24 염무웅, 앞의 글, 47쪽.

형이 바로 김병화였음은 의심할 나위가 없다. 이는 그의 사회적 태도의 부당성을 말하기 위함이 아니라 그의 이념이 '추상화'되고 '구호화'된 것이 아닌가 하는 의구심의 표현이다. 이러한 당시의 사정은 경애와 피혁의 다음의 한 대화에서 더 확실해진다.

> "지금 누가 돈 천은 고사하고 돈 백 주어보슈. 주의구 사상이구 가을바람의 새털이지"[25]

그러나 일단 김병화의 출발은 조덕기의 그것과는 출생, 이념 등에서 근본적으로 대조적이었다.

> (덕기) "소위 동지애─동지의 우정이란 점으로는 자네에게 불만인지는 모르네마는 어쨌든 자네만이 괴로운 것은 아닐세……."
> (병화) "그런건 부르조아의 호사스러운 고통─호강스러운 센티멘탈이겠지"
> (덕기) "자네같은 사람의 눈에는 그렇게 보일지 모르지만 우선 우리 집안─삼대가 사는 우리 집안 속을 모르니까 그런 소리를 하는 걸세……."
> (병화) "그러니까 자네가 할아버지나 아버지께 타협할 수 있듯이 나에게도 타협하네 그려? 그야 상속 받을 것도 있으니까."[26]

따라서 조덕기와 김병화는 식민지 세대의 지식인의 상이한 두 전형이 되고 있다. 이들은 친구로서 서로에 대해 비판적인 태도를 분명히 하면서 개인의 문제와 사회의 공적인 쟁점들을 상호 유기적인 관련하에서

---

25 181쪽.

26 44쪽.

파악하려는 현실 인식의 태도를 보인다.

김병화는 적극적인 태도로 사회정의를 주장하고 강렬하게 그러한 사회의 모순점들에 대해 도전한다. 그는 덕기의 미온적이고 현실 타협 내지는 현실 적응주의적 태도를 비판하고 있지만, 그 또한 조덕기에 의해 공격을 받는다.

> "자네의 투쟁의욕(鬪爭意慾) - 의욕이라느니 습관적으로 굳어버린 조그만 감정속에 자네의 그 큰 몸집을 가두어버리고 쇠를 채운 것이나 보기엔 가엾으이. …(중략)… 그건 고사하고 내게까지 그 소위 계급투쟁적 감정으로 대하는 것이 옳은 일일까? …(중략)… 동지애를 얻으면 거기에 더한 행복은 없을지 모를 것이지마는 그렇다고 사생애와 실제 생활도 돌보아야 할 것이 아닌가? 투쟁은 극복(克服)의 전수단(全手段)은 아닐세. 포용과 감화(包容, 感化)도 극복의 유산탄(榴散彈)만한 효과는 있는 걸일세. 투쟁은 전선적, 부대적(戰線的, 部隊的) 행동이라 하면 포용과 감화는 투쟁만큼 적극적(積極的)일세. …(중략)… 포용과 감화라는 적극적 수단으로 종교(宗敎)의 성루(城壘)에 돌진할 용기는 없나? 그와 반마찬가지로 내게 대하여도 만일 동지애를 구한다면 자네로서는 당연히 조그만 투쟁감정을 떠나서 제이의수단을 취할 것이 아닌가?"[27]

김병화에게 보낸 조덕기의 편지의 한 부분이다. '투쟁이 극복의 전수단은 아니며 포용과 감화도 투쟁만큼 적극적'이라는 덕기의 충고는 이들이 다만 대립과 충돌의 관계만이 아니라 같은 시대를 살아가는 동반자로서의 식민지 지식인의 고뇌와 갈등을 서로 나누어 갖고 있음을 보여주는 것이다.

---

27 167~168쪽.

④ 홍경애 · 김의경 · 필순

이 밖에 이러한 인물들과 관련된 주요 일문들은 '홍경애', '김의경', '필순', '피혁'이 있다. 홍경애의 처지가 단순히 타락한 개화기 지식인의 상투적 사랑 놀음의 희생물이라기보다는 그녀가 독립운동가의 유족이 었다는 데서 이들의 인간관계가 갖는 의미 또한 범상한 것이라 할 수 없 다. 독립운동가의 딸과 진보적 개화기 지식인의 이러한 자아 파멸적 인 간관계는 민족적 이념의 패퇴와 당시의 개화 의식의 허상과 밀접한 관 계가 있다고 볼 수 있다.

조상훈이 자신의 사회 진출의 거점으로 삼고 있었던 종교(교회)는 그 것이 서양 학문과 같은 진보된 문화인의 한 '풍습'[28]으로서의 의미밖에 없었으며, 따라서 그의 신앙은 사회 진출이나 교화의 장소로서의 그것 에 불과했다. 홍경애는 조상훈의 이러한 취약성을 단적으로 드러내게 한 인물이었다.

또한 상훈의 첩인 신여성 김의경은 몰락해가는 양반집의 딸로서 낮에 는 유치원 보모, 밤에는 작부가 된다.

독립운동가의 딸 '홍경애'와 양반집 규수였던 '김의경'의 타락은 그들 이 가계의 몰락과 치욕을 상징적으로 드러내주는데, 그 원인이 되었던 인물이 진보적 개화주의자 조상훈으로 설정된 것은 유의미하다.

한편 고무 공장에 다니는 '필순'은 조덕기로부터 선의의 도움을 받고 있다.

> ······ 이십도 못된 처녀에게서 꿈 중에서도 제일 행복스런 꿈을 빼 앗거나 깨뜨리지는 말게. 그의 운명에 대하여 간섭하지를 말게. 만

---

28 염무웅, 앞의 글, 48쪽.

일에 친절하거든 그 꿈에서 저절로 깨어날 때 그 몹쓸 절망에 빠지지 않을 만큼 마음의 준비를 하도록 지도해 둘 필요가 있을걸세 … (중략)… 자세의 인생관이나 자네의 사회관 속에 들어와서 자네 생활을 생활하라고 강제하여서는 안 될 걸세. 그것은 너무나 극단적이요 자기만을 살리는 이기적 충동이요 남의 생명의 존재를 무시하는 것일세.[29]

필순에 대한 덕기의 생각을 적은 편지(병화에게 보낸)의 일절이다. 개인의 인격적 독립과 자유로운 자기 발전에 대한 덕기의 염원이 담겨 있다. 그러나 이러한 필순에 대한 그의 온정적 태도는 어머니로부터 경고를 받게 되는데, 이 또한 남편 조상훈의 도덕적 타락에서 기인되는 것이었다.

"너 아버지가 걸어가신 길을 그대로 뒤밟아 가려느냐?"
"경애 아버지의 약값도 대다가 그렇게 되듯이, 너도 그애 아버지의 약값 입원료나 몰잇구럭을 해줄거다!……"
모친의 이말은 염통을 찌르는 것이었다. 이때껏 무심하였던터니만큼 덕기는 깜짝 놀란 것이다. 거기에는 무슨 숙명적 무서운 인과가 엉클어진 것같이 겁이 펄쩍 나는 것이었다. ― 필순이를 '제이 홍경애'를 만들 수는 없다. 덕기는 속으로 뇌었다.[30]

덕기 모친의 이러한 우려는 '나약한 지식청년'[31]이며 '온건한 자유주의자'[32]인 덕기의 '타협성'[33]에 대한 경계이며, 사실에 있어 그는 상훈의 전

---

29 171쪽.
30 251쪽.
31 신동욱, 『한국현대문학론』, 박영사, 1972, 93쪽.
32 김병익, 「갈등의 사회학」, 『현대한국문학의 이론』, 민음사, 1974, 317쪽.

철-이른바 부르주아 지식인의 한계와 직접적인 연관을 맺는 것이다. 필순에 대한 덕기의 온정은 덕기 스스로 '무슨 숙명적 무서운 인과가 엉클어진 것 같이' 느껴질 만큼 그의 자제심은 잠재적으로 의심받을 만한 것이기도 했다.

또한 필순에 대한 김병화의 태도는 다분히 사상적 편견에 사로잡혀 있다.

> 고무공장에 보내는 것도 아니되었으나 그래도 자네댁 같은 유산계급이나 중산계급의 가정에 며느리로 들여보내는 것보다 낫다고 생각하네. 공장안에서는 그래도 제 생활에 있으나 중산계급 가정에 들어가서는 마네킨 거얼이 되니까 말일세.[34]

이는 마르크시즘을 식민지 한국에 그대로 적용한 도식주의의 일단을 보인 것이다. 1920~1930년대 중엽에 나타난 마르크스주의적 역사 인식은 식민지 사회에 있어서는 민족사관과 함께 간과할 수 없는 중요성을 띠고 있었고, 1920년대 코민테른에서 부르짖던 '반제', '반식민지'적 투쟁 논리는 당시의 우리 식민지 현실에 대해 공격적 비판적이었다.[35] 김병화의 이러한 필순에 대한 태도는 당시의 민족운동과 사회주의 운동에 대한 일제의 통제[36]에서 보듯, 사회적 혼란과 테러리즘과 정치 부재의 현상에서 자연스럽게 대두된 유행 사조의 하나였다. 그것은 병화의

---

33 정한숙, 『현대한국작가론』, 고려대학교 출판부, 1977, 70쪽.

34 256쪽.

35 염무웅, 앞의 글, 48쪽.

36 특히 1932~1935년 이르는 동안의 사상범으로서 치안유지법에 의한 피검자 수는 16,000명을 넘었으며, 총독부 법무국은 이들의 통제를 위해서 1935년 3월 이른바 '사상범보호관찰법'을 입법화하였다(『삼천리』 8권 11호, 1935, 17~23쪽 참조).

변질이나 화해적인 태도[37]에서 반증된다. 홍경애에게 돈을 얻어 쓰고 다소 유탕한 연애 감정에 빠지거나 피혁으로부터 맡아둔 돈으로 반찬 가게를 열어 그 자금으로 사회주의 운동 자금으로 쓰려다가 검거선풍이 일자 소시민적 태도로 변모하는 등이 그것이다. 이는 그의 사회주의 이념의 또 하나의 이상주의 내지는 타협주의의 한 표현이 되며, 필순에 대한 조덕기와 김병화의 상이한 태도는 그러나 그 한계에 있어 유사한 결과가 예상되는 것이다. 병화가 취할 수 있는 대사회적 태도를 작가는 감옥살이를 하든가 피혁처럼 망명을 하든가 창훈처럼 비참한 최후를 마치든가 아니면 필순 아버지처럼 전형적 소시민 근성으로 떨어지든가 등으로 상정하고 있는데, 그의 이념이 스스로를 객관화하여 바라보는 자리에 서 있지 않는 한 그것은 공소한 것이 될 것이다.

(1) 전락과 타협과 변신의 유형

염상섭의 「삼대」는 「만세전」에서 제시한 문제들에서 드러난 다소의 '감상적 낭만성'[38]과 본 작품에서의 '극복의 의지의 결여'[39] 등의 약점에도 불구하고, 식민지 사회의 많은 쟁점들에 대한 논의를 한 집안의 문제로 압축, 포괄적으로 제시하고 있다. 당대의 숱한 인간들의 삶의 방법과 의식이나 가치가 '갈등'이라는 인간관계의 내적 논리에 의해 수렴되고 있다. 따라서

  「삼대」의 이와 같은 갈등의 처리는 당대를 사는 인간들이 겪어야

---

37 241~242쪽.
38 정한숙, 앞의 책, 66쪽.
39 위의 책, 70쪽.

했던 숱한 갈등의 핵심적 요소였던 것과 같이 오늘을 사는 인간의 문제도 역시 인습의 타파와 전통적 정신의 계승이란 끊임없는 작용과 반작용의 연속이요 따라서 사회와 인간의 생활을 갈등으로 본 것은 상섭의 혜안이었다.[40]

라고 할 수 있다. 이들 갈등의 모습들은 사회변동에 따른 풍속과 정신을 대표하는 네 개의 사유 형식의 충돌[41]로 볼 수 있다. 그것은 조 의관의 봉건주의 계몽과 개조의 지도자로 자부했던 조상훈의 기독교, 조덕기로 표현되는 점진주의적 리버럴리즘, 친구 병화의 사회주의가 그것이다.

이들의 행동 구조 속에 나타난 갈등의 양상은 우리들로 하여금 '서로에 대한 사람들의 근원적인 적의 그 자체로서는 사회적 갈등을 설명할 수 없다'[42]는 사실을 확인케 해준다. 사회현상을 설명하기 위해 본능이나 충동 또는 유전적 성향에 의존하는 대신에 갈등이 언제나 사회적 장에서 일어난다는 것을, 그리고 하나의 사회현상으로서의 갈등은 오직 상호작용의 특정 유형 속에서 일어난다는 것을 분명히 해주는 것이다.

「삼대」의 인물들 가운데 구시대의 완고한 인습과 봉건성을 대표하는 조 의관을 제외하고는 조상훈─덕기─병화 등에 보이는 이들의 사회적 갈등은 다분히 '현실적 갈등'[43]의 양상을 띠고 있다. 현실적 갈등이란 채택한 방법이 목표 달성이라는 관점에서 실제로 적절하다는 것을 반드시 의미하는 것은 아니지만, 그 방법은 '문화적으로 승인된 것'[44]이라는 이유만으로도 그것은 적절한 것이라 할 수 있다.

40 김종균, 『염상섭연구』, 고려대학교 출판부, 1974, 286쪽.

41 김병익, 앞의 글, 314쪽.

42 G. Simmel, op. cit, pp.32~33.

43 L. A. Coser, op. cit, p.62.

44 R. Dahredorf, op. cit, p.22.

「삼대」에 나타난 다양한 인물들의 갈등의 요인과 갈등 양상이야말로
실로 이 시대의 모든 이념이나 가치의 대결장이라 이를 만하다. 서술의
편의를 위해 다음에 이들 주요 인물들의 관계를 먼저 도시해보면 〈도표
2〉와 같다.

〈도표 2〉 「삼대」 주요 인물들의 갈등관계

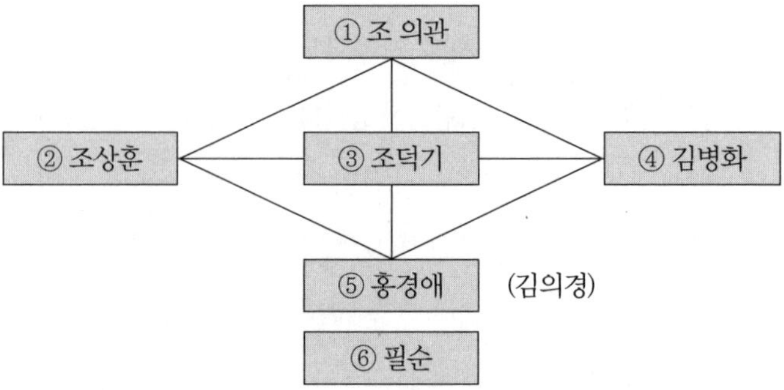

① 조 의관

② 조상훈　　　　③ 조덕기　　　　④ 김병화

⑤ 홍경애　　(김의경)

⑥ 필순

앞의 도식에서 보듯 「삼대」의 주요 인물들은 식민지 세대인 조덕기를
구심점으로 한 많은 삼각형의 관계로 얽혀 있으며, 종축을 이루고 있는
①, ⑤, ⑥의 인물들은 ②, ③, ④의 횡축을 이루고 있는 인물들의 이념
이나 가치관의 대립과 갈등의 양상을 보조하는 인물이 되고 있다. ①-
②, ②-③, ①-③의 삼각형의 구조는 그 갈등의 치열성에도 불구하고
가족이라는 인륜적 질서를 바탕으로 뗄 수 없는 관계에 있으며 이 소설
서사 구조의 골격을 이루고 있다. 이중에서 특히 ③은 ①을 정점으로 하
여 ②와 ④의 대치점에서 삼각형의 안정된 구조를 떠받치고 있다.

①과 ②는 가부장적 상하의 대립을 보이지만, ②는 ⑤와의 하강적 자
아 파멸의 관계로 인하여 ③과는 대등 관계로 떨어지고, ④와 대치한다.

①, ②, ③은 가족관계로서의 세대 갈등을, ②, ④, ⑤는 사상적 대립
과 애욕의 갈등을, ③, ④, ⑥은 부르주아와 사회주의의 이데올로기적

갈등을 보이는 삼각형의 구조이다.

그리고 이 모든 삼각형의 구조 속에 ③이 자리하고 있음으로써 그의 갈등의 양상이 가장 온건적이며 시대적 의미의 중심 축을 이루고 있음을 보여준다.

①, ②, ③의 삼각형의 갈등은 이 소설 서사 구조의 핵심적 사건을 이루고 있으며, 특히 ①, ②의 관계는 극대립의 사태로 발전, ①은 ②를 건너뛰어, '금고'와 '열쇠'를 줌으로써 전통적 가부장적 상속세를 파기한다.

②, ③, ⑤의 삼각형의 갈등은 ③의 ②에 대한 비판과 ②의 ⑤에 대한 애욕에서 기인한다. 그 결과 ②의 자아는 '신앙을 잃고 사회적으로 봉쇄'되고 전락한다.

③, ④, ⑥의 삼각형의 갈등은 점진적 리버럴리즘과 사회주의의 대립이 원인이 된다. 그러나 ③은 ⑥에 대해 냉정성을 잃지 않음으로써 ②, ⑤에 보인 위험을 극복한다. 그러나 ④는 ⑤와의 관계에서 자신의 이념이 변질된다.

이 밖에 ①과 ②를 이어주는 또 하나의 삼각형의 꼭짓점에 ①, ②의 모친과 '수원집'이 들어서 있고, ②, ③의 또 하나의 삼각형의 꼭짓점에 창훈이 들어선다.

결국 「삼대」의 인물들은 수많은 삼각형들의 연속으로 이어져 있는데, 이들의 갈등 요인은 위에서 밝힌 바 있지만, ①②③, ②③⑤⑥), ③④⑤⑥)의 중간 지점에 화폐(돈)가 개입되어 있다는 점을 간과할 수 없다.

실제에 있어 이들의 인간관계는 '돈'에 의해 맺어졌거나 훼손되고 있거나 또한 그들의 이념이 변질되고 있으며, 마침내 그들의 관계에 돈을 매체로 한 음모가 개입하고 있다. 이들 두 인물들의 '돈'에 대한 욕망과 갈등이야말로 시민사회의 어떤 핵심적인 문제를 시사해준 것이라 할 수 있다.

시민사회란 직접적인 인륜 생활인 가족과 최고의 인륜적 생활 단계인 국가를 매개해주는 중간적 위치를 차지하게 되는 것이다. 따라서 시민사회야말로 애초에 개인의 이기적 목적에 의해서 만들어진 집단이라 할 수 있다. 그리하여 시민사회는, 첫째로 '특수성의 원리에서 출발하여 있고, 이를 구성하는 단위는 특수한 개인이다.'[45]

여기서 특수한 개인이란 모든 사물을 자기중심적 이기주의적으로만 보는 사람을 말한다. 이들은 따라서 각종의 욕망의 덩어리로 되어 있다.

그러나 특수한 개인이란 모든 사물을 자기중심적, 이기주의적으로만 보는 사람을 말한다. 이들은 따라서 각종의 욕망의 덩어리로 되어 있다.

그러나 특수한 개인은 마찬가지로 특수한 개인인 타인과의 관계를 맺음으로써 자기의 모든 욕망을 달성시킬 수 있으므로, 그들의 특수성은 결국 '보편성'의 원리에 의해 매개되어야 하는 것이다.

①의 상속권이 ③으로 건너뛴 것은 추상적인 법 단계에서의 소유가 가족의 단계에 와서는 인륜적(共同占有)인 것으로의 재산으로 전환했으나, 시민사회의 단계에 이르면 재산의 인륜적 의의가 없어지고 마는데, 이 또한 시민사회가 '욕망의 체계'[46]라는 사실의 반증이 된다.

후반부에서 조의관이 재산을 덕기에게 상속시키는 행위에서 조씨 일가를 둘러싼 인물들의 대립과 갈등의 잠정적인 해결이 내려졌음을 볼 수 있다. 급진개량주의도 테러적 사회주의도 모두 덕기에게 수렴됨으로써 새로운 질서나 가치가 지배하는 세대의 출발을 상징해주고 있는 것이다.

---

45 최재희, 『사회철학』, 법문사, 1963, 184쪽.

46 위의 책, 188쪽.

소유를 가질 수 없는 상태란 조상훈에게는 '인격성 포기'[47]의 한 예가 된다.

그러나 봉건시대의 지주인 조의관의 경우, 그는 토지를 소유하였지만 그 토지의 가치를 소유하지 못한 불합리한 경우 속에 있었다. 그가 그 토지의 완전한 소유자라면 그 토지의 소유자이면서 또한 가치의 소유자여야 했을 것이다. 효용성보다는 교환가치에 의해서 가치는 드러나는 것이기 때문이다.

「삼대」의 인물들의 사회갈등은 근본에 있어 개인적이며 이기적인 것에 근거를 두고 있음이 밝혀졌다. 이들의 사회적 입장은 봉건주의−개량주의−점진적 리버럴리즘−사회주의 등으로 표현되지만, 이들의 이념은 돈과 애욕이라는 인간의 근본적 욕망 체계에 의해 전락되고 훼손되고 변질되어가는 과정을 보여주고 있는 것이다. 억압된 체제이면서 동시에 사회적 불안과 붕괴의 양상이 두드러졌던 이 시기에 있어서도 이들의 의식의 양상이나 충돌의 요인은 다분히 시민사회[48]의 형성을 보지 못했지만, 이들 작중인물의 사회갈등의 요인들은 다분히 시민적이었으며, 이런 점은 특히 이 소설에서 근대화의 과제가 부과되는 세대인 조덕기·김병화 세대에서 두드러지게 나타났다. 2장의 신소설의 인물들에 적용해보았던 작중인물의 전근대성과 근대성의 가치 변수를 비교하면 〈도표 3〉와 같다. (가치 변수에 대한 개념은 2장 주 67 참조)

---

47 최재희, 앞의 책, 96쪽.

48 시민사회란 시간의 질서상으로 보아 국가의 형성 이후의 일에 속한다. 국가는 고대 그리스에서부터 있었으나, 시민사회는 근대국가가 먼저 있고 그런 국가 안에서 발생한다는 것이다. '시민사회'에 관한 논의는 최재희, 앞의 책, 183~213쪽 참조.

가치 변수 ＼ 인물	전근대성	근대성
조 의관	전통성 · 감정성 · 비진취성 · 고수성 · 특수성 · 권위성 · 귀속성 · 덕행 위주 · 농촌성 · 국가관 · 광범성	적극성 · 광범성
조상훈	감정성 · 특수성 · 소극성 · 귀속성 · 광범성	진취성 · 민주성 · 실리 위주 · 도시성
조덕기	고수성 · 소극성 · 덕행 위주	합리성 · 이지성 · 적응성 · 보편성 · 민주성 · 실리 위주 · 도시성 · 국가관 · 한정성
김병화	감정성 · 특수성	합리성 · 진취성 · 적응성 · 업적성 · 도시성 · 국가관 · 한정성

〈판단내용〉

① 재산가인 조 의관에게 실리 위주의 근대성을 인정하지 않은 이유로 그의 대동보소, 족보 매수 등에 관련한 거금의 낭비 등을 들 수 있다.

② 조상훈의 국가관은 개화기의 옥남 · 옥순 · 옥년 등의 경우와 유사한 것이며 그의 차후의 전개 과정으로 미루어 오히려 전근대적이다.

③ 조덕기와 김병화의 국가관은 조상훈에 비해 충실하며 자기 중심의 확고한 이론과 신념을 바탕으로 한 것이었다.

④ 조덕기의 전근대성(고수성 · 소극성 · 덕행 위주)은 부르주아 지식인의 특징으로 나타난다.

⑤ 김병화의 전근대성(감정성 · 특수성)은 당시의 무산운동자의 특징이다.

⑥ 조상훈의 전근대성(감정성 · 특수성)은 그의 여자 행각과 관련된다.

⑦ 근거가 희박하거나 드러나 있지 않은 것은 판단을 피했다.

결국「삼대」의 서사구조에 나타난 두드러진 특징은 개화기의 역사적 (시대적) 명제나 1920년대의 사회적(식민화) 문제들과는 다르게 다분히 내면적 가치관과 이해관계들의 충돌을 사회적 갈등의 출발로 삼고 있음을 알 수 있다.「삼대」는 식민 시대를 사는 여러 세대나 인물들의 모든 가치관의 충돌을 총체적으로 제시한 '갈등의 장'이라 이를 만한 것이었다.

2. 궁핍화 현실과 자기방어

앞 장에서 궁핍화 현실에 대응하는 작중인물의 사회갈등의 양상으로 최서해의 작품을 다룬 바 있다. 최서해는 1920년대의, 김유정은 1930년대의 궁핍상을 다룬 각 시대의 대표적 인물이라 할 수 있다. 전자가 특히 무산자 계층의 비극적 삶을 민족적 빈궁으로 확대하여 제시한 것에 비해, 김유정[49]은 1930년대의 하층민의 세계를 서사 구조의 골격으로 삼고 있다. 최서해와 마찬가지로 가난은 그가 극복하지 않으면 안 될 문제였으며, 그에 못지않게 빈궁과 병마에 시달렸던 김유정이 최서해와 다른 점이 있다면 서해가 '학력별무'임에 비하여 연전(延專) 문과를 중퇴한 학력의 차이 정도이다. 그러나 그는 곧 최서해가 대결하지 않으면 안 되었던 궁핍의 문제와 만난다. 같은 제재에 대한 두 시기의 작중인물의

---

49 1908~1937. 강원도 춘성 출생. 휘문고 졸업. 연전 문과 중퇴. 1935년 단편「소낙비」가『조선일보』신춘문예에,「노다지」가『중앙일보』에 각각 당선되어 문단에 등장. 이후 약 3년 동안「금 따는 콩밧」(『개벽』, 1935),「봄봄」(『조광』, 1935),「떡」(『중앙』, 1935),「만무방」(『조선일보』, 1935. 7),「안해」(『사해공론』, 1935),「산골나그네」(『사해공론』, 1936),「동백꽃」(『조광』, 1933),「정분」(『조광』, 1936),「따라지」(『조광』, 1937),「땡볕」(『여성』, 1937) 등 발표. 1937년 3월 광주에서 결핵 치료 중 타계. 1938년 단편집『동백꽃』(인창서관) 간행. 1957년 단편집『동백꽃』(장문사) 간행. 1968년 전집『김유정전집』(현대문학사) 간행.

행동 구조는 따라서 사회변동에 따른 작중인물의 갈등의 차이와 변모의 양상을 잘 드러내주고 있다.

(1) 골계와 반어의 구조

그 돈이 되면, 우선 닭을 한 30마리 고아먹겠다. 그리고 땅군을 들여 살모사 구렁이를 십여못 먹어 보겠다. 그래야 다시 살아날 것이다. 그리고 궁둥이가 쏙쏘구리 돈을 잡아 먹는다. 돈, 돈, 돈 슬픈 일이다.[50]

위의 인용은 김유정이 그가 죽기 얼마 전 친구에게 보낸 편지의 일절이다. 이러한 현실에 대한 김유정의 인물들의 태도는 1920년대의 최서해의 그것과는 상반된 양상으로 나타난다. 서해와 마찬가지로 그의 작품 세계는 영세 농민 · 소작인 · 머슴 · 들병이 · 유랑민 등 하층민의 삶을 소설적 공간으로 하고 있지만, 그들의 이야기가 모두 유머(humour)로 처리되거나 저절로 웃음을 유발케 하는 사건 구조를 이루고 있다. 해학 혹은 골계라고도 불리는 그의 소설의 이른바 '해학성'은 유정 소설의 가장 두드러진 특성으로 지적된다.

농사는 열심히 하는 것 가튼데 알고 보면 남는 건 겨우 남의 빗뿐. 이러다가는 결말엔 봉변을 면치 못할 것이다. 하루는 밤이 기퍼서 코를 골며 자는 아내를 깨웠다. 박게나아가 우리의 세간이 얼마나 되는지 세여보라고 하였다. 그리고 저는 벼루에 먹을 갈아 찍어 들었다. 벽에 발른 신문지는 누러케 꺼렀다. 그 위에다 안해가 불러주는 물목대로 일일이 나려 적엇다. 독이 세 개, 호미가 둘, 낫이 하나

---

50 『김유정전집』, 현대문학사, 1968, 390쪽.

로부터 밥사발, 젓가락입이 석단까지 그 다음에는 제가 빚을 엊어온
대, 그 사람들의 이름을 쭉 적어 놓았다. 금액은 제각기 그 알에다 달
아노코, 그 엽으론 조금 사이를 떼어 역시 조선문으로 나의 소유는
이것박께 업노라. 나는 오십사원을 갑흘 길이 업스며 죄진 몸이라
도망하니 그대들은 아예 싸울게 아니겟고 서로 의논하야 어굴치 안
토록 분배하야 가기바라노라 하는 의미의 성명서를 벽에 남기자 안
으로 문틀을 걸어 닷고 울타리 멋구멍으로 세 식구가 빠져 나왔다.[51]

위에 인용한 「만무방」의 일절은 김유정 소설 서사 구조의 공간과 시
간과 그것을 대하는 인물들의 행동 양식을 함축하여 제시하고 있다고
하겠다. '농사는 열심히 하는 것 같은데 알고 보면 남는 건 겨우 남의 빚
뿐'인 소작인 사회의 궁핍상은 당대 현실에 대한 가장 충직한 묘사의 일
절이 되며, 빚에 몰려 마침내 도망을 하지 않으면 안 될 상황은 그러나
'나의 소유는 이것밖에 없노라. 나는 오십사원을 갚을 길이 없어 도망을
가니 그대들은……'에 이르러 그의 인물들이 보여주고 있는 유머의 정
신은 고조되며 독자의 긴장을 완화시킨다. 그가 묘사한 당대 현실의 참
담함에 직접적인 비극적 감정은 일단 보류되고 자연발생적으로 웃음을
유발시키고 있다.

그의 인물들의 사건 구조는 모두 이와 같이 표면적인 유머로 감싸여
있으며, 이 때문에 그를 단순한 '유머 작가'로 규정하는 오류를 낳게 하
기도 하였다. 유정 소설에 있어서의 유머는 그가 이야기하고자 하는 빈
농과 소작인과 머슴과 들병이의 참담한 현실을 가장 효과적으로 드러내
주는 도구로 사용된다. 유머의 정신은 그가 선택한 방법이며, 그것은 그
의 인물들을 참담한 현실로부터 탈출케 하는 숨통이 된다. 그의 유머가

---

51 『김유정전집』, 375쪽.

유머 자체로서 끝이 난다면 그것은 이미 코미디 이상의 것이 아니며, 소위 말하는 골계의 미적 효과와는 무관한 것이 된다.

작중의 인물들은 그들이 맞이하고 있는 하층민 사회의 어두운 현실에 대하여 직접적이고 반발적인 행동을 보이지 않는다. 그들은 자신들을 그렇게 살지 않으면 안 되게 만든 계층이나 사회에 대하여 서해의 인물들처럼 칼을 들고 뛰쳐나가거나 불을 지르거나 흐느껴 울거나 하지 않는다.

작중인물들은 주어진 현실을 '이미 있는 것'으로 받아들이고 있다. 그들은 현재의 상황을 '바라볼' 수 있는 거리에 있는 것이다. 그들은 현실을 '바라다볼 수' 있는 여유 속에 있다. 그것은 자신이 처해 있는 현실을 객관화하여 바라볼 수 있는 여유이다. 그들은 칼을 들고 뛰쳐나가거나 흐느껴 우는 일에 혹은 그렇게 하고 난 다음에 올 절망과 허망함이 얼마나 무서운 것인가를 이미 알고 있는 것이다. 유정의 인물들이 연출하는 희극은 그러므로 더욱 비극적이다.

> "뭐 많이도 말고 굴때같은 아들로만 한 열 다섯이면 족하지, 가만 있자. 한 놈이 일년에 벼 열섬씩만 번다면 열 다섯이니까 일백 오십 섬, 한 섬에 더도 말고 십원 한 장씩만 받는다면 죄다 일천 오백원이지, 사실 일천 오백원이면 아이구 이건 너무 많구나. 그럴줄 몰랐더니 이 년이 뱃속에 일천오백원을 지니고 있으니까 아무렇게 따져도 나보담 낫지 않은가."[52]

> "병원서 월급을 주구 고처 준다는 게 정말인가요?"
> "그럼 노인이 설마 거짓말을 헐라구, 그래 시방도 대학병원의 이 동박산가 뭐가 열네살 된 조선 아히가 어른보다도 더 부대한 걸 보

---

52 「안해」, 『사해공론』, 1935. 12.

구 하도 이상한 병이라구 붙잡아 들여서 한달에 십원식 월급을 주고 그뿐인가 먹이구 입히구 이래가며 지금 연구하고 있대지 않어?"

"그럼 나두 허구헌날 늘 병원에만 있게 되겠구려?"[53]

현실에 대응하는 유정의 인물들의 태도에는 주어진 상황에 대한 긍정이 전제되어 있다. 그들은 그럼으로 해서 대상(현실)에 대한 거리를 유지할 수 있으며 절망적 상황에 대한 역설과 아이러니와 패러디가 자유롭게 구사된다. '그럴 줄 몰랐더니 이 년이 뱃속에 일천 오백원을 지니고 있으니까 아무렇게 따져도 나보담은 낮지 않은가'에서 표출되는 역설적인 '자기학대의 넋두리'나 '그럼 나두⋯⋯'에서 느끼게 되는 우매한 인간의 희극적 현실 대처의 방법은 그러므로 비극의 세계를 비극으로 인식케 하고자 하는 작가의 음험한 트릭이 되고 있다. 작중인물의 희극적 대응은 일종의 자기방어의 수단이 된다. 이는 행위자가 목표를 바꾸는 것의 원인이 된다. 즉 이들 작중인물들은 더 이상 불만스러운 상황을 해결하려고 할 직접적인 적대감의 표출이 없이 그 억압된 상황으로부터 야기되는 긴장을 해소하고자 하는 것이다.

따라서 유정이 선택한 이 골계적 인물 유형은 고전 작품 가운데, 특히 하층민의 세계에 수없이 등장하는데, 그는 그러한 문학적 전통을 훌륭히 계승하여 '경향문학의 사실성과 반경향적 언어성을 종합하고 이효석 이후의 토속성을, 채만식·박태원의 해학성과 교합함으로써 전통적 세계관과 근대적 풍자 정신을 종합한'[54] 것이라 할 수 있다. 그러므로 유정에 이르면 우리의 전통적 해학성은 '피상적인 것으로부터 내면화된 것

---

53 「땡볕」, 『여성』, 1937. 2.
54 김병익, 「땅을 잃어버린 시대의 언어」, 『문학사상』, 1974. 7.

으로 크게 변이'[55]하며, 이 점이야말로 전통적 골계미에 가담한 유정의 문학적 성과다.

주어진 상황에 대한 긍정으로부터 출발한 유정의 현실 수용의 또 하나의 두드러진 특징은 그의 인물들의 행태가 윤리 의식에 의한 것이 아니라는 점이다. 그들은 반윤리적이라기보다는 '윤리 의식의 부재'라고 해야 할 무지의 세계에 있다.

> 매매 계약서
> 일금 오십원야라
> 우금은 내 안해의 대금으로써 정히 영수합니다.
> 갑술년 시월 이십일 조 목 만
> 황거풍전
> …(중략)…
> 고개마루에서 꼬불꼬불 돌아나린 산길을 굽어보고 나는 마음이 저윽이 언짢었다. 한마을에 같이 살다가 팔려가는 걸 생각하니 도시 남의 일 같지 않다. 게다 바람은 매우 차건만 입때 홋지삼으로 떨고 섯는 그 꼴이 가엽고!
> "영득 어머니! 잘 가게유."
> "아재 잘 가슈."
> 이 말 한마디 남길 뿐 그는 앞장을 서서 사탯길을 살랑살랑 달아난다. 마땅히 저갈길을 떠나는 듯이 서둘며 조곰도 섭섭한 빛이 없다.[56]

'소장수'인 황거풍에게 팔려간 조복만의 아내는 이미 한 마리의 '소'가 된다. 그의 인물들이 매매계약서까지 작성하게 하여야 하는 사건 구

---

55 정한숙, 「해학의 변이」, 『인문논집』 17집, 고려대학교, 1972, 91쪽.
56 「가을」, 『동백꽃』, 인창서관, 1938, 197~198쪽.

조는 작가의 지나친 희극성이 드러나게 되어 오히려 우화의 세계를 연상하게 하는 약점이 있으나 '마땅히 저갈길을 떠나는 듯이 서둘며 조금도 섭섭한 빛이 없'는 조복만의 아내의 행동은 서술자의 과장된 묘사와 참담한 상황이 조화를 이루어 윤리의 문제를 상기케 할 여유도 없다. 주지하다시피 당대 식민지 세계의 궁핍화 현상은 역사상 그 유례를 찾아보기 어려운 참담한 것이었다.[57] 또한 이때의 지주와 소작인의 토지 소유 관계[58]는 당시의 계급 구조를 잘 보여 준다. 이들은 모두 교육받지 않은 계층이며, 우둔하고 원시성이 강한 그러나 순박성을 잃지 않은 '아이러닉 모드(ironic mode)'의 인물 유형이며, 이 점은 특히 그의 인물들을 윤리 문제와 관련하여 생각할 때 더욱 강하게 노출된다. 주어진 현실이란 그들에게 정상적인 삶을 허락하지 않고 있었으므로 그들은 서슴없이

---

57 신석호 외, 『한국현대사』 4, 신구문화사, 1969, 29~46쪽에 의하면, 농민의 소작농화 경향은 평균 39%에서 1927년에는 45%로 해마다 증가하고, 농민의 이농 현상은 1925년 1년간에 15만 명에 달하였고, 1930년대 춘궁 농가가 40%에 달하였던 것이 1937년에는 소작농이 전체의 60%로 증가, 농민들은 싸라기를 섞은 나물이나 산채 죽으로 연명하고 있었다.

58 일제강점기의 지주는 전체 농가의 4% 미만이나 전 농경지의 65% 이상 소유하고, 나머지는 약 18%의 자작농이 소유하며, 대다수의 소작인이 지주의 농지를 경작하였다.

일제강점기의 농민 분포

영농 연도	지주	자작	자소작	소작	화전민	피고용자	합(실수)
1914	1.8	22.0	35.2	41.0			100(2,590,237)
1924	3.8	19.5	34.5	42.2			100(2,704,272)
1934		18.0	24.0	51.9	2.7	3.4	100(3,013,104)
1943		17.6	27.8	48.6	1.7	4.3	100(3,046,001)

[자료] 조선은행조사부, 조선경제연감(1948년판)

아내를 사고팔며 팔리는 쪽이나 파는 쪽이나 다 같이 윤리적 파행을 의
식하지 못하는 것이다. 다음에 보인 인용은 그들의 윤리적 파행이 그들의
생존에 얼마나 깊게 관여하고 있는가를 말해주며 또한 「가을」 「소나기」
외에 「산골나그네」 「안해」 등에 생존을 위한 매춘이 등장한다.

> 안해가 꼼지락어리는 것이 보기에 퍽으나 갑갑하였다. 남편은 안
> 해 손에서 얼개빗을 뽑아들고는 시원스리 쭉쭉 내려빗긴다. 다빗긴
> 뒤, 엽헤 노힌 반사발의 물을 손바닥에 연실 칠해가며 머리에다 번
> 지를하게 발라 노앗다. 그래노코 위서부터 머리칼을 재워가며 맵씨
> 잇게 쪽을 딱 찔러주드니 오늘 아츰에 한사코 공을 드려 삶아 노앗든
> 집석이를 안해의 발에 신기고 주먹으로 자근자근 골을 내 주엇다.
> "인제 가봐!"
> 하다가
> "바루 곳 와, 웅?"
> 하고 남편은 그 이원을 고이 밧고자 손색이 없도록, 실패 업도록 안
> 해를 모양내 보냇다.[59]

따라서 유정의 인물들은 그들이 처한 참담한 현실에 대하여 어떤 종
류의 일을 해야 하는가 하는 것을, 아내(혹은 남편)나 그들을 그렇게 하
지 않으면 안 되게 한 사회에 내맡긴 채 다만 그것을 바라보고 있는 것
이다. 그들은 윤리 의식의 부재로 말미암아 인격과 정신의 실체적 존재
를 포기한 것이 된다. 그것은 의식적으로 생기기도 하고 무의식적으로
생기기도 한다. 그들은 이미 땅을 잃었으며, 그래서 농노화(혹은 머슴이
나 소작인)하였으며, 그래서 소유를 가질 수 없는 상태이거나 소유의 자
유마저 식민지 사회에 넘겨진 상태였으므로 그들의 인격성은 포기되었

---

59 「소낙비」, 『조선일보』, 1935. 1.

거나 거부된 채로 있는 것이다.

유정의 인물들은 당대의 궁핍한 현실에 대처하여 도덕과 인륜 생활과 이지적 합리성을 포기했다고 하지 않을 수 없으며, 그 때문에 그의 인물들이 벌이는 원시적이며 본능적 생활양식은 더욱 참담해질 수밖에 없다.

그러나 교육받지 않은 계층들의 원시적 충동의 세계라는 점을 감안하더라도 그의 인물들의 서사 구조 가운데 투쟁의 의식이 개입되어 있지 않다는 점이 지적되지 않을 수 없다. 사회갈등은 사회적 통제가 무너지고 있다는 사실에 대한 자연스러운 반응이며 인간의 사회생활에서 일어나는 확실한 반응이다. 그러나 이들은 사회의 내부 구조와 외부 구조에서 발생하는 소유권의 박탈이나 억압 정책이 초래하는 이해관계에 의식적인 개입이 불가능한 세계에 있는 것이다. 순응과 체념이 강요된 사회일수록 그것에 대한 부단한 간섭과 자기 변용이 요구되는 것이다. 서해의 작중인물들에 보이는 현실에 대한 '공격성'과 유정의 인물들이 선택한 현실 수용의 방법은 좋은 대조가 된다. 어느 시대의 어떤 인물이건 간에 그들의 삶은 그들을 그렇게 살지 않으면 안 되게 한 대상과의 싸움을 피할 수는 없는 것이기 때문이다.

김유정이 이룩한 당대 식민지 사회의 빈농과 소작인과 머슴과 유랑민의 삶에 대한 사실적 르포르타주는 투쟁 의식의 결여라는 점에서 최서해와 또 다른 갈등 현상을 보여주고 있다.

'유일한 밑천'인 아내를 팔아먹지 않으면 안 되었던 그들은 또 다른 생활양식을 발견하는데, 그것은 매춘에 못지않게 빈번히 등장하는 '노름'과 일확천금을 노리는 허망한 '노다지의 꿈'이다. 그들은 노름 밑천을 마련하기 위해 아내를 팔고(「소나기」「가을」「만무방」) 금덩이를 찾아 헤매며(「금 따는 콩밧」·「금」) 어떤 때는 똥이 금으로도 보이기까지 한다(「연기」).

적어도 유정의 인물들의 경우, 참담한 생활 가운데서도 '꿈'을 잃지 않는 그들에 대한 찬탄이나 애정이나 동정은 매우 값싼 것이 되고 만다. 노름이나 노다지에 대한 꿈이 실현되지 않는다는 것은 우리의 오랫동안의 어지러웠던 삶이 가르쳐준 생활 체험의 소산이며 고정관념이다. 우직하고 무지한 사람들로 하여금 노름이나 노다지의 꿈에 잠기게 하는 당대의 궁핍한 식민지 사회에 대한 화살은, 그러나 그렇게밖에는 다른 방법이 없었던가 하는 데로 먼저 돌아가게 한다. 물론 작가가 노리는 것도 여기에 음험하게 도사리고 있고, 그럼으로 해서 그들의 우직한 행위를 통하여 도사린 현실의 참담함은 드러나는 것이지만, '무지한 사람들의 몽매한 이야기'가 주는 현실성의 결여는 피할 수 없는 것이 되며, 부자연스럽고 인공적인 것을 특징으로 하는 우화의 공식성을 드러내기도 한다.

그것은 아마 그의 인물들에 대한 작가의 캐리커처(caricature)가 지나치게 작용함으로써 초래하게 되는 허구성의 발로일 수 있다. '골계의 미적 효과는 숭고미의 엄숙성을 부정하는 표현적 기교일 뿐 아니라 중압감이나 고통으로부터 벗어나는 효과를 가진'[60]다. 그러나 그것이 수반해야 할 대립과 공격[61]의 의도는 드러나 있지 않거나 숨어버렸다. 이야기의 비화해적 결말만이 우리의 예상대로 경쾌하게 처리된다.

> "그 속에 금이 있지요."
> 영식이 처가 너무 기뻐서 코다리에 고래등같은 집까지 연상할 때 수재는 시원스러히
> "네, 한 포대에 오십원씩 나와유ー"
> 하고 대답하고 오늘밤에는 꼭 정연코 꼭 다라나리라 생각하엿다.

---

60 신동욱, 『한국현대문학론』, 박영사, 1972, 15쪽.
61 위의 책, 153쪽.

거짓말이란 오래 못간다. 뽕이 나서 뼉다구도 못 추리기 전에 훨훨 벗어 나는 게 상책이겟다.[62]

주어진 현실은 현실대로 인정하고, '유일한 밑천인' 아내까지 팔지 않으면 안 되었던 그들은, 노름과 노다지의 꿈마저 환상에 지나지 않았음을 알자 마침내 그들의 생활공간이었던 농촌을 떠난다.

그의 인물들이 그들의 땅 위에 서는 것조차 허락되지 않는 상황이야말로 유머로 감싸진 '따라지'들의 가장 아픈 상처의 기록이 된다. 유정의 인물들이 망명한 도시는 서해가 택했던 간도와 같은 의미를 지닌다. 그것은 삶의 현장에서 쫓겨난 유배지일 뿐 아니라 그들이 각박한 현실과 맞서야 할 생존을 위한 마지막 대결장이었기 때문이다. 「정조」「따라지」「연기」「옥토끼」「야앵」「봄과 따라지」「두꺼비」「심청」 등의 인물들은 도시로 흘러 들어간 유랑민들이다. 그들은 실업자이거나 술집의 여급이거나 거렁뱅이거나 행랑할멈으로서, 땅을 잃어버린 사람들의 고달픈 삶을 이어간다. 그들의 삶의 넋두리는 대화가 없이 이어지는 「봄과 따라지」의 소년과 장사꾼의 타령 속에 잘 드러나 있다.

…… 일전 한 푼을 던져서 일년 운수를 보시오. 먹째를 던져서 칸에 들면 미루꾸 한 갑을 주고 금에 걸치면 운수가 나쁘니까 그냥 가라고. 저 뒤 한 구석에는 코먹은 바이올린이 닐리리를 부른다. 신통방통 꼬부랑통 남대문통 쓰레기통, 자아 이리 오시오. 암사둔 숫사둔 자 이리 오시요. 장기판을 에워싸고 다투는 무리. 그 사이를 일쩌운 사람들은 이리 물리고 저리 물리고 발가는 대로 서성거린다. 짝을 짓고 산보들을 나온 젊은이들, 구지래한 두루마기에 뒷짐을 진 갓쟁이. 예제없이 가서 덤벙거리는 학생도 있고 그리고 어린아이의

---

62 「금따는 콩밧」, 『개벽』, 1935. 3.

손을 잡고 구경을 나온 어머니의 치맛자락을 잡고 뭘 사달라고 보채인다. 배도 좋고 사과도 좋고 또 김이 무럭무럭 오르는 국화만두는 누가 싫다나. 그놈의 김을 이윽히 바라보다가 그는 그만 하품인지 한숨인지 분간 못할 날숨이 길게 터져 나온다.[63]

그의 인물들의 도시에서의 삶은 그러나 비탄에 빠지거나 실망하거나 하지 않고 해학과 낙천으로 충만된 행동 구조로 일관한다. 그들이 과거에도 그랬듯이 현실을 현실 그 자체로 인정하지 않겠다는 여유와 자신감이 은연중에 노출된 것이라 할 수 있다. 이것은 유정의 인물들이 우리에게 암시하는 삶에 대한 줄기찬 에너지의 상징이며, 유머 속에 가려진 그들의 상식과 윤리와 보편성에서 벗어난 삶의 양식은 그러므로 극복이 가능한 것으로 이해하게 된다. 그들은 부박한 현실을 대상으로 바라볼 수 있는 자리에 있으므로 그들은 초월한 것이며 삶에 대한 긍정과 화해적 결말을 기대할 수 있게 하는 것이다. 그들은 주어진 현실이 참담하지만 그것을 참담함 자체로 인정하지 않는 반어적(irony) 행동 양태로 대응함으로써 극복한다. 다음에 인용한 「따라지」의 결말은 건강하고 발랄한 술집 갈보 '아끼꼬'의 강인한 삶의 의지가 반어적 해학으로 드러난다.

"난 그런 거 몰루!"
아끼꼬는 땅에 침을 탁, 뱉고 천연스리 대답한다. 그리고 사직원의 문간쯤 와서는
"이담 또 만납시다"
제멋대로 작별을 남기고 저는 저대로 산쪽으로 올라온다.
활텃길로 올라오다 아끼꼬는 궁금하야 뒤를 한번 돌아본다. 너머기가 막혀서 벙벙히 바라보고 있다가 다시 주먹으로 나른한 하품을

63 「봄과 따라지」, 『신인문학』, 1936. 1.

끄는 순사. 한편에서 날뛰고 자빠지고, 쾌활이 공을 찬다. 아끼꼬는
다시 올라가며 저도 모르게 남자가 됐더라면 '풋뽈'을 차볼걸, 하고
후회가 막급이다. 그리고 산을 내려가서는 이번엔 장독대우에 요강
을 버리리라, 결심을 한다. 구렁이(주인 마누라 : 필자 주)는 장독대
우에 오줌을 버리면 그것처럼 질색이 없다.

"망할년! 이담에 봐라. 내장독우에 오줌까지 깔길테니!"

이렇게 아끼꼬는 몇 번 몇 번 결심을 한다.[64]

(2) 좌절과 초월

최서해와 김유정은 1920년대와 1930년대 현실의 가장 핵심적 문제
인 빈궁의 문제를 작품의 제재로 삼았다. 그들은 각각 자기 시대의 유랑
농민이나 소작인 머슴 노동자 등의 하층민의 삶에 작가적 책임을 부과
하였으며 개인적으로 사회적으로 다 같이 불행했던 식민지 사회의 참담
한 현실들을 작품 속에 형상화하였다.

그들의 인물들은 그들의 삶의 공간을 이루고 있는 현실에 대하여 여
러 가지 양태의 반응으로 대처하였다. 앞 절에서도 밝혔듯이 현실 수용
의 태도에 있어서 어느 것이 잘한 것이며 어느 것이 그렇지 못하였는가
를 따지는 것은 그리 중요한 문제가 되지 않는다. 개인과 사회의 대치점
에서 어떠한 방법으로 자기 발견의 문제와 대결하였는가 하는 문제는,
그러므로 소설의 미적 효과와 어떻게 연결되는가와 함께 검토되어야 할
것이다.

두 작가의 식민지 사회의 궁핍화 과정의 하층민에 대한 문학적 표현
은 많은 공통점이 있으면서 그의 인물들의 서사 구조가 우리에게 주는
미적 효과에서는 많은 상이점이 발견되었다.

---

64 「따라지」(『조광』, 1937. 2)

유정의 작중인물들이 보여 주었던 사건 구조의 양상을 요약, 검토하자면 1920년대의 최서해의 그것과 크게 다음의 몇 가지로 비교가 가능해진다.

① 전장적 차원과 일상적 차원

서해의 인물들은 '아니다. 남을 안 죽이면 내가 죽는다'라는 공격적 발상으로 상황에 대처한다. 그들은 자신의 생존을 위해 강탈하고 방화하며 테러를 서슴지 않는다. 유정의 인물들은 주어진 상황과 일정한 거리를 유지하는데, 그것은 그들의 삶에 대한 자신감 또는 객관화의 여유를 말하며, 따라서 그들은 비극적 상황을 일단 일상의 문제로 인식한다.

② 증오와 골계

서해의 전투적인 삶의 양식은 자연히 증오의 감정으로부터 출발하며, 한편 유정의 주어진 현실에 대한 여유(체념)는 대상(현실)의 엄숙성(참담함)을 부정하여 중압감이나 고통으로부터 벗어날 수 있는 골계적 태도를 취한다.

③ 좌절과 초극

서해의 인물들의 직선적이며 반항적인 현실 대응의 방법은 그러므로 쉽게 좌절할 수밖에 없었으며, 유정의 인물들은 오히려 서해의 인물들이 다다른 좌절의 지점에서 출발한 상황이었으므로 그들의 반어적이며 역설적이며 해학적인 현실 수용의 태도는 현실의 참담함을 초극한다.

④ 계급적 차원과 계층적 차원

윤호는 자신이 가난하다는 이유로 부자인 이 주사의 돈을 강탈한다

(「큰물 진 뒤」). 서해의 인물들의 빈궁은 동시대의 모든 하층민의 그것이었으나 그들이 자신의 생존을 위해 취한 개개의 사건은 다분히 계급투쟁의 성격을 띠고 있으며, 감상성이 강하게 노출된다. 유정의 인물들이 개인의 문제를 사회의 공적인 문제로 확대시킨 것은 그들이 제시한 상황이 보다 보편적이며 객관화되었기 때문이다.

⑤ 비화해적 결말

서해와 유정의 인물 거의가 현실과의 대처에서 화해를 성취하지 못한다. 그것은 모두 궁핍화 시대의 현실에 대처하는 식민지 치하의 당대 하층민의 불가피한 비화해적 현실에 기인한다.

⑥ 투쟁과 순응

서해와 유정의 인물들은 주로 반항과 체념이라는 단순한 관념태로 현실을 수용한다. 서해의 인물들의 '공격성'은 그들이 그들 세계의 내면적 부당성의 핵에 접근하지 못한 것이었으며, 단순한 표면적 사실성에만 집착한 데서 온 것이었다. 이 점에서는 유정의 인물도 마찬가지이다. 그들은 그들을 그렇게 살지 않으면 안 되게 한 대상과의 싸움을 회피하였거나(유정) 그 대상을 표면적인 데서 구하였다(서해).

최서해와 김유정은 1920~1930년대의 핵심적 문제였던 빈궁 사회에 대한 그들의 관념을 형상화하였다. 소설에 있어서 관념은 구체적인 표현의 암시를 받고 그 자체는 눈에 띄지 않아야 한다. 사회란 근본적으로 하나의 추상적인 개념이지 상상력에 의해 생기는 실체는 아니므로 그들은 소설 가운데서 사회를 재창조하지는 않았다. 그러나 그들은 작중인물을 움직이게 하고 현재성을 부여함으로써 그들의 사회에 대한 모습이 우리 앞에 제시되었다. 따라서 그들이 사용한 서사 구조는 우리에게 검토의 자료가 된다. 여기서는 주로 그들 인물들의 현실(사회)에 대한 수용 태도를 검토함으로써 작중인물의 사회갈등의 양상을 따지는 단서로 삼고자 하였다.

최서해와 김유정은 1920~1930년대 현실을 제시하는 데 문학적 성과를 획득하였고, '궁핍화 현실'에 대한 작중인물의 사건 구조가 각각 상이한 대응 양태로 나타남을 보았다.

결국 김유정 인물들의 행동 양식은 해학(humour)과 위트(wit)와 반어(irony)의 세계에 있다고 할 수 있다. 그의 인물들의 사회적 갈등의 양상은 이와 같이 변용되고 굴절됨으로써 공격을 환치시키는 통로가 되고 있다.

적의가 좌절의 원인이라고 생각했던 대상을 향해 표출되었던 최서해의 인물들과 대조가 된다. 김유정의 인물들의 공격에 있어서의 유머나 위트의 기능이란 '현존의 각종 장애 때문에 큰소리로 또는 의식적으로 말할 수 없는 것을 통하여 우리의 적대자를 우스꽝스럽게 만들게 해'주며 '그러한 장애나 권위에 대한 하나의 저항으로, 혹은 압력으로부터의 하나의 도피로 이바지'[65]해주는 효과가 되고 있다.

표면적 진술과 실제적 의미의 상이성에서 야기되는 상황(극적)의 아이러니[66]는 그러므로 자기방어를 위한 일종의 '안전판 제도'라 할 수 있다.

---

65 S. Freud, *Wit and its Relations to the Unconscious, in Basic Writings of S. Freud*, The modern Library, p.697.

66 Dramatic Irony는 ① *Encyclopedia of Poetry & Poetics*, ② *A Glossary of Literary Terms* (ed) by Abrams), ③ Colwell에게서 나타나며, Situational Irony는 Fowler(ed)의 *A Dictionary of Modern Critical Terms*에, Structural Irony는 Abrams(ed)의 앞의 책에

안전판 제도는 적대감을 대체물로 전환시키는 데 도움을 주는 제
도(아니면 그런 전환에 대리적인 방법을 제공하는) 혹은 승화적 해
소를 위한 통로로 기능하는 제도이다.[67]

따라서 안전판 제도란 사회구조의 경직성에 따라, 즉 사회 체계가 적
대적 주장이 표출되는 것을 허용하지 않는 정도에 따라 증가한다는 것
을 알 수 있다. 1920년대의 최서해 인물들의 계급적 갈등의 강렬성이
나 폭력성과, 1930년대의 김유정 인물들의 억압된 충동의 환치 수단으
로서의 자기방어적 갈등은 그러므로 두 시기의 사회변동과 관련되지 않
을 수 없게 된다. 그것은 즉 1920년대의 식민 수탈의 상승화와 1930년
대의 식민적 상황의 완고성에 기인하는 것이라 볼 수 있다. 이들의 행동
구조 '공격성'(반항성)이 '체념'과 '유머'로 변화하는 것은 이러한 사회변
동에 대한 당대인의 초월적 세계 인식의 결과라 볼 수 있다. 그것은 또
한 절망적인 시대 상황에 대한 자기 생존을 위한 방어적 자기 변모의 수
단이다. 그러므로 내면적으로는 서해보다는 유정의 인물에 이르러 서사
구조의 비극성이 고조되었다 하겠다. 특히 그 미적인 효과에 있어 서해
가 유정에 미치지 못하는 이유는 마르크스의 문학에 관한 논의에서 그
것이 증명된다. 마르크스는 계급적 이해관계를 직접적으로 표현한 작가
들을 열등한 작가로 본다. 왜냐하면 경제적, 정치적 이해관계를 문학 속

보임. 일반적으로 Irony를 ① 소크라테스적 ② 상황적 ③ 낭만적 ④ 언어적인 것으
로 나눈다. 특히, 여기서의 상황의 아이러니를 비극적인 것과 희극적인 것으로 나
누고, 언어적 아이러니는 ① 축소(understatement), ② 과장(overstaterment), ③ 역
설(paradox), ④ 언어희롱(pun), ⑤ 기지(wit), ⑥ 욕설(invective), ⑦ 풍자(satire)와 개
작(parody) 등으로 세분하기도 한다. 유정의 인물의 행동 양식은 이 양자가 적절히
교합된 양상을 띠고 있다.

67 L. A. Coser, op. cit, p.58.

으로 당장에 바꾸어놓는 것은 문학을 이데올로기로, 따라서 졸렬한 예술로 변형시키는 것이라는 것이다.[68] 따라서 작가가 사회의 성격과 인간의 관계를 진실하게 반영하는 것은 그 자신의 계급적 입장을 넘어설 때에 한해서이며, 창조적 작가는 사회적 지위, 개인·제도·사회에 대한 예술적 활동의 변증법적 관계 때문에 사회의 비판자가 되는 것이다.

서해가 이념적으로 계급투쟁을 위한 대열에 앞장선 것은 아니었다 하더라도 결과적으로 드러난 그의 인물들의 행동 구조는 계급적이었는바, 위와 같은 지적은 그의 인물의 행동구조가 보인 한계성을 시사해준다 하겠다. 이 또한 갈들의 강렬성이나 치열성이 야기하는 행동의 원시성을 말해주는 것이라 하겠다.

3. 왜곡된 자아와 폐쇄된 사회

(1) 세속화와 자기 풍자―『태평천하』「레디·메이드 인생」

채만식[69]의 서사구조는 특히 작중인물의 세계 인식의 태도에 의해서 사건이 굴절하거나 와해되고 있는 점이 특징이다.

---

68 A. 스윈지우드, 「소설사회학의 문제들」, 유종호 역, 『문학예술과 사회상황』, 민음사, 1979, 227쪽.

69 1902~1950. 전북 옥구 출생. 중앙고보 졸업. 조도전대 영문과 중퇴. 『동아일보』 『조선일보』 기자. 1924년 단편 「세길로」(『조선문단』)로 데뷔. 이후 「화물자동차」(『혜성』, 1931), 「레디·메이드 인생」(『신동아』, 1934), 「인텔리와 빈대떡」(희곡)(『신동아』, 1934), 「보리방아」(『조선일보』, 1936. 7. 4~18), 「명일」(『조광』, 1936), 「천하태평춘」(후에 『태평천하』 『황금광시대』로 개작 출판, 『조광』, 1938. 1~9), 「치숙」(『동아일보』, 1938. 7~14), 「소망」(『조광』, 1938), 「홍보씨」(『인문평론』, 1939), 「논이야기」(『조선해방문학전집』 9, 1936), 「탁류」(『조선일보』, 1941), 「민족의 죄인」(『백민』, 1948), 유고 「소년은 자란다」(『월간문학』, 1972) 등 발표. 폐환으로 타계.

그의 『태평천하』와 『탁류』는 앞 절에서 다룬 염상섭의 「삼대」의 연장 선상에 놓이는 작품이다. '가족'이라는 식민지 시대의 한 소집단의 각 세대 간의 이해와 갈등의 문제를 다룬 것으로, 이 시기의 대표적 성과로 꼽히고 있다. 임화 이후 '세태소설'[70]로 그 특징이 규정지어진 대로 그의 인물들은 고등 유민, 실업자, 무산자의 생태가 주조를 이루고 있다.

특히 『탁류』는 그의 대표적 성과에 해당한다. 주인공 초봉이가 어려운 생활 속에서 약제사의 꿈을 키우기 위해 약국 점원을 시작, 온건한 사회주의자 남승재와의 관계가 돈에 의해 무산되고, 은행원 고태수와 사기한 장형보에 의해 파멸, 마침내 살인에 이르기까지의 과정을 그린 작품이다. '돈 많고 부잣집 외동아들이고 서울에서 전문대학을 나왔다'는 것에 속아 은행원 고태수에게 딸을 시집보낸 정 주사의 행위나, 이를 거절하지 못한 초봉이의 행위에서 이들 인물들의 전락은 예고되어 있었다. 이는 당시 배금주의와 전통적 가족관계에 의한 한 가정의 붕괴의 모습을 보여준 것이다. 병원의 조수로 있으면서 환자를 돌보고 가난한 아이들을 위해 야학을 세우는 남승재와, 발랄하지만 경솔하지 않은 계봉(초봉이의 동생)만이 이러한 탁류에 휘말리지 않는 인물로 설정되어 있었다.

『탁류』의 남승재와 계봉이가 부패한 사회에서 타락하지 않은 인물로 남는 것은 이 시기의 '붕괴와 생성'[71]이라는, 현상에의 좌절과 미래의 약속이라는 의미를 대칭적으로 제시한 구조가 되고 있다. 「삼대」에서의 조덕기와 마찬가지로 남승재가 『탁류』의 구심점이며 유일한 가능성의 인물로 설정되어 있다. 조덕기 일가의 세대 갈등이나 이념적 대립이 '화폐'를 중심으로 훼손되거나 변질된 것처럼, 이들 인물들 역시 초봉-정

제4장 1930년대 소설과 왜곡된 자아

---

70 임 화, 「세태소설론」, 『조선작품연감』, 인문사, 1938, 230~231쪽.

71 정한숙, 「붕괴와 생성의 미학」, 『현대한국작가론』, 고려대학교 출판부, 1977, 138쪽.

주사－고태수, 남승재－초봉, 장형보－초봉 등의 관계 또한 '화폐'가 이들의 갈등 요인으로 등장했다.

『탁류』는 그러므로 「삼대」에서 보인 '화폐가치'에 의한 인간성과 인격, 그리고 그들의 삶이 함께 파멸하는 과정의 반복이다.

이런 점에서 『탁류』보다는 『태평천하』가 1930년대 인물의 사회의식이 또 다른 한 전형을 제시한 것으로 보인다. 그것은 직원 윤두섭 노인에 의해 형상화된 왜곡된 자아의 모습이다. 윤 직원은 「삼대」의 조 의관의 또 하나의 변형이다. 지주이며 전통성을 고수하며 족보를 사고 이기주의와 개인의 안일에 몰두한다.

조 의관과의 이러한 유사점에도 불구하고 윤 직원의 대사회적 태도에 의해 그것은 다른 양상을 띠고 있다. 조 의관이 자신을 둘러싼 사회에 대해 철저히 묵살과 거부의 폐쇄적 태도를 취하고 있음에 비하여, 그는 이보다 한걸음을 더 나아가 야유와 질타를 서슴지 않음으로써 공격적 자기방어의 수단으로 삼고 있다. 봉건지주 조의관의 완고성이 여기서는 뒤틀린 자아의 모습으로 변모한 것이다.

윤 직원은 토반도 아전도 못 되는 평민 윤용규의 아들로서, 한말의 격변기를 지나는 동안에 '출처 모호한'[72] 돈 이백 냥으로 시작하여 '삼천석 넘게' 치부한 윤용규의 재산을 물려받아 재산을 증식한 사람이다. 부친 윤용규가 화적들에게 살해당하면서 그의 경직된 사회의식은 왜곡되기 시작한다.

> 시체를 안고, 땅을 치면서
> "이놈의 세상이 어느날에 망하려느냐!"

---

72 「태평천하」, 『한국문학전집』 9, 민중서관, 1958, 407쪽. 이하 '전집'이라고 표기한다.

고 통곡을 했읍니다.

그리고, 울음을 진정하고는, 불끈 일어나 이를 부드득 갈면서,

"오오냐, 우리만 빼놓고 어서 망해라!"

고 부르짖었읍니다. 이 또한 웅장한 절규이었읍니다. 아울러, 위대한 선언이었구요.[73]

작가는 윤 직원이 부친의 시체를 안고 절규하는 장면을 이렇게 서술하고 있다. '우리만 빼놓고 모두 망해라'고 외치는 윤 직원에게서 그의 세계에 대한 저주와 배타적 태도의 일단을 볼 수 있다.

그러나 중요한 점은『태평천하』가 작중인물들만이 사건과 행위의 연속으로 되어 있는 일반적 서사 구조와는 달리 서술자(작가)가 개입되어 인물의 행위 자체를 해설(풍자)하고 있다는 점이다. 윤 직원은 사회를 해석하지만, 그는 다시 서술자에 의해 해석된다. '우리만 빼놓고 모두 망해라!'라는 인물의 절규에 이어 '위대한 선언'이었다는 서술자의 풍자가 뒤따른다.

이와 같은 작중인물과 서술자와의 부정－부정, 풍자－풍자의 이중 구조는 서사 단락 속에 무수히 나타난다.

(가) "인력거 쌕(삵)이 몇푼이당가?"

이 이야기를 쓰고 있는 이는 당자 역시 전라도 태생이긴 하지만, 그 전라도 말이라는게 좀 경망스럽습니다.[74]

(나) "쌍년이라 헐 수 읍서! 천하쌍놈, 우리에게 판백이 아전 고증평이 자식이 워너니 그렇지 별 수 있것냐!"

73 전집, 417쪽.

74 전집, 392쪽.

"아이구! 그, 드럽고 밉살스런 양반! 그런 알량 헌양반허구 안바꾸어……양반, 흥!……양반이 어디가서 모다 급살맞아 죽구읍덩감만……대체 은제쩍부텀 그렇게 도도한 양반인고? 읍네 아전들한티 잽혀가서 볼기 맞이면서 소인 살려줍시사! 허던건 누군고? 그게 양반이어? 그 밑구녁 들칠수록 구린내만 나너만?"

아무리 아귓심이 세다 해도 본시 남자란 여자의 입심을 못당하는 법인데 가뜩이나 이렇게 맹열한 육탄(－아니 언탄－)을 맞고, 보니, 윤직원 영감으로는 총퇴각이 아니면, 달리 기습(奇襲)이나 게릴라 전술을 쓸 수 밖에 별도리가 없읍니다.[75]

(다) "다앙 당 둥, 다앙 동 다앙당, 증찌, 당 당동 따, 당 따앙."

이윽고 초장이, 끝을 흥있이 몰아치는 바람에, 담뱃대를 물고 모로따악 트러누워서 듣고 있던 윤직원 영감은

"좋다아!"

하면서 큼직한 엉덩판 한 번 칩니다.

무릇 풍류란건 점찮대서, 잡기나 그런 것과 달라, 그 좋다－를 않는 법이랍니다. 그러나 그까짓 법이 무슨 상관이 있나요. 윤직원 영감은 좋으니까 좋다고 하면 그만이지요.[76]

위의 (가), (나), (다)는 윤 직원의 언어나 신분이나 생활의 일부를 풍자적으로 드러낸 것인데, 희극적 정황이 다시 서술자에 의해 풍자됨으로써, 드러난 현상이 다시 부정되는 것이다.

따라서 「삼대」의 조 의관과 윤 직원의 차이란 신분과 가치관의 차이가 아니라 태도의 차이다. 더구나 그것이 인물의 행위 단위와 서술의 층위[77]가 한데 어울린 구조로 되어 있다는 데서 작중인물의 희화화(cari-

---

75 전집, 439~440쪽.

76 전집, 467~468쪽.

77 R. Barthes, 제2장 각주 20 참조.

cature)가 고조되는 효과를 보이고 있다.

위 (가), (나), (다)에 보이는 인물의 행태는 희극적 정황에 대한 희극적 진술의 차원에 있지만, 다음과 같은 윤 직원의 태도는 그 희극성에도 불구하고 그 비극적 정황이 반어적으로 드러나는 것이다.

(가) "어디 또 한군디 함락 시키넝개비네, 잉?"

이윽고 방울소리(신물 호외를 알리는 소리 : 인용자)가 멀리 사라지자 윤직원 영감이 비로소 침묵을 깨뜨리던 것입니다.

"글쎄요…… 아마그랫는게지요."

"거 머, 청국이 여지 읍덩개비데? 워너니 즈까진 놈덜이 어디라구, 세계서두 첫찌 간다던 일본허구 쌈을 헐라구 들것잉가?"

…(중략)…

"참 장헌 노릇이여!……아 이사람아 글시, 시방 세상에 누가 무엇이 그리 답답하여서 그 노릇을 허구 있것능가?……자아 보소. 관리허며 순사허며 우리 죄선으로 많이 내보내서, 그 숭악헌 부랑당 놈들을 말끔 소탕시켜 주구, 그리서 양민덜이 그 덕에 편히 살지를 안녕가? 그러구 또, 이번에 그런 전쟁을 히어서 그 못된놈의 사회주의를 막어내주니, 원 그렇게 고맙고 그렇게 장헌디가 어디 있담말잉가……어! 참, 끔찍이두 고맙구 장헌 노릇이네!……게 여보소, 이번 쌈에 일본이 갈디 읍시 이기기넌 이기렸대잉?"[78]

(나) "화적패가 있너냐? 부랑당 같은 수령(守令)이 있너냐…… 재산이 있대야 도적놈의 것이오, 목숨은 파리 목숨같던 말세(末世)넌 다─지내가고오……, 자 부아라, 거리거리 순사요 골목마다 공명헌 정사(政事), 오죽이나 좋은 세상이여? 남은 수십만명 동병(動兵)을 히어서, 우리 조선놈 보호하여 주니, 오죽이나 고마운 세상이여?……으응?……제것 지니고 앉어서 편안하게 살 세상, 이걸 태평

---

78 전집, 457~458쪽.

천하라구 하는 것이여, 태평천하!"[79]

(가)는 일본의 대륙 침략을 보는 윤 직원의 태도이다. 사회주의에 대한 극도의 반감과 식민주의 사회에 대한 맹목적 신뢰가 배어 있다. 이러한 태도는 손자 종학이가 동경에서 사상 관계(사회주의)로 체포되었다는 전보를 받은 (나)에 이르러 극단화된 반시대적 반역사적 세계 인식의 태도로 발전하는 것이다.

'화적패', '부랑당', '사회주의' 등으로 윤 직원에 의해 표현되는 당시의 반제국주의적 항일 세력들이 저주의 대상이 되고, '거리거리 순사요 골목마다 공명한 정사인 세상'을 '태평천하'라고 외치는 것이다.

'윤직원'으로 대표되는 식민지 시대의 구한말 세대가 서술자에 의해 조롱과 비판의 대상이 되고 있지만, 결국 이 또한 이 시대의 전형적인 인물이 아닐 수 없다.

그러므로 문제가 되는 것은 작중인물 윤 직원의 행위에 나타난 '가치'가 아니라 그의 사회에 대한 '태도'이다. 작중인물은 그가 처한 현실을 비웃고, 서술자는 그의 비웃음을 비웃는다. 부정—부정, 풍자—풍자의 이중 구조는 그러므로 더욱 풍자적이다. 서술자와 서술 주체가 떨어질 수 없는 결속된 관계를 맺으면서, 이른바 한 마당의 판소리 사설의 구조를 이루고 있다.

'……거리마다 순사요 골목마다 공명한 정사', '풍신이 아까울사', '했읍지요', '화적패가 있너냐 부랑당 같은 수령이 있너냐' 등의 구어체와 설화체에서 판소리의 운율과 수사(반어, 희화, 조롱, 나열, 과장 등)를 볼 수 있다.

---

79 전집, 540~541쪽.

이러한 근거는 작중 서술자나 주인공이 남도 사람이라는 표면적인 사실을 떠나, 작품의 내적 원리에 의해서도 그것이 입증된다. 윤 직원의 '태평천하'는 무대에 있고 고수인 서술자는 무대 뒤에 있다. 「삼대」의 주인공이 조 의관이 아니고 조덕기인 것은 『태평천하』의 주인공이 윤 직원이며 윤종학이나 윤종수가 아닌 것과 같다.

그러므로 『태평천하』는 드러난 구조보다는 감추어진 구조에 의해 그 비극성이 고조되었다 할 수 있다. '풍자'에 관한 다음의 진술은 1930년대 사회의 당대인의 왜곡되고 뒤틀린 인물의 전형을 이해할 수 있게 해준다.

> 풍자는 항의의 본능에서 생기는 것이며 예술화된 항의이다. 그러나 풍자의 주제는 가치 있는 것이어야 하며, 항의의 주제 또한 가치 있는 것이어야 한다. 풍자는 그러므로 본질적으로 사회적인 문학양식이다. 즉 거기에는 현세에 초연한 것이 없다. 풍자는 세상을 버리고 세상에서 버림받는 것을 다루지 않는다. 이러한 초월적인 상태를 자아낼 수 있는 경험, 예컨대 사랑과 죽음은 너무 엄숙한 것이어서 풍자가 미치지 못하는 범위에 속한다. 비극이나 희극에서는 사랑과 죽음이 드높여지지만 풍자는 드높이지 않는다. 그것을 격하시키는 것이다. 따라서 풍자는 사랑과 죽음을 비판적이고 이지러진 거울을 통해서 바라본다.[80]

위의 진술 가운데 풍자가 '본질적으로 사회적'이라는 지적과 대상을 '이지러진 거울'을 통해서 바라본다는 지적은 유의미하다. '이지러진 거울'이란 왜곡된 자아에 의한 특유한 태도 또는 어조(tone)에 연유하는 것이기 때문이다. 서술 주체는 세계를 비웃고 서술자는 서술 주체를 비

---

80 A. Pollard, 『Satire』, 송락헌 역, 서울대학교 출판부, 1980, 12쪽.

웃는 구조란 결국 사태의 심각성보다는 비웃음의 구조에 다름 아니다. 현실의 참담함은 경박한 것과 진지한 것, 사소한 것과 교훈적인 것 사이를 왕래하는 가운데 그 모습이 감추어져 있다.

『태평천하』는 있어야 할 것이 감추어지고, 있는 것이 있어야 할 것에 의해 비판되고 있다. 서술자는 서술 주체 윤 직원에 대한 우월한 태도를 유지하고 서술자는 자기의 입장을 변호, 증명함이 없이 독자를 자기 편으로 갖고 있다. 그러나 풍자란 근본적으로 특이한 어조(이를테면 위트 · 조롱 · 비꼼 · 조소 · 냉소 따위)를 사용함으로써 그 표면을 다양한 색상으로 변화시킨다[81]는 점에서, 드러난 현실에 대한 감추어진 항의이고, 그러므로 그것은 공격보다는 방어의 수단일 수밖에 없다.

공격이나 방어는 다 같이 적대자에 대한 대립에 의해 생기는 대응 양식이지만, 후자가 전자보다 소극적임은 물론이다. 이는, 윤 직원의 우행은 비판되어야 하지만 그러한 우행을 산출케 한 보다 근본적인 문제들에 대한 비판이 유보된 채, 부정—부정, 풍자—풍자의 이중 구조로 되어 있다는 데서 그렇다.

『태평천하』의 서사 구조는 그러므로 1930년대의 완고성에 대한 작중인물의 나약한 중립성으로서의 자기 변신을 뜻하는 것이다.

이러한 작중인물의 행동은 그의 「레디 · 메이드 인생」에서 그대로 드러난다. 주인공 P는 한때 사회주의 이념을 가졌으나 '되다가 찌부러진 찌스러기' 같은 존재가 되어 이제는 가난에 시달리고 있는 실업자이다. 직장을 얻으러 다니나 매양 거절당하고, 사회의 비리만 목격하게 된다. 현실과의 타협이 불가능해진 것을 안 P는 나이 어린 아들을 학교에 보내는 대신 서비스 공장의 공원으로 보냄으로써 현실에 대한 그의 인식

한국 근대소설과 사회갈등

---

81 A. M. Clark, *Studies in Literary Mode*, Edinburgh, 1946, p.32.

의 변화의 모습을 보여준다.

「레디 · 메이드 인생」은 전체 11개의 서사 단락으로 되어 있으며, 각
단락에서 나타난 사건은 다음과 같다.

(1) 선배인 K사장(신문사)을 찾아가 취직을 부탁해보나 거절당한다.

(2) 광화문 네거리에 나와 화사한 봄 풍경을 구경하나 초라한 자
신의 행색에 스스로 실소한다.

(3) 1930년대의 조선 사회의 새로운 풍물, 교육기관의 설립, 금융
기관의 설립, 종교계, 문화계의 변화, 인텔리의 홍수 사태 등의 현상
과 관련, 인텔리인지라 노동자도 못 되는 자신을 레디 · 메이드 인생
이라고 생각해본다.

(4) 자신의 행색에 대한 열등감 때문에 비싼 담배를 사고, 돈과 여
자 등속에 대한 공상을 하며 사글세방으로 들어오니 고향 형님에게
서 편지가 와 있다.

(5) 헤어진 아내와의 사이에서 낳은 아들을 서울에 데려다 적당한
공부를 시켰으면 한다는 내용의 편지를 내던지고, 마침 찾아온 M과
H를 만나 H의 책을 잡힌다.

(6) 술에 취해 유곽으로 몰려가 작부와 노닥거리다가, '이십전' 이라
도 좋으니 자고 가라는 작부의 말에 비감에 싸여 밖으로 뛰쳐나온다.

(7) 정조 값으로 이십 전을 요구했던 작부와, 없는 돈을 그나마 털
어주고 나와서는 자신 모두에게 비애를 느끼며 눈물을 흘린다.

(8) 이십 전에 정조를 파는 여자와, 정조를 잃고 자살을 하는 여자
를 비교해보고, 그러나 후자보다는 전자가 더 당당하고 현실적이라
는 생각을 해본다.

(9) 아들이 올라온다는 편지를 받고 인쇄소에 가 취직을 부탁한다.

(10) 서울에 올라온 아들을 마중한다.

(11) 아들을 인쇄소에 맡긴다.

이 작품의 서사 구조는 결국 주인공 P의 구직 운동과, 술집 작부와의

관계에서 빚어진 태도의 변화, 아들을 학교에 보내는 대신 공장에 보내는 행위로 짜여 있다.

서사 단락 (1)에서 P는 K사장으로부터 '설교'를 듣게 되는데 그것은

> "가령 응…… . 저…… . 문맹 퇴치 운동도 있지. 농민의 구할이 언문
> 도 모른단 말이야! 그리고 생활개선 운동도 좋고 …… 헌신적으로."[82]

따위의 '구직군 퇴치의 수단'으로서밖에는, 실현성도, 구체성도, 여건도 허락되어 있지 않은 사회의 허울 좋은 이념들뿐이었다.

(2)와 (3)은 1930년대 사회의 세태 풍정을 서술한 것인데, 그것은 식민지적 질서 위에 생겨난 새로운 문물이나 제도에 관한 것이다. '논밭을 팔고 집을 팔아서라도' 배우고 가르치자는 신학문의 열기, 은행·회사·학교·신문·잡지사가 생기고 '연애결혼'에 목사님의 '부수입이 생기'고, '부르주아지는 가보를 잡고 공부한 일부 지식군은 진주(다섯끗)를 잡고 노동자 농민은 무대를 잡'게 되는 풍정을 말하고,

> 인테리……인테리 중에도 아무런 손끝의 기술이 없이 대학이나
> 전문학교의 졸업증서 한 장을 또는 조그마한 보통상식을 가진 직업
> 없는 인테리…… 뱀을 본 것은 이들 인테리다.
> 부르조아지는 모든 기관이 포화상태가 되어 더 수효가 아니 느니
> 그들은 결국 꾀임을 받아 나무에 올라갔다가 흔들리우는 셈이다. 개
> 밥의 도토리다.
> 인테리가 아니었으며 차라리……(일제시 9자 삭제-편자) 노동자
> 가 되었을 것인데 인테리인지라 그 속에는 들어갔다가도 도로 달아
> 나오는 것이 99%다. 그 나머지는 모두 어깨가 축 처진 무직 인테리

한국 근대소설과 사회갈등

---

82 전집, 546쪽.

요 무력한 문화예비군 속에서 푸른 한숨만 쉬는 초상집의 주인없는 개들이다. 레디·메이드 인생이다.[83]

라고 인텔리계층의 현실을 풍자한다. 노동자, 농민이 '무대'(0곳)를 잡고, 인텔리가 '뱀'을 잡고, 인텔리는 다시 '문화예비군', '초상집 개', '레디·메이드 인생'으로 비유된다. 이는 지배 세력인 일본의 기만적 문화정책의 산물로서 통제되고 조작된 통치 질서의 결과였다.

사회로부터 소외된 '문화예비군'이며 '레디·메이드 인생'인 P의 이러한 사회적 열등감을 단적으로 보인 것이 (4)에서의 싼 담배인 '마꼬' 대신 비싼 '해태'를 사는 데서 드러난다. 자신의 행색에 대한 가게 주인의 태도에 대한 '심술' 때문이다.

친구인 M과 H와 함께 술집을 순회하고 유곽에 들어가게 되는 (6)에 이르러 작중인물 P의 대사회적 태도에 굴절이 오는데, 그것은 작부로 대표되는 하층민의 실상에 대한 목격 때문이었다.

> "자고 나 돈 조……금 주고 가 응."
> "얼마나?"
> "암만도 좋아……오십전도, 아니 이십전도."
> 계집애의 말이 떨어지기도 전에 P는 불에 대인것처럼 벌떡 일어섰다. 일어서면서 그는 포켓 속에 손을 넣고 있는 대로 돈을 움켜쥐어 방바닥에 홱 내던졌다. 일원짜리 지전 두장과 백 동전이 방바닥에 요란스럽게 흩으러진다.
> "앗다. 돈!"
> 내던지고는 P는 뛰어나왔다. 그의 눈에는 눈물이 고였다.[84]

---

83 전집, 550쪽.
84 전집, 561쪽.

'내일은 굶어야 할 그 돈이지만 돈이 아까운 것이 아니'라 왜 '눈에 눈물이 고였는가?'고 자문해보고, 이십 전에라도 정조를 팔아 살아가는 매춘부가 오히려 '일종의 정당성을 가진 노동'[85]이라 생각하고, 한편으로는 '장님이 눈병 앓는 사람더러 불쌍하다고 할 셈인가'고 자조에 빠지는 것이다.

P에게 있어 (7)에서의 작부와의 대면은 인텔리인 자신의 생활의 허구성을 발견케 된 동기가 되었고, 마침내 자신을 '눈병알이'를 걱정하는 '장님'으로 비하하게 되는 것이다.

P의 '눈물'은 나약한 인텔리 계층의 감상성의 노출일 수 있지만 작부에게서 자신의 실상을 보는 자아 발견의 모티프가 되었고, 이러한 P의 태도의 변화는 아들 창선이를 인쇄소 직공으로 보내는 데서 극적인 전환을 이루고 있다.

그러나 무산자보다 나을 것이 없는 인쇄소 직공의 월급이나 아들 창선의 나이(겨우 아홉 살이다)를 따져볼 때, 결말의 극적인 전환은 그러므로 '식민지 교육에 물들지 아니한 인물을 신뢰하려는'[86] 의식의 소산이라고 보기 어렵다. 작부의 모습에서 비로소 자기를 발견한 P의 극단화된 사회갈등이 다시 아홉 살이 된 아들에게 자학적·자조적 형태로 표출된 것에 불과하다. 통계에 의하면 1930년대의 한국인 무직자는 전 인구의 73.47%에 달했다.[87] 실업이나 무직에서 취업으로의 전환은 극도로 제한된 상태였다. 룸펜이었던 P가 노동 가치의 사회적 의미를 깨닫고 아들을 공장으로 보냈다기보다는 사회로부터 소외된 P 자신의 자기

85 전집, 564쪽.

86 김윤식·김 현, 앞의 책, 187쪽.

87 김영모, 『한국사회학』, 법문사, 1978, 222~223쪽.

풍자의 극단화로서 아들이 공장에 보내졌다.

「레디 · 메이드 인생」의 구조는 그러므로 실업자가 넘치는 1930년대 사회가 풍자되고, 아홉 살 된 아이를 인쇄소로 보내는 데서 그 풍자성이 고조되었다 할 수 있다. 서술자에 의해 무산 지식층이 풍자되고 서술 주체인 P는 사회적 관습을 거부하고 아들을 직공으로 보냄으로써 또한 사회를 풍자했다.

채만식의 『태평천하』와 「레디 · 메이드 인생」에서 우리는 부정―부정, 풍자―풍자의 이중 구조를 띠면서 1930년대 인물의 사회갈등의 한 전형이 드러남을 볼 수 있다. 이들 인물들에서 볼 수 있는 왜곡된 자아는 결국 세계의 광포함이나 완고함에서 연유되는 자기방어의 한 수단이었다 할 수 있다. 그들은 자신이 참여해야 할 역사가 어떻게 진행되어 가고 있는지 몰랐거나(윤 직원) 그것의 불가능성을 깨닫는 데서 오는 (P) 사회갈등에서 오는 '환치 수단'[88]의 하나였다.

(2) 폐쇄된 사회와 고립된 자아

이상[89]의 「날개」는 그의 「종생기」 「지주회시」 등과 함께 '봉건적 기반에서 풀려난 사람의 추상적인 자유와 이 자유를 조장하면서 그것을 무의

---

88 L. A. Coser, op. cit, p.50.

89 1910~1937. 본명 김해경. 서울 출생. 보성고보. 경성고등공업 졸업. 1931년 시 「이상한 가역반응」 발표. 1934년 「구인회」 회원, 『조선중앙일보』에 시 「오감도」 연재. 1932년 소설 「지도의 암실」 이후 「지주회시」(『중앙』, 1936), 「날개」(『조광』, 1936), 「동해」(『조광』, 1936), 「봉별기」(『여성』, 1936), 「환시기」(『청색지』, 1938), 「실화」(『문장』, 1939), 「단발」(『조선문학』, 1939), 「김유정」(『청색지』, 1939) 등 발표. 다방, 카페 등을 경영했으나 실패. 심한 결핵으로 시달리다 1937년 동경에서 사상 혐의로 체포되었다. 건강 악화로 출감했으나 같은 해 4월 타계.

미한 것이 되게 하는 식민지 테두리 사이에 끼인, 식민지 문화인의 자기 모순을 표현' 하고 있으며, '모든 삶의 얽힘에서 풀려난, 따라서 철학적으로 절대로 자유로우면서 실제에 있어 무력한 잉여인간'[90]의 상황이 드러나 있다. 그의 소설은 주로 내면 공간에 의존하고 있으며, 작중인물의 대사회적 행위는 극도로 제한되어 있거나 통로가 막혀 있거나 자의식의 세계로 한정되어 있다.

이상에 이르러 1930년대 소설의 서사 구조는 내면적이고 정적이고 극도로 고립화한 개인의 의식의 세계로 옮겨진다. 그것은 김유정이나 채만식의 인물의 행동에서 드러난 해학과 풍자의 양식이 더욱 개체화, 의식화의 형태로 확대된 것이다.

「날개」의 서사 구조는 작자의 '프롤로그'에 해당되는 부분을 빼면 전체 18개의 단락으로 나뉘어져 있다. 공간은 '33번지'로 불리는 유곽의 '나'와 '안해'의 '방'으로 한정되어 있으며, 배경의 변화란 주인공의 '외출'이 있을 때의 도회의 '거리'나 '경성역' 정도에 불과하다.

'프롤로그'에 해당하는 부분은 서술자의 단상들이 자기 고백적 형식으로 나열되어 있는데, 여기에서 이미 소설의 인물의 행위나 갈등의 양상이 제시되어 있다. 그것은 신구 사조나 풍속의 대립, 권태, 자아의 세계와의 관계 등에서 기인되는 것임을 알 수 있다.

> 나는 또 女人과 生活을 設計하오. 戀愛技法에 마자 서먹 서먹해진, 智性의 極致를 홀낏 좀 드려다본 일이있는 말하자면 一種의 情神奔逸者말이오. 이런 女人의 半-그것은 온갖 것의 半이요-만을 領收하는 生活을 設計한다는 말이오. 그런 生活속에 한발만 드려놓고 恰似 두 개의 太陽처럼 마조 쳐다보면서 낄낄거리는 것이오. 나

―――――――
90 김우창, 「일제하의 작가의 상황」, 『궁핍한 시대의 시인』, 민음사, 1977, 21쪽.

는 아마 어지간히 人間諸行이 싱거워서 견딜수가 없게쯤 되고 그만
둔 모양이오. 굳빠이.[91]

十九世紀는 될수잇거든 封鎖하야버리오. 도스토에프스키 情神이
란 자칫하면 浪費인 것 같으오. 유고를 佛蘭西의 빵한조각이라고는
누가 그랫는지 至言인듯싶으오. 그렇나 人生 惑은 그 模型에 잇어서
띠테일 때문에 속는다거나 해서야 되겠오? 禍를보지마오. 부디그대
께 씀하는 것이니…….

(테잎이 끊어지면 피가나오. 傷차기도 머지않어 完治될줄믿으오.
끝빠이.[92]

'생활속에 한발만 드려놓고 흡사 두 개의 태양처럼' 마주 쳐다보고 있
는 그는 '人生諸行이 싱거워서 견딜 수가 없게 쯤' 된 속악과 권태 속에
빠져 있다. 자아는 고립되어 있고 사회는 닫혀 있다.

그리하여 19세기는 엄숙한 도덕이나 봉건적 윤리가 지배하는 억압된
세력으로 자아를 누르고 있다. '두 개의 태양'과 '권태'와 '19세기'로 표
상된 상황이 이 소설 서사 구조의 기능 단위를 이루고 행위를 암시해주
고 있다.

서사 단락 (1)에서 (5)는 '三十三번지'로 불리는 '十八가구'의 묘사와
설명이 장면의 연속으로 이루어져 있다. 인물의 행위가 잠시 뒤로 물러
나고 상황이 인물의 의식에 깊게 투영되어 있다. (1)에서

그 三十三번지라는 것이 구조가 흡사 유곽이라는 느낌이 없지 않
다. 한 번지에 十八가구가 죽―어깨를 맞대고 느려저서 창호가 똑같
고 아궁지 모양이 똑 같다. 게다가 각 가구에사는 사람들이 송이송

---

91 「날개」, 『조광』, 1936. 9, 196쪽.
92 「날개」, 196~197쪽.

이 꽃과 같이 젊다. 해가 들지 않는다. 해가 드는 것을 그들이 모른 채 하는 까닭이다.[93]

라고 18가구가 모여 사는 33번지가 묘사된다. '해가 들지 않는다. 해가 드는 것을 그들이 모른 채 하는 까닭이다'는 33번지의 사회적 단절과 어두운 현실을 나타낸다.

(2)에서 주인공은 아무와도 놀지 않고 오직 '안해'와 인사할 뿐이라 하고, 아내에 이어 '나'는 '거북살스러운' 존재라고 말한다.

(3)에서 주인공은 자신의 방과 아내의 방이 '두 칸으로 난호여있다는 것이 내 운명의 상징'이라고 말한다.

(4)는 아내의 방인 아랫방에 대한 묘사, '아랫방에는 그래도 해가 든다. 아츰결에 책보만한 해가 들었다가 오후에 손수건만 해지면서 나가버린다. 해가 영영들지 않는 웃방이 즉 내방인 것은 말할 것도 업다.'

(5)에서 다시 '화려한 안해의 방'이 묘사된다. '내방이 벽에 못한개 꼬치지 않은 소박한 것인반대로 안해방에는 천청밑으로 쫙 돌려 못이 박히고 못마다 화려한 안해의 치마고리가 걸렸다.'

다섯 개의 서사 단락 속에 사건과 행위를 규정지을 수 있는 전체적인 상황이 제시되어 있다. 이러한 기능 단위는 '33번지 → 18가구 → 안해의 방 → 나의 방'으로 축소되고, 햇볕은 '해 드는 안해의 방 → 책상보만한 해 → 손수건만한 해 → 해가 나가버린 나의 방'으로 바뀐다. 공간의 축소와 시간의 변화는 마침내 주인공을 '이불 속의 사색생활'[94]로 가두어 놓는다. 이러한 상황은 무엇보다도 '나'와 '안해'와의 방을 경계지어주는

93 「날개」, 197쪽.
94 「날개」, 200쪽.

'칸막이'에서, 주인공이 사회로부터, 특히 가장 가까워야 할 아내로부터 도 고립되어 있다는 데서 더욱 고조되고 있다.

(6)에서야 비로소 주인공 '나'의 행위가 이루어지고 있는데, 그것은 '안해는 외출에서 돌아오지 않는다. 나는 요만일에도 좀 피곤하였고 또 안해가 돌아오기 전에 내방으로 가있어야 될 것을 생각하고 그만 내방 으로 건너간다'[95]는 것뿐이다.

(7)단락에 오면 다시 주인공의 행위는 사라지고 아내의 직업이 무엇 인가에 대해 생각해보고 다만 아내의 '외출'과 '래객'에 대해 의문을 갖 는다. 아내가 주는 은화를 '무엇에 써야 옳은지 몰라' 벙어리 저금통에 넣었다고 했다.

(8)에서 아내의 직업이 무엇인가를 '연구하기에 착수'하나 실패하고, '닭이나 강아지처럼 말없이 주는 모이를 넙적넙적 받아먹'는다.

(7)과 (8)단락에서의 '나'의 '안해'에 대한 '연구'는 마침내 (9)에서 '깨 달았다'. 아내의 돈은 내객들이 놓고 가는 것이라는 것, 그러나 이내 '왜 그들 래객은 돈을 놓고 가나 왜 안해는 그 돈을 받아야 되나'[96]라는 새로 운 의문과 혼란에 싸인다.

(10)에서 주인공은 벙어리 저금통을 변소에 갖다버리고, 아내의 '꾸즈 람'을 기다린다.

(11)에서는 '래객이 안해에게 돈을 놓고 가는 것이나 안해가 내게 돈 을 놓고 가는 것이나 일종의 쾌감―이외의 다른 이유도 없는 것이 아닐 까'[97] 하는 것을 연구하고, 그 쾌감이라는 것을 체험하고 싶어 한다.

---

95 「날개」, 200쪽.

96 「날개」, 202쪽.

97 「날개」, 203쪽.

(12)는 주인공의 첫 번째 외출이 행해진다. 그러나 '돈을 쓰는 기능을 완전히 상실한' 주인공은 가지고 나간 돈을 쓰지 못하고 귀가. 그러나 (13), (14)에서 주인공 '나'는

> 안해 이불우에 없드러지면서 바지포켓속에서 그 돈 五원을 끄내 안해손에 쥐어준 것을 간신히 기억할 뿐이다.
> 잇흔날 잠이 깨었을 때 나는 내 안해방 안해이불 속에 있었다. 이 것이 이 三十三번지에서 살기 시작한 이래 내가 안해방에서 잔 맨처음이었다.[98]

고 지난밤의 일을 떠올린다. (15)에서 주인공은 내객들이 아내에게 돈을 놓고 가는 심리며, 아내가 자신에게 돈을 주는 심리를 알아내고 기뻐한다. '기운을 얻은' 주인공은 다시 거리로 나선다. (16)에서 경성역 시계가 자정을 지난 것을 본 뒤에 귀가, 돈을 쓰지 않고 들어온 것을 이상히 여기는 아내에게 二원을 주니, 아내가 '자기방에 재워주었다.' '이 기쁨을 세상의 무엇과도 바꾸고 싶지는 않았다.'

(17)단락에서 주인공은 아내와 함께 식사를 하고, (18)에서 주인공은 아내에게서 돈을 받아 외출, 경성역을 배회하다가 비를 맞고 귀가. 감기에 걸린 주인공은 아내에게서 약을 받아먹고 계속하여 낮이나 밤이나 잠을 잔다. 아스피린 대신에 수면제 아달린을 먹었던 사실을 발견하고 아내에 대한 의혹이 싹튼다. 집을 나선 주인공은 산에 가서 가지고 온 아달린을 먹고 잠을 잔다. 만 하루 만에 잠에서 깨어나 귀가하니 다시 아내의 심한 꾸지람.

다시 집을 나선 주인공은 '미쓰꼬시' 옥상에 올라 '피곤한 생활이 똑금

---

98 「날개」, 206쪽.

붕어 지느러미처럼 흐늑흐늑 허비적 거리는' 거리를 내려다보고, 자신이 아내에게 돌아가야 할까 말까를 생각한다. 이때 정오의 싸이렌이 울고

> 나는 불현듯이 겨드랑이 가렵다. 아하 그것은 내 인공의 날개가
> 돋았든 자족이다. 오늘은 없는 이 날개, 머릿속에서는 희망과 야심
> 의 말소된 페지가 딕슈내리 넘어가듯 번뜩였다.
> 나는 것든 걸음을 멈추고 그리고 어디한번 이렇게 외쳐보고 싶었다.
> 날개야, 다시 돋아라.
> 날자. 날자. 날자. 한번만 더 날자ㅅ꾸나.[99]

「날개」의 서사 구조는 극도로 제한된 사건이나 배경에도 불구하고 무려 18개의 단락으로 나뉘어져 있으며, 무엇보다도 대화의 현재성이나 일상성이 철저하게 배제되어 있다. 18개의 서사 단락은 나열되어 있지만 모두 단절되어 있다.

따라서 작중인물의 의식은 나열되어 있을 뿐 상호 유기적으로 연결되어 있지 않으며, 이러한 단절은 특히 '안해'와의 관계에서 두드러진다. 주인공은 표면적으로는 남편으로 되어 있지만, 사실에 있어 잘 길들여진 아이와 다름이 없다. 두 사람을 부부로 생각할 수 있는 단 하나의 사건도 이루어지지 않고 있으며, 주인공은 다만 아내에게 사육당하고 있는 한 마리의 짐승과 마찬가지다. 그러나 주인공은 아내와 칸막이를 한 자기의 방에서 철저하게 자유롭다. 그는 시간과 노동과 사유에서 아무런 통제나 간섭이 없이 혼자 산다. 그러나 그것은 결국 '해 안드는 방' 안에서였으며, '폐쇄된 자아'[100]로서의 그것에 불과한 것이었다. 그의 사유란 기껏 '이불속의 사색생활'에 불과한 것이었으므로 일상적 현실과

---

99 「날개」, 214쪽.
100 정명환, 「부정과 생성」, 『한국작가와 지성』, 문학과지성사, 1978, 119쪽.

는 봉쇄된 상태에서 가능한 자유였다.

　그러나 프롤로그에서 암시된 바와 같이 주인공은 생활의 권태와 19세기적 질서 따위에 의해 억압된 충동 속에 있었으며, 이러한 갈등은 그가 아내의 외출과 '래객'의 의미나 정체를 '연구하기 시작'하는 (8)단락에서부터 하나의 구체적인 행동으로 드러나기 시작한다. 그리고 그것은 '래객'들이 아내에게 '돈'을 놓고 간다는 사실을 확인하게 됨으로써 새로운 의문으로 발전하는데, 그것은 또한 '왜' 그들이 돈을 놓고 가는 것이며 아내는 '왜' 그것을 받는가 하는 데로 발전한다. 돈과 '래객'은 33번지 18가구의 아랫방에 사는 아내의 일상적이며 현실적인 삶의 양태를 상징한 것이라 볼 수 있다. 돈과 손님은 사회와의 관계 혹은 교통의 수단으로서의 중요한 매개물이 되고 있다.

　주인공 '나'의 이러한 돈과 내객에 대한 의문이야말로 '해 안드는 방' 속에 갇힌 자아의 사회화에 이르는 갈등의 구체적 정황이 되고 있다. 돈을 주는 행위가 일종의 '쾌감'이라는 데까지 이른 주인공은 마침내 자신이 아내로부터 받은 돈을 다시 아내에게 주고 아내의 방에서 함께 잔다. '화폐가치'에 대한 최초의 인식의 과정이었지만 그것은 정상적인 부부관계에 의한 것이 아니었음이 드러나고, 이러한 '나'와 '안해'의 모순된 관계는 '아스피린' 대신 '아달린'을 주었던 아내의 행동에 대한 의혹과 오해에 의해 절정에 이른다. 일상적이고 현실적인 생활의 문제―돈 · 시간 · 노동 등의 문제에 '치매상태'[101]에 있던 주인공이 끝내 '안해'와의 관계에서도 화합이 불가능함을 알고 '날자 · 날자 · 한 번만 더……'라고 외치는 것이다. 그것은 폐쇄적이며 얽매여 있는 자아로부터 벗어나려는 사회화에 이르는 갈등의 강렬성과 치열성이었다.

---

101 이어령, 「날개를 잃은 증인」, 김용직 편, 『이상』, 문학과지성사, 1977, 122쪽.

한국 근대소설과 사회갈등

「날개」의 서사 구조는 수많은 단락으로 나뉘어져 있고 작중인물의 의식 또한 단절된 채로 있지만, 보다 중요한 점은 나뉘어지고 쪼개진 의식의 상태로밖에 살 수 없는 식민지 지식인의 절망적 상황이 아니라, 또한 그러한 상황에 대한 냉소와 자학이 아니라, '날개'로 표상되는 새로운 가치 질서나 이념이 지배하는 세계에로의 비상을 위한 갈등의 양상에 있다.

주인공의 '해 안드는 방'에서의 자유란 결국 퇴폐와 타락과 안일한 쾌감 이상의 것은 아니었으며, 따라서 '해 안드는 방'이란 작중인물 '나'로 표상되는 화폐경제하에서의 모든 식민지인의 삶의 공간을 상징하는 사회적 약호이다.

「날개」의 서사구조는 식민지적 상황에서 기인되는 사회의 이방 지대인 한 사창가, 창녀에 기생하여 사는 한 고등 유민의 '방'으로 그 공간이 설정되어 있다. 그의 의식은 단절되어 있고, 개성은 붕괴되고 탈출은 사실상 불가능한 것으로 나타났다.

「날개」의 주인공은 지식은 있으나 사회적으로 격리되어 있으며, 그가 격리되어 있다는 사실조차 스스로 깨닫지 못하는 그는 자신이 현실에 대하여 무엇을 할 수 있는가, 해야 하는가 조차도 모른 채 '해 안드는 방'에서의 권태와 기형적인 자유를 누린다. 세계에 대한 자아의 존재 자체가 무의미하며 쓸데없다는 생각, 자신과 타인과의 관계의 무의미성이야말로 1930년대 식민지 사회의 지식인의 존재의 상황이나 조건을 단적으로 드러낸 것이다. 「날개」에 와서 비로소 이 시대의 권태와 좌절이 정점을 이루고, 이러한 서사 구조는 이 시기 사회사의 한 부분을 이루고 있는 것이다.

따라서 「날개」는 채만식의 『태평천하』, 「레디 · 메이드 인생」에 드러난 풍자의 양식이 다시 강화된 것이라 할 수 있다. 풍자의 대상이 심각하고 거센 자로 느낄 때 인물들은 위기와 불안감을 갖게 되는데, 풍자가 대상에 대하여 우월성을 지니지 못할 때 그것은 욕설이 되고, 또한 풍자가의 여유가 대상에 대한 극도의 반감으로 말미암아 위축되면 그것은 다시 '냉소'가 된다는[102] 데서, 「날개」에 드러난 인물의 사회갈등의 치열성이 입증되는 것이다.

4. 도시인의 생태—박태원

1930년대 후반기에는 다양한 문학적 경향이 동시에 나타난다. 모더니즘과 순수주의적 경향, 서정주·유치환·김동리의 인생파와 생명파로 대변되는 원시주의화 경향, 채만식의 풍자 기법, 『봄』(이기영), 『대하』(김남천), 『탑』(한설야) 등의 대하소설의 등장, 이육사·윤동주의 시적의식 등이 그것이다. 그중에서 시에서 김기림·이상·김광균 그리고 이용악·백석의 모더니즘적 경향과, 소설에서 이상·최명익·박태원의 작업이 돋보인다. 더욱이 이들 작가들은 동일하게 모더니즘적 경향을 보이고 있으면서도 각기 특유의 개성을 발휘하고 있다. 김기림이 이미지 차원을 넘어 시적 기교를 의도적으로 세련시켰다면, 이상은 김기림에게 상대적으로 부족했던 시적 내용을 '자의식' 측면에서 심화시켰다고 할 수 있다. 그리고 김광균의 도시적 감수성 또한 우리 시의 감수성 확보를 위해 많은 도움이 되었다. 이 점에서 시에 '이야기' 또는 '서사적 사건'을 도입함으로써 당대 우리 민족이 안고 있는 생의 질곡을 예술적으로 형상화한 백석·이용악의 작업은 매우 특이하다고 하겠다. 특히 소설 부문에서 이상·최명익·박태원의 작업은 1930년대 문단을 더욱 풍부

---

102 A. M. Clarks, *Studies in Literary Mode*, Edinburgh, 1946, p.32.

하게 하고 있다.

그런데 1930년대 후반기 모더니즘 소설을 연구함에 있어서 반드시 검토되어야 할 것은 소위 모더니스트 작가들이 말하고 있는 '근대'라는 것의 성격이 무엇이냐라는 것이다. 이상 소설의 상당수가 자기 분석의 수기에 가까운데, 일례로 「봉별기」를 포함하여 개인적 경험의 토로에 가까운 작품이 많다. 그런데 이상이 「봉별기」에서 아내의 외도에 대해 방관적인 태도를 보이는 것은, '낮잠자기'의 의미가 암시하고 있는 바처럼 사회와 기성 도덕에 대한 근본적인 비판의 측면도 있지만 오히려 기성 도덕에서 완전히 벗어나지 못한 상황에서 체제 지향의 반어적인 표현일 수도 있다. 즉 "그러나 세상에 흔히 있는 아내다운 예의를 지키는 체해 본 것은 금홍이로서 말하자면 천려의 일실 아닐 수 없다"[103]라는 말에서, 정작 중요한 것은 '체해'보는 허위의식의 비판일 수 있다.

그리고 주인공 '나' 또는 '이상'은 상대방을 전혀 고려하지 않고 일방적인 주관적 판단에 시종하는데, 이런 폐쇄적 주관 세계의 강조는 최명익의 「장삼이사」에서 구체적으로 드러난다. 이 작품의 주인공 '나'는 뚜렷한 행선지나 여행의 목적도 없이 기차 여행을 하고 있다. 단지 기차를 타고 내리는 모든 사람들이 '나'의 시선에 잡히는 대로 묘사될 따름이며, 따라서 인간간의 관계가 모두 간접화되어 나타난다. 상대방에 대한 무관심을 강조하기 위해 기차 여행이라는 시간 공간적 배경이 주는 효과를 극대화하면서, 작가는 극도의 예민한 신경과 세상에 대한 철저한 방심 상태에 놓여 있는 일인칭 관찰자의 눈에 보이는 대상을 만족하듯이 '요깃거리'로 묘사하고 있다. 특히 최명익은 해방 후 평양문화예술협회 회장(1945) 북조선문학예술총동맹 중앙위원(1946)을 지낸 바 있으

---

103 「봉별기」, 임종국 편, 『이상 전집』, 문성사, 1966, 68쪽.

며, 해방 전에는 전향 지식인의 고민을 심리적 내성적 기법으로 형상화한 '단층파'와의 관계를 고려할 때 모더니즘의 주체적 인식을 보이고 있다는 점에서 주목되는 작가이다.

박태원은 심리, 내성과 세태 또는 현실과의 긴장 관계를 가장 날카롭게 보여주고 있다. 임화[104]가 1930년대 후반기 모더니즘 문학의 특징을 언급하면서 심리 내성 소설과 세태소설로 구분한 것은 당시 문학적 경향을 매우 적절하게 지적하고 있는 것으로 보인다. 카프가 해산된 후 넓게 보아 민족주의 진영 또한 문학의 중심을 상실하고 새로운 방향을 모색해야만 했다. 소위 '말하려는 것과 그리려는 것의 분열'이 그것이다. 작가가 자신의 생각이나 이념을 작품 속에 형상화하고자 하면 현실 상황이 작가의 이념이나 사상을 용납하지 않으며, 현실 상황을 충실히 재현하고자 하면 작가의 이념이 그것을 용납하지 못하는 모순이 생기는 것이다. 이런 상황에서 작가에게 가능한 길은 두 가지밖에 없다. 작가의 이념을 강조하며 현실을 왜곡하기보다 현실의 세태를 그대로 묘사하는 길과, 작가의 주관적인 심리 내성의 세계로 침잠하는 것이 그것이다. 그러나 여기에서 문제되는 것은 현실을 정확히 인식하고자 하는 작가 정신의 결여일 것이다. 다시 말해 이 같은 작가 정신이 결여될 때, 소위 디테일의 묘사를 충실히 함으로써 살아 있는 전형의 인물을 형상화하고자 하는 리얼리즘의 정신은 퇴색할 수밖에 없다.

박태원에게서 주목되는 것은 대표적인 세태소설인 『천변풍경』(『조광』, 1936~1937 연재)과 심리 내성 기법을 잘 드러내고 있는 「소설가 구보 씨의 일일」(『중앙일보』, 1934. 8. 1~9. 19)이다. 박태원은 이태준의 추천으로 1933년 '구인회'의 중심 멤버로 참가한다. 이들 두 작가 외에도 김

한국 근대소설과 사회갈등

104 임 화, 「세태소설론」, 『동아일보』, 1938. 4. 1~4. 6.

기림·정지용·이상·김유정 등 주요 작가들도 함께 참여한다. 구인회는 원래 1933년경에는 9명으로 출발했지만 1933년에서 1936년까지 이효석 등 무려 15명이 거쳐 가는데, 기존 연구에서는 '구인회'가 뚜렷한 문학적 이념을 내세웠다기보다 친목회의 성격이 강한 것으로 파악하고 있다. 즉 그들은 카프 해산 이전 프로문학과 민족주의 문학이 뚜렷이 대립하며 문학적 이념을 중시하는 경향에 반대하여 언어와 형식 등 문학의 자율성을 강조하며 자신의 입지를 넓혀나가게 된다. 그러나 이상 김유정의 연이은 죽음과 중일전쟁이라는 외적 조건에 부닥치면서 동인 활동은 현저히 약화되게 된다.

구인회가 추구한 모더니즘은 대상을 전체적인 문맥에서 분리시켜 그 자체를 즉자화함으로써 시간과 공간의 파편화라는 특징을 드러낸다. 이러한 특징은 이효석이 장편소설『화분』에서 '인간의 사물화' 내지 '언어의 사물화' 단계까지 도달하면서 동물과 인간을 동일시하는 현상에서 구체적으로 형상화된 바 있다. 원시적 건강성을 지니고 있는 정원의 '뱀'처럼 '푸른 집'으로 언어화되는 공간에서 등장인물들이 서로 복잡하게 얽히고설키면서 벌이는 애정 행각이 그것이다. 세란이 단주를 집으로 끌어들인 것도 '자연의 정기'로 인한 용기 때문이며, "라일락 냄새는 몸 냄새, 잘 익은 살 냄새"로 표현되기도 한다. 특히 "이웃 사람들은 그 조용한 한 채를 다만 '푸른 집'이라고 생각할 뿐 뜰 안에 어른거리는 사람의 그림자를 보는 때조차 드물었다"라는 말에서, 모든 등장인물들은 현실과의 단절 속에서 원시적 동물주의에 마음껏 도취하고 있다. 이처럼 모더니즘 소설은 자의식의 분열, 인간의 소외 의식과 그에서 비롯되는 절망감과 허무 의식을 의식적으로 드러낸다. 이런 문학적 경향은 일제의 파시즘이 강화되고 왜곡된 형태이긴 하지만 식민지 자본주의가 일정 정도 정착되면서 나타난 현상이라 할 수 있다. 다만 이상과 최명익

이 모순된 세계가 작가의 분열된 자의식에 미치는 대로 그것을 그대로 드러내는 방식을 택했다면, 박태원과 이태준은 생활 또는 현실에 대한 관심을 보이고 있다. 그러나 이 양자 모두 협소한 주관의 세계로 함몰한 한계가 있다. 소위 '자의식의 분열'이라는 것도 현실을 대하는 작가의 이율배반적인 속성과 무관하지 않다. 즉 그들은 모든 일상생활로부터 소외된 자가 느끼는 자학과 거만한 자기만족을 동시에 느끼거나, 아니면 자본주의 사회가 강요하는 속물스런 삶에 대한 비판과 동경이라는 이중성을 보이고 있는 것이다.

그런데 이 이중성이란 엄격히 말해 작가 자신의 문학적 경향이라기보다 궁극적으로 현실이 감당하고 있는 몫이라 할 수 있다. 박태원을 포함한 1930년대 모더니스트의 작품 세계에는 전통과 근대의 이율배반적인 모습이 자주 노출된다. 일제에 의한 식민지 근대화가 왜곡되고 급진적인 형태로 진행된 결과, 우리 스스로 전통적 가치관을 주체적으로 극복하지 못했다. 다시 말해 일제에 의해 경공업 중심의 근대화가 추진되었으나, 이 당시 모더니스트 작가들은 근대의 '풍물' 정도를 근대로 인식한 혐의가 짙으며, 여기에다가 서구 모더니즘의 한 측면인 기교의 남용이 작가 또는 작품의 현실 의식을 반감시킨 요인이 된 것이다. 이런 것은 외래 문화를 주체적으로 수용하지 못했고, 또 작가 스스로도 현실을 구체적으로 파악한 상황이 아니었기 때문에 나타난 결과이다. 따라서 전통적 요소와 근대적 요소와의 갈등이란 문제는, 일제 강점기하 왜곡된 근대화의 파행적인 모습을 뚜렷이 드러내는 한 가지 징표에 해당한다. 1930년대 후반기로 넘어오면서 김기림이 '전체시론'에서 모더니즘과 리얼리즘의 종합을 시도한 것이나, 박태원·이태준 등이 끊임없이 현실에 대한 계기를 마련하고자 한 것은, 모더니즘의 한계를 넘어서고자 하는 노력의 일종으로 볼 수 있다. 그러나 1930년대의 '근대'는 엄밀한 의미에서 서구의 근대가 아니었으며, 더욱이 그 과정에 국가 상실이란 한국적 특수성이 가로놓여 있었다. 이런 저간의 사정을 「소설가 구보씨의 일일」에서 확인할 수 있다.

박태원은 아버지가 약국을 경영하였고 숙부가 의사인 다소 유복한 집안에서 태어났다. 그의 문학적 성과는 우선 그의 후견자 역할을 한 이태준과 대비된다. 이태준이 일제에 의해 진행되는 자본주의 현실에 대한 반감과 함께 계속해서 생활 현실에 대한 관심을 보이고 있는데, 박태원 또한 현실을 주관적 관점에서 바라보기는 하지만 생활 현실에 대한 발견을 끊임없이 추구하고 있다. 이태준은 「패강냉」에서 '서울'과 '평양'을 대비하며 파행적으로 진행되는 '근대'에 대한 비판을 전통적인 이미지 속에서 구현하고 있다. 주인공이 평양에서 만난 "불행한 족속"들의 "인간 사전"은 바로 당대의 억눌린 삶을 살아가는 조선 민중을 의미하는데, 작가는 바로 이런 사람들에 대한 연민과 동정을 통해 식민지 자본주의의 본질 파악에는 미흡하지만 근대에 대한 대안적 사고를 보이고 있다. 해방 이전 「농군」의 서사적 성과와 그 연장선에서 해방 공간에 창작된 「해방 전후」 「농토」 등의 작품이 상호 연관을 맺고 있다는 점도 지적될 수 있다. 그런데 박태원은 외형적으로 나타나는 행동 유형 면에서는 상고 취미를 보이고 있는 이태준과 상당 부분 차이가 난다. 박태원이 「천변풍경」에서 영화적 기법을 사용한다거나 일본의 신심리주의의 영향으로 의식의 흐름 수법을 차용하고 있다는 점에서 서구 지향적인 의식을 강하게 느낄 수 있다. 하지만 그 또한 주관 세계만을 드러내지 않고 식민지 수도 서울, 청계천 주변 서민들의 생활과 삶의 애환을 『천변풍경』에서 객관적으로 보여주고 있다. 이 연장선에서 작가는 6·25 때 월북한 후 19세기 후반을 시대 배경으로 한 『계명 산천은 밝아오느냐』(1963)와 북한 최고의 역사소설인 『갑오농민전쟁』(1986) 등의 작품을 남기고 있는 것이다.

특히 『천변풍경』에는 어떤 이념도 배제하고 현실을 순수 객관적으로 묘사하겠다는 의지가 반영되어 있으며, 이는 일종의 경건함을 띠고 진행된다. 주인공 소년의 티 없이 맑은 눈에 비친 속악한 현실을 아무런 비판 없이 객관적으로 드러내고 있는 것 같지만, 엄밀히 말해 이런 순수 객관적인 태도는 불가능하기도 하며, 현실에 대해 일정 정도 거리를 두고 있다는 자체가 이미 속악한 현실을 간접적으로 비판하고 있는 것이다. "이상도 희망도 없는 인생군이 어떻게, 행복에 대한 잘못된 추구에서 저와 및 주위의 동포들을 갈수록 불행에 끌어넣고 있나 하는 비극"을 느낀다는 이광수의 지적(서문)처럼, 『천변풍경』은 무려 50절로 분절된 에피소드들을 모자이크로 연결, 청계천변에 살고 있는 서민 계층의 다양한 삶을 보여준다.

이 작품은 「소설가 구보씨의 일일」과 함께 이른바 '도시소설'의 형태를 띠고 있다. 도시란 속물성, 이기성, 개인성, 세속성, 권태, 소외 등의 제반 요소를 집중적으로 품고 있는 오탁과 무기력의 공간이자 근대화의 중심적 산물이다. 특정 인물을 주인공으로 내세움이 없이 서사의 카메라는 빨래터를 중심으로 한 천변의 구석구석을 이동하며 장면과 대화의 국면을 비추어준다. 2절의 '이발소 소년' 재봉이의 관찰에 중심 초점이 맞추어지면서, 첩실을 둔 '민주사', '주인', 카페 여급 '하나꼬'와 '기미꼬', '한약국 아들내외', '주인영감', '돌석이 내외', '귀돌어멈', '색시', '신전집 작은 아들' 등으로 이동된다. 독자는 주로 재봉이의 눈을 통해 이들 인간군들에 대한 정보를 보게 되는데, 이는 모두 점묘(點描)와 몽타주 또는 모자이크의 카메라적 서술 기법을 차용한 것이다.

『천변풍경』의 50여 개의 풍경과 시추에이션은 모두 독립적이지만 연결되어 있는 구조이다. 민 주사를 둘러싼 인물들의 속악한 삶과 도시적

생태가 해학적으로 묘사되는데, 민 주사─안성댁─전문대학생, 민 주사
─취옥이─최진국의 애욕의 다중 삼각관계가 희극적이다. 병든 사회에서
의 부패한 삶은 유머와 아이러니의 풍자적 기법으로 처리되고 있고, 여기
에 '이뿐이'의 결혼, 낯선 사내에 끌려 도시 변두리로 온 금순이, 금순이에
대한 카페 여급 기미꼬의 온정, 부잣집 외아들과의 결혼이 무산된 하나꼬,
주색잡기에 빠진 민 주사나 손 주사에게 숨어 있던 부성애 등의 에피소드
는 척박한 도시에서의 삶의 온기와 페이소스를 잘 드러내주는데, 이는 무
엇보다도 천변의 풍경을 바라보는 서술자의 거리의 엄정성이나 이를 묘
사하는 어조와 태도에서 비롯되는 효과이다. 이 같은 인물의 캐리커처는
화자와 인물 간의 일정한 도덕적 심리적 거리를 유지하기 때문이며, 무
엇보다도 이들 서민들에 대한 작가의 따뜻한 시선이 잘 드러난다.

특히 이 소설의 서사가 세계의 속악한 삶에 물들지 않은 이들 소년 재
봉이와 창수라는 소년의 눈과 입을 통해서 이루어지는 것은 상징적이
다. 특히 다음과 같은 소설의 처음과 끝의 수미상관적 대응은 이 소설의
이니시에이션적 과정을 잘 보여준다.

> 소년의 관찰에 의하면 그의 중산모는 그의 머리 둘레에 비하여 크
> 도 작도 않음이 틀림없다. 그러나 신사는, 보는 사람의 마음을 편안할
> 수 있도록 깊이 쓰는 일이 없었다. 그는 문자 그대로, 그것을 머리 위
> 에 사뿐 얹어놓은 채 걸어다녔다. 어느때고 갑자기 바람이라도 세차
> 게 분다면, 그의 모자가 그대로 그곳에 안정되어 있을 수 없는 것은 분
> 명한 일이다. 소년은 그것에 적지아니 명랑한 기대를 가졌다. 그러나
> 모든 기대가 그러한 것과 같이, 이것도 쉽사리 실현되지 않았다.

> 어느 날, 그는 개천가에서 동네 아이들이 난데없이 "아하하하" 하
> 고 웃고 떠드는 소리에 놀라, 부리나케 문을 열고 내다보았다. 개천
> 속을 들여다보는 아이들 등 뒤에가 포목전 주인이 맨머리 바람에 임

바네쓰를 두르고, 가치 아래를 굽어보는 것이 눈에 띠자, 그는 곧 신기하게 눈을 깜박거리며 밖으로 뛰어나갔다. 그렇게도 그가 별르고 기다리던 포목전 주인의 중산모가 끝끝내 바람에 날라 떨어진 것이다. 그 불운한 중산모는 하필 골르디골라, 새벽에 살얼음이 얼었다가 마악 풀린 개천물 속에 가 빠졌다.

머리 위에 위태하게 걸린 포목전 주인의 '중산모'란 도시의 위선과 가식과 허위의 상징이며 그것이 바람에라도 날아가버렸으면 하는 소년의 기대가 쉽사리 실현되지 않은 것은 "그가 앞으로 보고 듣고 체험함으로써 비로소 극복 가능한 도시의 속물적인 삶의 완고성"[105]을 뜻한다. 재봉이의 성인 세계에의 진입은 바람에 벗겨지는 중산모를 바라봄으로써 시작되었다고 할 수 있다. 그것은 세계의 위장된 속악한 삶의 실체를 발견하는 지각의 순간이다.

소년의 아버지는 "사람 새끼는 서울로"라는 단순한 생각으로 자식의 출세를 위해 함께 상경했다. "지난번 올라왔을 때 들르지 못한 화신 상회에, 자기 자신 오래간만이니 잠깐 들어가 보고도 싶었으나, 그는, 자식의 앞길을 결정하는 사무가 완전히 끝나기까지, 자기의 모든 거조가, 그렇게도 긴장되고, 또 경건하기를 바랐다"[106]는 말이 그것이다. 그런데 작가는 어리고 순진하던 소년이 "도회의 감화란 실로 무서운" 횡포 앞에 스스로를 성장시키면서도 어떻게 자신을 추슬러 나가느냐 하는 데 강한 애착을 보임으로써 속악한 현실을 상대적으로 비판하고 있는 것이다. 특히 청계천은 식민지 시기 전근대와 근대가 완충되는 표본적인 공

105 정덕준, 「박태원 소설에서의 도시적 삶」, 서종택·정덕준 편, 『한국현대소설 연구』, 새문사, 1990, 281쪽.
106 『천변풍경』, 박문서관, 1947, 47쪽.

간이라는 사실, 그리고 그 공간을 자각적으로 선택한 작가의 안목 또한 무시할 수는 없다.

「소설가 구보씨의 일일」은 우선 잦은 쉼표의 사용, 그리고 한 행을 비운 후 첫 어절을 따로 행을 잡아 전개하는 형식적 특이성이 보인다. 잦은 쉼표 사용은 띄어쓰기를 무시한 이상 소설과 대비된다. 이는 등장인물의 의식이 현재진행형임을 의식적으로 드러내는 장치로 작용한다. 이 작품은 작가의 자전적인 산물이라는 점에서 '소설가 소설'에 해당하며, '소설 쓰는 과정을 소설화'하고 있다. 그것은 내용면에서는 '행복 찾기'로, 형식면에서는 고현학적 방법으로 제시된다.

1930년대의 도시 공간을 금붕어처럼 유영하는 '산책자' 구보는 고독을 두려워하는데, 이런 점에서 그의 행복 찾기는 일단 충분한 근거를 마련하고 있다. 그러나 그는 약동하는 무리들이 있는 경성역 3등 대합실 군중 속으로 찾아가지만 오히려 그곳에서 더 강한 고독을 느낀다. '벗' 또한 그에게는 '조그만 기쁨'을 줄 뿐이다. 따라서 그는 모데르놀로기(Modernologie, 考現學)를 게을리할 수 없다. 사실 "모데르놀로기를 게을리하기 이미 오래다"[107]라는 말에서 그의 고현학적 태도는 이미 오래 전의 것임을 알 수 있다.

> 구보는 속주머니에서 만년필을 꺼내어 공책 위에다 초(草)한다. 작가에게 있어서 관찰은 무엇에든지 필요하였고, 창작의 준비는 비록 카페 안에서라도 하여야 한다. 여급은 온갖 종류의 객(客)을 대함으로써 온갖 지식을 얻으려 노력하였다―. 잠깐 펜을 멈추고, 구보는 건너편 탁자를 바라보다가, 또 가만히 만족한 웃음을 웃고, 펜 잡은 손을 놀린다. 벗이 상반신을 일으키어, 또 무슨 궁상맞은 짓을

---

107 「소설가 구보씨의 일일」, 『한국 해금문학전집』 3, 삼성출판사, 1988, 282쪽.

하는거야ㅡ, 그리고 구보가 쓰는 대로 그것을 소리내어 읽었다.[108]

구보는 거리를 배회하면서도, "가엾은 애인, 이 작품의 결말은 이대로 좋은 것일까."라거나, "이것은 한 개 단편 소설의 결말로는 결코 비속하지 않다."고 생각하기도 한다. 특히 구보는 작품의 형식에 대해 강한 애착을 보이는데, 처음 개에게만 들릴 정도로 개를 부를 때는 '캄 히어'라고 작은따옴표를 사용하다가, 다시 개를 부를 때는 "캄 히어"라고 큰따옴표를 사용하는 세밀함을 보이기까지 한다. 그러나 그는 "한 손의 단장과 또 한 손의 공책"에서는 행복을 찾을 수 없다고 느낀다. 그리고 거리의 사람들 각자가 행복을 가지고 있는지는 모르나 적어도 그들은 분명히 갈 곳만은 가지고 있지만 자신은 그렇지 못하다고 생각한다. 사실 그는 "일 있는 듯싶게 꾸미는 걸음걸이"로 거리를 나섰을 따름이다. 그리고 그는 양쪽 귀조차 모두 부실한데 이는 상대방 또는 현실을 수동적으로 받아들이기보다 자신의 입장 또는 시각을 예각화하여 관찰을 극대화하겠다는 의도 외에 현실에 대해 갖는 거리감의 다른 표현일 것이다. 그는 다른 사람과 이야기할 때도 마음속으로는 자신의 생각에 빠지기도 한다. 이럴 경우 사람들 간의 진정한 연대는 마련되기 어려우며 삶의 의미도 반감될 수밖에 없다. 삶의 무의미성은 다음 지문에서 두드러지게 드러난다.

> 갑자기 걸음을 걷기로 한다. 그렇게 우두커니 다리 곁에 가 서 있는 것의 무의미함을 새삼스러이 깨달은 까닭이다. 그는 종로 네거리를 바라보고 걷는다. 구보는 종로 네거리에 아무런 사무도 갖지 않는다. 처음에 그가 아무렇게나 내어 놓았던 바른 발이 공교롭게도

---

108 「소설가 구보씨의 일일」, 310쪽.

왼편으로 쏠렸기 때문에 지나지 않는다.[109]

종로 네거리에서의 구보의 모습이다. 그의 발걸음은 "갑자기" 시작되며 종로에 "사무"거리도 갖지 않은 그가 다리 곁에 서 있음의 "무의미함"을 "새삼스러이" 깨달았기 때문이다. 그리고 그의 발걸음의 시작은 "공교롭게도" 왼편으로 쏠린 때문이었다. 그의 행위는 이처럼 우연적이고 피동적이며 즉발적인 동기에 의해 이루어진다. 자유로운 사유 양식과 무기력한 행동 양식의 소유자인 식민지 지식인 구보는 금붕어처럼 1930년대의 근대적 공간을 부유하고 있다. 그는 다만 '바라보고', '느끼고', '상상해'봄으로써 현실에 대응할 뿐 주체적인 행동의 개입을 보여준 사건은 없다. 그는 현실을 마주하고 있다기보다는 곁눈질하고 있을 뿐이다. 구보는 젊은 내외와 함께 있었던 두 어린이를 아무런 이유 없이 '수남이와 복동이'로 간단히 명명함으로써 비실명성, 익명성을 통한 소외 의식을 부각시키기도 한다. 한편, 그는 어느 정도 현실안도 갖추고 있다. "서정시인조차 황금광으로 나서는" 시대 상황에서 당대의 무직자들을 거의 다 금광 브로커로 파악하거나, 가난한 소설가와 시인 등 자신을 포함하여 그가 만난 사람들의 모습에서 "그렇게도 구차한 내 나라"를 생각하며 우울해하기도 한다.

그런데 구보의 이러한 현실에 대한 관심은 허위적임을 알아야 한다. 그는 친구 또는 타인과의 연대감을 그리워하면서도 그것이 거짓될 수 있다는 사실에 대한 두려움 때문에 주저하고 있는데, 이런 태도야말로 자기의 이익을 앞세워 엄밀한 이해관계를 따지는 자본주의의 속물성에 다름없다. 이와 같은 맥락에서, 그는 전당포 집의 둘째 아들과 황금광

---

109 「소설가 구보씨의 일일」, 271쪽.

풍조를 비판하면서도 그들이 자신보다 나은 것이라는 생각을 하기도 하는데, 이런 모순된 태도는 자본주의의 속물성에 대한 철저한 인식과 비판의 계기를 희석시키며 전망을 어둡게 하는 주된 요인이 된다. 「소설가 구보씨의 일일」의 끝이 다시 집으로 회귀하는 장면으로 처리된 것은, 이런 관점에서 보면 필연적으로 보인다. 여기에서 말하는 '집'은 구체적인 공간이라기보다 '어머니'로 상징되는 가족주의라는 전통적 가치에 해당한다. 구보는 산보를 나온 젊은 부부를 보며 가정과 생활과 행복을 가진 사람에 대한 부러움을 표현하기도 하는데, 그것이 궁극적인 해결책은 될 수 없었다.

> 그러나 그들의 얼굴에, 그들의 걸음걸이에, 역시 피로가 있었다. 그들은 결코 위안받지 못한 슬픔을, 고달픔을 그대로 지닌 채, 그들이 잠시 잊었던 혹은 잊으려 애쓰고 노력하였던 그들의 집으로 그들의 방으로 들어가지 않으면 안 된다.[110]

이 부분에서 집으로의 회귀가 전망을 상실한 자의 어쩔 수 없는 선택의 일종이라는 점이 드러난다. 구보는 유달리 행복한 부부에 대해 관심을 보였으며, 작품 마지막에서는 어머니와의 화해를 시도한다. 그러나 어머니와의 화해는 팽팽하게 긴장되었던 현실과의 갈등을 추상적이고 보편적인 '인정주의'로 무마시키며 작품의 내적 긴장을 약화시킨다. 구보는 통칭하여 근대 지향적인 것에 대해서는 피로를 느끼는 대신 어머니로 상징되는 전통 지향적인 것에 애착을 보이는 것이다. 그런데 이런 가족주의로의 지향이 참된 행복을 보장한다거나 참 생활적이라거나 현실 지향적인 태도라고는 할 수 없다. 그러면 이런 상황을 초래한 궁극적

---

110 「소설가 구보씨의 일일」, 312~313쪽.

인 원인은 무엇일까. 그것은 일반 대중과의 연대 의식을 결여한 상태에서 심화된 주관에의 침잠 외에도, 당대 토대의 한계성 즉 일제에 의해 왜곡되게 진행된 반(半)봉건적인 성격일 것이다. 따라서 이런 토대적 한계를 넘어서기 위해 과도하게 사용된 '기교의 기교화'[111]는 필연적인 선택이었을 것이다. 이런 점에서 구보의 현실 인식은 허위적인 근대 의식의 일종일 수 있다. 우리는 이 지점에서 이상의 절망과 박태원의 절망의 배경을 동일하게 확인할 수 있다. 따라서 우리가 「소설가 구보씨의 일일」에서 주목할 수 있는 것은, 구보가 자본주의에 대한 관심을 보이고는 있지만 적어도 그것에 피로를 느끼며 거리감을 가지고 있다는 사실, 이런 현실과의 거리감이 결국에는 주관 침잠으로 빠져든다는 사실, 그리고 이 같은 주관에의 침잠이 어느 정도 생활 또는 현실과의 고리를 마련하는 통로가 어머니로 상징되는 가족주의라는 점이다. 나아가 이런 상황의 근저에 일반 대중과의 연대 의식 결여, 일제에 의해 왜곡되게 진행된 당대 토대의 반(半)봉건적인 성격이 놓여 있다는 사실이다.

5. 상고주의 혹은 지식인의 페이소스—이태준

1930년대 소설의 흐름 가운데 전통으로의 회귀 또는 전근대에의 강한 지향성을 내포하고 있었다는 사실은 매우 유의미하다. 상고 혹은 의고(擬古)주의나 반역사주의, 혹은 신화주의 등으로 비판될 수 있는 이러한 소설의 굴절 현상은 현대에 대한 이중적 가치 의식이나 환멸의 산물일 수도 있다. 그러나 이태준 · 김동리 · 이효석에 다시 등장한 전통주의

---

111 박태원은 「방란장 주인」에서 한 문장의 작품을 시도하기도 했다(정현숙, 『박태원 문학 연구』, 국학자료원, 1993, 69쪽).

나 전대주의 혹은 신화적 공간은 과거 사회주의 리얼리즘과 모더니즘의 이분법을 넘어서는 독자적인 서사의 세계를 형성하였다.

이태준과 김동리의 소설에서 우리는 본래적인 것이 훼손되기 전의 상태, 지금/여기보다는 그때/거기를 유토피아적 공간으로 설정, 그곳으로 회귀하려는 강한 집착을 본다. 이들의 현실 대응 방식은 시대의 억압이나 모순된 구조와 싸우기보다는 자기 변용의 길을 택함으로써 자신을 구원하고자 한 것이다.[112] 근대화의 과정을 주도한 이성에 대해 김동리는 신화나 계시로 대응하고자 하였다. 근대화를 이끌어가는 이성과 합리주의 중심의 세계관에 종교적 제의라는 중세적 방식으로 회귀한 것이다. 사회갈등의 치열성으로부터 벗어난 지점, 전통적인 것으로의 회귀나 그리움, 혹은 전통적인 것의 상실에 대한 애상, 현실로부터 유리된 자연이나 신화적 공간으로 자신들의 은신처를 정한 것이다. 이는 무엇보다도 이성 중심의 서구적 가치관과 이념에 대한 반발과 동양적 감성에 대한 자기 긍정에 기인한 것이다.

이태준은 주로 단편소설에서의 문학적 성과에 긍정적인 평가가 내려져 있고, 장편소설과 월북 이후의 행적에 대해서는 그 통속성과 작가적 양심의 문제로 비판되고 있다. 당시의 최재서는 "죽엄에 대한 그의 사색

---

112 가령 김동리는 「무녀도」를 장편으로 개작한 『을화』(1978)를 발표하면서 작가 후기에서 『을화』의 전신이 「무녀도」임을 밝히고, 「무녀도」의 모티프는 그 당시 자신이 직면했던 민족적 상황이었다고 술회한다. 그는 자신의 문학을 통해 우리 민족의 얼과 넋을 영원히 전해야 한다고 결심했다. 서양의 기독교에 비견되는 우리의 무교(巫敎)가 경멸과 증오의 대상인 미신으로 추락한 것을 안타까워하면서, 그는 자신의 문학을 통해서나마 신과 인간의 문제에 대해 해답을 마련하려 한 것이다. 근대 인간주의가 기독교의 신본주의에 대한 철저한 안티테제인만큼 그것은 반신적(半神的) 성격을 띠므로 새로운 성격의 신인 좀 더 자연적인 신으로 샤머니즘의 신을 제시한 것이다.

은 결국 신비에 부딪히고 인생에 대한 관찰은 아이러니에 그치고 사회에 대한 관심은 시니시즘으로 인도할 뿐"이라 하고, "그러나 나는 무엇보다도 이 작가의 실수 없는 수법을 믿고 또 그의 창작 정신이 인생과 사회에 대한 아이러니와 시니시즘의 길을 발전하야 나가기를 바란다"[113] 고 하였다. 백철은 이태준 소설의 인물들에 대하여 "현실과 정면하여 생활권을 주장해야 할 현실적인 인물이 아니고 이미 운명이 결정된 과거에 속하는 사람들"이라 지적하고 그 기질을 "센치멘탈리즘"[114]으로 규정하였다. 김우종은 이태준의 인물들을 패배적인 인간형으로, 사상적으로 역사의식의 부재와 사상적 빈곤으로, 각각 비판하였다.[115] 이에 대해 이재선은 단편소설의 완성자로서의 이태준을 평가하고 주조에서의 상고주의(尙古主義)와 연민의 정조를 들고 반도시성과 흙에의 예찬이 주조를 이루고 있는 것으로, 다소 도식적인 평가를 내렸다.[116] 그러나 김윤식, 김현은 이태준이 자신의 정치학을 개진하지 못하고 사회의 압력을 그대로 받아들이게 된 것은 거의 대부분 그의 딜레탕티슴 때문이라 하고 이는 개인의 안위와 골동품에 대한 호기심의 소산이며 지조나 이념을 그 기반으로 하고 있는 선비 기질과는 틀림없이 다르다고 지적하고 있다.[117] 이는 이원조의 "현실에 대한 정열과 분노가 작품의 주조를 이루고 있다"는 견해[118]와 대조를 보인 것이지만, 일반적으로 이태준의 소설에 대해서는 단편소설들에 논의의 의미를 부여하고 있다. 이에 대해서

---

113 최서해, 「단편작가로서의 이태준」, 『문학과 지성』, 인문사, 1938, 180쪽.

114 백 철, 「신문학사 조사」, 『백철전집』, 신구문학사, 1968, 435~438쪽.

115 김우종, 『한국현대소설사』, 선명문학사, 1968, 239~246쪽.

116 이재선, 『한국현대소설사』, 홍성사, 1979, 364쪽.

117 김윤식, 김 현, 『한국문학사』, 민음사, 1973, 190쪽.

118 이원조, 『상허문학독본』 발문, 백양사, 1946, 246쪽.

는 이태준 자신의 단편소설의 중요성이나 예술성을 강조한 다음과 같은 진술을 통해서도 그 사정을 헤아려 볼 수 있다.

> 20세기에 들어서는 단편소설은 정히 황금 시대를 이루고 있는 것이다. 현재 우리의 문단만 하더라도 수에 있어 장편은 단편을 따르지 못하고 또 질에 있어서도 장편은 단편을 따르지 못한 것이 사실이다. 장편은 대개 신문소설로서 본래의 장편과는 특수한 조건 밑에서 발생하는 것이니 현재 상태로는 작가들의 직업이 아니라 작가들의 예술을 대표하고 따라서 조선문학을 대표하는 자라 하여도 과언이 아닐 정도이다. 더구나 조선과 같이 공간적으로나 시간적으로나 대국적이게 취급하려면 여러 가지 난점에 봉착되는 환경에 있어서는 일부분적이요, 一端片的인 단편밖에는 최적의 문학형식은 없다 하여도 과언이 아닐 것이다.[119]

따라서 이태준은 단편소설이야말로 인물＝표현을 가장 경제적이게 그리고 단편적이게 하는 자이며 사건보다 인물의 발견이 중요하며 그 발견이란 어디까지나 자기류의 발견이라 하였다. 이와 같이 그는 주로 단편소설에 주력하였으며, 200자 원고지 20~30장 정도의 콩트도 다수 발표하여 짧은 형식 속의 심미적 효과에 대한 자신의 취향을 드러내고 있다.

이태준의 전기적 자료를 통해 재구성하여 검토한 한 연구에 의하면 이태준 문학의 기본 모티프를 '고아 의식'이라 규정한 것이 있는데,[120] 이러한 견해는 특히 그의 소년물들에서 그 근거를 찾아볼 수 있다. 휘문학교 교지에 발표한 습작물 「물고기 이약이」(1924)에서부터 「어린 수문장」

---

119 이태준, 「短篇과 掌篇」, 「무서록」, 93쪽.
120 長璋吉, 「李泰俊」, 『朝鮮學報』, 日本, 1979, 92쪽.

(1929), 「불쌍한 소년미술가」(1929), 「슬픈 명일 추석」(1929), 「쓸쓸한 밤 길」(1929), 「눈물의 시학」(1930), 「외로운 아이」(1930), 「몰라쟁이 엄마」 (1931), 「슬퍼하는 나무」(1932)에 이르기까지 그의 소년물의 인물들은 모두 세계와의 화해에 이르지 못하고 있으며, 부모가 없는 외로운 소년 의 가난과 굶주림과 애정의 결핍으로 인한 고독과 소외의 황량한 동심 을 그려 보여주고 있다. 이는 다섯 살과 아홉 살 때에 아버지와 어머니 를 각각 잃고 친척집에 맡겨졌던 상허의 어린 시절과 쉽게 연결지어볼 수 있다. 소년물(동화)이 꿈과 그리움의 표백이거나 그에 대한 환상의 세계를 그리는 것이라는 점을 감안해보면 상허 문학의 이러한 고아 의 식, 또는 소외 의식은 그의 소설의 세계 인식의 중요한 단서를 제공해준 다고 일단 상정해볼 수 있는 부분이다. 어미 품을 찾아가다 다리 난간에 떨어져 죽은 강아지, 미술가를 꿈꾸는 고아의 그림 솜씨, 추석이 되어도 먹을 것 입을 것 없이 외로워 부모 산소를 찾아가는 형제, 맡겨 자라던 집의 학대에 쫓겨 고향을 떠나는 소년, 고양이에게 물리고 화로에 빠져 죽은 새끼 까치, 아버지를 구완하기 위해 담배 토막을 줍는 소년 등의 이야기는 모두 작가의 유년 시절의 체험이 변용된 것이라 할 수 있다.

이태준의 단편소설은 작품 자체로서의 형식적 완성도에 있어서 대체 적으로 일관된 수준을 보여주고 있으며, 한편으로는 식민 시대 현실을 보는 작가 의식—이른바 역사의식이나 사회의식에 있어서의 추상성 또 한 시대에 따라 완만한 차이를 보여주고 있다. 논의의 편의를 위해 그의 단편을 초기의 것과 해방 전후의 것으로 나누어 볼 수 있을 것이다.

1925년 데뷔작 「오몽녀」는 한 어촌 여인의 무분별하고 본능적인 정념 을 그린 것으로, 단편집에는 발표 당시의 것이 많이 개작되어 수록되어 있다. 빈천하게 자란 오몽녀의 강인한 모습과 아버지뻘 되는 소경 남편 지 참봉의 모습을 다음과 같이 묘사하고 있다.

두 눈이 퀭하게 부른 얼굴에는 개기름이 쭈르르 흐르고 있다. 풋고추만한 상투에는 먼지가 하얗게 앉고, 그래도 망건은 늘 쓰고 앉았다. 그러나 오몽녀는 그와 반대로 낯살이 차갈수록 살이 오르고 둥그스름한 얼굴은 하여멀쑥고 뺨에는 늘 혈색이 배어 있었다. 미인 이라기보다 거저 투실투실하게 복성스럽게 생겼다 할까. 그러나 이 조그마한 두멧거리에선 일색인 체 꼬리를 치기에는 넉넉하였다. 이 렇게 인물은 휘언한 오몽녀이건만 자라나기를 빈한하게 자랐고, 눈 먼 남편을 속여오는 버릇이 늘어 남까지 속이기를 평범히 하게 되었 다. 남의 것이라도 제 맘에만 들면 숨기고 훔치고 하였다. 어쩌다 손 님이 들 때나 자기가 입덧이 날 때는 돈 들이지 않고 곧잘 만난 반찬 을 장만하였다.[121]

지 참봉의 노쇠와 오몽녀의 관능이 대조를 보이며 감각적으로 묘사된 이 도입부는 이미 이들이 맞이할 파국을 예고해주고 있으며, 오몽녀의 이기적, 본능적인 성격이 제시되고 있다. 오몽녀의 이러한 성격은 어부 인 금돌이 총각과 남 순사와의 행각을 통해 선명히 드러나게 되는데, 이 는 모두 오몽녀의 상황에 대처하는 당돌하고 분방한 행동 양식에 기인 한다.

그러나 오몽녀의 가난이나 굶주림은 당대의 궁핍의 사회상으로서보 다는 금돌이를 만나게 되는 동기로서의 장치로 개별화되어 있으며, 지 참봉으로부터의 탈출 동기를 마련해주는 우연적 상황이 되고 있다. 이 는 이 소설이 오몽녀라는 어촌 여인의 삶에의 본능과 애욕의 저돌성을 그려 보인 것이지, 그녀로 하여금 그러한 삶을 살도록 요구하거나 강요 하고 있는 더 큰 테두리―이른바 1920년대 식민 사회의 삶의 여건과는 무관하게 진행되고 있음을 보여준 것이다. 따라서 오몽녀의 작중의 행

---

121 「오몽녀」, 『이태준문학전집』 1, 서음출판사, 1988, 16쪽. 이후 전집이라고 표시함.

동 양식은 이미 주어진 것이라기보다는 이 소설의 사회적 성격의 결여를 지적하기 위함이다. 오몽녀의 도둑질 → 금돌과의 정사 → 지 참봉네의 客報 안한 죄 → 남 순사와의 정사 → 남 순사의 지 참봉 살해 → 남 순사의 오몽녀 협박 → 오몽녀의 금돌과의 야반도주로 이어지는 사건 전개는 모두 오몽녀의 이른바 '인물 창조'의 보조 장치로 전락되어 있다. 이 작품이 보여준 오몽녀라는 여인의 인물이 유별나지만 개성적이지 못하고 그녀가 처한 상황이 독특하지만 보편적이지 못한 이유가 여기에 있다. 많은 논자들이 「오몽녀」의 인물(성격) 창조의 성과를 평가하고 있는바, 이는 그러한 인물을 주장하는 것과 제시하는 것을 구분하지 못한 사례가 될 것이다.

「고향」(『동아일보』, 1931. 4)은 이태준의 자전적 성격이 강하게 드러난 작품으로 시대 의식이 많이 반영되어 있다. 동경 유학에서 대학 정치학부를 마치고 육 년 만에 돌아오는 김윤건의 귀국담인 이 작품은 동경－신호－하관－부산－경성으로 이어지는 여정의 과정으로 짜여 있다. 작중인물 김윤건이 동경에서 서울에 도착하기까지의 그가 만나고 보고 당했던 인물과 사건과 정황이 점층적으로 연결되면서 조선 현실의 여러 모습들이 파노라마적으로 제시된다.

> '나의 고향은 어데냐?'
> 윤건은 심사가 울적할 때마다 보던 책을 다다미 위에 집어 내던지고 그리운 곳을 톺아보곤 하였다.
> 함경북도 배기미냐, 서울이냐, 철원이냐, 그저 막연하게 조선땅이냐, 그러면 배기미나 서울이나 철원에 누가 나를 기다리고 있느냐, 아무도 없다. 배기미 같지도 않다. 서울도 철원도 아닌 것 같다.[122]

---

122 「고향」, 전집 1, 113쪽.

앞의 인용은 귀국길에 오른 작중의 김윤건의 황량한 심사가 잘 드러난 것인바, 이는 작가의 유년 체험에서 연유한 고아 의식이 그대로 반영된 것이라 하겠다. 이러한 김윤건의 고독감은 "육년 전 동경 올 때보다 책 몇 권이 더 들어있는 것과 졸업장 하나를 더 넣은 것 외에는 다른 나은 것이 없었다."[123]고 술회하고 있는 데서 더욱 고조된다.

김윤건이 신호 플랫폼에서 W대학 유학생이었던 돈 많은 청년을 만나면서 이 시기의 자잘한 세태와 풍정이 제시된다. ××은행 본점에 취직이 결정된, 타협과 허세로 살아가는 이 청년의 속물 근성에서 그는 구토를 느끼고, 이어서 일인 형사에게 조사를 받게 되는 데서 울분한 심사에 빠지고, 선실 안에서 조선인 노동자들의 비참한 현실과 마주한다.

서울에서의 조선의 현실은 득실거리는 실업자의 군상과 훼절한 지식인, 조사와 검문이 판치는 거리 따위로 나타난다. A신문사와 신간회와 모교인 W고보를 찾아가 보았으나 취직자리는 없다. 숙박료를 물지 못해 가방을 맡겨놓고 거리를 방황하는 그는

"오늘 저녁에는 굶는 놈이 나뿐이냐? 아니다! 오늘 저녁에 한데서 밤을 샐 놈이 나뿐이냐? 아니다! 이곳엔 너무나 그런 사람이 많다. 나도 이 땅에 났으면 이 땅 사람이 당하는 괄세를 달게 받자!"[124]

고 다소 감상적인 입을 악문다. 이 소설의 정점은 김윤건이 박철이라는 '사회운동 이론가'를 만나 다투고 그를 때리는 데서 시작하여 귀국길에 만난 은행원과 합석하여 다시 이들 일행을 닥치는 대로 두들겨 부수

123 위의 책, 115쪽.
124 「고향」, 전집 1, 127쪽.

는 데서 끝난다. 좋은 음식과 술과 기생을 놓고 벌이던 사은회가 김윤건의 "울분"과 "가슴속에 뿌지뿌지 타들어가던 폭발탄"[125]에 의해 수라장이 되고 만다. 그리하여 "육년 만에 돌아온 고향이나 의탁할 곳이 없던 김윤건의 몸은 그날 저녁부터 관청의 신세를 지게 되었다"[126]라고 결구를 맺고 있는 이 소설은 따라서 1920년대의 염상섭의 「만세전」 서사 구조를 상기케 해준다.

「만세전」과 「고향」의 작중인물은 모두 다 동경 유학생으로 설정되어 있으며, 두 작품 모두 동경 → 신호 → 부산 → 서울로 이어지는 여정의 코스로 구성되어 있으며, 이들이 목도한 조선의 암울한 현실의 제시도 또한 같은 질량으로 드러나 있다. 다른 점이 있다면 「만세전」의 이인화가 부유층 자제인 문과대 학생이었다면 「고향」의 김윤건은 고아로 자란 정치과 학생이라는 점뿐이다. 그러나 이 두 작품은 같은 인물과 구성과 제재에도 불구하고 커다란 차이점을 보이고 있다.

「만세전」의 서사 구조는 진행되면서 강화되고 작중인물이 점진적으로 가담하게 되고, 가담하면서 자아와 세계와의 관계가 결속되고, 비로소 식민화 현실에의 인식과 발견에 이르는 구조로 되어 있다.[127] 이는 자신의 삶과 타인의 삶이 유기적 필연적인 연관 속에 전개되고 있음을 확인하는 사회화의 과정이며 갈등의 순기능적 기능의 하나라 할 수 있다. 「고향」에 나타난 김윤건의 현실 대응의 방식은 그러나 매우 감정적이며 우발적이다. 조선의 현실을 보는 「만세전」의 시선은 일본에 대한 막연한 애정이나 혐오 어느 쪽에도 가담하지 않은 채 자아와 세계 사이에 감추

---

125 위의 책, 130쪽.

126 위의 책, 같은 쪽.

127 「만세전」의 이니시에이션적 구조에 대해서는 2장 (1) 「만세전」의 세계 인식을 볼 것.

어진 현실을 들추어내고, 드러난 현실을 자신의 삶의 이념이나 가치에 깊게 배어 있는 것으로 파악하고 있다. 「고향」의 김윤건은 그러나 드러난 것과 있어야 할 것 사이의 필연적인 연관 관계보다는 좌절할 수밖에 없는 현실의 표면적 사실에 이성의 통제 없이 대응, 삶의 역동성과 총체적 의미를 비껴나갔다. 그리하여 작중 김윤건은 '울분'과 '의탁할 곳 없는 몸'으로서의 울분에 찬 식민지 청년으로 묘사되어 있다.

「고향」의 우수성은 의지가지없는 식민지 지식인 청년의 절망과 울분을 효과적으로 그려냈다는 데 있다. 그러나 이는 작중인물의 체험이 개별화되고 의식의 사회화가 이루어지지 않았다는 데서 또한 한계를 지닌다. 이는 작품의 내적 조건으로서의 미의식의 결여라기보다는 식민지 시대의 역사를 바라보는 현실 인식의 추상성—이른바 작가의 세계관의 비역사성에 기인하는 것이라 할 수 있다. 짧은 형식의 단편소설에 많은 질량의 사회적 의미의 디테일한 의미 체계를 요구하기는 어렵지만 그러한 과정에 이르는 인식과 전망은 어떤 형태로든 제시되어야 하기 때문이다.

「아무일도 없소」(『東光』, 1931. 7. 발표 당시의 제목은 「불도 나지 안엇소. 도적도 나지 안엇소, 아무일도 없소」)는 한 잡지사 기자의 눈을 통해서 본 사창가의 취재담이다. "에로가 빠저서는 안 되겠다"는 편집회의의 결과에 따라 K기자는 취재에 나서지만 "저들을 위해서 칼이 되자"던 당초의 신념이 무너진 듯 허탈해한다. 그러나 그가 찾아간 사창가의 풍경은 "불과 지척인데 이런 세상이 있었구나!" 하고 놀랄 만큼 충격적인 것이었다. 나이 어린 소녀에게 일원짜리 지전 한 장을 던지고 도망쳐 나온 K는 마침내 창부 같지도 않은 흰 두루마기 입은 여자[128] 하나를 만

한국 근대소설과 사회갈등

128 「아무일도 없소」, 전집 1, 137쪽.

난다. 이 여인은 어려운 사정─단 두 식구 어렵게 살다가 어떤 남자에게 의탁하였으나 몸만 망치고 더러운 병까지 옮겨주고 도망하여 고소를 하였으나 밀매음 죄로 도리어 유치장 신세를 진 데다 어머니는 자살을 하고 말았다는─을 듣고 "저들을 위해서 나의 붓은 칼이 되리라 한 그 붓을 들고 자기는 무엇을 하러 나섰던 길인가?"고 자책하며 사재를 털어 놓고 그 집을 다시 뛰쳐나온다.

> 그러나 세상은 얼마나 고요하랴. 얼마나 평화스러우랴. 어디선지 딱때기 소리만이 '불도 나지 않았소, 도적도 나지 않았소, 아무 일도 없소' 하는 듯이 느럭느럭하게 울려 왔을 뿐이다.[129]

이 결말은 '에로'물을 취재하기 위해 나섰던 잡지사 기자가 만나게 되는 현실의 아이러니를 잘 보여준다. 매음녀의 상투적인 어두운 실상이 다소 감상적인 톤으로 서술되어 있지만 결구가 침착하게 처리되어 있다.

「불우선생」(『삼천리』, 1932. 3. 4)은 이태준의 단편 가운데 인물과 사건과 시대 배경이 가장 효과적으로 어우러진 수작 중의 하나라 할 수 있다. 작중 화자 '나'의 관찰자적 시점으로 소개된 한 노인의 불우한 삶의 단면이 무리 없이 형상화되어 있다. 남루하지만 점잖고 위풍 있는 한 노인이 여관에 들면서 이 '새로 든 손님'에게 작중 화자 '나'와 'H군'의 관심이 쏠린다. 그는 화려한 과거를 지녔지만 지금은 무위도식하며 여관을 전전하는 송 노인이라는 영감이었다.

---

129 「아무일도 없소」, 전집 1, 141쪽.

의복이 초췌해 그렇지 신수도 좀스러우나 막된 사람은 아니었다. 그는 후주근한 모시주의에 삼년상을 그 모자로만 치르는지 먼지가 떡게로 앉고 베헌거조차 땀에 얼룩이가 져 있었다. 툇돌 우에 벗어 놓았다가 다시 집어 퇴마루우에 올로 놓는 신발도 그리 대단스럽지는 못한 누르퉁퉁한 고무신이었다.[130]

초라한 행색의 이 노인은 그러나 그 외모와는 달리 밤에도 큰 소리로 도연명의 「어부사」를 읽고, 조선의 최근 정변이며 현대 사상 문제의 여러 가지를 떠들어대기도 한다. 그는 "십여년 전만 하여도 천여 석 추수를 받어 먹고 살던 귀인이었지만 그 재산이 한말 풍운 속에서 하룻밤 꿈처럼 얻은 불순한 것인 것을 깨닫던 날부터 물 퍼내 버리듯 하였다."[131]는 기인적 풍모도 지녔다. 신문사의 간부도 지냈다는 노인은 친구들의 체면도 체면이지만 그들의 "아니꼬옴 부리는 것이 메스꺼워"[132] 찾아 나서지 않고, 자신을 알아주는 "동지"[133]를 만날까 하여 돌아다닌다고 하였다. 여관비를 내지 못해 쫓겨 다니고, 병고에 죽을 고비도 넘기지만 여전히 당시의 극동 풍운을 논하고 다시 "炯炯한 정열에 눈이 빛나기 시작"[134]하는 것이다.

위의 인용은 가난하지만 아첨하지 않고 굶주리면서도 뜻을 굽히지 않는 동양적 선비나 지사적 풍모의 일단을 상징적으로 보여준 예이다. 송노인의 행적이 다소 기인의 행각으로 묘사되어 인물의 사실성을 떨어뜨리고 있지만 격랑의 시대를 살아가는 조선인의 모습을 상징적으로 보

한국 근대소설과 사회갈등

---

130 「불우선생」, 전집 1, 150~151쪽.
131 「불우선생」, 전집 1, 152쪽.
132 위의 책, 같은 쪽.
133 위의 책, 같은 쪽.
134 위의 책, 158쪽.

여주고 있다. 송 노인의 구차한 행색과 정처 없는 행선지에서 시대의 아픔이 잘 드러나지만 무엇보다도 이 작품이 우리에게 제시해주고 있는 것은 그러한 상황에서 유래되는 실망감이 아니라 소멸되지 않고 있는 조선적 정서와 기품에 대한 신뢰이며 향수이다. 그러나 이러한 노인의 처사 의식은 돋보이지만, 구체적인 삶의 올과 결에 촘촘히 밴 일상성에서 떠나 비애의 정감 속에 머물러 있다는 점이 지적되어야 할 것이다.

「달밤」(『중앙』, 1933. 11)과 「패강냉」(『신동아』, 1935. 11)는 이태준 소설에서의 인물의 조형성이 두드러진 경우에 해당하는 작품이다. 상황에 대처하는 인물의 행위가 유머와 페이소스로 적절히 배합되어 독특하고 단일한 인상을 자아내게 하고 있다. 이는 무엇보다도 그의 인물이 현실과의 투쟁이나 갈등보다는 순응과 패배의 정서 속에 함몰되어 있음을 보인 것이다.

황수건은 신문 배달을 하는 사람으로 좀 모자라지만 순박한 인물로서 작중 화자 '나'에 의해 관찰되고 있다. "남이 혼자 배달하기 힘들어서 한 이십부 떼어주는 것을 배달하고 월급이라고 원배달에게서 한 삼원 받는 터이라, 월급 더 받고 방울 차고 다니는 원배달을 제일 부러워하는"[135] 위인인 황수건의 행위가 다소 희화적으로 그려져 있다. 천성이 착하고 인정이 후하지만 사회생활에 사교도 눈치도 없이 지내다 사환으로 있던 학교에서마저 쫓겨난 그는 작중 화자 '나'의 후의로 참외 장사를 시작한다. 그러나 이내 장마가 들어 밑천만 까먹고 여름 내내 소식이 끊긴다. 그 사이 황수건은 아내가 달아나버린 수난까지 겹친다. 달포 만에 나타난 황수건은 웬 포도송이를 싸들고 찾아왔으나 뒤따라온 사내에 의해

---

135 「달밤」, 전집 1, 236쪽.

멱살을 잡혀 끌려 나간다.

> 나는 수건이가 포도원에서 포도를 훔쳐온 것을 직각하였다. 쫓아
> 나가 매를 말리고 포도값을 물어주었다. 포도값을 물어주고 보니 수
> 건이는 어느틈에 사라지고 보이지 않았다.
> 나는 그 다섯 송이의 포도를 탁자 우에 얹어 놓고 오래 바라보며
> 애껴 먹었다. 그의 은근한 순정의 열매를 먹듯 한알을 가지고도 오
> 래 입안에 굴려보며 먹었다.[136]

　모자라지만 선량한 황수건이라는 인물의 건강한 삶의 모습을 그리고
있는 이 작품은 따뜻한 인정의 교감을 부각시켜주고 있다. 황수건이 남
기고 간 '은근한 순정의 열매'는 이태준의 인물들의 한 전형을 보여준
다. 「손거부」의 손 서방도 이와 유사한 인물로서 성북동 산동네의 무식
하고 가난하지만 선량한 사내이다. 동네의 온갖 허드렛일을 맡아 하고
말참견 좋아하고 터벌터벌한 손 서방이 작중 화자 '나'에게 문패를 써
달라고 찾아오는 장면에서 그의 우직한 부성(父性)을 보게 된다. 아들의
교육을 위해 뛰어다니는 손 서방과 학교 공부를 따라가지 못하는 아들
의 모습이 대조를 이루면서 현실 적응의 지진아인 이들의 생활의 고달
품과 삶의 아이러니가 짙게 배어 있다.

　가난하고 무식하고 선량한 사람들이 시대의 흐름을 따라잡지 못하
고 현실에 투항하거나 좌절하는 인물의 전형이 되고 있음은 지적한 바
이다. 이들은 자신에게 가해진 삶의 조건을 이미 주어진 것으로 받아들
이고 있으며, 그러한 조건들에 대응하는 삶의 방식이란 따라서 매우 패
배적이며 운명적이다. 상황에의 갈등과 투쟁의 모습이란 주어진 조건에

---

136 위의 책, 242쪽.

의 개선과 성취에 의의가 있는 것이 아니라 그러한 과정 속에 드러나기 마련인 작중인물의 존재 양상의 부각에 의미가 있는 것이다. 참담한 현실의 제시나 묘사보다는 그러한 상황에 대응해가는 인물의 모습 속에서 우리는 참다운 사회 속의 인간을 만나게 된다. 황수건의 다섯 송이의 '은근한 순정의 열매'나 손 서방의 우직한 부성은 '사회' 속의 인간이라기보다는 사회 속의 '인간'의 모습이다. 이것이 영속적인 의미와 가치를 지니는 것은 물론이지만 한 시대의 서사 양식이 우리에게 환기시켜주는 의미로서 이러한 인정주의는 지나치게 한가롭다. 불변하는 인간성에 대한 탐구도 중요하지만 그것들을 훼손시키는 조건들에 대한 탐색은 단순한 인간성 옹호의 차원을 넘어서는 것이다. 그것은 곧 그들의 삶을 조건 짓는 사회와의 얼크러짐 속에서 가능한 것이기 때문이다. 「복덕방」(『조광』, 1937. 3) 노인들의 우울한 사연들 역시 사회의 구조 속의 이야기보다는 죽음이 예고되어 있는 노년의 눈에 비친 세태 풍정이라는 점에서 이태준 소설 인물의 범박성을 드러낸다.

한편 이태준의 해방 전후의 단편들은 그 이전의 작품들에 비해 비교적 시대적 성격이 많이 반영된 모습을 보인다. 이태준 소설에 대해 사상성이 없고 무기력한 인물 묘사가 많다는 당시의 지적들에 대해서 자신의 예민한 반응을 보인 바도 있었다.

내 취미에 맞는 인물을 붓들어 가지고 스케취나 공부하면서 제작 생활을 할 수 있는 시기를 기다려 왔다. 그래 不遇先生 황수건이 안 영감 색시 孫巨富 福德房영감들 따위 사상적 사고라거나 현실 기구와 관련한 구성이라거나 그런 것을 피할 수 있는 이미 운명이 결정된 인물들을 택해 거의 시를 쓰는 즉흥 기분으로 쓴 것이다. 나의 작품에 애수는 잇고 사상이 업다는 것은 가장 쉽고 또 정확한 지도들이다. 그러나 작가는 이런 범위 내에서만 완성할 수 있다는 것은 속

단이다.[137]

高孤의 정신만이 현대문학의 動力이 되기는 어려울 것이다. 기질
에 숙명적으로 忍從하려는 것은 물론 아니다. 내 자신을 좀더 응시
하고 좀더 해방할 시기는 온 듯하다.[138]

그러나 자신의 작품에 사상성이 없고 무기력한 인물이 많다는 지적을
받아들이면서도 그런 범위 안에서 작가의 완성도를 찾는 것은 잘못이라
는 진술 속에 그의 형식주의에 대한 취향이 드러나며 고고(高孤)의 정신
을 문학의 동력으로 인정하면서도 작가의 '기질'을 버리지 않는 태도에
서 그의 소설관의 일단을 엿볼 수 있다.

이태준의 이러한 기왕의 자신의 소설에 대한 옹호와 반성은 「패강냉」
(『삼천리문학』, 1938. 1)에서 작중인물(작가)의 불편한 심기로 드러나 있
다. 이태준 소설에서의 역사와 현실이란 늘 관념과 추상의 차원에서 처
리되어 있어서 그 구체적 실상이 드러나 있지 않은데 후기의 단편들에
서는 그 관념성과 추상성이 많이 거세되고, 전기의 소설들에 비해 시대
의 압력을 의식하고 있는 인물들의 긴장된 제시가 많아졌다.

「영월영감」(『문장』, 1939. 2~3)은 초기의 「불우선생」과 인물과 제재가
유사한 작품으로 한 노인의 금광에 대한 강인한 집착을 그리고 있다. 작
중의 영월영감은 "키가 훤칠하고 이글이글 타는 눈방울이 늘 술취한 사
람처럼 화기된 얼굴에서 번뜩일 뿐 아니라 음성이 행길에서 듣더라도
찌렁찌렁 울리는 데가 있는 어른"[139]으로 묘사되어 있다. 「불우선생」의

---

137 이태준, 「참다운 예술가 노릇 이제부터 할 결심이다」, 『조선일보』, 1938. 3. 31.
138 이태준, 「「復霜堅泳至」 기타」, 『삼천리문학』, 1938. 4, 175쪽.
139 「농군」, 전집 2, 147~148쪽.

송 노인의 활달한 기품과 비슷하다. 「불우선생」의 송 노인의 행동이 다소 기인적이고 신비화한 인물로 묘사된 데 비해 영월영감은 구체적인 일상의 삶의 욕망과 맞닿아 있는 인물이라는 점이 다르다. 한동안 경향 각지로 출입이 잦던 영월영감이 어느 날 문득 찢어진 지우산과 지까다비로 조카의 집에 나타나 돈을 변통해주기를 청한다. 작중 화자인 조카의 다음과 같은 대화는 이 소설의 인물이 전통적인 조선 노인의 기품과는 다른 적극적이고 진취적인 생활인임을 보여준다.

> "넌 너의 아버질 너무 닮는구나! 전에 너의 아버지께서 고석을 좋아하셔서 늘 安俠으로 사람을 보내 구해오셨지…… 그런데 나나 이런 處士趣味엔 대—반대다."
> "왜 그러십니까?"
> "더구나 젊은이들이…… 우리 동양 사람은, 그중에두 우리 조선 사람이지, 자연에들 너무 돌아와 걱정이야."
> "글쎄올시다."
> "자연으로 돌아와야 할건 서양사람들이지. 우린 반대야, 문명으로, 도회지루 역사가 만들어지는 데루 자꾸 나가야 해……"[140]

돈을 가지고 나간 지 1년 만에 병원의 연락을 받고 달려가 보니 영월영감은 광산의 남포가 터져 부상을 입고 누워 있었다. 병상에서의 영월영감과 조카의 대화는 다음과 같은 것이었다.

> "그런데 아저씨께서 금광을 허시리라군 의웁니다."
> "어째?"
> "막연히 그런 생각이 듭니다."

---

140 「불우선생」, 전집 2, 119~120쪽.

"막연이겠지…… 힘없이 무슨 일을 하나? 금같은 힘이 어딧나! 금
캐기야 조선 같이 좋은데가 어딧나? 누구나 출원하면 케게해 주고
보조까지 있어. 남 다 허는걸 왜 구경만 하고 앉었어?"
　　"이제와 아저씬 금력을 믿으십니까?"
　　"이제 와서가 아니라 벌써 여러해 전부터다. 금력은 어디 물력뿐
이냐? 정신력도 금력이 필요한 거다."[141]

　　금을 금답게 쓰지 못하는 자들이 많은 사회를 개탄하고, 젊은 나이에
'처사취미'에 빠져 있는 조카를 나무라며, 노인은 끝까지 사회를 위해
쓰일 노다지에서 꿈을 버리지 않는다. 현실적 어려움에 대한 극복의 의
지와 미래에의 도전의 자세는 이전의 소설에서는 찾아볼 수 없었던 인
물 유형이다. 사라져가는 조선적인 것에 대한 막연한 향수, 몰락해가는
노인에 대한 비애감 등의 애상적인 정서가 많이 제거되어 있다. 이 작품
은 영월영감이 죽고 화장장에서 돌아오는 버스 안에서 맏상제와 다음과
같은 대화를 주고받는 것으로 끝나고 있다.

　　"자네 몇이지?"
　　"형님보다 두살 아래 아뉴?"
　　성익은 눈을 감고 잠간 멍청이 흔들리다가 중얼거리었다.
　　'서른! 서른 둘! 호랭이 같은……'[142]

　　영월영감의 광산에의 집념과 그 좌절을 통해서 이들은 비로소 자신들
이 가담해야 할 일이 무엇인지, 진취적이고 적극적인 삶의 자세가 무엇
인지에 대한 깨달음과 반성의 계기를 맞는다. 다만 영월영감이 이루고

141　위의 책, 122~123쪽.
142　「불우선생」, 전집 2, 131쪽.

자 한 사업(신념)이 구체적으로 무엇인지, 그것이 노다지에의 꿈으로 실현될 수밖에 없는 것인가에 대한 해명이 없이 추상화된 데서 영월영감의 죽음의 의미가 축소되어 있다.

「농군」(『농군』, 1937. 7)은 제목이 암시하고 있듯이 만주에 정착하고자 하는 이주 농민들의 투쟁의 기록이다. 이태준의 단편 가운데 그 서사적 공간 이동이 역동적이며 작중인물들의 대립과 갈등의 양상이 첨예하게 드러나 작중의 상황을 극적인 구성으로 얽어내고 있다. 황무지 개간을 둘러싸고 그곳 토착민과 작중의 윤창권 일가를 중심으로 한 이주민과의 싸움이 이 소설의 골간을 이루고 있는데, 생존을 위한 만주 조선인들의 투쟁이 매우 사실적이다. 척박하고 좁은 농토에서 살 수 없는 윤창권 일가는 만주땅 장춘으로 이주, 조선 농민들의 집단촌인 '쟝자워프(姜家窩柵)'에 정착하여 새로운 삶을 시작한다. 그곳 조선 농민들이 '이퉁허(伊通河)'라는 하천에서 농사에 필요한 물을 끌어오는 30리나 되는 수로 공사를 벌이는데, 일단의 중국 토착민들의 습격을 받는다. 조선 농민들이 부인들까지 손에 낫과 식칼을 들고 나와 대항하여 물리치자 창권은 이를 목격하고 새로운 의식의 눈을 뜬다. 봄이 되어 수로 공사를 재개하지만 중국인들이 관청에 진정, 돈에 매수된 군인들이 출동하여 공사를 완강히 저지한다. 조선 농민 대표자들이 항의하나 도리어 구속되고 농민 대표자들을 회유한다. 그러나 회유와 총탄 공격을 무릅쓰고 공사를 강행하여 기어이 수로를 뚫는다.

소설의 도입부인 봉천행 보통급행 삼등실의 풍경에서는 수색과 검문을 당하며 이주하는 윤창권 일가의 탈향의 모습이 사실적으로 제시되어 있으며, 이들이 정착하고자 하는 쟝자워프의 풍경 또한 조선인 이주민들이 처한 상황을 상징적으로 보여준다.

창권이네가 온 데도 여기다. 창권이네도 중국옷을 입은 황채심이가 시키는 황무지를 십오상(약 3만평)을 삼백원을 내고 샀다. 그리고 이십리나 가서 밭머리에 선 백양목을 사서 찍어다 부엌을 중심으로 하고 양쪽에는 칼(걸터앉을 정도로 높은 온돌)을 만들었다. 그리고, 채심이가 시키는 대로 좁쌀을 열포대, 옥수수 가루를 다섯 포대 사고, 소금을 몇말 사고, 겨우내 때일 조, 기장, 수수 따위의 곡초를 산뎀이처럼 두어 나까리 사서 쌓고, 공동으로 사온 배씨 값을 내고 봇도랑을 이퉁허(이퉁하)란 내에서 삼십리나 끌어오는데 쿨리(苦力, 그곳 노동자) 삯전으로 삼십원을 부담하고 그리고는 빈손으로날마다 봇도랑 째는 것이 일이 되었다.

깊은 겨울엔 땅속이 한길씩 언다. 얼기 전에 삼십리 大幹線은 째어놓아야 하고 내년 봄엔 물이 온다. 이것을 실패하면 황무지엔 잡곡이나 뿌릴 수밖에 없고, 그 면적에 잡곡이나 뿌려가지고는 그 다음해 먹을 수가 없다.[143]

이러한 사실적인 상황 묘사는 이태준의 초기 작품에서는 거의 찾아볼 수 없는 것으로 작가의 기질이었던 서정성에서 산문성에로의 전환을 보여주는 사례가 되고 있다. 단편의 극적인 장면 제시를 위해 짧은 문장과 감탄사의 연결로 절제되지 않은 감정의 작가 개입이 전혀 제거된 것은 아니지만, 「농군」에 나타난 그의 서사적 국면은 이른바 후기 작품들에 보이는 일반적 성향을 발전적으로 보여준 것이라 하겠다. 서정성에서 산문성으로, 평면적이고 정태적 인물 유형에서 입체적 동적 인물 유형으로, 신변적이고 개별화된 체험 영역에서 집단적이고 민족주의적 영역에로의 전환의 기미가 그것이다. 한편, 이 작품의 발표가 가능했던 것은 일제의 간교한 계략이 개입되어 있었던 때문이라는 주장[144]이 있는데

143 「農軍」, 전집 2, 147~148쪽.
144 민충환, 『이태준 연구』, 깊은샘, 1988, 154쪽.

이른바 만보산 사건의 소설화에서 오는 친일적 결과를 초래했다는 주장이 그것이다. 만보산 사건[145]은 종래의 조선과 중국 농민 간에 자주 일어났던 충돌 사건으로 일제가 만주사변을 일으키기 위한 빌미로 사용하였다는 점에 유의한 것이다. 일제가 만보산 사건을 허위 과장 보도하여 그에 대한 보복으로 조선에서 중국인 배척 사건을 유발토록 하고 그 영향이 다시 만주 지방으로 파급되게 하여 중국인이 만주의 조선인을 축출토록 기도, 이 틈을 타서 군사적 행동을 취할 수 있는 구실을 모색했던 사실이 그것이다. 거기에 이태준의 이 작품이 "일제의 정치적 야욕에 부합 또는 협조한 친일적 결과를 낳았"[146]다는 것이다. 이태준이 만보산 사건에서 취재한 것도 사실이고,[147] 작중의 '姜家窩柵'와 실재의 '姜家窩堡'이 유사한 것도 사실이지만 이는 단순한 작품 제작의 모티프에 불과한 문제이다. 만보산 사건이 일제에 의해 만주 침략의 구실로 작용되었다 하더라도 「농군」에서 보여준 주제는 만주 이주 조선 농민의 강인한 삶에의 의지에 초점이 모아져 있기 때문이다. 또한 이후의 이태준의 친일 행각 역시 구체적으로 드러난 것이 없다는 점에서 이러한 견해는 다소 표면적 사실에 집착한 단정이라 할 수 있다.

「밤길」(『문장』, 1940. 5, 6호)은 인천 월미도의 주안, 비 오는 칠흑 같은 밤중을 배경으로 한 주인공 황 서방의 절망을 다룬 것이다. 서울 수표교 다리께에서 행랑살이를 하던 황 서방은 아들을 보게 되자 돈을 모아야겠다는 생각에서 가족을 주인집에 맡겨놓고 인천의 건축 공사판에 끼어든다. 그러나 곧 장마철을 만나 일할 날만 기다리고 있던 중, 난데

---

145 박영석, 『만보산 사건연구』, 아세아문화사, 1985 참조.
146 민충환, 앞의 책, 156쪽.
147 이태준, 「만주기행」, 『무서록』, 297~314쪽.

없이 안집 주인이 나타나 따귀를 때린다. 황 서방의 처가 두 계집아이와 백일 지난 아이를 내버려두고 주인집 은수저와 보퉁이를 들고 달아났다는 것이다. 큰 계집아이에게 업혀온 젖먹이는 이미 병이 깊었다. 황 서방은 죽어가는 아이를 안고 빗속 어두운 밤길로 나온다. 공사장 동료인 권 서방이 삽을 들고 뒤따르고, 그들은 산비탈 물구덩이에 아이를 묻는다. "하늘은 그저 먹장이요 빗소리 속에 개구리와 맹꽁이 소리만 요란"하다. 궁핍한 하층민의 절망적인 상황이 황 서방과 그의 죽어가는 아이로 형상화되어 있다. 이 작품은 황 서방 일가의 비극적 정황이 얼마나 당대의 그것으로 환치되어 있는지에 의문이 제기될 수 있다.

신문사의 폐간으로 말미암아 일자리를 잃고 생계를 위해 토끼를 기르면서 겪게 되는 한 지식인(작가)의 생활의 비애를 그린 「토끼 이야기」(『문장』, 1941. 2)는 식민지 지식인이 걷게 되는 또 다른 '밤길'의 하나라 할 수 있지만 이들이 현실에 대응하는 태도에 있어서는 이미 주어진 상황에의 절망과 투항의 모습으로 나타난다.

그러나 월북 당년의 「해방 전후」(『문장』, 1946. 8)는 지금까지의 자신의 문학을 아프게 반성하는 식민지의 소설가를 등장시켜 작가적 변신을 예고해주고 있다. 자전적 소설인 이 중편에서 작중의 소설가 '현'은 일제의 폭력 앞에서 살아남기 위해 굴욕으로 살아온 과거를 아프게 되돌아보고 있다. 신변소설을 주로 쓰고, 계급보다는 민족의 비애에 더 솔직했으며, 계급에 편향했던 좌익에 반대했으며, 일제의 조선 문학 정책에 반기를 들기에는 너무나 미약했으며, 살아남기 위해 체관의 세계로밖에는 열릴 길이 없었다는 주인공의 술회는 바로 작가 자신의 해방 이전의 작품에 대한 자아비판인 셈이었다. 그리하여 그는 홍명희 등과 월북, "새 생활 새 관습, 새 문화의 새 세계인" 소련 기행에 나서는 것이다.

이상에서 이태준 단편소설의 중요한 성과로 간주되는 몇 작품을 살펴보았다. 논의의 편의를 위해 초기 단편과 해방 전후의 것으로 나누어 보았지만 「오몽녀」에서 「토끼 이야기」에 이르기까지의 그의 작품을 일관하는 것은 소설에서의 언어, 혹은 그것들의 집적물인 언어의 형식미에 대한 집착이라 할 수 있다. 그는 이야기하려는 것보다 이야기하는 방법에 대하여 보다 더 많은 '예술적' 성취도를 두고 있는 듯하다. 그의 소설이 우리에게 제시하고 있는 아름다움이란 그 이야기 자체의 짜임새에 있는 것이었지 그러한 이야기를 가능케 했던 현실 세계와의 조응을 통한 아름다움이 아니라는 점은 중요하다. 그의 소설에서의 현실 세계란 인물의 근거를 마련해주기 위한 원경(遠景)으로서의 그것으로 의미 기능을 상실한 부차적인 것으로 밀려나 있다. 따라서 그의 소설이 환기시켜주는 아름다움이란 구체적이고 일상적인 삶의 올과 결에 맞닿아 있지 않는, 막연한 애수나 정조, 또는 분위기로서의 그것이라는 데 한계가 있다. 이는 그가 반역사주의라기보다는 형식주의자였음을 말해주는 것이다.

이태준 인물들 갈등의 부재 혹은 내면화한 '정신주의' 내지는 '조선주의'는 그가 깊은 관심과 자질을 보였던 당시의 화단에 대한 미술평에서도 잘 드러난다. 그는 "모든 예술은 정신의 소산이다. 나타나기는 손으로 나타나거나 그 근원지는 정신이다. 죽의 표현술을 필묵에서 구하는 데 그치지 말기를 삼가 희망하는 바이다"[148]라고 말하여, 사군자를 그리는 데 "화공(畵工)"이나 "수완(手腕)의 기술"을 경계하고 순수주의를 주장했다. 그는 "조선스런 것, 조선심, 조선정조를 제창한 관념론자"[149]였

제4장 1930년대 소설과 예술의 자유

---

148 이태준, 「제13회 협전관후기」 『조선중앙일보』, 1934. 10. 24. 최　열, 『한국근대미술의 역사』, 열화당, 1998, 321쪽 재인용.

149 최　열, 『한국근대미술의 역사』, 열화당, 1998, 321쪽.

다. 그는 조선 물정을 표출하였다고 해서 조선적 작품은 될지언정 조선 미술이 되는 것은 아니라 하고, 타나베 이타로 같은 화가가 조선 기생을 조선 담 앞에 세우고 그렸다고 그것이 조선 미술이냐고 묻고 조선의 물체를 그리기 전에 조선적 정신을 창조할 것을 주문한다.

당시의 김기림이 이태준을 '스타일리스트'라 부르고, 당시 우리 문학의 수준을 청년기에 비교하면서, 그렇기 때문에 '교양으로서도 매우 낮은 정도의 문학에 머무를 수밖에 없다'고 말한다. 이런 상황 밑에서 이태준의 소설은 '극히 적은 교양 있는 독자에게만' 읽히게 되는데, 그 까닭은 상허가 우리 문인 중에 누구보다도 "문장으로써 독자를 흡인하는 능력을 가졌기 때문"[150]이라는 것이다. 김기림이 꼽는 것은 이태준의 '감성'이었으며, 그는 대상을 지적으로 이해하려고 하기 전에 그의 투명하고 섬세한 감성에 의해 파악함으로써 스타일리스트이자 그의 '문학성' 이야말로 '순수문학의 편영'이라고 했다.

해방 전후의 것에 이르면 이러한 경향은 다소 제거되고 현실적인 인물들의 일상적인 문제들이 사건의 중심을 이루기도 하는데 그 대표적인 작품이 「영월영감」「농군」「밤길」「토끼 이야기」「해방 전후」 등이다. 그의 월북을 전적으로 이들 작품들에 보이는 징후들의 결과로 볼 수는 없는 것이지만, 초기의 작품들에 비해 현실 인식의 추상성이 많이 제거되어 있다. 이러한 몇 작품을 근거로 이태준 소설에서의 역사 사회적 성격을 긍정적으로 평가한 논의도 나와 있지만, 그러나 상고주의와 딜레탕티즘으로 매도되고 있는 이태준 소설에 대한 반증의 자료로는 그것은 지나치게 소박한 것이라 할 수 있다. 어떤 작가의 사회성을 이야기할 때 문제가 되는 것은 역사 사회성의 여부가 아니라 그 정도이다. 그리고 이

---

150 김기림, 「스타일리스트 이태준씨를 논함(2)」, 『조선일보』, 1933. 6. 27.

때의 역사 사회성이란 자연스럽게 드러난 현상으로서가 아니라 의도하고 조직된 장치에 의해 형상화된 구조로서의 그것이어야 한다. 그것은 한 작품에 있어서는 우연이지만 그것들을 산출한 작가에 있어서는 필연의 결과여야 한다. 역사 사회 의식이란 그러므로 한 작가의 세계관의 소산이지 소재의 결과가 아닌 것이다. 소설에서의 역사성이나 사회성 논의는 그러므로 심정적이고 소재적인 것이 아니라 이념적이고 구조화된 작품의 역동성의 수준에서 이루어져야 할 것이다.

백철이 그를 '센티멘털리즘'과 '애수'의 작가로[151], 최재서가 '유머와 페이소스의 작가'로 각각 규정했듯이 "현실과 유리된 소설은 병에 꽂은 꽃과 같아서 수명이 길 수 없다"(김동석, 「예술과 생활」). 결국 그는 "변화하는 사회에 대해서는 시니시즘으로, 인생에 대해서는 아이러니로, 대인관계는 페이소스로 대처해 나간 것"[152]이다. 따라서 그의 딜레탕티즘은 개인의 안위와 의고주의의 산물이며, 지조나 이념을 기반으로 하고 있는 선비 기질과도 다른 것이었다.

6. 원초적 자아와 허무에의 투신

김동리[153]가 작품 활동을 시작한 것은 1935년 「화랑의 후예」를 발표하면서부터였다. 김동리 소설의 서사 구조는 1930년대 후기 특히 식민지 시대의 말기적 현상의 또 하나의 특징적인 징후를 드러내주는 특이한

---

151 백 철, 『동아일보』, 1938. 2. 15~19.
152 김 현·김윤식, 『한국문학사』, 민음사, 1973.
153 1913~1995. 경북 경주 출생. 1935년 『조선일보』에 「화랑의 후예」당선. 이후 『시인부락』동인. 「등신불」「까치소리」「사반의 십자가」및 평론집 『문학과 인간』.

세계를 이루고 있다.

식민적 상황의 경직성과 시대적 불안이 고조되어감에 따라 이 시대의 서사 구조가 염상섭에게서는 세대 갈등으로, 채만식에게서는 뒤틀린 자아의식으로, 김유정에 이르러서는 해학으로, 이상에게서는 분열된 자아의식의 양상으로 각각 그 구조의 특성이 규정되었던바, 이것이 1930년대 후기의 김동리에 이르면 이러한 일상적이고도 세속적인 문제들에 대한 관심이 샤머니즘이나 신화적 전설적 또는 원시적 신비주의의 세계로 바뀐다. 그의 초기작에 해당하는 「바위」(『신동아』, 1936), 「무녀도」(『중앙』, 1936), 「동구앞길」(『문장』, 1940), 「황토기」(『문장』, 1939) 등이 그것이다. 이들은 모두 식민지 시대 말기에 쓰인 것들이며, 해방과 6·25를 지나는 동안에 발표되었던 「혈거부족」(『白民』, 1947), 「흥남철수」(『현대문학』, 1955), 「밀다원 시대」(『현대문학』, 1955), 「실존무」(『문학예술』, 1955) 등 현실에 대한 면밀한 관찰과 이에 대한 반응을 나타낸 후기 작품들과는 크게 대조된다.

식민지 시대 말기에 쓰인 김동리 소설의 서사 구조는 신화나 전설 민속 혹은 샤머니즘의 세계로서 그 서사 공간이 설정되어 있는 데서, 일견 소설과 사회와의 상관성의 깊이를 추량하기 어려운 결과를 낳은 것처럼 보이지만, 사실은 이와 정반대의 논리가 성립한다고 볼 수 있다. 미적 양식과 사회적 양식의 상호 동족성 내지 보족적 관계의 또 하나의 변질된 모습의 자연스러운 반영을 그의 소설에서 확인하게 되는 것이다.

(1) 주술(呪術)과 이적(異蹟)의 세계

「바위」(『신동아』, 1936)는 그가 두 번에 걸쳐 개작의 애착을 가질 만큼 그의 주술 미학의 본령과 시적인 수사학으로 짜여진[154] 작품이다.

「바위」의 '여인'은 문둥이이다. 문둥이이기 때문에 영감과 혈육인 아들 '술이'로부터 떨어져 살며, 주야로 아들을 그리워하며 그를 찾아 헤맨다. 여인은 여러 마음을 헤매면서 구걸을 하고, 노숙을 하지만 결국 그것은 '아들을 볼까' 함에서였다. 어느 날 그녀는 하다못해 자기 손으로 기차다리 가까이에 토막 하나를 지었다. 이는 이 기차다리 가까이에 '복바위'가 있기 때문이었다. 복을 주는 바위라 하여 '복바위', 소원 성취를 시켜준다고 하여 '원바위' 따위로 불리는 이 바위에 많은 사람들이 끊이지 않고 모여든다.

> (가) 술이 어머니도 어쩐지 이 바위가 좋았다. 자기도 바위를 갈기만 하면 그리운 아들의 얼굴을 만나볼 수 있으리라 하였다. 그녀는 몇 번인가 마을 사람들의 눈을 피해가며 술이의 이름을 부르며 복바위를 갈았던 것이다.

이리하여 '여인'은 '우연인지 복바위의 영험인지' 그녀가 주야로 그렇게 그리워하던 아들을 만나보게 된다. '피와 살은 썩어가도 눈물은 역시 옛날과 변함없이 많았다.' 어미와 아들의 해후도 잠깐, 어미는 문둥이이기 때문에, 아들은 돈을 벌기 위해 각각 헤어진다. 그러나 아들은 다시 만나기로 한 날이 한 달이 지나도록 나타나지 않는다. 그럴수록 여인이 한 가지 믿고 의지할 곳이란 '복바위'뿐이었다. 그러나 이번에는 복바위의 영검도 먼저와 같이 쉽사리 나타나지도 않는다.

> (나) 이것은 아마 그녀가 언제나 캄캄한 어둠속에서만 갈아서 이 바위가 잘 응해주지 않는 것이라고 생각했다. 그래 그 이튿날부터는

---

154 이재선, 『한국현대소설사』, 홍성사, 1979, 454쪽.

사람들이 보지 않는 틈을 타서 될 수 있는 대로 낮에 갈기로 했다.

그러나 이내 동네 사람들에게 들켜 새끼줄에 묶여 개처럼 끌려 의식을 잃기도 한다.

> (다) 그 뒤부터 여인은 언제나 바위 곁을 지나칠적마다 발을 멈추고 한참동안 그것을 물끄럼히 바라보는 것이었다. 곁에 오면 절로 발이 붙는 것도 같았다. 그녀에게 있어서는 바위가 한 없이 그립고, 아쉽고 그리고 또 원망스럽고, 밀살스럽기도 하였다. 자기의 모든 행복과 불행이 전부 다 저 바위에 매인 것만 같이 생각되었다.

아들 '술이'가 복역 중이라는 소문이 들리는 가운데, 어느 날 그녀는 자신의 토막이 불타고 있는 것을 목도한다. 훨훨 타오르는 불길을 보며 그녀는 나무토막처럼 바위 위에 쓰러진다.

> (라) 이미 감각도 없는 두 손으로 바위를 더듬거렸다. 그리하여 바위를 안은 그녀는 만족한 듯이 자기의 송장같이 검은 얼굴을 비비었다. 바위 위로는 싸늘한 눈물 한 줄기가 흘러 내렸다.

한 문둥이 여인이 아들을 찾아 헤매다가 바위를 끌어안고 죽게 되는 이야기는 그러나 단순하지 않은 내용을 함축하고 있다. 먼저 위의 인용 (가)와 (나)에 보이는 작중인물의 바위를 '가는(磨)' 행위에서 우리는 자연물질 혹은 무기질로서의 바위가 아니라 성화(聖化)된 세계로서의 바위를 보게 된다. 천형(天刑)의 문둥이인 비극적 자아가 마침내 의탁하게 될 구원하고 성스럽고 영원한 영험의 세계로서 표상되고 있다. 따라서 바위를 '가는' 행위란 '구원한 자연과 유한한 인간의 조화의 율동'[155]이며, 이 장면 자체가 이미 신화적, 제의적 성격을 띠고 있다. 여인에게 있어서의 바위는 신령한 존재이며, '캄캄한 어둠속에서만 갈아서' 그 바위가 잘 응해주지 않는 것이라고 생각되는 살아 움직이는 존재, 주술적 대상으로서의 성화된 존재이다.

그러나 바위나 돌, 나무, 태양, 달 따위의 자연적 현상물에 대한 공포나 기원이나 원망이나 동경에서 비롯되는 모든 제의적 양식을 단순한 원시적 샤머니즘의 세계 혹은 신령주의로만 다루는 것을 거부하고 있다. 그것은 바위를 '가는' 작중인물의 행위가 제기하고 있는 현실적 상징적 재현에서 기인하는 것이다. (다)에서 보듯이 '복바위'란 그녀에게 있어 '그립고 아쉽고 또 원망스럽고, 밉살스러운' 존재이면서 한편으로는 '자기의 모든 행복과 불행이 전부 매인' 절대적인 존재이다. 일상적인 세계이면서 그것은 동시에 종교적, 주술적 세계이다. 인간적이면서 동시에 신적인 존재인 '복바위'에의 투신은, 그녀에게 있어 마지막 지상적 보루인 토막이 불타는 것을 목도함으로써 그녀가 귀의하게 되는 천상적이면서 영원한 세계로의 비상이다.

'복바위'를 쓸어안고 죽은 문둥이 여인의 서사 내용이 제기하고 있는 '현실의 상징적 재현'이란 물론 1930년대의 식민적 상황과의 접맥에서 가능한 논리이다. 이것을 '식민지적 상황의 보편적 고뇌와 해방에의 기원을 상징'[156]하는 일과 관련짓는 것이 있는바, 이는 작품의 우의적 요소와 역사적 축소주의를 결합한 해석의 한 예이다. 그러나 「바위」에 나타난 작중인물의 행위란 이러한 현실적이며, 구체적인 문제들을 수렴하는 외에 작가의 이념인 '인간 구경의 탐구'의 문제로 귀결된다고 할 수 있다. 현실에 대한 상징과 암유와 절제가 극대화되어 소설의 사회적 성격

---

155 김병욱, 「영원회귀의 문학」, 『동리문학연구』, 서라벌예술대학, 1973, 146쪽.
156 이재선, 앞의 책, 454쪽.

이 배후로 밀려나고 신화나 전설 따위가 필연적으로 수반하게 되는 비역사적 성격이 두드러지게 강조되었다.

이러한 성격은 그의 같은 시기의 「무녀도」(『중앙』, 1936)에서 더욱 강화되어 나타난다. 「무녀도」는 일부 혹은 전면 개작의 과정[157]을 거치면서 작품마다 상당한 차이를 보이고 있다. 1936년의 원작 「무녀도」는 아들 '욱이'가 기독교 신자가 아니며, 살인범이며 전과자일 뿐 죽지도 않는다. 이것이 1947년의 개작에서 기독교 신자로 변모한다. 이를 다시 전면 개작한 것이 장편 『을화』이다. 작가 의식의 변모나 관점의 변화에 따라 동일 작품에 대한 손질은 유의미한 것이지만 발표 당시의 문학사적 시대적 성격 역시 존중되어야 할 것이다. 「무녀도」의 반역사적 성격은 작중의 무당 '모화'가 사는 '경주읍에서 성 밖으로 두어 마정 나가면' 있는 '잡성촌'에 대한 배경묘사에서 잘 드러나 있다.

> 그것은 한 머리 찌프러져 가는 묵은 기와집이었다. 지붕 우에는 기와버섯이 퍼렇게 뻗어 올라 독한 흙 냄새를 풍기고, 너른 뜰에는, 도트라지, 오요개지 같은 이름도 모를 잡초들이 거다게 성하야 군데군데 사람의 키가 묻힐 지경이었고, 땅(마당)은 봄에 물이 녹을 때부터 시작하야 도루 얼어 붙을 때까지 사뭇 축진해서, 배암같은 지렝이들이 한자씩이나 펏다 옴추리고, 잡풀 뿌리 지음에는, 개구리, 머구리들이 쌍쌍이 앉어, 얼을 빼고, 집 주위는 높지도 않은 앙상한 돌ㅅ담이 문허지다 남은 옛성처럼 꼬불꼬불 이어 쌓다. 한군데가 끊어졌을 뿐 울타리랄 것도 없고, 우울한 처마 아래 하나 방문은 언제나 무겁게 닫혀져 있었다.

---

157 원작 1936년 『중앙』, 제1개작 1947년 단편집 『무녀도』, 제3개작 1967년 삼성출판사 『김동리대표작가선집』, 전면 개작 1978년 장편 『을화』(문학사상사).

서두에 소개된 작중의 '모화'가 사는 집에 대한 묘사는 단순한 '배경'의 기능을 수행하고 있는 것이 아니라, 「무녀도」 전편을 지배하고 있는 상황이나 분위기 또는 사건의 전개 과정까지 함축적으로 암시하고 있다. 인간들의 일상적인 삶의 현장이면서 사회 혹은 사회화의 중심지인 '경주'읍에서 '성 밖으로' 떨어진 '잡성촌'에 작중 인물은 살고 있다. 그 집은 '찌프러져 가는', '묵은' 기와집이다. 뜰에는 이름 모를 '잡초'가 우거져 있고, '배암같은 지렁이', '개구리', '머구리'들이 우글거리고, '앙상한 돌담' 속 '우울한 처마 아래'에는 방문 하나가 '언제나 무겁게 닫혀져' 있다.

문명과 인간 사회와 떨어진 유폐된 황폐화한 공간 설정에 이어서

> 모화는 사람을 보면 늘 수집어 했다. 어린애를 보고도 두려워 했다. 때로는 개나 도야지에게도 아양을 부렸다.
> 그는 달이 밝을 지음에는 사뭇 밥을 굶고 산에 가 기도를 드렸다. 그럴 때는 보는 사람이 머리를 숙이리만치 그 얼굴에 성스러운 위엄이 있었다.

라고 무당 '모화'의 범신론적 주술적 샤머니즘의 사고의 일단을 보이고 있다. '모화'는 오가다 만나는 사람은 물론 모든 짐승과 나무, 바람, 솥뚜껑 따위에게서도 영혼을 발견, 그에 따라 화를 내거나 두려워하거나 하는 것이다. '모화'에게는 '꿈에 용신님을 만나 복숭아를 받어 먹고, 꿈 꾼 지 일혜스만'에 낳은 '수국 꽃님의 화신' '낭이'라는 딸과 '낭이'와는 이성인 '욱이'라는 아들을 두고 있다. '낭이'는 벙어리이며, '욱이'는 살인죄로 복역하고 출감한 전과자다(1947년 개작 「무녀도」에는 욱이가 집을 나갔다가 기독 신자가 되어 돌아오는 것으로 되어 있어서, 원작과 개작 사이에는 작품 해석상의 적지 않은 차이가 있을 수 있다). '모화'는

'욱이'를 '천상천하 어떠한 귀신보다도 두려운', '땅 밑에 사는 머리 검은 귀신의 화신'이라 믿고 있다.

　　낭이의 얼굴엔 사철 깊은 슬픔이 배어 있었다. 그것은 펼길 없는 속속 드리 피ㅅ줄에 서리인 슬픔이었다.
　　낮과 밤으로 그는 얼굴 빛이 변하였다. 낮으로 청명한 하늘을 바라보며 그림이나 그리고 있을 적엔 그 빛이 박꽃이나 같이 새하얗다가도 밤이 되면 마을 사람들의 말씨로 반딧불 같이 푸르러 보였다.
　　낭이는 어두운 밤으로 한숨을 짓고, 그의 오빠에게 잘 뛰어들었다. 그리고는 그 '반디ㅅ불' 같이 투명한 얼굴을 가슴에 묻고 흐느껴 울군하였다.
　　오빠는 문득 문득 목덜미로 입 가장으로 누이의 싸늘한 손과 입술을 느낄적마다, 창처짐하게, 무뚝뚝하게 서서 손으로 그를 떼어 밀쳐버리곤 했다. 그러나 낭이가 까물어칠 듯이 사지를 떨며 또 뛰어드는 다음 순간이면, 그도 당황이 누이의 손을 쥐어 주며, 희미한 종이 등ㅅ불이 걸린 처마 밑으로 끄으렸다.

　　위의 인용은 작중의 '모화'가 '눈에 빛이는 것이 모두 귀신으로만 보이었던' 것과 관련지을 수 있는 대목이다. 자연을 인격화하거나 신격화하여 인간과 자연과의 친화나 혈연 의식을 드러냈듯이, 한편으로는 이와 같이 인간과 인간의 친화성으로까지 발전한다. 위의 인용은 아버지가 다른 동복 남매 '욱이'와 '낭이'의 근친 관계를 보인 것이다.
　　「무녀도」의 서사단락 (ㄱ)-(ㅁ)은 주로 '모화', '낭이', '욱이' 등의 작중 인물들의 관계나 상황을 드러내주는 데 바쳐지고 있으며, (ㅂ) 단락에 이르러,

　　예수교가 들어왔다.
　　그것은 바람에 불같이 온 세상에 뻗었다.

로 시작하여 사건이 크게 굴절, 작중인물의 행위가 직접적으로 제시된다. 마을 사람들은 '눈이 푸르고 코가 굵다란', '양국놈'(전도사) 보기를 '원숭이 보기보다 좋아' 하고 성경책을 든 사람들이 모이고 교도들이 나날이 늘어간다. 그들은 밤낮으로 나발을 불고 북을 치고 전도사 말을 받아 흉내 낸다.

> "이 천지 만물을 처음으로 창조하신 이, 우리 거룩하신 하느님 아버지 아버지올시다. 하느님 전지전능하시며 무소부재하십니다. 하느님 두 분 없습니다. 세 분 아닙니다. 절대적 한 분 뿐입니다."
> …(중략)…
> "무당과 판수를 믿는 것은 거룩 거룩하시고 절대적 하나밖에 없는 우리 하느님 아버지께 죄가 됩니다.……무당은 썩어 빠진 고목나무나, 듣도 보도 못하는 돌미력한테 빌고 절을 하지 않습니까…….

'들ㅅ불같이 뻗는' 그들의 저주에 '모화'는 징을 울리고 꽹과리를 치며 외친다.

> "어ㅅ쇠, 구신아 물러서라, 당대 고축년에 얻어먹던 잡구신 아늬기 어찌 모화를 모르나냐, 아니가고 봐하면 쉰길 청수에, 엄나무 밭에, 무쇠 가마에, 늬 자자손손을 가두어 못 얻어 먹게 하고뿐 아니라, 다시는 세상 밖을 내주지 아니하야 해빛도 못보게 할란다, 어ㅅ쇠, 구신아 썩 물러가거라 늬 어찌 모화를 모를 까부냐."

그러나 '모화'에게 지금까지 모여들었던 마을 사람들이 원수나 쳐다보듯이 모화를 등지고 '예수꾼' 집에 가게 되자, 그녀의 저주와 질투는 절정에 이른다. 저쪽의 북과 나발에 이쪽은 징과 꽹과리로 맞선다.

이어서 또다시 서울에서 '부흥목사'가 내려오고, '기도를 해서 병을 고치는 능력'을 가진 자라는 소문이 퍼진다. 반신불수와 지랄병자, 앉

은뱅이 모두 다 '믿음'의 여하에 따라 모두 '죄씻음'을 받게 된다는 것이다. 이 사실이야말로 무당 '모화'에게는 참을 수 없는 치욕이 아닐 수 없었다. 이러한 이적은 '옛날 그의 신령님이 오직 그에게만 허락한 그의 특별한 권능'이었다. '모화'는 예수꾼들을 가리켜 '요술단'이라 하고, '그를 믿는 사람은 이 나라 산신님과 용신님으로부터 화를 받게 되리라' 하였다.

단락 (ㅅ)에 이르러 '몇달전부터 조금씩 달려 오던 낭이의 배가 그지음 와서 그만 드러나게 불러져' 보인다. 서사단락 (ㅂ)에 나타난 예수꾼의 '이적'을 그녀가 해보일 기회이기도 하였다. '모화'는 말한다.

한국 근대소설과 사회갈등

> "천상천하에 짝없이 떠다니는 신령님이 있읍니다. 이 신령님은 종종 여인네가 잠자는 틈에 꿈으로 태어나 몸을 섞읍더이다. 그러므로 늘 방성을 못보고 덧없이 세우러을 보내던 부인네가 여러 해 용왕님께 공을 들이면 문득 몸이 일게 됩너이다. 그것은 모두 꿈중에 그 신령님을 느껴 잉태되는 것입니다."
>
> …(중략)…
>
> "아직 낭이 따님을 의심하량이면 그가 벙어리ㄴ 것을 잘 기억했다. 따님이 해산하는 날 아침에 봐라, 아기의 울음소리와 함께 낭이 따님의 입이 열릴 터이니!"

'모화'는 먹기를 잊어버리고 징과 꽹과리를 울리었으나, 입술은 먹같이 검어지고, 두 눈에는 이상한 정열이 고였다. 이러한 낮과 밤을 지내고 '모화'는 마침내 미치고 만다. 그것은 낭이가 의외로 속히 유산을 해버린 것이요, 이적을 약속한 '낭이'의 입은 여전히 '굳게 닫혀' 있고, 마을 사람들은 그를 비웃게 되고, 마침내 마음 사람들의 시선이 아들 '욱이'에게로 쏟아지게 되었기 때문이었다.

'모화'의 '마지막 굿'이 열린 것은 이 후의 늦은 봄, 어느 부잣집 며느

리가 '에기ㅅ소'에 몸을 던지고서였다. 이날 밤의 '모화'의 '굿'은 그 어
느 때보다도 '성스럽고', '구슬펏고', '모화는 사람이 아니요, 율동의 화
신'이었다.

> 밤도 리듬이었다…… 취한 양, 얼이 빠진 양, 구경하는 여인들의
> 호흡은 모화의 쾌자ㅅ 자락만 따라 오르나리었고, 모화는 그의 춤이
> 었고, 그의 춤은 그의 시나위ㅅ 가락이었고 …… 시나위ㅅ 가락이
> 란, 사람과 밤이 한 개 호흡으로 융화되려는 슬픈 사향(麝香)이었다.
> 그것은 곧 자연의 리듬이기도 하였다.

'모화'는 죽은 사람의 혼백을 건지려 물로 들어간다. 모화는 넋대로
물을 휘저으며, 점점 깊은 소를 향해 들어간다. 이윽고 모화의 몸은 물
에 잠긴다. '처음엔 쾌자ㅅ 자락이 보이더니 그것마저 내려가 버리고,
넋대만 물우에 떠 빙빙 돌더니, 둥둥 흘러 내렸다.' 「무녀도」의 극적인
정점을 이루는 장면이다.

「바위」와 「무녀도」는 특히 다음의 몇 가지 점에서 공통적 성격을 띠고
있는데, 그것은 김동리 소설의 기본 성격을 규정짓게 하는 것이면서 또
한편으로는 식민지 시대의 말기적 징후가 산출해낸 또 하나의 특이한
서사 형태임을 알 수 있다.

첫째, 이 두 작품에 나타난 주술에 의한 사건 전개이다. 여인이 '복바
위'에 비는 기원이나 무당의 '굿'에서 볼 수 있는 제의성─연속적으로
반복되는 이들의 의식은 종교적인 것이었으며, 초자연적인 존재나 신
비적인 세력을 빌려 작중의 인물이 처한 상황을 극복하고자 한다는 점
이다.

> 주술의 기점은 기술(技術)의 종점이며, 인간이 기술적 자연주의적

으로 적응하지 못할 일에 직면하면 자연주의적 기술의 대응으로써 자기가 통제할 수 있는 사물로 구성된 상징을 갖고 환경과의 적응을 꾀한다. 주적 상징은 그 대응물의 마나(mana : 초자연적)의 약간을 구현하는 것이며 현상은 마나에 의해서 생성된다고 생각되었기 때문에 상징에 현실적, 기술적인 조작을 가하면 마나가 영향을 받아 현실적으로 현상이 고쳐진다고 믿는다.[158]

「바위」와 「무녀도」의 세계는 그러므로 주술종교적[159]인 세계라 할 수 있다. 따라서 바위에 영검을 부여하거나 산신님이나 용신님으로 상정된 무당의 신당은 다분히 신화적 세계라 할 수 있다. 신화는 한 민족의 상태를 표현하고, 그 민족에게 상태를 설정해주지만, 신화는 민족의 단계를 서술하지 않는다. 「바위」와 「무녀도」가 전개하는 세계는 인간적인 것, 자연적인 것, 초자연적인 것이 한데 어우러진 세계이다. 이 작품들에 나오는 바위와 여인, 무당과 산신, 용신님, 심지어는 나무나 개구리, 지렁이, 항아리, 바람에 이르기까지 그들은 상호 대립의 관계가 아니라 인간적 요소가 신화하고 신적 요소가 인간화되는 신화적 사고의 표현이다.

둘째로, 「바위」나 「무녀도」의 세계는 이적의 세계라는 점을 들 수 있다. 작중인물의 작중의 상황에서 보이는 갈등은 표면적으로는 현실적으로 성취가 불가능한 곳에 그 근원을 두고 있다는 점이다. 그러나 작중의 여인이나 무당은 그것의 실현 가능성에 대한 확신으로 차 있는 주술과 종교가 혼합된 인물들로 설정되어 있다. 그들은 신화가 가지고 있는 특이한 기능—원시적 언어 주술이나 제의 주술 또는 심상 주술에 의존하

---

158 『철학대사전』, 학원사, 1970, 1020쪽.
159 위의 책, 같은 쪽. 종교와 주술이 미분화된 상태.

고 있다는 점은 중요하다.

기적 또는 이적의 세계란 다른 한편으로는 기적이나 이적으로써만 현실의 질곡으로부터 벗어날 수 있다는 욕망의 또 다른 표현이라 할 수 있다. 기적이나 이적이 지배하는 세계란 그만큼 종교적이며, 이 두 작품에서는 그것이 구체적으로 여인과 바위, 무당과 물신—이른바 자연과 인간 생명의 화해에 대한 욕망으로 나타난 것이다. 「바위」에서는 아들을 만나고자 하는 기원이 좌절되어 그 기원의 대상이었던 바위를 쓸어안고 죽음으로써 현실의 세계를 부정, 절대하고 영원한 세계에로의 비상을 지향한다. 「무녀도」의 무당 또한 벙어리인 딸의 입을 열거나 애기소에 빠져 죽은 혼백을 건지는 '이적'이 현실적으로 불가능해지자 그 기원의 대상이었던 자연(물)에 잠김으로써 극복하고자 한다.

한편, 「바위」와 「무녀도」의 작중인물이 보인 갈등의 근원이 일상적이며 현실적인 것이 아니라는 점이다. 표면적으로는 이들은 아들과의 해후나 요술단(예수꾼)과의 대결에 있는 것처럼 보이지만, 이면적으로는 영원하고 절대한 세계에의 비원이라 할 수 있다. 따라서 이들의 갈등은 비역사적이며, 반사회적인 것이라 할 수 있다. 현실적 욕망이나 갈등이 인간 생명이나 자연의 문제로 추상화되었다. 따라서 「무녀도」에서 '모화'의 갈등을 단순히 신흥 종교(기독교)와 전래적 샤머니즘과의 대결로만 보는 것은 매우 도식적이며, 그 결과를 샤머니즘의 패배로 규정하는 것은 더욱 무리이다. 그것은 대결이라기보다는 서양의 한 문화 양식과의 비교를 통한 토속적이고 신비주의적인 동양의 문화 양식의 제시를 위한 것이라 할 수 있으며, 패배라기보다는 토속적이고 물신적인, 전래의 한국적 샤머니즘의 퇴조에 대한 비애나 상실감의 표현이라 할 수 있다. 따라서 그것은 두 문화의 충돌 자체를 그린 것이라기보다 그로 인하여 야기되는 전통적이고 토속적인 가치나 신명에 대한 동경의 반어적 표현이다. '모화'와 '예수꾼'과의 갈등을 무속과 종교 혹은 문화사적인 차원에서 보는 것은 대단한 오류이다(이런 의미에서 볼 때, 1947년의 개작 「무녀도」에서 아들 '욱이'가 기독교도가 되어 돌아오는 사건 설정은 두 이질적인 문화의 대립적 면모를 강화해주고 있지만, 그리하여 원작에서의 '욱이'의 부차적 역할이 개작에서 한층 부각되는 효과가 있지만, 그 때문에 이와 같은 도식적이며 축소주의적 해석을 낳게 하기도 하였다).

(2) 삶의 무상성

「황토기」(『문장』, 1936)는 설화적 모티프가 소설의 주조를 이루고 있다. '상룡(傷龍)' 혹은 '쌍룡(雙龍)' 등의 지역 창조의 연기설화가 소설의 서두에 소개된다.

> ······ 옛날 등천(騰天)하려든 황룡(黃龍) 한 쌍이 때마침 금오산에서 굴러 떨어지는 바위에 맞어 허리가 끊어지고, 이 황룡 두 마리의 피가 흘러 황토ㅅ골이 생긴 것이라는 상룡설((傷龍設)이나, 또 역시, 등천하려든 황룡 한 쌍이 바로 그 전야(前夜)에 있어 잠자리를 삼가지 않은지라 천왕(天王)이 노하야 벌을 내리사, 그들의 여의주(如意珠)를 하늘에 묻으시니, 여의주를 잃은 한 쌍의 황룡이 크게 슬퍼하야 서로서로 저이들의 머리를 물어 뜯고 피를 흘리니, 이 피에서 황토ㅅ골이 생긴 것이라는 쌍룡설(雙龍設)이나, 혹은 상룡설, 쌍룡설들과는 좀 달리, 옛날 당(唐)나라에서 나온 어느 장수가 여기 이르러 가로되, 앞으로 이 산맥에서 동국(東國)의 장사가 난다면, 능히 대국을 범할 것이라 하야 이에 혈(血)을 지르니, 이 산골에 석달 열흘 동안 붉은 피가 흘러 내리고, 이로 말미암아 이 일대가 황토지대로 변한 것이라는 절맥설(絶脈設)이나 이런 것들이 다 본대 그의 운명에 아주 교섭이 없으리란 법도 없는 터이었다.

용이 등천의 기회를 놓치고 굴러떨어져 흘린 피로 얼룩진 황토골의 전설은 이 소설의 서사 공간의 상징성을 강화하고 있다. 발표 당시에는 이 전설의 작중의 인물 '억쇠'에 의해 황토벌을 바라보면서 회상해보는 장면으로 소개되고 있으나, 개작한 것에서는 이 세 가지의 전설을 각각 독립적으로 단락을 지어 분명하게 소설의 서두에 소개하고 있다. 이 역시 황토골에 얽힌 이 설화의 상징성에 대한 작가의 배려라 할 수 있다.

「황토기」는 따라서 황토골이란 마을에 전해 내려오는 전설에 대한 극화 내지 현실에 대한 해석의 전설화라 할 수 있다. 「바위」나 「무녀도」와 마찬가지로 이 역시 역사와 사회적 의미가 거세된 설화의 세계이다. 그리고 이들 모두가 '좌절'로 귀결지어진다는 점에서 공통된다. 「황토기」의 경우, 특히 그것은 운명론적으로 좌절과 패배가 결정지어진 세계로 나타난다.

> "네가 어려서 누구에게 사주를 뵈었드니, 너의 팔짜에는 살이 세 다구, 젊어서 혈기를 삼가지 않으면 큰 화를 당할께라드라, 그렇지 만 사람에겐 힘이 보배니 네만 알아 조처하량이면 뒤에 한번 쓸날이 있을게다. 언제라도 턱없이 나서지 말고 가만히 그 때가 오기를 기 둘르고 있어라."

'억쇠'에 대해 그의 할아버지가 유언으로 남긴 말이다. 억쇠가 스무 살이 넘었을 때는 과연 기운을 스스로 감당할 줄 모르게 된다. '밤으로 는 매양 산에 가 혼자서 돌을 들지만, 그것만으로는 그 미칠듯한 혈기가 잽히지 않았고, 낮이 되면 또 무엇이건 눈에 뵈는 대로 때려부시고 싶 고, 드러 메치고 싶고, 온갖 몸부림이 다 나는' 것이었다. 따라서 이 소 설에서의 주된 사건이란 '억쇠'와 '득보'와의 끊임없이 계속되는 싸움에 다름 아니다. 이러한 길고 지루한 싸움의 연속은 짧지 않은 분량(200자

140장) 전편에 단조롭게 이어지는데, 이 때문에 이들의 싸움의 '무의미성'이나 '무상성'은 더욱 강조되고 있다.

> 쓰러져 엎치락 뒤치락 구을기를 한 시간 넘어 하였을 때, 갑작히 억쇠는 왼 골작이 울리도록 소리를 질러 껄껄껄 웃었다. 그의 왼쪽 귀가부터 있을 자리엔 다 찢긴 살과 피가 있을 따름이요, 귀는 아주 득보의 입속에 들어가 있고, 득보는 아끼는 듯 그것을 얼른 뱉어 내지를 않았다.
> 귀가 떨어지건 코가 없어지건 이렇게 자빠져서 싸호기란 몸을 겼고 서서 서로 겨루기 보다는 우선 쉽고 편한 노릇이라, 해가 지고 어두운 산그늘이 내려와도 이 커다란 피투성이들은 일어날 생각이 없어 마주 피를 뿜으며 아즉도 엎치락 뒤치락 하기를 쉬지 않는다.

이들의 솟구쳐 오르는 힘의 대결은 표면적으로는 '분이'와 '설희'를 사이에 둔 싸움으로 설정되어 있지만, 분출할 길 없는 힘의 잔인한 낭비의 대용물에 불과하다. 이들의 싸움의 의미에 대한 다음과 같은 지적은 「황토기」의 서사 구조를 설화적이면서 동시에 현실적 재현의 이중 구조로 파악한 예가 된다.

> 천하를 휘어잡을 힘을 가졌으나, 그것을 제대로 한번 써보지 못하고, 허공을 향해 투사하는 탕진의 반복으로 세월을 보낸다는 이야기는 작가의 청춘이 품었던 꿈의 좌절의 기록인 동시에 민중 속에 잠재된 힘의 학살의 증언으로 볼 수 있다. 여기에는 허무라든지 숙명이라든지 하는 막연한 추상어로써 요약될 수 없는 구체적 역사의 그림자가 도사려 있다.[160]

---

160 염무웅, 『동리문학연구』, 서라벌예술대학, 1973, 435쪽.

따라서 이들의 힘의 대결은 그들의 운명에 대한 반항의 일종이며, 싸워야 할 대상 때문에 싸우는 것이 아니라, 넘치는 힘의 분출을 위해 싸움의 대상의 선택된 것이다. 현실적으로 불가능해져버린 힘의 구사—물리적 일로 환치가 가능한 막대한 양의 '힘'이 대가 없이 탕진되는 데서 이들의 좌절과 운명적인 한(恨)의 의미가 두드러지며, 이는 또한 이 시대의 허무주의를 그대로 반영하고 있다.

이상 「바위」 「무녀도」 「황토기」 등 김동리의 초기의 대표적 작품을 통해서 우리는 다음과 같은 이들 서사 구조의 시대적 의미를 추출해볼 수 있다.

첫째로 앞에서 다룬 작품들의 세계가 모두 현실적이며, 세속적인 인간과 사물의 관계와 멀어졌다는 점이다. 그들은 '복바위'와 '용신님'과 잃어버린 '여의주'를 향한 몸부림 속에 있다. 그들은 역사보다는 신화를 택했다. 김동리 소설의 식민지 시대 말기적 징후를 여기서 추출해낼 수 있을 것이다. 역사, 사회적 현상이 더 이상 개선이나 극복의 여지가 보이지 않을 때, 그러한 상황의 경직성이나 절망감에서 헤어날 수 있는 길이란 차라리 신화(이상) 속으로의 잠적이 될 것이다. 그것이 주술과 이적과 신비주의의 세계로 등장했다.

김동리는 '아무리 몽환적이요, 비과학적이요, 초자연적인 현상이더라도 작가의 어떤 작품에 있어서는 훌륭히 리얼리즘이 될 수 있는 것이리라'는 전제 아래 '순수문학' 혹은 '본령정계(本領正系)'의 문학 '제3휴머니즘' 등의 용어로써 자신의 '생의 구경연구(究竟探究)'의 이념을 밝히고 있다.

자본주의적 기구의 결함과 유물변증법적 세계관의 획일주의적 공

식성을 지양하는 것이 현대문학정신의 세계사적 본령이며, 이것을
가장 정통적으로 실천하는 것이 시방 필자가 말하는 소위 순수문학
혹은 본격문학이라 일컫는 것이다.[161]

위와 같은 김동리의 주장은 자신의 문학적 이념이나 창작 방법론의
일단을 잘 드러내주는 것이기도 하지만, 식민지 시대 말기의 시대 상황
이 자연스럽게 산출해낸 소설의 서사 양식이라 할 수 있다. 위의 발언은
1930년대의 경향파적 색채와 민족문학적 색채 양자를 겨냥한 것이지
만, 최재서가 '문단 타개책'으로 내세운 '풍자 문학론'의 또 다른 변형이
라 할 수 있을 것이다. 그가 내세운 '인간성 옹호'나 소위 '순수' 혹은 '인
간 구경의 탐구'는 어설픈 절충론에 불과할 수도 있다. 특히 그가 내세
운 '인간성 옹호'란 인연과 이적 또는 운명론적 세계관에 안주해버린 원
초적 세계 속의 인간상으로 나타난 것이 그 예가 된다.

김동리 소설의 서사 공간이 비록 현실의 재현으로서의 설화나 샤머니
즘의 세계로 대치되었다고는 해도 이 시대의 우리 소설이 지향해야 할
다양한 거점 중의 하나가 이렇듯 현실의 추상화에 있었다면 그가 이룩
한 작품 자체의 미적 효과에도 불구하고 다음과 같은 비판 또한 가능한
것이다.

그의 문학은 과거도 없고, 현재도 없는 역사부재의 문학이요, 현실사
회로부터 태고의 신주를 모신 신당 깊숙한 곳으로 도피한 문학이다.[162]

비록 소설이 역사적 사회적 상황을 신화화하거나 또는 반대로 신화의

한국 근대소설과 사회갈등

---

161 김동리, 『문학과 인간』, 청춘사, 1952, 130쪽.
162 김우종, 『한국현대소설사』, 선명문화사, 1973.

탈을 벗기는 역할을 담당한다고 하더라도, 이 소설의 서사 구조가 제기하고 있는 현실의 문제란 신화나 설화가 가지고 있는 비역사적, 우의적, 상징적 성격에 의존하고 있다. 그것은 기법상의 승리일 수 있으나, 이념적으로는 패배를 뜻한다. 풍자와 은유와 상징이 가지는 심미적 효과는 큰 것이지만 이러한 수사적 장치는 드러난 현상을 감추어 표현한 것이며, 억압된 현실의 경직성에 대응하기 위한 소극적 자기 변모일 것이기 때문이다.

「황토기」에 보인 작중인물의 사회갈등 요인이란 오히려 사회갈등 요인의 부재 자체에 있다고 할 수 있다. 대가 없는 허망한 힘의 탕진이야말로 이 시대에 있어서의 삶의 무의미성, 무상성의 표현이다. 여기에서 우리는 이 시대 서사 양식의 허무주의를 읽을 수 있는 것이다. 주술과 이적과 토착적 샤머니즘의 세계로 서사 공간을 옮기지 않으면 안 될 상황이야말로 이 시대의 사회갈등의 치열성 내지 강렬성을 역설적으로 반증한 것이다. 김동리의 서사 구조는 그것 자체의 심미적 효과에도 불구하고 이러한 비판적 요소를 연역해낼 수 있는 것이다.

7. 1930년대 소설의 정적 구조와 사회갈등

『삼대』에는 한 가족의 성원들의 삶의 양식이나 가치관의 대립을 통하여 식민지 시대의 여러 가지 쟁점들이 총체적으로 제시되어 있었다. 이들의 갈등 요인은 각 세대 간의 대사회적 태도에서 극명한 대립을 보이고 있는데, 구한말의 봉건주의와 개화기 세대의 진보적 개량주의, 식민지 세대의 진보주의 혹은 온건한 사회주의가 그것이다.

그러나 이들의 대립과 갈등은 1920년대 사회의 문제들에 대한 갈등의 연장선상에 있으면서 사건의 굴절이나 해결은 대내적인 요인들에 의

한 것이었다. 식민지 체제의 재편성과 궁핍화 현실의 극단화가 1930년
대에 이르러 그 경직성과 폐쇄성이 고조되었는데, 『삼대』 인물들은 이러
한 사회의 완고성과 폐쇄성에 의해 그들의 이념적 가치나 인간성이 훼
손되고 변질되어가는 과정을 보였다. 그것은 근대화의 산물의 하나인
세속화의 과정에서 필연적으로 나타나게 마련인 '화폐가치'와 개인의
이기적 충동인 성과 관련된 것이었다.

채만식과 이상의 소설에서 우리는 뒤틀린 자아와 분열된 의식의 양상
이 신랄한 자기 풍자와 자의식의 세계로 나타나 있음을 보았다. 채만식
은 「레디 · 메이드 인생」 『태평천하』 등의 작품을 통해 식민지 사회에 대
한 비리와 지식인의 무능을 신랄하게 비꼬는 풍자적 수법을 차용, 1930
년대 소설 서사 구조의 두드러진 한 특징을 보이고 있다. 채만식의 인물
들의 자아의 세계에 대한 태도는 풍자와 자조 등으로 요약된다.

같은 시기의 이상 또한 「날개」 「지주회시」 「종생기」 「봉별기」 「실화」 등
의 작품을 통해 사회로부터 소외된 자아의 의식의 분열 상태를 드러내
주고 있는데, 이 양자의 인물들이 주로 지식층이라는 점과 도시의 생태
와 병리 현상을 담고 있다는 데서 공통된다. 이는 1930년대 문학의 한
주류인 '감상에의 반역 및 문명과 도시 공간 형태의 중시'[163] 현상의 하
나로서, 1920년대에 보이던 소설 공간의 도시화 현상이 현저해진 경향
의 반영이라 하겠다.

김유정이 이 시기의 농촌의 궁핍화 현실에 대응하는 인물들의 사회갈
등의 한 전형을 보였다면, 이들은 도시화된, 혹은 도시인의 사회갈등의
전형적 두 유형을 제시하였다 할 수 있다.

염상섭과 김유정과 채만식과 이상, 박태원, 이태준 소설의 구조에 나

---

163 이재선, 『한국현대소설사』, 홍성사, 1979, 319쪽.

타난 공통점이란, 이들 인물들의 사회문제들에 대응하는 태도에서 찾을 수 있는데, 그것은 무엇보다도 현실을 내면화하려는 점이라 하겠다. 그것은 염상섭의 인물들의 자기변모, 김유정의 해학, 채만식의 풍자, 이상의 냉소와 역설, 박태원의 도시적 생태의 관찰자, 이태준의 퇴영적 상고주의 등으로 나타나는 데서 찾아진다. 이들 작중인물들의 태도 변화는 현실과의 정면 대립이 불가능했거나 포기했거나 또는 좌절의 지점에서 출발한 것이었다는 데서 또한 이들의 내면적 사회갈등의 양상이 공통된다.

따라서 이들의 행동 구조에 나타난 변화는 단순한 수사적 장치의 하나로서 그것이 소설의 미적 효과에 기여했다는 지적 이상의 의미가 있다고 할 수 있다. 수사적 장치란 무엇보다도 드러난 현상을 감추어서 표현한 것이고, 그러한 행위란 결국 드러난 현실로 인하여 굴절된 자기 변용의 과정일 것이기 때문이다. 그러므로 1930년대 소설이 특히 기교 면에서 전대의 소설에 비해 발전했다는 점은 문학사적 입장에서 바람직한 현상의 하나라 하겠지만, 그러나 수사나 기교의 변화가 반드시 작품의 내적 원리에 의해서만 발생하는 것인가는, 그러한 형식이나 기교를 산출케 한 사회변동과 관련지어 보는 일이 전제가 되어야 할 것이다.

사회적 양식이 미적 양식을 대체적으로 규정한다는 이 책의 일관된 접근 방법에 의하면 그것은 '발전'이 아니라 '변모'의 하나라 보는 것이다. 사회가 일방적으로 발전만 하는 것이 아니고 변동하는 실체라 할 때, 미적 양식에 대한 논의 또한 마찬가지일 것이기 때문이다. 따라서 이들 1930년대 인물들의 대 사회적 태도야말로 이 시기의 식민적 상황이 산출한 시대적 성격의 일부를 이루는 것이다.

1930년대의 한 평론가가 당시의 문단 위기의 '타개책'으로 '풍자문학'을 제기한 것은 당시의 시대적 여건과 결부해볼 때 다분히 시사적인 데가 있다. 최재서는 풍자를 당시의 '국민문학'과 '사회주의 문학'의 중간지점에 두고 다음과 같이 이를 제안했다.

> 나는 문학분류에 있어 내용과 사상에 중점을 두지 않고 작가의 태도와 기술에 중점을 두는 방법을 취하려 한다. 어떤 문학이 국민주의적이냐 사회주의적이냐 혹은 기타의 주의를 가진 것이냐 등등의 질문을 나는 제이차적 지위로 돌려 보낸다. 그 대신 작품의 작가가 외부정세에 대하여 어떠한 태도를 취하느냐? 하는 질문을 제일의적 지위에 올린다. 수용적 태도와 거부적 태도와 및 비평적 태도다. …(중략)… 현대는 말할 것도 없이 과도기이다. 전통을 그대로 수용할 수도 없고 또 그렇다고 실질적으로 거부할 수도 없는 곤란한 시대이다. 이때에 인간예지가 할 수 있는 최고의 일은 비평이 아닐까 한다. …(중략)… 우리가 비평적 태도를 가질 때엔 이지적 작용으로 말미암아 유-모아라든지 혹은 풍자가 부수한다. 이같은 심리상태는 우인담 루이스가 말한 바와 같이 정서의 완진주사(즉 반소독주사)가 되어 맹목적으로 침전하려는 열광심을 소독, 즉 냉각함에 신통한 작용을 발휘한다. …… 현대인이 요구하고 있는 실재적 통찰은 이와 같은 냉소적 심리가 없이는 불가능하다고 생각한다.[164]

또한 그는 '현대인이 자기 자신에 대한 성실성과 날카로운 지성의 두 모순을 포용하고 있는 동안, 이 분열의 비극(자아와 비자아의 양극 상태:인용자 주)은 성실하게 표현하는 외에 달리 처치할 도리가 없다. 그리하여 자기풍자의 문학은 현대적 사명과 아울러 매력을 가지고 있다'[165]고 지적하고 있다. 그리고 그는 외국작가의 작품과 평론에서 '자기풍자'를 늘 느끼고 있음을 술회하고 있는 것이다.

164 최재서, 「풍자문학론」, 『최재서평론집』, 청운출판사, 1961, 189~190쪽.
165 위의 책, 195쪽.

위의 진술은 그러나 풍자의 미적 효과를 말한 것이지 1930년대 한국의 식민 상황에 대한 '문단 타개책'이 될 수 있는가는 의심스러운 것이다. 풍자란 결국 '정서의 완진주사'이며 '냉소적 심리'에서 기인하는 것이므로, 현실과의 정면대결을 회피한 일종의 자기투항의 한 양식이기 때문이다. 그러므로 '풍자'가 한 시대의 서사양식으로 제기될 수밖에 없는 상황이란 세계와의 관계에서 일어나는 대립이나 충돌을 완화시킬 수밖에 없다는 또 하나의 변신에 불과한 것이다.

「삼대」에서의 개인의 이기적 충동의 내면화된 갈등이 김유정에 이르러 해학과 아이러니로, 채만식에 이르러 세속화된 자아의 뒤틀린 사회의식으로, 그리고 이상에 이르러 잉여적 인간의 자아고립으로 변모한 것은 그러므로 우연이 아니다. 세계에 대한 자아의 정면적인 공격이 불가능해질 때 필연적으로 나타나는 것이 적대감 표출의 변형이었다. 그것이 1930년대에 와서 '환치수단으로서의 갈등'으로 나타난 것이라 하겠다. 전절에서 말한 '안전판 제도'가 그것이다.

> 안전판 제도의 이용 가능성은 행위자가 목표를 바꾸는 것이 원인이 된다. 즉 그는 더 이상 불만스러운 상황은 해결하려고 할 필요가 없이 단지 그 상황으로부터 야기되는 긴장을 해소하기만 하면 된다. 이런 방식에서는 불만스러운 상황은 변경되지 않은 채 남아 있거나 혹은 더욱 심화될 것이다.[166]

사회갈등에서의 '안전판 제도'란 이와 같이 승화적 해소를 위한 통로로 기능하는 것이며, 따라서 직접 갈등을 수행하는 것은 아닌 것이다. 채만식과 김유정과 이상의 인물들의 사회갈등은 이와 같이 '안전판 제

---

166 L. A. Coser, op. cit, p.58

도'에 의존하지 않으면 안 될 만큼 내면화되고 극단화된 것이었음을 보여주었고, 이것이 김동리에 이르러 정점을 이루어 허무주의 내지 원초적 자아 탐구로 변모한다.

1930년대 소설의 결구에 1920년대에 현저한 현상의 하나이던 살인, 방화, 죽음이 현저하게 줄어든 것도 이 때문이다.

1930년대 소설의 서사구조는 따라서 E. 뮤어의 이른바 '성격 소설'의 특성을 이루고 있다.[167] 개화기−1920년대−1930년대를 거치는 동안, 비록 그 기간의 사회변동의 미세한 차이에도 불구하고, 역사적인 것−사회적인 것−개인적인 것으로의 작중인물의 변화는 분명한 하나의 징후임을 알 수 있다. 식민지적 상황이라는 기형적인 현상에도 불구하고 어떤 형태로든 사회는 도시적 혹은 산업화의 형태로 변모해온 것이 사실인데, 1930년대 소설의 서사구조에 나타난 인물의 변화 가운데 가장 뚜렷한 현상이 바로 '인물의 왜소화' 현상이었다. 이는 산업화에 따르는 개인과 사회와의 관계에서 그것이 그대로 입증되는 것이다.

인물이 왜소화됨에 따라 사회는 소설의 표면에서 배면으로 넘어간 것도 이 시기의 서사구조에 나타난 특징의 하나였다.

---

167 E. Muir, op. cit, p.21. 소설을 성격소설·극적소설·연대기소설로 구분한 그는 이들의 특성을 말하여, 성격소설에서는 시간이 전제가 되고 공간 가운데서 사건이 분배되고 개조되는 반면, 극적소설에서는 공간이 다소 주어지지만 시간 가운데서 사건이 구축된다 하였다. 그러므로 성격소설에서는 인간의 사회적 입장, 다시 말하면 사회적인 인생의 이미지가 부각되고, 극적소설에서는 개인적이고 일반적인 인생의 이미지가 묘사되는 것이 보통이라 하겠다. 성격소설이 정적인 것은 이 때문이다.

제 5 장

사회갈등의 심미적 구조

제5장 사회갈등의 심미적 구조

지금까지 개화기에서 1920년대, 1930년대에 걸쳐 발표되었던 소설의 서사 구조의 특성을 밝히고 그 시대적 의미를 살펴보았다. 주로 작중인물의 현실과의 대응 관계에서 일어나는 사회갈등의 양상에서 소설의 구조 변화의 양상을 찾아보았다. 소설에서의 궁극적인 목표가 인물(character)에의 관심에 있고, 사회변동의 원동력과 요인이 개인의 갈등 현상에서 찾아진다고 할 때, 이 양자의 관계에서 나타나는 사회의식의 변모나 이를 수용하고 있는 미적 양식으로서의 소설의 구조 변화의 양상은 의미 있는 것이라 하겠다. 이러한 전망에 따라 한편으로 언어적 문맥에서 구조를 검증하고, 다른 한편으로는 사회학적 검증을 통해 같은 결과에 이르는 이중의 작업을 통해 이들의 관계를 규명하려 하였다. 편의상 식민지 시대의 초기, 중기, 후기로 나누어 시대별로 작품을 선정, 분석하였다.

그 결과, 신소설은 갑오경장·을사조약·합방으로 이어지는 동안의 일본에 예속되어가는 시기의 시대적 의미를, 1920년대 소설은 3·1운동 이후의 식민지 현실이 확대되었던 시기의 시대적 의미를, 1930년대 소설은 식민지적 상황의 심화와 완고성이 극대화되었던 시기의 시대적 의미를 각각 포용하고 있었다. 이는 무엇보다도 소설이 상상의 작품인 이상으로 현실을 반영한다는 사실에 대한 확인이었다. 이는 미학적인 것과 사회학적인 것이 얼마나 상호 간섭적인가 하는 점을 보여준 사례가 되었다.

개화기의 '신소설'은 시대적 명제인 근대화의 이념을 포괄적으로 수용하려 하였다. 서사 구조는 '고난-위기-구출-고난-위기-구출'의 반복적 진행 과정으로 되어 있었는데, 특히 이러한 사건 진행 과정에 내재한 극적이고 우연적이고 운명적이고 예외적인 성격이 논의되었다. 신소설의 구조는 E. 뮤어의 이른바 극적소설의 특성을 보이고 있었는데, 극적소설이 특히 사건의 발전이나 인간관계에서의 긴밀성이나 유기성에 의존하는 것이라고 할 때, 위에 열거한 것들은 신소설의 미적 구조를 크게 해치는 결과로 나타났다. 신소설의 구조는 표면적으로는 극적인 구조로 되어 있으면서 그것을 형상화할 수 있는 내면적 인과관계가 마련되어 있지 않았다는 데서 소설의 구조와 사회구조와의 관계가 유추되었다.

이는 무엇보다도 작중인물의 사회갈등의 비현실성에 기인하는 행동 구조였음이 드러났다. 고난이나 위기에 직면했을 때('위기의 화소'(제2장 〈도표 1〉 참조)) 드러난 자살극이나 현실에의 자기 투항은 그들의 문명개화의 이상주의가 '상황의 우연'에 의한 하나의 표적이 되었음을 보여준 것이었다. 현실적 갈등이 수단에 대한, 비현실적 갈등이 대상에 대한 기능적 선택성이 존재한다고 할 때, 그들은 수단보다도 대상을 택했다. 이들의 사회갈등의 근원은 그러므로 사회의 본질에서보다는 차라리 그 관계를 찌그러뜨리는 '감정' 속에서 찾고자 한 것이었으며, 좌절의 근원이나 문제가 되고 있는 사회적 쟁점이 아니라 좌절이 개인에게 주는 그 영향에 의해 행동한 것이다.

또한 위기로부터의 구출('구출의 화소'(제2장 〈도표 2〉 참조))의 구조에서 자아의 세계에 대한 무주체적 외화주의가 그대로 드러났다. 악인·겁탈·조난·자살로부터의 위기는 모두 극복되고(부정되고) 그것을 가능케 한 구출자가 당시의 개화의 모델이었던 일본인·미국인·영국인이거나 어떤 예측 불가능한 초월적인 존재(승려·도사·호랑이 따위)로 나타나고 있는 데서 이들의 시대적 이념을 추출해낼 수 있었다. 이는 주체와 객체의 뒤바뀜에 의한 개화의 피동성을 드러낸 구조라 하겠다. 또한 이들의 구출이나 승리(행복)에로의 사건 전환('우연의 화소'(제2장 〈도표 3〉 참조))이 철저하게 우연성에 의존하고 있는 데서 이들의 운명론적 세계관 내지는 중세적 인간관의 일단을 볼 수 있었다.

신소설의 인물들은 결국 세계에 대한 자아의 주체적 개입이 불가능한 것으로 나타났으며, 이는 곧 밑(민중)으로부터의 개혁을 부정한 패배주의의 반영이라 할 수 있다. 그럼에도 불구하고 대단원에서의 주인공의 '승리'가 예정되어 있었던 상승적 구조는 그들의 삶이 환상과 비현실에 근거를 두고 있었다는 사실의 반증이 되며, 근대화 이념의 추상성을 드러낸 것이었다.

합방을 지나 3·1운동을 거친 후의 1920년대 소설은 미적 구조에서나 작중인물의 현실 수용의 태도에서나 개화기에서 드러난 행동 양식과 현실 인식의 미숙성이 많이 지양되어 있었다. 이는 식민지 사회라는 기형적 상황에도 불구하고, 정치의식이나 사회의식의 성장에서 기인되는 문화 양식의 성숙을 보인 예가 되었다.

1920년대 소설은, 첫째 식민화 현실에의 확인과 좌절에서 오는 자아 발견의 구조로 되어 있는 소설이 많았다. 여기서는 염상섭의 「만세전」과 현진건의 「고향」의 서사 구조를 분석하였다. 이 두 작품의 작중 화자

'나'는 액자소설의 외화의 틀에 관찰자적 시점에 있다가 사건이 진행되면서 강화되고, 강화되면서 작중 화자 '나'가 내화에 가담, 마침내 내·외화의 틀이 해체될 수 없는 합일의 과정으로 이루어졌음을 밝혔다. 이는 단순한 식민화 현실의 확인의 과정이라기보다는 자신의 삶이 세계와 불가피하게 동기적 관련을 맺고 있음을 확인하는 소자아 성찰의 과정이었고, 이는 그러므로 사회화에 이르는 순기능적 갈등의 한 양상으로 보았다.

한편, 1920년대 사회의 궁핍화 현실에 대응하는 양태를 최서해의 소설을 통해 분석하였다. 여기에 빈번하게 나타나는 방화·살인·테러의 행동 양식에서 이들의 사회갈등의 강렬성과 폭력성이 드러나는데, 이는 결과적으로 이데올로기적 계급투쟁의 등장을 예고해준, 당대인의 삶의 한 전형이 되었다. 최서해의 인물들은 현실을 전투적 상황으로 보고 있었으며, 이러한 공격적인 삶의 방식은 자연히 증오의 감정에서 출발하며, 이러한 현실 대응의 방법은 그러므로 쉽게 좌절한다. 이는 그들의 공격의 대상이 '선택'되지 않았으며, 세계의 구조적 모순의 핵에 접근하지 못하고 드러난 현상에만 집착한 현실 인식의 태도에 기인하는 것이었다.

염상섭의 「제야」와 현진건의 「불」, 나도향의 「물레방아」는 1920년대 사회의 성과 풍속의 일면을 드러낸 구조로 되어 있었다. 그러나 이들의 성 윤리는 신여성의 경우 추상화되고 구호화한 자유연애론에서, 구여성의 경우 경직된 봉건 질서와 생존을 위한 수단으로의 전락에서 각각 파멸의 원인이 되었다.

이 책에서 다룬 1920년대 소설은 당대의 사회와 풍속과 윤리의 전형을 드러낸 구조로 되어 있었다. E. 뮤어의 이른바 시대소설의 특성을 이루고 있었다. 제재와 작중인물의 사회갈등 요인의 다양성에도 불구하고, 이 시기의 서사 구조는 모두 하강과 전락의 구조로 되어 있는 데서 일치를 보였다. 이는 특히 이 시기의 소설의 거의가 '겨울'을 배경으로 하여 '죽음'으로 종결되는 데서 이시기의 사회갈등의 치열성과 비극적 세계관의 일단을 보여주었다. 이는 신소설의 상승 구조와 대조가 되었는데, 무엇보다도 이 시기의 인물들의 사회갈등의 요인이 드러난 현상과 감추어진 현상을 총체적으로 파악한 데 기인한 것이라 하겠다. 이것을 이 책에서는 내집단 갈등이라 하였다. 그러므로 신소설의 상승적 구조(↗)와 1920년대의 하강적 구조(↘)는 삶의 이상과 현실과의 관계를 전자는 환상적으로, 후자는 현실적으로 파악한 차이라 할 수 있다.

1930년대에서는 특히 염상섭의 『삼대』와 김유정, 그리고 채만식의 『태평천하』「레디 · 메이드 인생」, 이상의 「날개」, 박태원의 「소설가 구보 씨의 일일」『천변풍경』, 이태준의 단편들과 김동리의 초기작을 중심으로 고찰하였다. 『삼대』는 한 가족의 성원들이 삶의 양식이나 가치관의 대립을 통하여 식민지 상황에서의 갈등들의 총체적인 전형들을 제시하고 있었다. 『삼대』에 나타난 세대 갈등이나 이념적 대립은 특히 근대화의 산물의 하나인 세속화의 과정에서 필연적으로 대두되기 마련인 '화폐'와, 개인의 이기적 충동인 성과 관련되어 인물들의 이념이나 가치나 인간성이 훼손되고 변질되는 과정으로 전환하였다.

이러한 세속화의 과정은 채만식의 『태평천하』「레디 · 메이드 인생」, 이상의 「날개」에서 왜곡된 자아와 분열된 자의식의 세계로 발전하였다. 채만식의 인물들의 왜곡된 자아는 풍자와 자학으로, 이상은 사회로부터 소외된 인물의 고립된 자아의 의식 분열이나 냉소, 패러독스로, 김동리에 이르러 원초적 자아 탐구나 허무에의 투신 등으로 나타났다. 채만식, 이상의 인물은 지식층이며 고등 유민이라는 점과, 도시의 생태의 병리 현상에서 빚어지는 인물 유형이라는 데서 공통되었다. 그리고 그것이 근대화의 또 하나의 산물인 산업화 과정에서 가능한 현상이라는 점은 유의미하다고 보았다.

1930년대의 궁핍상을 드러낸 김유정의 서사 구조는 특히 1920년대의 최서해와 대조가 되었다. 최서해의 공격성과 반항성이 김유정에 이르러 해학과 아이러니의 행동 양태로 변한 것은, 1930년대 사회의 식민지적 상황의 완고성에 대한 자기 생존을 위한 비극적 도피이며 사회에 대한 적대감 표출의 자기방어적 수단이라 보았다. 갈등이론에 의하면 그것은 '환치 수단으로서의 안전판 제도'에 해당하는 갈등의 한 양상이라 할 수 있다.

박태원의 소설을 근대 도시 공간에서의 부유하는 식민지 지식인의 생태, 무기력한 관찰자의 모습이 생태적으로 생생히 묘사된다. 이태준의 인물들 또한 의고, 혹은 상고주의적 현실 대응 방식으로 묘사되어 이 시기의 사회갈등의 내면화 현상을 잘 보여주었다.

1930년대 소설 구조에 나타난 인물들의 현실 대응의 태도는 무엇보다도 대상을 내면화하려는 경향에서 그 공통점이 찾아진다. 이는 E. 뮤어의 이른바 성격소설의 특성의 일부라 하겠다. 염상섭의 대내적 갈등이 김유정에서는 해학과 아이러니로, 채만식의 왜곡된 자아와 자기 풍자가 이상에 이르는 잉여적 존재로서의 식민지 지식인의 근원 상황으로 드러난 것이 그것이다. 이는 현실과의 정면 대립이 불가능했거나 포기했거나 또는 좌절의 지점에서 발생한 사회갈등의 치열성을 말해주는 것이다.

이상의 논의에서 드러난 결과를 토대로 하여, 개화기-1920년대-1930년대의 사회변동에 따른 소설의 구조 변화의 양상을 다음의 몇 갈래로 나누어 지적할 수 있을 것이다.

한국 근대소설과 사회갈등

(1) 서사의 기본 구조는 상승적 – 하강적 – 정적 구조로 변화했다. 상승적 구조는 인물들의 세계 인식의 추상성과 환상적 삶의 방식에서, 하강적 구조는 세계에 대한 자아의 비극적 세계관의 인식에서, 정적 구조는 내면화된 행동 양식에 기인되는 구조이다.

(2) 작중인물의 가치 추구는 역사적 – 사회적 – 일상적인 것으로 변화했다. 이는 그들의 사회갈등의 요인이 문명개화에서 식민지적 현실로, 다시 일상적 생존의 문제로 이행한 것과 관련된다.

(3) 세계에 대한 자아의 위치는 대 – 중 – 소로 왜소화되었다. 이는 그들의 외집단 갈등 – 내집단 갈등 – 내면화의 과정에 기인한 행동양식의 반영이며, 특히 도시화 혹은 산업화에 따른 개인의 왜소화 경향이다.

(4) 따라서 작중인물의 행동 양식은 영웅적 – 시민적 – 개인적으로 바뀌었다. 이는 그들의 세계 인식의 관점이 환상적인 것에서 객관적으로, 다시 주관적으로 이행한 결과이다.

(5) 서사 기교는 직설적 – 사실적 – 수사적으로 변모했다. 이는 인물들의 사회갈등의 변모와 관련된다. 수사적 장치란 드러난 현상을 감추어서 표현한 것이고, 그러한 행위란 결국 억압된 상황에 의해 증대된 환치 수단으로서의 갈등이며, 자기방어의 한 과정일 것이기 때문이다.

(6) 그러므로 이상의 구조 변화는 식민지적 상황의 완고성과 갈등의 치열성으로부터 연역된 형식이라 할 수 있다.

이와 같은 진술은 다소의 예외적인 사례를 전제로 하는 데서 가능한 논리일 것이다. 그러나 한 시대의 서사 양식은 단순한 미적 가치의 세계만이 아니라 작가가 증인이 되고 있는 사회의 복합적인 반응인 것이다.

그러므로 소설과 사회는 내적 세계와 외적 존재 사이의 변증적 관계에 의해 상호 자율성과 유기성이 동시에 인정된다 하겠다.

이 소론은 이러한 관점에 대한 하나의 전망에 의해 쓰인 것이며, 작가는 형식을 창시한 것이 아니라 감추어진 형식을 드러내 보인다는 논리는, 사회변동과 소설의 구조 변화의 상호성의 깊이에서 그것이 입증된다 하겠다.

〈텍스트〉

김유정, 「소낙비」, 『조선일보』, 1935. 1.

———, 「금짜는 콩밧」, 『개벽』, 1935. 3.

———, 「안해」, 『사해공론』, 1935. 12.

———, 「봄과 따라지」, 『신인문학』, 1936. 1.

———, 「따라지」, 『조광』, 1937. 2.

———, 「땡볕」, 『여성』, 1937. 2.

———, 「가을」, 『동백꽃』, 인창서관, 1938.

———, 『김유정전집』, 현대문학사, 1968.

나도향, 「물레방아」, 『조선문단』, 1925. 9.

박태원, 『천변풍경』, 박문서관, 1947.

———, 「소설가 구보씨의 일일」, 『한국 해금문학전집』 3, 삼성출판사, 1988.

안국선, 「금수회의록」, 『한국개화기문학총서』 Ⅰ(신소설), 아세아문화사, 1978
        (영인).

염상섭, 「제야」, 『개벽』, 1922. 2~6.

———, 『견우화』, 박문서관, 1923.

———, 「만세전」, 『한국문학전집』 3, 민중서관, 1966.

이 상, 「날개」, 『조광』, 1936. 9.

———, 「봉별기」, 임종국 편, 『이상 전집』, 문성사, 1966.

이인직, 「귀의성」, 『한국개화기문학총서』 Ⅰ(신소설), 아세아문화사, 1978(영인).

———, 「은세계」, 『한국개화기문학총서』 Ⅰ(신소설), 아세아문화사, 1978(영인).

———, 「치악산」, 『한국개화기문학총서』 Ⅰ(신소설), 아세아문화사, 1978(영인).

──, 「혈의 누」, 『한국개화기문학총서』 I (신소설), 아세아문화사, 1978(영인).

이태준, 「農軍」, 『이태준문학전집』 2, 서음출판사, 1988.

──, 「달밤」, 『이태준문학전집』 1, 서음출판사, 1988.

──, 「불우선생」, 『이태준문학전집』 1, 서음출판사, 1988.

──, 「아무일도 없소」, 『이태준문학전집』 1, 서음출판사, 1988.

──, 「오몽녀」, 『이태준문학전집』 1, 서음출판사, 1988.

이해조, 「자유종」, 『한국개화기문학총서』 I (신소설), 아세아문화사, 1978(영인).

작자미상, 「쇼경과안즘방이문답」, 『대한매일신보』, 1905. 11. 17.

채만식, 『태평천하』, 『한국문학전집』 9, 민중서관, 1958.

최서해, 「탈출기」, 『개벽』, 1925. 3 ; 『조선문단』 6호, 1925. 3.

──, 「박돌의 죽엄」, 『조선문단』, 1925. 5.

──, 「기아와 살육」, 『조선문단』, 1925. 6.

──, 「큰물 진 뒤」, 『개벽』, 1925. 12.

──, 「아내의 자는 얼굴」, 『조선문단』, 1926. 12.

──, 「홍염」, 『조선문단』, 1927. 1.

──, 「가난한 아내」, 『조선지광』, 1927. 2.

──, 「고국」, 『현대한국단편소설전집』, 문원각, 1974.

──, 「그믐밤」, 『신민』, 1926. 5 ; 『현대한국단편소설전집』, 문원각, 1974.

──, 「누이동생을 따라」, 『현대한국단편소설전집』, 문원각, 1974.

──, 「전아사」, 『현대한국단편소설전집』, 문원각, 1974.

──, 「폭군」, 『현대한국단편소설전집』, 문원각, 1974.

──, 「혈흔」, 『현대한국단편소설전집』, 문원각, 1974.

최찬식, 「추월색」, 『한국개화기문학총서』 I (신소설), 아세아문화사, 1978(영인).

현진건, 「불」, 『개벽』, 1925. 1.

──, 「고향」, 『조선의 얼골』, 글벗집, 1926.

『한국문학전집』, 민중서관, 1966.

〈논문 및 저서〉

A. 스윈지우드, 「소설사회학의 문제들」, 유종호 편, 『문학예술과 사회상황』, 민음사, 1979.

A. 폴러드, 『Satire』, 송락헌 역, 서울대학교 출판부, 1980.

A. 하우저, 『문학과 예술의 사회사』 현대편, 백낙청·염무웅 역, 창작과비평사, 1974.

E. 뒤르켐, 『자살론』, 임희섭 역, 삼성출판사, 1977.

E. 졸라, 『나나/실험소설론』, 송면 역, 삼성출판사, 1975.

G. 쥬네트, 『구조주의와 문학비평』, 김치수 역, 홍성사, 1980.

H. 마르쿠제, 『이성과 혁명』, 김종호 역, 청구출판사, 1975.

J. 프레이저, 『황금가지』, 장병길 역, 삼성출판사, 1977.

M. 제라파, 『소설과 사회』, 이동열 역, 문학과지성사, 1977.

R. 바르트, 『구조주의와 문학비평』, 김치수 역, 홍성사, 1980.

R. 지라르, 『소설의 이론』, 김윤식 역, 삼영사, 1980.

고영복, 「한국사회의 구조와 분석」, 『신동아』, 동아일보사, 1965. 2.

─────, 「사회변동의 양상」, 『한국현대사』 8, 신구문화사, 1971.

구인환, 「한국소설의 구조적 고찰」, 『김형규박사기념논총』, 1971.

─────, 『현진건의 소설과 그 시대인식』, 새문사, 1981.

김 현, 「염상섭과 발자크」, 『염상섭』, 문학과지성사, 1977.

김규환, 「농촌의 mass communication」, 『신문연구소학보』, 서울대학교 신문연구소, 1966.

김기림, 「스타일리스트 이태준씨를 논함 (2)」, 『조선일보』, 1933. 6. 27.

김기진, 「문단최근의 일경향」, 『개벽』 61호.

김동리, 『문학과 인간』, 청춘사, 1952.

김동인, 「소설작법」, 『조선문단』, 1922. 7~9.

─────, 「자긔가 창조한 세계」, 『창조』 7호.

─────, 「조선근대소설고」, 『김동인전집』, 삼중당, 1976.

─────, 「춘원연구」, 『김동인전집』, 삼중당, 1976.

김문집, 「전통과 기교문제」, 『조선중앙일보』 1934. 10. 26~31.

김병익, 「갈등의 사회학」, 『현대한국문학의 이론』, 민음사, 1974.

──, 「땅을 잃어버린 시대의 언어」, 『문학사상』, 1974. 7.

김병욱, 「영원회귀의 문학」, 『동리문학연구』, 서라벌예술대학, 1973.

김시태, 『한국 프로문학 비평연구』, 아세아문화사, 1978.

김용성, 「한국문학사탐방」, 국민서관, 1973.

김우종, 『한국현대소설사』, 선명문학사, 1968.

──, 『한국현대소설사』, 선명문화사, 1973.

김우창, 『궁핍한 시대의 시인』, 민음사, 1977.

김윤식, 「염상섭의 소설구조」, 김윤식 편, 『염상섭』, 문학과지성사, 1977.

── · 김 현, 『한국문학사』, 민음사, 1973.

김종균, 『염상섭연구』, 고려대학교 출판부, 1974.

김주연, 「울음의 문체와 직접화법」, 『문학사상』 26권, 문학사상사, 1974. 11.

김채윤, 「한국사회계층의 구조와 변동」, 『한국사회론』, 한국사회과학연구소, 1980.

김학동, 『한국문학의 비교문학적 연구』, 일조각, 1972.

김환태, 「나의 비평태도」, 『조선일보』 1934. 11. 23~30.

민충환, 『이태준 연구』, 깊은샘, 1988.

박동규, 「현대한국소설의 구조연구」, 서울대학교 박사학위 논문, 1980.

박상엽, 「서해의 극적 생애」, 『조선문단』, 1935. 8.

박성수, 「1907~1910년간의 의병투쟁에 대하여」, 『한국사연구』, 1968.

박영석, 『만보산 사건연구』, 아세아문화사, 1985.

박영희, 「신경향파문학과 그 문단적 지위」, 『개벽』 1925. 12.

백 철, 「개성과 보편성」, 『조선일보』 1934. 11. 23~30.

──, 「한국현대소설에 미친 기독교의 영향」, 『동서문화』 1호, 계명대학교, 1967.

──, 「신문학사 조사」, 『백철전집』, 신구문학사, 1968.

──, 『조선신문학사조사』, 신구문화사, 1968.

서종택, 「『허생전』 · 「은세계」의 개화의식에 관한 검토」, 『새국어교육』 21호, 한국어교육학회, 1975.

──, 「신소설의 사건구조」, 『홍대논총』 11집, 홍익대학교, 1979.

———, 「한국근대소설의 구조」, 시문학사, 1982.

성현경, 『한국소설의 구조와 실상』, 영남대학교 출판부, 1981.

송민호, 「이인직의 신소설연구」, 『문리논집』, 고려대학교, 1962.

———, 『한국개화기소설의 사적 연구』, 일지사, 1979.

———, 『한국개화기소설의 사적 연구』, 일지사, 1980.

송하춘, 「1920년대 소설에 나타난 작중인물연구」, 고려대학교 대학원, 1980.

신동욱, 『한국현대문학론』, 박영사, 1972.

신석호 외, 『한국현대사』 4, 신구문화사, 1969.

신용하, 『한국근대사와 사회변동』, 문학과지성사, 1980.

신일철, 「최수운의 역사의식」, 『한국사상』 12호, 한국사상연구회, 1974.

아리스토텔레스, 『시학』, 손명현 역, 박영사, 1975.

양주동, 「문예비평가의 태도기타」, 『동아일보』, 1927. 2. 28.

염무웅, 「식민지적 변모와 그 한계」, 『한국문학』 3호, 1966.

유종호, 「염상섭론」, 『한국현대작가연구』, 민음사, 1976.

윤홍로, 『한국근대소설연구』, 일조각, 1980.

———, 「불의 상징적 의미」, 구인환, 『현진건의 소설과 그 시대인식』, 새문사, 1981.

이상섭, 『문학비평용어사전』, 민음사, 1976.

———, 『언어와 상상』, 문학과지성사, 1980.

이어령, 「날개를 잃은 증인」, 김용직 편, 『이상』, 문학과지성사, 1977.

이원조, 『상허문학독본』 발문, 백양사, 1946.

이재선, 『한국소설의 이론』, 지식산업사, 1970.

———, 『한국개화기소설연구』, 일조각, 1972.

———, 『한국단편소설연구』, 일조각, 1975.

———, 『한국현대소설사』, 홍성사, 1979.

이태준, 「제13회 협전관후기」 『조선중앙일보』, 1934. 10. 24.

———, 「참다운 예술가 노릇 이제부터 할 결심이다」, 『조선일보』, 1938. 3. 31.

———, 「「復霜堅泳至」 기타」, 『삼천리문학』, 1938. 4.

———, 「短篇과 掌篇」, 『무서록(無序錄)』, 박문서관, 1941.

———, 「만주기행」, 『무서록(無序錄)』, 박문서관, 1941.

임　화, 「세태소설론」, 『동아일보』, 1938. 4. 1~4. 6. ;『조선작품연감』, 인문사, 1938.

──, 「조선신문학사」, 『인문평론』 1939~1941.

임종국, 『한국문학의 사회사』, 정음사, 1979.

장장길, 「이태준」, 『조선학보』, 日本, 1979.

임희섭, 「한국사회의 구조변화」, 『한국사회론』, 한국사회과학연구소, 1980.

전광용, 「신소설연구」, 『사상계』 1955~1956.

──, 「이인직연구」, 『서울대논문집』, 1957.

──, 「한국소설 발달사」, 『민족문화사대계』 I, 고려대학교 민족문화연구소, 1967.

정덕준, 「박태원 소설에서의 도시적 삶」, 서종택·정덕준 편, 『한국현대소설 연구』, 새문사, 1990.

정명환, 「부정과 생성」, 『한국작가와 지성』, 문학과지성사, 1978.

정한숙, 「해학의 변이」, 『인문논집』 17집, 고려대학교, 1972.

──, 「붕괴와 생성의 미학」, 『현대한국작가론』, 고려대학교 출판부, 1977.

정현숙, 『박태원 문학 연구』, 국학자료원, 1993.

조동걸, 『일제하한국농민운동사』, 한길사, 1976.

조동일, 「영웅의 일생－그 문학사적 전개」, 『동서문화』, 서울대학교, 1971.

──, 『신소설의 문학사적 성격』, 서울대학교 한국문화연구소, 1973.

──, 「자아와 세계의 소설적 대결에 관한 시론」, 『한국소설의 이론』, 지식산업사 1979.

──, 『문학연구방법』, 지식산업사, 1980.

조연현, 『한국현대문학사』, 인간사, 1961.

──, 「소설에서의 우연성의 문제」, 『동국대논문집』 1집, 동국대학교, 1964.

──, 『한국신문학고』, 문화당, 1966.

최　열, 『한국근대미술의 역사』, 열화당, 1998.

최서해, 「단편작가로서의 이태준」, 『문학과 지성』, 인문사, 1938.

최재서, 「풍자문학론」, 『최재서평론집』, 청운출판사, 1961.

최재희, 『사회철학』, 법문사, 1963.

한국사편찬위원회, 『한국사』 19, 탐구당, 1977.

한국 근대소설과 사회갈등

홍이섭, 『한국현대사』 4, 신구문화사, 1969.

───, 「1920년대의 식민지적 현실」, 문학과지성사, 1972.

홍일식, 「한국개화기의 문학사상연구」, 열화당, 1980.

〈외국 문헌〉

A. M. Clark, *Studies in Literary Mode*, Edinburgh, 1946.

C. Brooks, R. P. Warren, *Modern Rhetoric*, Harcout, Brace and Company, 1949.

C. Brooks, R.P. Warren, *Understanding Fiction*, Appleton−Century Crofts, 1959.

C. W. Mills, *The Sociological Imagenation*, Oxford Univ. Press, 1959.

C.H. Cooly, *Social Process*, Scriberner's Sons, 1918.

E. A. Ross, *The Principles of Sociology*, The Century Co., 1920.

E. Durkeim, *The Rules of Sociological Method*, The Univ. of Chicago Press, 1938.

G. Lukács, *Die Theorie des Romans*, Belin:Paul Cassirer, 1920.

G. Simmel, *Conflict*, Trans. Kurt H. Wolff, The Free Press, 1955.

H. Levin, "Literature as an Institution", 이상섭 편, *Selected Modern Critical Essays*, 영어영문학회, 1969.

H. Meyerhoff, *Time in Literature*, University of California Press, 1974.

I. Goldmann, *Towards a Sociology of the Novel*, Tavistock Publications Ltd., 1975.

L. A. Coser, *The Functions of Social Conflict*, The Free Press, 1956.

L. Goldmann, *Pour une Sociologie du Roman*, Paris:Gallimard, 1964.

L.A. Coser, *The Functions of Social Conflict*, The Free Press, 1956.

N. Frye, *Anatomy of Criticism*, Princeton, 1973.

P. Wheelwright, *Metaphor and Reality*, Indiana Univ. Press, 1963.

R. Welleck, A. Warren, *Theory of Literature*, Penguin Book, 1968.

R.E. Park and E.W. Burgess, *Intruduction to the Science of Society*, Univ. of Chicago Press, 1921.

Randall E. Decker, *Patterns of Exposition*, Little Brown & Company, 1966.

S. Thompson, *The Folktale*, New York:Holt, Rinehart and Winston, 1946.

T. Parsons, *The Structure of Social Action*, The Free Press, 1949.

—————, *The Social System*, The Free Press, 1951.

한국 근대소설과 사회갈등

작품, 도서

ㄷ

한국 근대소설과 사회갈등

한국 근대소설과 사회갈등

인명, 용어

한국 근대소설과 사회갈등

●●● 서종택 徐宗澤

  전남 강진에서 출생하여 고려대학교 국어국문학과를 졸업하고 같은 대학원에서 박사학위를 받았다. 저서로 『한국 현대소설사론』 『변시지』 『새로 읽는 오늘의 우리문학』 한중일러 소설의 근대인 비교연구(공저, 전3권) 『문학이란 무엇인가』(공저) 『한국 근대소설의 구조』 등의 연구서와 『갈등의 힘』 『원무』 『풍경과 시간』 『백치의 여름』 『선주하평전』 『외출』 등의 창작집이 있다. 홍익대학교와 고려대학교에서 현대소설론, 소설창작론 교수를 역임하였으며 현재 고려대학교 명예교수이다.

한국 근대소설과 사회갈등

초판 인쇄 · 2015년 11월 6일
초판 발행 · 2015년 11월 14일

지은이 · 서종택
펴낸이 · 한봉숙
펴낸곳 · 푸른사상사

주간 · 맹문재 | 편집 · 지순이, 김선도 | 교정 · 김수란
등록 · 1999년 7월 8일 제2-2876호
주소 · 서울시 중구 충무로 29(초동) 아시아미디어타워 502호
대표전화 · 02) 2268-8706~7 | 팩시밀리 · 02) 2268-8708
이메일 · prun21c@hanmail.net
홈페이지 · http://www.prun21c.com

ⓒ 서종택, 2015
ISBN 979-11-308-0571-9 93810
값 23,000원

한국 근대소설과 사회갈등